鶯啼

第廿二屆
文藻文學獎作品集

Literature

文藻外語學院應用華語文系 編

散文A組評審會，得獎同學與評審老師合影。左一：林建勳老師；左三：黃耀寬老師；右三：賴文英老師。

散文B組評審會，得獎同學與評審老師合影。左三：鄭國瑞老師；左五：黃彩雲老師；右二：丁鼎老師。

新詩B組評審會，評審歐修梅老師以簡報講評，台下為其他二位評審，左起：施忠賢老師、陸冠州老師。

新詩A組評審會，評審老師講評。左起：陳文豪老師、丁旭輝老師、林翠雲老師。

〈影像・敘事〉組評審會，得獎同學與評審老師合影。後排左一：羅琦文老師；後排左二：卓福安老師；後排左三：李彪老師。

〈影像・敘事〉組入選作品於文藻圖書館展出一隅。

小說組評審會，評審老師講評。右起：王月華老師、蔡靖文老師、鐘明彥老師。

劇本組評審會，得獎同學與評審老師合影。後排左三：林景蘇老師；右三：李季紋老師：右二：張毓珍老師。

散文A組／009

散文B組／045

新詩A組／081

劇本組／253

徵稿對象：專四、專五、大學部、研究所

散文A組

★散文A組總評

《台灣時報》副刊主編／黃耀寬老師

「文藻文章老更成，凌雲健筆意縱橫。」

第二十二屆文藻文學獎A組散文的水準是成熟的，是相當令人敬佩的。所以套用杜甫《戲為六絕句》來形容決選作品的特色。不僅有散文的風格，更在散文裡坦白自己的靈魂，描述自己的個性，表達對文藻的情思。

所以、決選作品第一個特色就是成熟的。如第一名的作品〈腳印出版社〉裡對於五年來的生活有如下的註解：「把時間柔順緩慢的攤平，我跑了四萬三千八百圈。穿越了五年的時空與時間……」文字功力運用之嫻熟，如同和作者的腳印和腳力服貼，有名家散文之水準。

第二個特色是對文藻的感情特別多，而且這份對文藻的感情「濃得化不開」。因為文藻是作者青春成長的樂園，是情感奔逸的天堂。作者對文藻的情意思考，用散文的語言，將喜樂哀愁編織在字裡行間。而且將豪放的青春氣息，用心靈之筆和即將告別的校園互相契合。

在親情和友情的描寫方面，同學的作品也是相當成功的，如第二名的作品〈鐵便當盒〉裡對母愛的描述：「我了解她默默為家裡留下的每一滴汗，卻永遠卡在咽喉裡，無法說出口。」而佳作的作品〈這一張桌子〉對於家人感情的訴說，則帶有傳說般的色彩：「如果你相信我，我會跟你說這個桌子的故事。」細心地布局，將讀者帶入了閱讀的神秘性。

說了這麼多優點，缺點也是有的，如佳作的作品〈夏天梅花開〉的題目就值得討論了，作者對友情的觀照很有慧見，朋友是前往楓葉國度的加拿大：「我深深期盼著未來小楓葉回娘家的一天。」但是作

者卻用「夏天」和「梅花」合成題目，事實上夏天和梅花很難聚焦，同學們為題目「命題」時，應更加審慎，因為題目也是評分的一環，一個好題目更能吸引讀者閱讀，對為文章更有加分的效果。

也期待來年的文學獎作品，更成功、更進步，祝福你們。

散文A組第一名得獎感言

作品：〈腳印出版社〉

作者：李秉儒

班級：專科部日文科5B

很感謝評審老師讓我在五專學涯的最後一年得到這個第一名的榮譽。這幾年的文學獎讓我學到了很多也多了很多寫作的機會與動力。就像慢跑一樣，是一個沒有極限和終點的運動。希望未來我也還能繼續寫寫跑跑，跑跑寫寫。畢業將至，再也沒有機會參加文藻文學獎了。很珍惜這次的得獎。感謝主，榮耀歸神！

腳印出版社

手指頭在稿紙的第一行慢慢的移動，邊數著，一、二、三、四。我小心翼翼的空了四格，原子筆裡的墨水膽怯的滑下，一點一滴的寫上了「慢跑」。還記得那是在我專一的某一個下午。

後腳跟滑順的溜進二十三號半的慢跑鞋，伏伏貼貼的在昏暗的慢跑鞋裡待命，好像這是它從一出生就被賦予的終身職業，接著我熟練的繫上鞋帶，手指交錯著手指，左手和右手協調的合作，最後拇指與食指精準的捏住兩個兔耳朵，想起以前媽媽在鞋櫃旁的教導，然後做了一個像模特兒般的結束定格動作。一個完美無缺且賦予生命的蝴蝶結，下一秒的任何時候，它就會展翅繽紛豔紅的翅膀，翩翩起舞，瀟灑的擺脫束縛他一生的鞋子。束起馬尾，拉起開始的拉鍊，綁上堅毅不拔的決心，我像挑選晚禮服般的慎重，試著把慢跑量身訂作的穿上。

結實的握住千禧樓一樓的宿舍門把，順著湧起的力量推開厚重的玻璃門，我下意識的瞇起雙眼，在忍者還未收起最後一道刺眼銳利如飛鏢般的太陽光，我肌膚的每一寸都感受到炙熱大浪搭配著節奏一波一波的向我打來。抬起頭，我看到攪拌後的散蛋不小心灑落在原本蔚藍的天空，染成匀稱的橘，夾帶著幾條像絲巾般又長又曖昧的雲。舌尖的空氣，嚐起來黏黏黃黃的。我一步一步邁向獅湖國小的操場，一邊分解舌尖的味道。這會是我五年來品嚐的氣味。微微的低下頭，通過獅湖國小矮小的鐵柵欄，想著以前能夠直挺挺通過，不知道是多久以前的事了。在陌生的環境下，所有微小的事物都像是催化劑，催促著回憶完成化學式。放眼望去，球場上壯碩的男生在彼此的隙縫間推擠亂竄，手掌下啪搭啪搭的籃球在場上跳躍，混亂中包覆著井然有序。我緩緩的走向操場，幾位中年人戰戰兢兢的踏著湍急的步伐，竭力的將體內囤積的阿摩尼亞連哄帶騙的引誘出來，順便將脂肪用熱火焚燒。我觀察著運動場的生態，一邊機械式的做起了暖身。當每條神經像橡皮筋一樣的被拉扯舒展開來後，我化身為狙擊槍裡的一發子彈，蓄勢待發。

瞄了一眼手腕上永遠是單行道的手錶，五點三十五分十八秒。在我捉摸不定秒針會在我浩瀚無垠的錶面上選擇何處為安全的棲息地，大腦卻又催促我在六十個樂透數字中抽出一個時，我腦中的神經元和神經質像大法官般威嚴的舉起木鋤頭，「喀！喀！」重重的敲了兩下，「十八秒。」下了終極判決，但下一秒卻又變了。我暗自在心中扣下板機，發出震耳欲聾的鳴槍聲。然後不疾不徐的寫下今天預定兌現的支票，面額三十分鐘。

我踏出了歷史性的第一步。地球的自轉公轉彷彿為了我違反自然法則，以三十二倍數的慢動作來紀念這渺小的一大步，在下一個零點零一秒的第二步，又回到了正常播放。接著，長著紅色疹子的PU跑道，在揹著降落傘的太陽緩緩落下在山巒的背脊後，帶著穩妥的心臟脈動，悄悄感受著我的後腳跟、腳底與腳趾頭每一步扎實的步伐，穩健的踏在它那粗糙卻堅毅的軀體。迎面而來，撞擊著我臉龐的每一個空氣分子，用陌生和我熱烈的招手。我像是在冰水裡的一粒砂糖，孤立又確實。卻等不及的想融化，被接納在溫熱的水中，融合又隱形。操場旁為我喝采加油而微微搖曳的樹葉是我抵達這裡首先感受到的熱情。

手臂像蒸汽火車連接的車輪般來回擺動，帶動著我還在適應的雙腳。每跨出一步，體內的血紅素就一點一點的劇烈翻騰滾動。像是廚房裡等待沸騰的水，血流裡的血小板開始變形成橢圓狀小巧的氣泡，接著一個一個離逃了炙熱的鍋底，像是精靈般輕巧的飄浮上來，接著「噗通！」化為宇宙的塵土，得著釋放。等待鍋子全然吸收從地核而來如岩漿般的熱量後，普天歡騰跳躍，成千上萬的血滴分子相互搭著肩，在鍋裡劇烈打滾，跳起熱情如火的佛郎明哥舞。世界不知道從甚麼時候開始變的鴉雀無聲，但我卻一直知道我的喘息聲如失控的獅子般大肆的嘶吼著。腦幹狠狠的踩下了緊急煞車，接著毫不猶豫的拉起手煞車。用身體僅剩的最後一點力氣舉起手腕，五點五十七分。再也沒有任何多餘的熱量分配給思考去消耗，我放棄了對秒針的窮追不捨。

跳票了。

骨牌般的跳票，仍然沒有減弱我對寫支票的熱情。繞著一圈一圈的操場，哪裡都可以是起點和終點，當我每次使勁全力的駕馭我的呼吸，篤定下一棵樹就是我的終點時，步伐的激情脈動下，下一棵樹又是起點。在一個一如往常的淡黃色下午，當我覺得自己在斷崖邊像喝醉酒的醉漢，舉著咖啡色的酒瓶晃頭晃腦，毅力不斷撕著日曆般更新著我的起點與終點，大腦不知名的領域用他結實的二頭肌與健美的手臂，咬緊牙關支撐著我的意志力。「再一圈，再一圈，最後一圈……」這些字在我大腦不知名的領域來回奔跑。「下一棵樹，再下一棵樹，最後一棵樹……」每棵樹像黑洞般的召喚著，我著了魔的被吸入。最後，世界毀滅，黑洞失去了它所賦予的能力，周圍的氧氣連同黑洞一起被抽離。我將杯子裡的一滴水徹底的傾倒而出，以零點零五毫升的力量止住不聽使喚的腳步，帶著被汗水遮蔽而迷濛的視線，我用力的定位時針與分針的方位。

兌現了。

當支票漸漸的定期兌現，我像威風的船長掌握著船舵，能夠輕而易舉的駕馭我每秒的心跳，每分鐘的步伐和每個我想看的景色時，我開始對於我所熟悉的操場感到厭倦。左腦突然浮現夜晚騎著摩托車，經過燈火通明的河堤，靜靜的觀賞著現代動畫版的《清明上河圖》：遛狗的單身少女、悠閒聊天的老夫老妻和賣命慢跑的中年男子……。我渴望被描繪在圖中的其中一個角落，感受整座城市和人民的交織脈動。於是，當月亮被堆高機掛上深藍色的天空時，我喚醒衰老的引擎，吩咐他駛向目的地。把機車慵懶的倚在磚道上後，我緩緩的走向河堤旁的人行道，從手指末梢到腳趾尾端，我開始將每一塊肌肉解鎖，接著一如往常般的啟動我的步伐。沿著河堤提岸，我像鮭魚般賣力的擺動著尾翼，逆流而上，愛河的分支細流從我身旁嘩啦啦流過。兩排油黃色的路燈在河堤堤壁為我繪出雙倍漆黑的影子，我的影子搭配著來回晃動的馬尾，輕巧的在河面上行走。仰望著像叢林般豎立的公寓大樓，窗戶內亮著一戶一戶的燈，亂中有序。每盞燈下都是一個故事，那一頭亮著燈熬夜寫著故事，我在鞋底塗上黑墨，也印刷著故事。

當我在清明上河圖像衛星系統訂位自己時，我也幻想在谷歌世界地圖上搜尋自己的腳蹤。

去年暑假，我揹起了像蝸牛殼般又厚又重的登山包，寄居青海，想為這片土地和土地上的小孩留下貢獻。從未想過地理課本上，那超越我理性、知性和感性所能想像的青藏高原，像上帝調度萬有，赤裸裸的墜入我眼球的深淵。想像著吹動我髮梢的這一陣風，是從北極一躍而下，直墜入這片美地。呆滯的佇立在世界的高峰，誤以為能像摩西那樣，帶著權柄的杖掌管山與海。震撼將我瞬間侵蝕。被包覆在劇烈又柔順的綠浪中，隨著巨浪一波一波的拍打，我在其中隨波逐流。左腳以四十五度角緩緩移動，完成三百六十五度的環繞，我徹底的凝視了這令人驚嘆的遼闊，像非洲大草原到亞馬遜雨林那樣的浩瀚無垠。如果視線可以轉彎，我就能洞察綿延不絕背後的綿延不絕。暗想著能夠用我白皙的骨骼與真實的血肉所編織的雙腳，微微的震動這座安靜擱淺在亞洲大陸板塊的溫馴山脈，興奮與期待開機，但是當畫面在「開始登入」短暫停留，等待程式重整時，駭客攻陷。我驚覺慢跑鞋被遺忘在地球的另一端。頓時，失落狠狠的毆打了我的右臉。

夜晚的青海，被漆黑毫不留情的襲擊，乾乾冷冷的水氣親吻著我每一吋肌膚，滲透到溫熱的白骨，我不由自主的打了幾個寒顫。待在學校裡簡陋的宿舍，自由因子坐立難安，身體中幾千萬個細胞像監獄裡的一群暴動份子，瘋狂的搖著鐵欄杆，憤怒的要求假釋。於是，最後一道防線摧毀，暴動成功。再也耐不住像冷凍屍體般的呆坐著，我一股腦兒的套上了一件短袖T恤和短褲，這是蝸牛殼裡僅剩的裝備。踩著經過風霜日曬、灰頭土臉的帆布鞋，我拎著近在咫尺的月亮，開始第一次在青藏高原上的的一吸一吐，想著青藏高原的氧氣在血液裡流竄著，不覺幾分的奇妙。漫步在這小小的校園裡，月光像胡椒粉般輕輕的、細細的灑下，微弱的指引著我下一個腳步。周圍的雜草悉悉酥酥的對著我講悄悄話，靦腆的向我求婚，我仰望漆黑的天，斤斤計較的挑選著晾在夜空裡成千上萬個鑽石中，最耀眼的那一顆。我看著一陣風扭曲著臉，傳遞接力棒給另一陣風，另一陣風奔跑著趕上東南風的列車，不知不覺，時針赤著腳也跑了一圈。每個毛細孔像隧道打通般的舒爽，卻不見一滴汗叩門拜訪。像當初伽利略發表太陽繞著的球轉的論點，我難以相信我在世界第一高原留下了無數個二十三號半的鞋印。隱隱約約，我看到了原野間一條黑色曲曲折折的虛線，劃過一望無際的青稞園地。

當慢跑漸漸的鑲入我的生活，像我身上的一根寒毛穩固扎根在我的皮下組織後，我不得不開始揹著它和我一起生活，或是帶著它和我踏上各種旅程。不論是鐵軌上搖搖晃晃的機器巨獸，天空裡不斷劇烈攪拌的機器巨鳥，在這些無數個令人窒息的空間裡，想像著它如魔法毯般的魔力，期待漫長囚禁後的停駛與降落，它帶我翱翔世界。一個腳印一個腳印的撫摸光滑如鵝卵石般的土地。它像是被一雙賦予器官與感情的耐吉鞋，有時候還有想伸出手，感受她那充滿體熱與脈搏跳動的身體。

將錶面放大成八百公尺的操場，像折棉被時那樣的用力一甩、把時間柔順緩慢的攤平，我跑了四萬三千八百圈。穿越了五年的時空與時間，習慣了腳掌拍打陸地所傳遞的扎實，我仍舊意猶未盡，持續印刷著，腳印。

散文A組第二名得獎感言

作品：〈鐵盒便當〉
作者：林采諭
班級：大學部傳藝系1A

這次真的很意外會獲獎，此篇文章主要是懷念母親和還停留在制服年代的自我。抱持著一種抒情和思念的感情在寫作，正是因為寫自己的事情所以也想要有自然點的感覺，反而會顯得太過主觀，擔心其他人無法理解。況且已經是很久沒有寫關於家人的文章了！於是一寫完我就在心中暗自告訴自己：別妄想會獲得大家的認同吧！沒想到可以獲得大家的青睞，還是讓我感到相當不可思議。我很感謝我的母親，她也是我此散文的最大靈感之一。

◀鐵盒便當▶

小學時，中午時小朋友興奮的跑出教室，領著營養午餐魚貫而入。國、高中時，同學們一聽見聲鐘聲，便衝去福利社搶東西吃。而我，總是慢條斯理，逕自走到蒸飯箱。怕燙的我，手指微翹，先試試便當的溫度，再用過長的體育服順手接起便當，再輕鬆悠閒的享用我的便當。

這就是我每天吃中餐的模式，就這麼持續了十二年。

我的中餐總是母親精心準備的，每到學校一打開便當盒，週遭的同學都紛紛圍過來，看見我每天都不一樣，五色蔬果樣樣齊全的便當，都很羨慕的說：「看起來好好吃喔！」看見不同種，比較不常見的蔬菜會說：「這是什麼？」然後會要求我分他們一點，當然，我也不會吝嗇。

在家裡，每到了用餐時間，這是我媽最頭痛的時刻。因為她絞盡腦汁的想著要做什麼菜，更重要的是品質與健康。家裡用的是橄欖油，鹽巴、味素等調味不重，所以家中的口味很清淡、爽口。她還希望每天讓我們都吃出驚喜，嚐點新鮮的味道！於是也嘗試了不少菜色，白、青醬義大利麵，特製醬料的沙拉、可麗餅、料多到滿出來的蔬菜拉麵等等……不禁讓我我更喜歡、習慣這樣的味道，因此從小就請母親帶便當到學校。許多同學去買學校的便當吃，都是有著各種不同的因素。有些是父母沒空做飯，做的菜不好吃，甚至是做的菜都千篇一律，吃都吃膩了。每回聽見這樣的答案，我都在心中暗自竊喜，我好幸運。因為對我而言，吃家裡的便當是既營養又美味，還可以省下不少錢。

更是因為深深喜歡母親的手藝，小學時還會因為吃得速度太慢而最後倒進廚餘桶。隨著年齡的增加，自從上國中起就不曾倒過廚餘，一定把便當盒裡的一切吃的精光，一粒米、一根菜也不剩。想起每當母親為一頓飯而用盡的所有苦思，費時的挑菜、洗米等等過程，就更是捨不得丟掉。那句「愛，就是把菜吃光光」淺顯易懂的道理，更是覺得實在，也不知不覺養成我吃飯時的習慣。

鐵便當盒在我的印象中都是好大一個，小時後也這麼覺得，便當塞的滿滿的吃的很飽。但在我國中時回頭看看以前的便當盒，簡直是小巧可愛。才驚覺隨著年齡的增長，「胃」也是默默的跟著增長。最後一個便當盒是在高中時，一個外型特別扁又寬的便當盒，容量也不小。有時津津有味地陶醉在美食，一口接著一口，我的朋友說：「想不到你還真能吃哦！」反觀當時女生基於愛美，追求時尚流行的時代，想要變瘦的那種念頭拋之在後。完全不顧及這些的我，依舊把便當吃的乾淨。不曾出現兩個人合吃一個便當，為了減肥只吃零食或不吃的情景。

好景不常，我出乎意料地考上到外地的學校，別說是帶便當，連母親的菜吃到的機會也幾少許多。剛開始在一個新的地方生活，一向不是外食族的我，總是很頭痛地思考：等一下要吃什麼？每天憂慮著下一餐，總是令我傷神，更是感到厭倦。我才逐漸懷念起那段時光，每天三餐都有豐富的好料照顧著我，不必擔憂健康品質的問題，亦不用擔心不符合自己的口味而不敢登門造訪一家新嘗試的餐廳，而在店門口躊躇半天。其實我知道，自己實在是太懷念母親做的菜，更是家裡的那股味道。

小時候我不喜歡待在家裡，總是不滿母親嚴苛的管教和太多保守的規矩，也認為母親對我有很高的期待，無形之中總是讓我產生莫名的壓力讓我無法喘息。叛逆的我時常和母親意見不合，大吵一架。時而小吵，時而大吵多至一個多月不曾講一句話。儘管如此，便當盒裡的飯菜不曾少過，也不曾在吵架中缺席過。有時淡淡的嘴裡咬著菜，細嚼慢嚥的品嚐著……母親的心到底在想什麼？那我又做了什麼？嚼著咀嚼著，有時那樣的氣憤也慢慢的被消化完了。

如今，我現在只要有空和足夠的經費，就會返家。一回到家，大家都歡迎我回來的雀躍是藏不住的，一反以往每天上下學通勤的感覺。母親花了更多心思準備餐點。她跑去離家較遠的市場買豆腐，因為比較便宜；為了一道我愛吃的菜又奔波另一個市場買佐料，只覺得我在外地，永遠無法放心孩子的健康。一人提著又重又多的菜走回家，還來不及全部收拾就急忙下廚，煮好菜還沒換衣服，洗了洗上一餐的碗盤又處理善後鍋子清潔，她的外出服尚未換下，家人已經用餐完畢。這樣的光景我從小看到大，然而這是我長這麼大，第一次為這樣的畫面心疼、難過。

她總是不厭其煩，嘴裡沒有任何一句怨言地繼續做這些事。這些，並不是她的工作，而是全家人的事情。她要上班完，趕回家做飯。這一切，好像都是她的事情，沒有人是幫忙，她也不奢望似的，只是無聲無息地繼續做著……

我才慢慢從她眼角流洩出，她只希望我一切安好，希望我更好，因為她不想看到我受苦。她能幫助我很多，其中一項——飲食，是她最注重的，她也知道我在外地吃不習慣，同樣的她和我都不喜歡傷腦筋在外面吃。我難得的回來，她總是又再多嘮叨我「多吃一點！」而我現在才聽出背後真正的道理。

我現在會主動幫忙，她的表情最初由驚訝慢慢地轉為一抹淡淡微笑，我和她聊起以前的往事，卻很難表達出，對她以前地愧疚和心中無限的感激。不管是每日的便當，一餐飯、一日的照顧；沒有高級的五星飯店食材，沒有高待遇的豪華照顧，但是這些不是用錢買到的，而是長年累積下來的情感，無聲無息的支撐著整個家庭。多想告訴她，我了解她默默為家裡留下的每一滴汗，卻永遠卡在咽喉裡，無法說出口。

上次回去，她跟我說她的新公司附近很多小吃攤，一開始找不到蒸飯箱而傷腦筋，後來才知道有，而重拾我高中用的鐵便當盒。我看著它洗乾淨擺在桌上的模樣，不禁憶起高中背著笨重的書包，手裡提著藍色便當袋的模樣，那時候的我也已經離我遠去，拋下我而走了好遠的回憶了……

如今我又何時能夠嚐到那股味道？那份記憶？有時擔心自己簡直快要忘卻那便當菜的味道，唯有回到家，那股熟悉親切的自然感才撲向我而來。告訴我：你還有家人的支持。我才會清醒過來，淡淡的笑了笑。

我會一直珍藏那個每天提著有份愛的重量的鐵便當的我，還有便當盒的那份獨特香味，希望那個我不會消失在心裡。那是通往我最純真的年代，也是聯繫我與母親之間的情感的路口，永遠存在著，不曾遺忘。鐵便當盒和餐具敲得叮噹響的聲音，還繞在心頭不停的轉著……

散文A組第三名得獎感言

作品：〈誰把燈打開了？〉

作者：康海瑞

班級：專科部英文科3C

首先我要感謝上帝以及長期指導我作文的陸冠州老師。

會開始接觸寫作不是因為讀文學院的關係，而是為了要應付插大轉學考國文作文的部份，請陸老師幫忙我們幾位同學批改作文。而我所要報考的學校也不是文學院，而是要轉商學院，壓根就沒想過會對寫作產生興趣，但在陸老師的鼓勵下，便決定試一試，完全沒想到能得到這份殊榮。這次意外的經驗加深了我對文學的興趣，我想往後我會投入更多的時間在寫作及文學上，希望以後能創作出更美好的作品。

誰把燈打開了？

誰把燈開了？

是哪支探險隊用探照燈直瞪著不願醒來的穴居人？

原來，是月亮。

領頭的是溫柔的月娘，她用不搭調的強烈光輝照耀著我，背後的星光都顯得黯淡，不對，我何時看過星光了？那不過只是幾顆LCD燈吧？我很好奇人類的文明究竟到達了什麼樣的境界，竟然可以無聲無息地毀滅其他的星球，星際大戰裡戰機的雷射炮，日本漫畫裡的宇宙母艦加農炮全都落伍了，都落伍了。人類不須幻想科幻小說情節，光憑一盞燈就能征服全宇宙了，不費一絲一毫的力氣，只要做個動作，開燈。不用燃燒一卡熱量，更不需喘一絲氣息，便當場將宇宙擊斃。勝利的鐘聲響起，噹噹噹噹，地球人衛冕成為宇宙之王。

生活在都會區，象徵繁榮的光害幾乎射殺了所有的星星，只有少數幾顆能夠在冷漠的都會夜空中苟活，微弱地打著求救信號。都會光害不時地弄瞎了古代神話人物的眼睛，獵戶奧力安常常遺忘他的弓和腰帶在無情的夜空，傲慢地誇耀自己的神勇；天蠍有時候藏著身軀，露出致命的毒鉤尾巴等待刺殺獵人，卻不知他們永遠遇不到對方。

紐西蘭，以人間最後一塊淨土為著名的國度，有著尚未被光害摧殘的星空，也有著我的國籍。

三歲那年，因為說不清的家庭因素跟著母親回到台灣，所有對星星的印象都是從母親那聽來的，她說那邊的星星加上腳趾頭也算不完有幾顆，有著雙臂也擁抱不完的美麗天空。在那可以看到銀河，也常常能看到流星，好像天使開了燈一樣，夜空裡燈火通明。聽說了很多有關故鄉的星空，卻怎樣也回憶不起天黑時星空被炸出來的瞬間。幾個月大的我是否每天都望穿星空入睡？是否半夜吵著喝牛奶時也是直瞪著夜空？

九歲那年，我第一次見到了星空。

那年，母親帶著我和我外婆回到紐西蘭找我父親，在那待了十三天。父親帶我們造訪了許多景觀，其中一站是到離奧克蘭不遠的懷托摩螢火蟲鐘乳岩洞，是座神祕的洞窟，在那說話唱歌都不會有回音，或許洞窟的另一端能通到天庭，有天使在那頭聆聽。

走進這岩洞，彷彿是走進鱷魚張開的大嘴，上頭的銳齒不斷滴下飢渴的唾液，一路上將我們淋濕，不時還得小心腳下那咬合不正的牙齒，哪怕是不小心踏痛了他的舌頭，就被拖進消化系統裡去，我們一家人，只能無奈地跟著參觀動線前進。最後我們抵達了這隻鱷魚的胃部，個個爭先恐後地坐上一艘載浮載沉於胃液之上的船，彷彿看見一絲獲救的希望。這時領隊輕聲命令我們安靜，並且要我們抬頭看看這隻怪獸的胃壁。

誰把燈開了？

映入眼簾的不是一陣腥臭，而是一片星空。天上佈滿了閃爍的藍色星點，水上映照了搖曳的藍色光點，水天一色，炸出了一片宇宙，這剎那足以令人窒息。往左朝上看，星星，往右朝下看，星星，彷彿正身在宇宙，乘坐小船於銀河之上，航向另一個星系。即使當時已有最先進的底片相機，也沒有人膽敢剝下任何一片宇宙。滴答。滴答。滴。答。只有岩洞滴落下的水滴能提醒我們仍身在地底洞穴裡。

到底所謂的星星是否就是這些螢火蟲幼蟲尾部所發出的光芒呢？或許，上帝創造宇宙的材料是在這洞窟裡開採的；也許，女媧補天的材料也是從這提煉的。

十二歲那年，我第二次見到了星星。

國小畢業旅行最後一晚的行程是在恆春觀星，坐遊覽車的路上同學們因為整天的疲憊全都昏昏欲睡，沒有人希望再到下一站去，只渴望能回到飯店好好休息，接著打牌聊天玩通宵。最後車子不甘願地停在路旁，人潮朦朦朧朧地跟著人潮下車。

誰把燈開了？

一下車，星星們立刻成體操隊形散開，在天上擺出各式各樣的熱身姿勢，一顆顆清楚而分明，晶瑩而剔透，在我們眼前閃動。每位下車的孩子沒有一個不發出讚嘆的聲音，驚呼頌讚這片沒有太多光害的夜空。

待孩童們個個就定位，昂首觀星，項為星強之後領隊開始介紹天上的珍奇異獸。有狐狸有劍魚有大熊有天蠍有孔雀飛魚杜鵑小獅天鴿鳳凰麒麟鹿豹。彷彿來到了太空動物園一般，一隻隻奇形怪狀的生物活生生地呈現在眼前，令人目不暇給。

宋朝偉大詩人蘇東坡在〈夜行觀星〉一詩中寫道：「南箕與北斗，乃是人家器！天亦豈有之，無乃遂自謂？」遠到不能再遠的星星，在中國人眼裡就像身邊器具，難道天上也有這些嗎？南箕被天仙用來收拾散落一天的星星，北斗被天神用來痛快暢飲？同樣的星座，在中國人眼中是器具，而在西方人眼中卻成了千奇百怪的動物，淒美壯闊的神話故事。或許點成線，線成面，毫無惡意的星星就在我們的想像中恣意地變化、編劇。

十八歲那年，我第三次見到了星辰。

那年我帶領所創立的服務社團前往台東三仙國小舉辦為期五天的兒童冬令營。團隊必須在活動前一天抵達現場佈置和準備，一天下來大家都累翻了，也有些令人不愉快的爭吵，許多問題接二連三的浮上檯面，加上長期前置作業的疲累，我的意志和信心被躡手躡腳的悲觀消磨殆盡。當天晚上儘管寒風刺骨，每位團員仍能在幼稚園的冰冷木頭地板上睡著，似乎想忘卻一切的疲憊和不悅，好迎戰接下來五天的征戰。

已經凌晨四點了。

我醒來，聽著惡寒冷風吹進來的星光，擊打我的眼皮，許久，仍以為置身未醒的夢中。

最後我終於屈服失眠，小心地繞過地上的屍袋，大膽地穿越團員們的遺物，輕輕地打開嘎嘎聲響的紗門，重重地登上幼稚園頂樓平台。

誰把燈開了？

夜空一絲不掛地脫下她的黑色薄紗，鑲嵌在身上的鑽石令人目眩神迷。這時月亮收起了她的探照燈，正式地介紹她的團員給我認識，一顆顆星星閃閃耀耀地介紹著自己。

我呆了，為著這片沒有光害的星空。是那麼的珍貴。是那麼的稀少。

我待著，嘗試奪取這片天，哪怕是剝下一片也好，都足以治癒我一切的傷口。

正當失眠心滿意足地準備饒恕我，一顆亮眼的流星緩慢地奔馳於天際，有著周遭星辰三倍亮度，拖著尾巴，瀟灑地往天的另一端出發。這顆流星彷彿在告訴我，這只是旅程的起點。

我又呆了，默想上帝刻意丟下這顆美麗流星的意義。

我又待著，告訴自己是有能力勝任這些接踵而來的難題。

在忍著抱怨和許多突如其來的困難下，冬令營最後圓滿落幕，結訓的時刻，所有工作人員和孩子們抱在一起痛哭，為著這五天的所建立起的革命情感以及離別的不捨，所有的抱怨在此刻全都轉為感謝和眼淚。如今，當我遇到困難時，那顆逍遙的流星仍會刻意地劃過我的心頭。

或許我是來自半人馬星雲裡MA772星系某個行星，可能在進行星際旅行時不慎墜落在這文明的美麗星球，雖然美麗，但地球人文明的榮光卻也遮蔽了我美麗的家鄉，催化了我的鄉愁。從我的家鄉能看到北斗七星嗎？能搜尋到月球上的玉兔嗎？這些我都不記得了，現在的我只能望著黑空中的幾顆勇士，從他們身上接受來自故鄉的家書。

時間不早了。

偶然到我這地球人棲息洞穴探險的隊伍正準備收隊。月娘命令星星們先行回到太空船上後，便很有女人味地向我點了頭，給了我一個淺淺微笑，示意下次還會再來拜訪，並關上她的探照燈，淡淡地，淡淡地離去。

即使燈關了，望窗外一看，仍可見絮絮清晰的白雲。

好像，我太早睡了。

喔不，是天色漸藍了。

散文A組佳作

作品：〈夏天梅花開〉
作者：王筱晴
班級：大學部應華系2A

◀夏天梅花開▶

「朋友」，就是一位或是數名與自己志趣相投的人。這篇融合對妳的「酸甜苦辣」獻給妳——我的朋友。

我用力的撕開膠帶，任由它爬上手中不起眼的小紙箱，回憶就這麼被硬生生地關在小小的紙箱裡。這是朋友們給我的小使命。今年夏天，一個劇大的颱風打亂了我寧靜的夏天。

「我要出國念書囉！」妳開心的滿臉發光。我的臉卻瞬間黯然。今年的夏天對我而言是寒冷的，是冰天雪地的，是憂傷寂寞的。人家總說，一生中最好的朋友應該是大學時代認識的，也許是我還沒有過那一段歷程，也許我的想法和大多數人不一樣 — 我覺得小學同學才是我最值得懷念的朋友。

我們每個人代表一種水果，我們班就是由20多種不同滋味的水果而組合成的，不同口感，想當然爾，有不同的個性，難免會因大大小小的事吵架。記得我的姐妹淘說過一句話：「年輕時誰沒做過丟臉事、荒唐事或錯事呢？」也因我們是水果盤，就像一個大家庭般，

「有時同儕間比家人更有話聊，那是因為你們在生活上常扮演相同的角色。」這是恩師勉勵我的一席話。社會上的壓力如同水果刀般地在切割著我，妳們的安慰像在我的心開啟一道暖流。

回憶的片段在腦海中的珊瑚礁間穿梭，學校中的每個角落留下發自內心的笑聲，是我們每天的功課。三三兩兩相伴嘻戲，偶爾也要吵吵架、鬧鬧戀愛，忙得不得了的生活，就是因為有妳們顯得更俱意義！還記得生態池邊的大芒果樹嗎？小時候我們寫文章總不忘記上它一筆！鬼鬼祟祟的拿石頭朝著比我們這群小不點高幾倍的大樹猛砸，只求再度掉下來的是青綠的酸芒果！

本本泛黃的簿本翻閱起來都有一種回憶的味道。每一天都有著不同的故事在上演，而這是我們的日記。同學們在課堂上分享自我的體悟，更在簿本中的字裡行間交流我們的每一天。我每天的快樂只想和妳分享，我的悲傷只希望由妳來安慰。藏匿在鉛筆盒及課本中的小紙條寫著我們這群小女生的記號，嘿！朋友啊，妳還記得那首詩嗎？我們曾打趣地以照樣照詩的方式對話。朋友啊，妳還記得我們常習慣寄一大堆信紙及小卡片給對方嗎？ — 縱使兩家的巢穴只被一條大馬路狠狠隔開。每張薄薄的郵票卻載著我道不盡的思念，雖然隨著日子一日日過去，平凡來往的問候逐年減少，能接到妳的消息都是很棒的！

一份很令人回味的友誼，一定都建立在幾件雙方共同的小祕密上！是什麼呢？還記得那些糗事嗎？幾根手指頭就能數出來的年齡，總會做出些傻事的！還有，還有那些小女孩談得純純的戀愛，能分享妳的映在另一個人瞳上的喜悅，即使我氣忿搶走妳視線的他，看到妳快樂才是促使我也快樂的原因！妳的千言萬語停駐在那個人身上，我變成妳陪襯的小花，但我仍暗暗高興，在狂風暴雨打亂妳的心靈之際，妳總是放心地將自己投入我的懷抱，感覺能為這片脆弱的小小楓葉分擔點重量，自己就覺得快驕傲地衝上天了！

小學，是個忙碌在各式各樣勞作的時代。又正巧，女孩子多半都喜歡投注大量心力在這些小東西上。小楓葉帶給我一顆顆夢想的星子，我則回報串串璀璨的珠珠。一同工作的歡樂是不帶任何辛苦的，反而，現在的我多祈望能再有這種機會，再度回味往日的悠閒！可惜我只能偶爾打開回憶的寶庫，查看那些夾帶斑黃的小星星及早已彈性疲乏的鍊條。朋友啊，妳知道嗎？我也曾在夜深人靜時試圖再一次懷念舊有的好時光。多年未碰的小紙條，讓我的星星折得不成星型，久久沒碰的幾顆珠珠在眼中更顯混亂。這些小玩意兒也想離開我了嗎？但我依然眷戀地將它們擺在書桌上，讓它們，陪我。

還記不記得我們雖然聊得多，吵得卻也不少？妳的每一道指控都是一刀刀利刃朝向我的心，妳的一聲聲道歉卻又像一道道冬天中射來的暖陽。有這麼一句歌詞：「最愛的人往往傷你最深。」是啊，但既然是自己最愛的人，對方也不忍心傷你吧！就像，越親密的人伴隨而來的衝突自然也比一般知己還多些，是一種另類的甜蜜負荷吧！即使曾為妳流過幾加侖的眼淚，我還是覺得很值得，因為這些眼淚灌溉了我們的友誼，使它日漸成長。講到眼淚，哪次悲傷不是妳幫我止住的？每當烏雲飛到我的頭上時，圍在身邊的姐妹們一定有妳。這種辛苦的遞衛生紙小妹，妳卻說自己當得很開心，因為表示她終於有幫得上忙的地方。我心裡卻想，因為是妳我才能那麼安心啊！

有段時光，怎麼樣也忘不了，那是我們一起在外掃區奮鬥的回憶。外掃區年年變動，我們一起掃過校門，一同拖過中庭，還一起理過生態園的雜草。做苦力雖然辛苦，但因有妳陪伴，大家一起努力就不苦了。還記得嗎？以前老愛賴在校門口不走的椿象兒，雖然曾為牠們頭疼不已，但也表示牠們參與了咱們的友誼。還有生態池那群愛歌唱的青蛙總能令人驚豔極了，讓我們不自覺地跟著飆高音！雖然有時也會被沉重的工作壓垮，但妳隨時能帶給我新的生活樂趣，讓我注意到生命中的不尋常，或是 — 妳也可以將如白紙般平的生命變成千變萬化的雲彩紙。妳就像我人生中魔術師。

我想到了咱們直挺挺站在升旗台前的日子。那天莫名其妙被老師指名做了旗手與司儀。第一次擔任重責的我們，真是憂喜參半。緊握麥克風的雙手不停顫抖，不安的看向妳，妳站在旗桿邊，雙腿抖得像風中的樹葉，卻努力地給我一個鼓勵的微笑。人不能總期待首次就能得到最佳成績，小楓葉依然抖動著，不像其他人因大笑而抖動，而是— 妳堅定地說我真的好勇敢！往後的升旗典禮，都是完美的結束，我不再犯任何小錯，妳知道嗎？妳注意到每次典禮前身後炙熱的視線嗎？看著妳努力拉國旗的背影，就能讓我再度充滿力量。

校外教學絕對是不可淡忘的。每趟有妳相伴的旅行都豐富地像個彩虹般的故事。從科學的迷宮到藝術的殿堂，都留著我們走過得影子。妳還記得那次去遊樂園嗎？幾年後我曾再一次回到那個原點，試圖尋找有沒有遺落的楓葉。相簿中有著翻不完的照片，幾乎張張都有妳，但就是不夠啊！還想和妳去看天涯觀海角，把我們的足跡發揚光大，照更多更多滿載回憶的相片。

畢業那年的中秋，妳還記得嗎？整個年級舉辦盛大的烤肉活動，對第一次烤肉的我來說，這無疑是個開心的新鮮事。捧著鍋碗瓢盆，興奮的圍在爐架邊觀戰，看那肥嫩的肉快在平底鍋上吱吱翻騰。在妳不時的叮嚀及見意下，我逐漸訓服眼前的火燄，它乖乖的聽從指示與鍋劏合作出盤盤香噴噴的烤肉。看到同學津津有味地咀嚼，我更樂此不疲地在第一陣線忙得不可開交。幾個小時過了，成堆的食材在我及大伙兒努力奮戰下，乖乖的滑入一張張貪吃的小嘴。我卻沒吃到幾塊。不知是胃空了還是心空了，丟下杯盤狼藉的教室，只想到外頭吹吹風。妳跟在我身後出來，手上捧著一大盤烤肉。妳說，我就是這樣，每次都搶著幫大家的忙，都不顧自己的需要，這些肉可是妳四處請同學們口下留情才爭回的。

口中的肉一點滋味也沒有，因為我整個人還依在妳給的甜蜜，那年中秋，月亮特別圓滿。人家總說「月圓人團圓」，但妳竟選擇這個時節離開我，今年，月亮不再是圓的了，只因少了妳啊！

國中高中，大家參與了不同的學校，原以為我們的友誼只能就此打住了，但過了幾個月，總會有一個人率先憋不住地拿起話筒，接下來，就是一通更能拉進彼此的長談。我是何等榮幸能認識妳呢？雖然我們各自開始建立著自己的另一個生活圈，但仍不忘無時無刻在心中留個貴賓席給彼此，隨時歡迎對方再度走入自己的生活。妳總說，我們這群姐妹淘真是有些懶氣，因為妳就像大家串聯彼此的通訊錄般。我卻想告訴妳，那是因為妳深深地獲得每個人的心，因為我們知道夜再深，仍然有個人為著自己stand by。

幾次同學會，都是妳出力最多，偶爾聽到些許抱怨聲，但如果沒有妳掏心掏肺的堅持找大家回來，肩負一位化行動為力量的幕後功臣，我們所有人也就不會再發展出如此玩味的友誼了！千言萬語，對妳感謝，只因我們這群姐妹們能一起認識妳。

不知道我跌入自己的思緒多久，現在靜靜地凝視妳的臉，又是多少日子過了？妳的臉上又多了一分成熟。不知道我在妳的生命中錯過了多少？如果時間可以靜止，真希望能再多靜靜地、靜靜地看妳幾眼。

但最不捨的相聚時間，往往時間流逝的最快。什麼時候我學會了強顏歡笑的臉？握緊鼓鼓的背包，我怯怯地向一桌好友提出這項小遊戲。雖然每張臉都盡情地表現出「這真是個爛點子」，但我有注意到囉！你們都乖乖的各自在信紙上寫下想說的話，而且，沒有人想停止這一刻美好。將自己的美麗回憶藏在一顆顆小小的扭蛋殼中，我說，有這麼一天，可能是下一個夏天，可能是好多年後，我們在聚在一塊兒開啟這個寶箱吧！相信裡頭有著說不完的故事在等著我們！這個小寶箱就這樣靜靜的躺在我家一個不起眼的小角落。接著的下午，一群朋友愉悅地暢遊在音符編織的國度中，誰也不想先畫下休止符。小楓葉瞅著我的臉說，好久沒看到這麼安靜的妳！我卻想說，因為我知道接下來的每分每秒都是珍貴。想將妳的好深深的刻在我的心端上，讓我能時時想起妳的一顰一笑，使我天天懷念妳給我的溫柔。

再怎樣完美的宴會終有最後一杯，夜，深了。

樹頭上的小楓葉有一天仍然會隨風離去吧！輕靠在她肩上，貪婪地吸取來自她髮香中的溫暖。靜靜的、靜靜的，回到我的避風港，轉身面對著彼此，我知道這是最後的機會。我想抱她，她卻先輕輕地搭著我的肩。怎麼覺得，太過清淡了些？她笑笑地道聲晚安便轉身消失在黑暗中。

這時，就像突然被打破寂靜的湖面，我細細地體會出眼淚流到嘴角的鹹味，體會到——其實最放不下的人，是我。我捨不得所有身邊的人，無法接受大家即將各自走向屬於自己的世界。孩子氣地以為朋友一生一起走的定義是身體上的幻想。是呀！是一起走的，很多時候，我們要習慣精神層面的力量往往比實際的還強大。如同國歌中那枝有骨氣的梅花一般，我在冷冷的夏天中綻放，帶著成長的心，還有那些妳給的溫暖。敞開房門，毫不猶豫的在一排CD櫃中抽出一片光碟，妳知道嗎？那是我最後那首未完的曲子，點播的最後一首，卻遲遲放不出來的那一首。

「朋友一生一起走⋯⋯」妳即將去一個滿是楓葉的國家，大家都戲稱妳為楓葉妹了呢！而我，就靜靜的留下吧！留在這個梅花國。可能我會感到孤單，但，即使妳不在我身邊，那些曾經有過的回憶會安慰我的！它們會讓我茁壯，讓我也想努力，並等著妳歸來的那一天。曾經聽過一句話：「朋友是我們退休後重要的資產之一。」我深深期盼著未來小楓葉回娘家的一天，我深深期待著水果盤重聚的那一刻。

一月四日天氣陰，妳從機場打來一通熱線，妳說，要和我道別真的太難了，所以不想說「再見」，只想說「我會永遠為妳stand by」。希望我的祝福飄洋過海，溫暖在異鄉的妳，能認識妳，是我這輩子最值得高興的事。

散文A組佳作

作品：〈祭文〉
作者：陳家穎
班級：大學部德文系1A

◀祭文▶

那年夏天你就這麼離去，明明是百花撩亂的季節，花草爭妍，為何你卻凋零？

如今，我只能在不知真假虛實的歷史中，尋找你的殘影，憑藉一段又一段的字句，拼湊一個非凡的文皇帝。

你出生在冬季的譙郡，相傳青雲猶如車蓋覆上你曹家的宅邸。你生來便注定位登九五，即使只有短暫的六年，你在文學上的成就仍不亞於後主。只是傾頹的漢室或許真逼死了蒼天，兵荒馬亂的時代，迫使你脫不離一生兵戎的宿命。你打自齠齔便身繫軍旅，年僅六歲便執弓躍馬、八歲即通曉經傳與諸子百家的學說。也因如此，征戰袁氏時你得以寫出「千騎隨風靡，萬騎正龍驤，金鼓震上下，干戚紛縱橫」的壯麗畫面。

猶記官渡曹操打了場奠定北方勢力的勝仗，而你攻入鄴城，抱得美人歸。洛水的女神曾被你捧在手心憐惜，你也曾說她宛如清揚、和媚心腸。只是，從未料想當年你與她結髮，最終也只給了鴆酒一杯、滿口麩糠。因為如此，《世說》提及你煮豆燃豆萁的鬩牆過往，總將無情二字反覆再三；羅本說你貪圖權力，不惜毒殺自己的親生兄弟，更是將你冷血的形象詮釋個盡致淋漓。倘若你真冷血無情，〈燕歌行〉裡，那思婦的殷切惦念，又是何人提的筆？旁人說你的詩沒有曹操慷慨激昂、以國家為己任的氣概，又說你沒有曹植那種積極向上、報效國家的思想，可你字裡行間訴說不完的淒苦悲涼，不也是最真摯的情緒？我想，能寫出感人詞句的你，只怕是被時局逼的不得不無情。你曾站在蟬鳴響起的譙郡，感慨城郭丘墟處，以黔首鮮血灌溉的平原，怎生得出碧草如茵？倘若你真無情，怎會於老宅種植諸蔗，用了一個炎夏澆灌他們成長，再用一個凜秋感嘆他們凋零？

人們說你是個城府深沉的矯揉皇帝，僅以泣涕滿面，便勝了曹植的洋灑辭句；我說你不過是被時勢壓迫成長，強求自己成為不負父親威名的虎子。既然弱肉強食是亂世的定律，你為自己的生存辛勤耕耘，又有誰有權苛責於你？後世唐太宗不也留有玄武門的敗筆，為何歌頌了當時的貞觀盛世，卻遺忘你在治國上的努力？你懂「前事不忘，後事之師」的道理，因而你記取教訓，厲詔一下便斷絕宦官、外戚再度染指朝政的野心；你明瞭「見不賢而內自省」的意義，所以推行九品中正，改善漢末查舉的頹敗風氣。

你體恤子民，屯墳中原、發展水利、輕關津之稅，更作〈終制〉提倡薄葬。你深知無意義的陪葬品和陵寢只是在剝削黎民，所以你選貧瘠的首陽山作你的長眠之地，不含珠玉、不著縷衣。你不作始皇帝得萬世大夢，說這世上沒有不滅的王朝與不被挖掘的墓地，所以你一反厚葬的先例，引領魏晉薄葬風氣興起。

一如〈終制〉論點之精闢，《典論・論文》一開批評之先河，當中陳述更對後世造成深遠的影響。當中提及「蓋文章經國之大業，不朽之盛事」，你肯定了文章價值，也重新定義了文章的作用。以文立言、以文立行，讓辭賦文章不再如揚雄所說的雕蟲篆刻、壯夫不為，辭賦不再是作樂的工具，反而升華為得以寄託理念、留名後世的存在。當代狼煙四起、疫病橫行，多少名士在戰火中逝去，你嘆「人生如寄，多憂何為，今我不樂，歲月如遲」，更是身體力行，《典論・論文》一著，不光讓你名留丹青，更造就多少後世評論名篇。

微感天妒良材，你年僅四十便仙逝而去。陳壽評你「天資文藻，下筆成章，博聞強識，才藝兼該」，卻也論你不夠豁達大度、誠懇公平，假使你可以朝向高遠的理想，恢宏自已的心胸，便能成為一代明君。我卻以為上蒼給你的歲月不夠充裕，倘若能多給你十年光陰，今日歷史又將會是另一番的評價。但這終是我的妄念，恰如你所說：「夫生之必死，成之必敗。天地所不能變，聖賢所不能免。」生死成敗皆為理所當然，命定如此，不該強求。

嗚呼！以文人評你，你是名符其實的文帝，一首七言、一篇論評開創了文壇的新局；以帝王論你，你盡心臣民、改革圖新，只是，本已傾圮的天下，又怎能強求你一人擔負起？多少人只看得見演義中的你，困惑於戲曲橋段而無法觸及。你總成為映襯曹植的投影，那些文人，可真讀透了你《典論・論文》中，所提及的道理？客觀與精闢又有幾人能如你？世上能同我感受的，恐怕也寥寥無幾了吧！

散文A組佳作

作品：〈這一張桌子〉

作者：鄧惠文

班級：大學部西文系2A

這一張桌子

「這一張桌子知道太多秘密，所以它選擇甚麼都不說，閉嘴，緘默，啞口。」

老實說，我是不相信物品是有生命，更別說它有選擇權，但就當那天下午表妹信誓旦旦的告訴我那句話，這句我覺得過於成熟的話，我才對這張桌子起了疑心。

表妹今年剛滿十二歲，皮膚白皙，臉頰常會泛起紅暈，就像一顆紅蘋果，所以大家都叫她小果。

「小果啊小果，妳在哪裡呀？」

表妹最喜歡玩躲貓貓的遊戲，因為身材瘦小，她可以肆意的躲在任何的地方，就像一抹風，她總是輕聲躡過家裡的任何一處，不留痕跡，但她又像一只狡猾的白兔，有著捉摸不定的藏身處，所以，找她就變成了一個十分費力的工作。

那天，我跟表妹依舊玩著她最愛的遊戲，在這碩大的房子中，記得這是爺爺留下來給阿姨的房子，唯一的一棟房子，就給了阿姨，阿姨平日都在工作上打轉，鮮少有時間來住在這偏遠的別墅，所以，阿姨就請我來照顧表妹，可愛也古靈精怪的小表妹。

對這棟房的第一印象，竟是只能用「萬綠叢中一點『白』」來形容，房的四周全都是一棵棵不知名的大樹，房就這樣突顯於其中，我想森林保育者若看到這棟房，一定恨不得把這房給拆了！

房子是十分洋派的建築，應該是甚麼巴洛克建築吧，內部就像迷宮一樣，一大堆的房間，也藏了一大堆的空間，空間又與房間重疊，常常我都會感到暈眩，若緊盯著某一區來看，那些空間似也會鑽入我的腦袋中，佔據我的思考地區，把我思想全一股作氣的全擠出腦外。

所以我痛恨這個遊戲，巴不得轉身就遁入現實世界，但是看在小表妹只有阿姨與傭人的陪伴下，是她唯一的親人的我，只能「開心的」陪她繼續玩這個遊戲。

房間與房間之間又有一個房間，「小果啊小果，妳到底在哪裡啊？」

每個房間的格局都差不多，英式的床卻鋪著中國風的紅色牡丹床單，牆壁也是貼著紅牡丹的壁紙，每個都是紅，沾著老舊氣息的紅，窗是開著，陽光照耀下也無豔麗，只剩令人無法想像的時光痕跡。

每個房間都有床、化妝桌等基本配備，卻也有幾間書房，一些已看不見書名的書，就這樣層層疊疊在書架上，加上旁的檜木書桌，是個十分平常的書房結構。

但，也有特別的。

在我的腳步輕聲過每個房間，雙眼底都沾滿了暗紅，眨眨眼，也無法把紅揮去，我仍沒看見表妹，我想她還在某個房裡吧。

當我打開這一道門看似跟其他房間無分別的門時，一道黃光射入了我的眼，我無法睜開眼看清，在那一霎那，我知道這不僅是陽光所害，當我想奮力的睜開眼，那道光就頑強的與我抵抗著，就像摔角般，恨不得把我摺倒在地，我轉過頭，試著稍做喘氣，再轉過頭，只聽到一聲「沙」，窗簾關上的聲音，那道強光軟化了下來，留下了溫煦的黃，映入眼簾。

映入眼簾的是一張桌子，及站在窗戶旁的表妹，表妹笑了一笑，只說了一句話，「這一張桌子知道太多秘密，所以它選擇甚麼都不說，閉嘴，緘默，啞口。」

我感到疑惑，我不懂這個才十二歲的小Ｙ頭為什麼會忘了她正在玩捉迷藏的遊戲，而故意在這個房間出現，且還說了一句如此成熟與怪異的話……我注意起她所說的桌子，桌子是木製的方形書桌，散發著淡淡的檜木香，然而令我訝異的是，這個房間，黃的古怪，牆壁與地板都是黃，黯著灰的黃，房內只有這一張桌子，我不經被它吸引，因為在充滿黃的的房間中，這張淡棕色的桌子，竟發出閃亮的光芒……

「如果你相信我，我會跟你說這個桌子的故事。」

老實說，我是不相信物品是有生命，更別說它有選擇權，我也不懂為什麼它會如此的光亮，然而，因為這個令人摸不著頭緒、露出個神祕微笑的女孩是我的小表妹，所以……

「好，我信。」

一個十二歲的女孩，就這樣蹲坐在窗戶旁，面對著桌子，緩緩說出了一段塵封的故事：

這間房子是奶奶的爸爸送的房子，這個房間是爺爺的書房，因為爺爺常常在外面經商，偶爾才會回家，奶奶每天都會在這個書桌上，寫一封信給晚歸的爺爺，她把信放在最底層的抽屜，那個抽屜是爺爺放收藏的錶的地方，奶奶把那些信壓在錶下，希望這些信能也能成為爺爺珍貴的收藏，奶奶每天都寫，一封接著一封，可是爺爺從來都沒發現，每天當爺爺從書房走出來時，奶奶總會滿心期盼，

「這次他總看到了吧！」

但是，爺爺沒看見，他的臉總是冷漠，走過奶奶的身旁，奶奶知道這個婚姻並不是因為愛而結合，但，她是愛著爺爺的。

有一天，當門外來了一個女人來找爺爺，她就知道發生了什麼事了，奶奶拿了些錢，打發她走，她叮嚀家中的僕人不可以跟爺爺說，而奶奶，她仍每天寫一封信給爺爺，也不過問爺爺，那個女人與他的關係。

這個放著錶的抽屜，就這樣被奶奶寫的信塞滿了，爺爺仍沒看見這些信，因此，奶奶把信放在其他的抽屜，就這樣，一天又一天，桌子，已經不能在藏住那些信了，那些有著奶奶的淚滴的信，被心碎片劃傷的信，曾流過血的信，百般哀求的信，道歉的信，充滿笑語的信……

奶奶走了，醫生說是肺癌，奶奶就在這個房間走了，在那時，奶奶還在寫給爺爺的一封信，爺爺尚未回家，家中的僕人都知道信的事情，在奶奶走時，一個與奶奶很親近的僕人就把信全都丟了，只留下一封，奶奶在離開之前寫的最後一封信。

爺爺把這個房間漆成了黃色，因為在他對奶奶的僅有記憶中，黃色，是奶奶最愛的顏色，他知道信的事，已是半年過後，當那個女人又來找奶奶要錢的時候，爺爺知道了奶奶的寬容，但他不知道奶奶所有過的煎熬，所承受的傷悲，最後一封信只寫道：「你要過的快快樂樂的，這段婚姻是我的過錯，一切痛苦由我承擔……」這個桌子知道太多奶奶的悲傷，所以它沉默了。

聽說，每個人對奶奶的印象，都是樂觀開朗。

聽說，爺爺自從奶奶死了半年後，每天都關在這房裡。

聽說，這個爺爺每天都會跟這張桌子要求跟他說出信的內容。

聽說，爺爺再也無法提起精神。

聽說，爺爺走了是因為受不了奶奶離開的痛。

「妳怎麼知道這個故事的？」

「桌子跟我說的。」

「什麼？」

「有一天我發現了這個房間，覺得很酷，因為房間都是黃色的，小果最喜歡黃色，所以，我睡著了，桌子跟我說了這個故事。」

「喔？！」

「而且，我在這個桌子的抽屜裡發現了奶奶跟爺爺的日記本，就這樣。」

「那日記本還在抽屜裡嗎？」

「對呀！」

「欸，小果，妳知道嗎，妳輸了！」

「好吧。」小果嘟著嘴，又回到小孩該有的可愛模樣。

「答應哥哥一件事好嗎，以後不要再來打擾桌子了，因為，我想，有些事情，就讓他繼續的沉默下去。」

「可是這樣桌子就會變得髒髒的！」

「僕人們會幫忙妳，所以，妳就不要來打擾桌子了喔，還有，把這個故事，放在心底，噓……」我做了一個安靜的手勢

小果睜大眼睛，點點頭。

「那我們走吧，我們再玩一次捉迷藏，但只能躲在客廳喔。」我說。

「嗯！」

小果蹦蹦跳跳的走在前頭，而我，悄悄的把這個門反鎖，繼續讓這個故事與知情者塵封。

然而，在我的記憶中，奶奶是個愛笑的人，爺爺是個很愛奶奶的人。

徵稿對象：專一、專二、專三

散文B組

★散文B組總評

丁鼎老師

本屆散文B組徵文比賽，初選入圍作品有26件，經三位老師複評討論後，選出前三名及佳作三件。一般而言，評審老師覺得本屆作品水準明顯比去年進步很多。

首先，本屆作品無論在命題、選材或結構的素質上提升許多，不少作品的內容頗令人亮眼讚賞，篇幅的份量也多有增加，證明同學的寫作能力是在進步的。當然小瑕疵在所難免，評審老師提出以下的建議：

一、錯別字的問題仍多，不論是電腦或人為的過失，都應儘量避免。

二、標點符號的使用不夠精確，會影響讀者閱讀的心情與步調。

三、近半的作品內容都集中在個人或親情的摹寫，這本是抒情散文常見的題材固無可厚非，但70年代開始，散文的題材變得更多元，雖然抒情美文仍是散文主流，但鄉土、旅遊、飲食、宗教、環保等……題材也蓬勃開展，所以期望同學嘗試把視角更開闊些，去關心周遭萬象，開拓更寬廣的寫作空間。

四、一篇好的作品，不僅文字要精煉精緻，題材要新穎不落俗，還要往兩個重點去經營，就是「密度」與「深度」。「密度」是指文章中表達美感文字的密度，雖不致要求段段精彩、字字珠璣，但若能偶有驚豔，時有讚嘆，必能使讀者眼中發亮。

「深度」是一種會讓讀者深思回味的素料或空間，一篇好的作品必然要有能牽動讀者神經、撩動讀者情感的成分，使讀者心有戚戚焉，或魂牽夢縈或慷慨激昂或珠淚暗垂，這樣才能真正得到讀者的肯定與認同。

以上是評審老師意見的綜合，與同學共勉。

散文B組第一名得獎感言

作品：〈再見〉
作者：王宜萱
班級：專科部德文科2A

在即將百日的前一天，我得到了這樣的獎。

第一名。

活了十六年的第一個第一名，妳卻只能答以我沉默。

我才十六歲；也已經十六歲了。

很多很多事情我無法說出口，於是只能用寫的。我拙於口才，所以才這麼努力想讓筆下的無窮傳達出我的一切、我的世界。

謝謝評審們這次幾乎沒有甚麼負評的用心評語，但我知道我的進步空間還非常大，真的非常感謝三位評審的賞光，我以後一定會繼續努力的。

謝謝母親與父親，謝謝幫助我的所有國文老師。

外婆，我得獎了喔。

妳一定看到了吧。我用了句點，因為我知道妳絕對看得見。

因為深愛，所以永遠無法遺忘……

再見

我還在自傲地逃避。以為自己什麼都可以撐過來、什麼都能承擔——然而我比自己想像中來得堅強，卻依然較自身的脆弱還要渺小。

人類都有視為理所當然的事物。硬生生從心底拔走個一直都存在的根基，強烈而巨大的空虛感還讓我不及躊躇後來——事情卻已成定局。

那是妳嗎？是妳嗎？我無法思考。全都停擺了、因為妳的時間靜止了，而我在瞬間全都因妳而短路。

聽聞消息的霎那眼淚再也無法控制地落下，我試圖想感性地找出什麼畫面來說服自己哭得更大聲，記憶卻提前上鎖：權限不足，無法供給閱覽。

就算急著想要拿到、一點點也好，有關妳的任何記憶……什麼都想不到了，我好慌張，在意識前來回踱步，焦躁伏擊了理智，戰勝的卻是打從內心湧上的悲慟。

忘了啊、什麼都忘了。怎麼這種發作呢？給我吧？拜託你，給我一點點吧……彷彿是盼望施捨的乞丐，我憐求著那些對我曾是理所當然的封底記憶。打從某些時刻開始我就痛心地理解到了「不是所有都理所當然」，這種時候卻自甩巴掌。

只差一條長廊的距離我就能見到妳。努力控制自己的情緒，全忘了也好，我這樣告訴自己；忘記了，所以就不會傷痛了，是吧？

然而我錯了，大錯特錯。看似還是有溫度的妳，只是靜靜地在沉睡吧？那只是一場對妳來說過長的睡眠，我們都還在等待著妳醒來喔？嘿，醒醒吧？大家都好擔心的唷？

隨著透天厝的燈從一樓逐漸亮到三樓，鏡子不是被反面放置就是用布遮掩起來，心情卻也麻痺了。啊！是了，這的確是場長途沉眠，而妳也……妳也……我在心中哽咽著，吞掉下文。

我哭了又睡、睡了又醒、醒了繼續哭。那是短暫的淺眠，我僅是還擁有逃獄意識的囚犯。一座爆炸性的牢籠將我們通通圈了進去，現在誰也出不來，而我藉由夢境暫時脫逃。

妳真的會跟我們一起走嗎？我這樣想道，聽著呼喊妳的聲聲殷切，通知過橋的時候我不住思及妳孤伶伶佇足橋的彼岸沒有跟來，徬徨地左右張望著。是不是忘記講了的話就會把妳遺忘在那邊了呢？我又忍不住紅了眼眶。

僵硬的軀體在眼前被勉強抬高換上酷似中山裝的新服飾，母親叮嚀的語調是那樣溫柔、我的淚是那樣無法控制地落下。在眼前幾天後便要回歸大地的殼身，在印象中有著爽朗笑容、硬朗體魄的身軀，原本都還能輕易擁抱的人，在那時突然變得如此莊重而遙不可及。那是和我打從骨脈開始、血緣相連的親人，甚至是從最純潔的狀態被養成未來的過程，都是妳一點一滴賜與給我的能力與道理堆積而成的。

跟隨妳的腳步我們趴伏著，而那是我們最後一次與妳的相會面了。在妳身上撒下花瓣，所有人都哭了，哭得無聲而理智。為甚麼大家都如此壓抑呢？明明是最後一面了不是嗎？我好想放聲大哭，可是卻做不到。場面的氣氛仍不容許我這麼做，安慰地想到也許妳會因為我不合時宜的無理取鬧而生氣吧。啊、如果還能再對我生氣的話該有多好？

在妳輕揚笑容的照片前跪下、請妳喝茶的瞬間，還是哭了。從來都不要我們幫妳倒茶的，現在換我們奉茶了，而妳……會喝嗎？會接受嗎？拜託妳了，最後一次賞個光吧？這樣想著呆視在地板上打轉的眼淚，繼續追加。

回到家憑藉著最後的力氣與意識洗完澡，幾乎沾到枕頭就沉沉睡去的我，在凌晨依舊被吵醒了。

床頭邊傳來碰撞聲，於是我不明究理地被吵醒了。腦袋因疲憊而呈現一片空白的狀態，我爬起身來在黑暗之中對著聲源左右探望了一下，應該是沒什麼會吵醒我的物品掉落，這樣確認了之後的我倒頭繼續睡。

後來我才知道，當天晚上妳回來探望母親了，也順便看了我。我的房間擺設換了，所以我開玩笑打趣地說：大概是看不清楚所以撞到了吧？要小心一點啊！

那時大家都選擇了逃避。我們輕鬆快樂地嬉鬧、歡笑著，在妳的面前我們都盡量散發著愉悅的氛圍。然而誰又不是一提到任何關於妳的關鍵字就會紅了眼眶開始轉換話題？大家心中都還深愛著妳，還無法接受這樣的劇變。

看著妳的他每每提到任何一點點關妳的事情就會立刻像個孩子似地嗚咽、發出近乎哀嘆的聲音，那僅是為了發洩他的個人情緒，我們每個人卻打從心底酸著、不捨著。

那是與妳相互扶持了四十幾年的他。妳明明比他年輕了近十五歲，又怎麼捨得拋下他自己一個人先快活去？母親笑罵著妳，然而我卻在一旁又落下了淚。

妳一定也捨不得拋下這樣如同孩童般躊躇大哭陷入迷惘的他吧。因為這場驟變而頓時如此無依無助的他，妳也心疼吧？也擔憂吧？我想是的，後來找到的信，是如此地表露無遺。

我在妳面前放著母親新買的筆記型電腦，一邊打開了文檔，一邊開了新的動畫。我寫著一篇因為妳而產生了一點頭緒的故事，一邊看起友人推薦而興起了念頭想看的動畫。

在每天都去陪伴妳的一個多星期，我看著動畫、寫著故事。會覺得妳就在我的身旁陪伴著我，看完這部動畫、為故事寫下句點。

嘿，妳看見了吧。我用了句點，因為我知道妳一定有看到故事的結局。

那表現了我的難過與悲慟，甚至是被現實的龐大壓力壓得窒息的無奈絕望感。那時的我的確是這樣的狀態，只是配合大家，揚起難看的笑容隨之起舞。

渾渾噩噩的日子持續了好多天。我寫著故事、看著動畫，幾乎遺忘了時間的流動。最後一天要送妳離開了，那是曾經能夠擁抱的軀體最後一天與我們同在的日子。

就算知道那樣的聲音所朗誦的台詞是公式必備，但還是忍不住紅了眼眶。三跪又九叩，感覺就是無止盡地對妳表達最後的孝敬。在最後，高齡八十二歲、擁有腳方面殘疾不便的老爺爺堅持靠著自己的雙腳走到妳的照片前做最後的緬懷，替妳拈香，我幾乎就要哭出聲來。那是漫長而艱辛的過程，好幾度都有人想衝上前攙扶貌似要跌下的老爺爺，充滿皺紋而有著年歲歷練的手只是輕輕撥開大家的好意，堅持著自己完成最後一次與妳相會的見面。一ㄢ爺一せㄚ潔的狀態被養成將來會是如何？

記憶零零散散如同碎裂的玻璃，我趴在地上努力找尋，也無法全都拾回來。僅有如同底片般斷斷續續、被切割過的橋段供我回想，這大半時間的我還是哭泣著，無助地哭泣。壓抑所有聲響，只能靜靜放任眼淚從眼眶滑下。真正再回過神的時候，眼前已經是具漂亮的白骨。

看著俐落的動作將潔白得近似石膏色、又彷若蛋殼般脆弱的白骨放進潤黃色而美麗的圓石甕中。先將碎骨頭置於底層，仔細確認所有較小的骨頭都在裡頭後再用像是木樁的東西用力搗碎，然後是放入較大而無法憑著小木樁擊碎的部份，完整的頭蓋骨則在最上面蓋著，下顎則收在空洞的頭蓋骨之中。

妳的他伸出顫抖而年邁的手將指尖輕覆在妳雪白色的頭蓋上，抽泣的嗚咽傳來，撫著妳的頭像極了是在安慰著妳；實際上卻是種充滿了傷痛的別離，而極需安慰的是他，不是妳。

我只是輕輕地說：「好漂亮呢，妳好漂亮喔。」對吧？妳的他笑了出聲，但隨即是崩潰地大哭，由人攙扶了出去。

金黃色的石蓋緩緩封上。我腦中一閃即逝前幾天熬夜重新手抄了份關於妳的傳記的情景，是我寫給妳的。隨著妳化掉了，然而妳看見了嗎？在妳面前跪下，最後一次目送妳在門後消失時，我篤定地想：是的，妳一定會看見的。

家裏空蕩了、沉靜了。

沒有人放佛號了、沒有茶葉蛋的香味迎接我們了。

沒有發酵失敗可依舊美味的麵食等著我們解決了。

沒有親手種的菜能品嚐了。

陽台上的生意盎然將會慢慢枯老死去。

永遠在廁所裡面折好的一份份正方形衛生紙，現在都是一整疊懶惰地躺在那裡了。

看著妳拙劣而顯得稚氣的字跡寫滿了懺悔與告訴自己要放下的話語，只是一再地重複又重複，但在最後，卻出現了一句「我愛你」。

妳寫給他的信，叮嚀著他一起來念佛經，說這樣有助於他晚上老是失眠的毛病，然而最後，卻是一句「謝謝你」。

你們的四十幾年，豈只一句「謝謝你」。

然而卻是一句蘊含了千言萬語也無法表達更完整情緒的最後道別。

嘿，我也愛妳、很愛很愛妳。

也，謝謝妳。勝過千言萬語的謝謝妳。

外婆。

散文B組第二名得獎感言

作品：〈望春風〉
作者：高郁禎
班級：專科部英文科3B

在知道入圍的消息後，我覺得非常意外和不可置信。其實，一開始下筆寫文章時，只是單純的想向大家闡述一段埋藏在心底許久的往事，文章整體上可以說是非常「忠於原著」，並沒有什麼太大的改變，所以當作品名稱在決審會上被老師公佈時，我還驚訝的叫出聲來。

希望大家在閱讀過後，更能珍惜並把握和你所愛的人相處的每一刻!最後，真的非常感謝此次評審老師對我的肯定!使我對寫作方面增添不少信心。

望春風

「獨夜無伴守燈下，清風對面吹……」《望春風》——心底最熟悉的一首台語歌，近來因練習中國笛進而有機會與它再次相遇，每每聽到它的曲調，總不住鼻酸，輕輕放下笛子，向窗外喧嚣的街旁那條幽暗小巷望去，佇立許久……

從小因為爸媽工作的關係，從出生幾個月到小學四年級這個階段，爸爸媽媽將我託付給住在家對面小巷裡的一位婆婆照顧，雖然我嘴上總是叫著她阿嬤，可是實際上，她跟我並沒有真正的血緣關係，嚴格說起來，是的，她僅僅只是我的奶媽而已，但在我心底我總覺得她比家裡任何一位家人還要親。阿嬤她有著傳統台灣婦女福態的身形、紅潤的臉龐和一頭蓬鬆柔軟的銀髮。

她對我是疼愛有加，總是想讓我得到最好的：常常用她厚實溫暖的手掌牽起小小的我去逛菜市場，買我最喜歡的養樂多給我喝；送給我想要的小花傘，好讓我隔天能有個新東西跟朋友們炫耀；三餐煮我最喜歡吃的東西，希望我能快快健康長大……。從感冒發燒、騎腳踏車摔倒、跟鄰居小孩打架到打理衣服和送上學，舉凡一切大小事務都是阿嬤一手包辦，童年裡的記憶總充斥著她忙碌不暇的身影。小時候的我個性像個男孩似，總是趁阿嬤不注意溜出門去玩耍，還喜歡到處捉弄別人，常因為這樣惹出不少麻煩，還記得每次被其他大人氣沖沖地拎到家門口找阿嬤理論時，我總是眼睛睜的大大的縮在一角不發一語，看著她不斷彎腰跟別人陪不是，害怕的不敢抬頭，深怕會遭受到嚴厲的處罰……。每次看到這般情形，原本板起嚴肅面孔要對我說教的阿嬤，都會心軟並輕輕嘆口氣說：「妹仔啊，查某囡仔愛幼秀，才會得人疼，哉某？」每每仰望著她慈祥的臉龐，我就會覺得好慚愧……於是鬧劇的結局總是我一把眼淚一把鼻涕的撲到她懷裏大聲哭喊：「阿嬤，我下次不敢了啦！」緊緊環抱著她圓圓的身軀，聞著那股熟悉的明星花露水味兒，感覺她暖暖的手掌撫著我並輕聲哄著，那些日子裡的夕陽總顯得格外溫柔。

時間悠悠流轉了許多年，幼稚園的我在音樂課裡學會了吹奏直笛，心裡很興奮，放學後常匆匆忙忙地奔回家，拉著阿嬤來當我第一個聽眾，「阿嬤！阿嬤！我吹笛子給你聽。」此時她總會拿起一個小板凳靜靜坐著，即使表演的曲子永遠是我學會的第一首歌──《望春風》，而且曲調零零落落地，三不五時還會走音一下，但阿嬤她總是會一邊仔細聆聽一邊輕輕哼唱：

> 十七八歲未出嫁，見著少年家，果然標緻面肉白，誰家人子弟？想要問伊驚拍勢，心內彈琵琶……

望著阿嬤眼眸裡，隱隱約約閃動的波光，也許，陣陣熟悉的旋律意外撩起她塵封於心底已久的過往了吧？想起她曾是風華絕代的少女；想起她也曾擁有過的青春年華……。

表演過後，我會咧著嘴對她微笑，拉著她的衣袖直問著好不好聽，她都會摸摸我的頭並稱讚我一番，每每想起與阿嬤共度的時光，至今我的嘴角仍不禁上揚。

然而，人生總有許多意外，手裡緊握著的風箏一天也會突然斷了線。當我正穿著國中的制服，成天為學測煩惱擔憂時。她，發現自己得了胃癌。

其實在阿嬤化療的期間，我有很多機會可以去看她的，但奇怪的是，不管我爸媽怎麼勸我，我卻說什麼也不願意去探望她。

「我好害怕！」後來的我才懂得，原來，那種感覺叫做害怕。

我害怕，看見我愛的人失去了她原本的面貌；我害怕，如果我見到的是面黃肌瘦，飽受病魔摧殘，垂死的老婦人而不是我所熟悉的阿嬤……那我該如何去面對？我想，我會崩潰。經過幾番掙扎後，某天，我終於下定決心去見她一面，牽著媽媽的手，帶著沉重的心正準備出發時，只見阿嬤的兒子緩緩走向我們，「媽媽她……剛剛走了……。」

看著一個大男人在大街上痛哭失聲的模樣，在那瞬間我體會了生命幻化無常的殘酷，老天爺難道是在懲罰我逃避事實嗎？我們之間僅僅只有一條街的距離啊！但卻已是天人永隔……。與阿嬤生活了這麼多年，我連她最後一面都沒有見到，在她闔上眼的那刻，她會不會因為我的缺席而感到一絲絲悔憾呢？至到今天我一想起還是會難過的直落淚。

記得那天是高雄盛夏裡難得一見的陰天，看著喪禮上來來回回忙碌的大人們，許多人神色哀愁的互相倚著對方的肩，有的人談話到一半不禁掩面抱頭痛哭，看著相片裡的阿嬤笑容是如此燦爛，我紅了眼框，視線逐漸被淚水佔據……突然想起從前哭泣的時候，她總會說「查某囡仔不要常常哭，來，笑一個，唉呦你看，多古錐勒！」然後緊緊將我擁入懷中。於是我吸了吸鼻子，用衣袖抹了抹眼淚，撐起不斷顫抖的嘴角，擠出一抹微笑，跟隨著大人們及司儀的指揮下，一鞠躬……再鞠躬……

時間它像是河流，在我們無意之間，慢慢的輕輕推送，最終一去不回。有時努力回想起她的臉龐，但存在於腦海裡的影像卻像是老舊的膠捲般，模糊不堪。突然間，我起身，匆匆下樓，穿越了曾經阻隔我倆的那條街，忐忑不安的按下門鈴，迎接我的是阿嬤的家人，他們又驚又喜與我寒喧問候，在表達來意以後，他們先是沉默了一會兒，接著帶著欣慰的笑容領著我來到，她沉睡的地方，緩緩地我燃起一炷香，幽靜房間裡擺放著簡樸的擺飾，隨手按下床頭邊她最喜愛的那台收音機，舊式的錄音帶開始在收音機裡緩緩轉動。

> 想要郎君作尪婿 意愛在心裡，等待何時君來採，青春花當開，聽見外面有人來，開門該看覓，月娘笑阮憨大呆，被風騙不知……

熟悉的曲調不禁使我心頭一顫，剎那間我的視線穿透了空氣中輕柔飄散的一縷縷清煙，看見相片裡的她慈藹的笑顏依舊，安慰的綻出一個微笑。輕輕地，我合起掌，像是在她耳邊傾訴般，輕聲呢喃：「我現在過的很好，請妳不要擔心！希望後世人會凍作你真正的孫子，擱吹一次望春風給你聽，擱叫你一聲，阿嬤！」

散文B組第三名得獎感言

作品：〈臉〉
作者：黃逸薰
班級：專科部英文系3B

第一次正式地寫作，便得了這樣子的獎項。現在讀起來猶可以聽見字句間因生澀產生碰撞摩擦的聲音。能夠得獎實屬僥倖，謝謝評審老師們。

首先要感謝我的爸媽。謝謝他們讓我來到這個世界，並且以無比的耐心和愛養育我長大。謝謝歐承傑，我愛你；秀玲，妳教導了我這個世界許許多多的道理。親愛的焦安溥，謝謝妳，關於生活；感謝我身邊所有所有的朋友們，你（妳）們值得。我實在何其榮幸，能夠擁有這些溫暖，善與支持。

感謝搖滾樂、書本，與這個混亂卻又美好的世界。願還能永遠保有餓，不斷地去愛以及書寫，生活。「所有浮生裡萬千的臉孔，讓我因為你們隆重」。

◀臉▶

我們有限的生命之中有著無數張臉。

一張又一張的臉，在我們生命中無止盡地流轉。或多或少，或輕或重。我們看著每一張臉在生活中出現而又消逝。時間的力道改變了臉的樣貌、改變了其位置，也改變了那臉對我們的意義。

是這樣的吧，每一張臉出現在我們的生命裏。垂直地，與我們平行的生命，串成了一個無限大的宇宙。

又到了過年的時節。這時，身在異鄉讀書的我難得回家相聚。歲月漸長後，歸鄉的次數已隨著時間減少。生活開始慢慢形成它不同的樣貌；家人並不再是生活中唯一的重心。任何事情不斷堆積——朋友，學業，社團，兼職的工作，任何對其有熱情的事物……等等。每當家人隔不久，主動聯絡我時，我知道他們思念著我，總是擔心我有沒有吃飽啊？是不是又太晚睡了？錢還夠不夠用啊？需要些什麼嗎？爸媽這次下高雄替妳一併帶過去。家人的臉可以輕易浮現在我眼前。我知道，那個模樣是堅定而溫暖的。

回到家鄉後，卻訝異於發現，發現街道的臉變了。彷彿被人粗魯塗改過一般：這兒應該是有著寺廟的、那兒建起來了一棟又一棟的平房、每回返鄉總會光顧的店收起來了。每一條喚不出名字的街道小巷組成了記憶中的風景。於是妳開始懷疑，懷疑那些陌生的街道是否仍是妳熟悉的家鄉。年歲更迭，家鄉也長出了一張新的臉。

在這樣子欣喜又哀愁地氣氛裏開始了過年，彷彿要把過去那年所有不愉快的事情通通抹去。我們開始為新年妝點一張全新的臉。家裏的人忙進忙出，準備過年需要準備的事項。醒來後，聞到每年過年時媽媽總會蒸粿的味道；那香味、所有吵雜的人聲、過去所有這時節的記憶堆疊在一起。在這暖烘烘地氣氛裏，還是覺得安心。

後來，當所有在過去一年未曾謀面的親戚都聚在一起準備吃年夜飯時，許久不見的親戚突然出現了。妳驚覺，想要將眼前的人與過去記憶中的影像重疊。但是妳卻發現徒勞。她的臉竟變得如此蒼老，時間居然可以改變人的臉至此！過去回憶中總是充滿精力、獨來獨往，直到不惑之年才結婚。而在那之後都膝下無子的姑姑，居然劇烈改變了如此之多。這真的是同一張臉嗎？

猶記得從很小的時候，聽聞親戚的一些是非。說起來不算是非，直到後來長大後我才明白的。一些或者表面或者暗地裏的角力或盤算，人情世故。不僅僅在這裏，原來整個社會就是如此構成的。記得那年，姑姑找不到工作。那時姑姑還是個剛從國外回來，狂放不羈，剛邁入三十大關的女子。爸爸說：「好吧，可以來我這。」於是她便來爸爸的公司上班。後來做了多久，我記得不太清楚了。最後，她因為人際關係處理不來，於是離職了。半個月後，看到她帶著原先公司的資料以及經驗。到了爸爸公司競爭對手的公司就任高位。我還記得當時爸爸挫敗又哀傷的臉，記得當時媽媽生氣的臉。記得親戚們嘲笑的嘴臉。還記得最開始姑姑帶著我，去夜市買東西的臉。

於是時間，不論好壞善惡，不論立場。改變了臉的樣貌。

歲歲年年繼續以其方式流逝。後來，直到了新的學期開始後，我才發現，原來時間在我們看不見的地方一直不停轉動。不僅僅是轉動，也改變了臉的位置。將其錯置。像是一種錯覺，那些我所認識的人們，在我的腦海中都還保持著當初他們各自的模樣。而轉眼之間，我們卻已經完全移位。我到達了他們當初的位置，而他們卻已經去了不知名的遠方了。原來現在這就是未來，這就是當時所耿耿於懷的未來。

多麼傷感。直到後來，我才緩慢地理解到，原來改變即是唯一不會改變的事情，或許這就是生命必然的常態性。我們依傍著時光的洪河漂流著，被帶往每個現在所累積起來的未來。我們不斷向前行，而且永不回頭了：或許，所謂的長大，便是能夠學著原諒，學著寬宥那些生命中無法挽回的、或者快樂或者悲傷、遺憾，以及那些純真和錯誤。我們學著瞭解生活，學著寬恕生命中流逝的每一張臉。

幽幽微微地，我恍惚地回想起生命之中每一張經過我的臉。想著離開的以及留下的。

而那些年歲，那些臉們仍然逕自流轉。

散文B組佳作

作品：〈人生という旅〉
作者：董卓豔
班級：專科部英文科1B

◀人生という旅▶

車窗，一只砌在牆上的小型液晶螢幕，上演著迅如流星般的即時畫面。

城市，一夜笙歌霓虹方歇，商業高樓已然從東方肚白裡甦醒，早市商販批價吆喝，與騎樓下飄舞的「流血大拍賣」橫幅對街遙唱生存之歌。簡陋民房在都會叢林邊，獨坐堂視火車迂迴交錯。壅擠車道上的人們面無表情，任憑汽機車排煙管將其隱身在車囂煙霧瀰漫之中。煙塵蒸銷騰上了路樹，嫩芽老葉在來往的風塵中搖曳，沉默見證著城市的浮沉興衰。

喀拉——喀拉！轟隆——轟隆！鐵道引領著列車，疾駛的巨響不容思量瞬間的變幻，即刻映入眼簾的是和著綠衣倒在晨霧中輕眠的稻田鄉野，四肢延伸勾勒向遠山，細數春播夏耕臥擁秋收冬藏。水牛卸下了犛伴著老農，田事自有機械插苗機接棒捍衛起家園和晚餐。時代巨流衝擊著古老歲月，老屋旁山櫻綻放，在寒風中獨自回顧芬芳。舊住的屋磚瓦寮自有老祖宗的故事陪伴，老屋固守的身影在過往洪流中洗盡鉛華，斑駁印證了世代傳承的堅定信仰。

遠方低窪處，遍野沙礫漂流木縱橫堆積，莫拉克驕傲的留下與人類枉顧氣候變遷搏鬥後的身影。一片荒涼中無語傾訴著背後的辛酸血淚。飛鳥零星棲息巨木禿幹，半年的事過境遷只剩土地獨自落寞承受。在家園遷徙後的空曠凌亂中，人類試圖搶救生存，而放眼望去荒野中仍難尋人類對於土地的一絲懺悔。

思緒汰換，在密閉空調的車廂中飛舞，駛進山洞後一片黑暗，光影迅速匿跡，瞧見的是自己反射在鏡面上的輪廓。山洞沉默的像記憶的長廊。記得小時候總期待過山洞，我們在火車進出山洞明暗迅速切換的瞬間興奮不已，每次都滿心期待的問媽媽什麼時候要過山洞？然後我們會放開嗓子開心的數著：「一個山洞，二的山洞、三個、四個、五個……」

但從什麼時候開始不再算山洞我忘了。

望著黑暗中反射的自己，安靜回味小時候那種簡單的快樂，似老奶奶梳妝台上的舊銅篋，在思緒疊亂的角落斂藏起被遺忘的最初——外婆老家庭院裡的玉蘭飄香，同伴嬉戲笑語如花，我們踩著腳踏車板迎風追逐，歲月匿跡在踏車捲鏈裡，把我們送到可以遙望未來的港口。

濱海交界。曾經以為海的那邊就像未來一樣遙遠，而如今，我們卻已航行在各自的人生旅程上；不同的航線，有著各自的方向。廣闊如出了山洞後那海面與天交界的太平洋，暖陽拖灑洋面金光閃耀，遙望視野盡頭外似乎無際的遠方，海是這樣的沒有盡頭嗎？再怎麼長遠相信總會在另一端靠岸。

天地一逆旅，海浪拍打著各自的夢想，光陰橫流捲起生命的浪潮，有些幻化如泡沫在沙灘上銷聲匿跡；有些如規律的潮汐，在潮起潮退之間屢次超越礁岩攀登生命的高度，不畏懼強烈衝撞後瞬間將碎

裂成浪花，那是廣闊如大海給予的勇氣，是身處在最低處容納百川所形成的雍容大度。我思考著大海的深廣，孕育千萬生命承載來往重物。人類在天地蒼茫之間何止滄海一粟？ 如果海終有盡頭，天空何處是盡頭？遼闊的天空包容著大海、包覆著地球；但人的心也許能比天空遼闊，古往今來多少悲歡離合人都承受了，如果情感是有實體的物質，那麼是否即便是朗朗宇宙也將容納不下？

朋友帶來了一疊日本旅遊的照片，我不經意地瀏覽翻閱，一疊相紙在指尖隨意滑過，忽地一只晶瑩剔透的白，使我的目光為之停留：那是位在北海道一片冰雪中矗立的一塊石碑。

上面刻著：

人生という旅
悲しみが多ければ　そんなに悲しいとは思わない
苦しみが多ければ　そんなに苦しいとは思わない
人わ誰だつてひとつやふたつ　いや
それ以上の悲しみや苦しみを持ちなから
生きているのかもしれない
悲しみが多ければ それだけ人を思いやれる
苦しみが多ければ それだけ人に優しくできる
「人」つていう学わ互いに助け合つている

ひとりでわ誰たつて生きていけない
だから人わ誰がを求めなから生きている
それが人生という旅なのかもしれない

田島隆宏　あた

〈人生之旅〉譯文

悲傷看似愈多的話就不會覺得那麼地悲傷
痛苦看似愈多的話就不會覺得那麼地痛苦
無論是誰都會有一兩個甚至更多悲傷或痛苦
也許人生就是背負著這樣的悲傷苦痛而生存
悲傷愈多就更懂得體諒別人
痛苦愈多就更懂得關愛別人
所謂「人」的學問　就是互相幫助
沒有一個人可以不依靠他人而獨自生存
所以人總是需要他人的幫助而生活下去
或許這就是所謂的人生之旅。

據說撰寫此文的田島隆宏是一位腦部障礙者，來到小樽這個北國的小鎮講演，他的演說令當地的居民深深感動。有位巧克力店的老闆就將「人生旅程」刻寫於石碑立於店門正前方，希望能有助於來往的路人遊客。雪地裡的詩篇如店裡的巧克力般同樣溫暖人心。面對生命，我們同是孤獨的旅者，因為沒有人能替代自己走完一生。人生總不全然完美，失落交織著遺憾，夢想因而珍貴。也許就是生命中那無可避免的缺口為封閉的心靈開了天窗，才能使我們走出自我的侷限遇見不同的風景。人在敞開心胸的互助中互信，如旅途中相遇的旅人彼此扶持，緣分的十字路口來來往往，自己與他人原是彼此生命中的過客，但卻共同經歷著每一個永不再重複的當下。所以，只要是能力所及，就請關心身邊的人吧！哪怕是一個淺淺的微笑也將深深的烙印在生命的扉頁中。

車身奔馳在原野，窗外浮光掠影疾馳如過往片段在心中閃過，我想時間的流逝應該就像這般奔馳的速度吧！只是它低調地消了音，無聲無息的在舉手投足間旋出旋入；在寤寐顰笑之間潛移，直待人們驚覺已是韶光飛逝年華老去。

「莫等閒，白了少年頭，空悲切！」岳王爺是這麼說的。

什麼時候開始，人生的悲歡離合可以完全用文章的起承轉合來詮釋？有關靈感，是否能在轉換成文字的瞬間傳達同樣的東西？但地球並不會因為不確定而停止旋轉，古往今來的億萬篇章在宇宙洪荒中啟動文明的巨輪，推動著世界運轉了千萬年。〈滿江紅〉的豪氣干雲，通過了「大江東去浪淘盡」的試煉，傳誦千年。縱然一首〈滿江紅〉仍難道盡「臣子恨何時滅」的悲憤愁苦，復國的忠魂卻就此隕落，但那份忠肝義膽隨著詩詞穿越世代更迭，身後的岳王爺以日月可昭的真摯忠誠仍活在世人的心裡。

穿越時間空間的界定，那是一種永恆嗎？

我憶起了中國文學老師拋出的那個問題：你認為「永恆是否存在？」「如果有，你認為它是什麼？」那是一堂充滿思辨的課，老師的「永恆是否存在說」讓矛盾重複堆疊。「永恆」一種嚮往但很難確信的一種存在。同學依理取義，描述各自對於「永恆」一說的想法，但幾乎沒有人願意作出「有」或「沒有」的論斷。

現實與理想的衝突。

事實上所處的環境裡很難說服自己所謂「永恆」的存在；物換星移，滄海桑田，人心反覆，萬物無常，有太多現實足以證明這是個瞬息萬變的世界。但也許就是這樣的脆弱，人們才在心理上傾向相信永恆。因為希望所以相信；因為願意相信所以相信。永恆的信念激起的是無比的勇氣力量，生命因意念得以永恆延續。人若失去了永恆的信念，歲月和生命的汰換只成了理所當然的新陳代謝，那麼，我們用盡一生又是在追求些什麼？

德蕾莎修女無私的大愛，忘卻自我的奉獻和永恆畫上了等號；梵谷用燃燒的靈魂，直到生命的薪火燃盡，仍執著的用畫筆向世人描繪出自然界在他心中永恆存在的美；陶潛用詩歌傳達山水田園中覓得的質樸本心是永恆的真性；電影《禮儀師》的樂章將生命串成了永恆的寄旅；不能沒有你中超越物質追求的永恆親情……，我們挖掘古往今來的擎天巨柱支持著永恆存在的理論大廈。你來我往的思辯在結構的頂端衝撞出了火花──「不斷的變異是永恆不變的定律」引起了一陣噓歎。那，原無可否認。

一道肯定與否定的界繩劃分了世界，是不是有那麼一個什麼是超越在此之上的？我想，那就是真理了。真理不辯不明，也許欲明的並非真理，而是我們的心。「真愛恆久遠，一顆永流傳」真愛，一顆超越彼我、無私的愛獲得多數一致的認同。心可以超越時間空間，而之所以為永恆，因為存在人的心中……。

火車即將到站，車廂內響起了「祝旅途愉快歡迎再次搭乘」的問候語。我從遙遠的思辯中重回三度空間的現場。一直喜歡旅行，也許是一種無拘無束的灑脫，以過路者之姿。但誰能沒有責任？驗票的列車長、餐車小姐、牽著兩個小孩的孕婦、地下道賣玉蘭花的阿婆、站前排班的計程車司機……，每一個看似微小的個體，肩負著各自的責任，撐起這個責任交互共構的世界，每一個短暫的交會，看似形同陌路，但我們都在彼此恪盡責任的環境中互賴生存。

我提起行李，有限的視野為鐵軌的兩端畫上了地平線，月台上攏來人往，數不盡遊子歸人。老車站的紅磚凹槽裡填補上了混水泥，風兒穿梭形影雜沓的足跡席捲往日風華，老厝樸執固拙低簷含首，輕攬碧空浮雲，聽著雀兒帶來遠方的消息。是什麼不知不覺的在改變，隱隱約約卻勢不可擋？歲月荏苒催促前行的步履挺過燈火蹣跚，生命既已無價，則韶光何忍蹉跎？年華豈容等待？我們是否花了太多時間在緬懷過去和擔憂未來，坐此望彼的結果，徒自惶惶追求且從來不覺得足夠。

一首來自佚名的詩篇為此刻留下註解：

Treasure every moment that you have!
Yestarday is history.
Tomrrow is mystery.
Today is a gift.
That's why it's called the present ! !
人生という旅……
無論起點終點在何處，當下就是最美麗的風景。

散文B組佳作

作品：〈First Try， First帥〉
作者：陳俐
班級：專科部法文科1A

◀ First Try First 帥 ▶

若按照族譜輩份、大小先後次序，我沒見過；姐姐沒見過；媽媽斬釘截鐵的表示也絕對沒有；甚至於虔誠的捻一炷香向在天上的奶奶打聽，應該會得到的回答是：「乖孫子ㄝ，我嘛無看過呢！」

不管是長的短的、深的淺的、寬鬆的窄管的、高腰的低腰的、素面的鑲鑽的、有名人代言的或是Yes My Dear（夜市買的喔），在這個自由逍遙，民主開放的大時代裡，每個人或多或少都應該穿過一次牛仔褲吧！

可是我家老爸就是從來沒穿過！很難相信吧！

放眼天下，東西方兩位馬領袖：美國黑馬的歐巴馬總統，每每渡假休閒的常見裝扮便是帥氣的牛仔褲搭短衫，高大英挺的身影讓人印象深刻。而我們東方白馬馬英九總統假日出巡，拜訪參與地方活動時，亦是簡單的牛仔褲加Polo衫，讓人感覺簡樸俐落，無拘無束，平易近人。

打從我有記憶以來，老爸就是竟日工作，與訂單為伍，以廠為家，從年初忙到歲末，從年輕忙到步入中年，不停的為我們這個家庭努力奉獻，為社會拼經濟。雖沒有被國家頒獎授勳，但在我們的眼裡，他是首屈一指的大英雄。每天埋頭苦幹的經營工廠業務，忙碌的生活，已經讓他忘記要對自己好一點。只惦記著我們姐妹是否吃飽、穿好，卻總是抽不出時間讓我們陪他逛個街，為自己添些行頭。

虎年的春節有些不尋常。爸爸終於肯暫時放下工作，決定先不理年後可能面臨被客戶催貨的顧慮，將工廠門禁放心的委交保全公司處理，就是要給自己三兩天的休息，陪我們外出走走。回想一下，全家人同車出遊的畫面好像是好幾年前的殘留記憶，淡薄卻叫人無法忘卻，那時的我和姐姐都還是那種綁兩條辮子的小女孩呢！

接受那個自封為美食達人的姐姐建議，除夕夜，一家人去品嚐了酸辣醋辛的泰式料理，臨時起意的舉動，雖然沒預先訂位，很幸運的就是有那麼一空桌彷彿是為我們一家人難得的聚餐而留守。齒頰留香，滿足又幸福。

而大年初一說好了要出發到台中太平的廟宇求福、安太歲，祈望今年全家平安建康，順心如意，沒煩惱。

大年初二，有個中年男子終於風光登場，被拱上臺挑大樑，擔綱演出的就是我家老爸。百貨公司大血拼焦點人物，就是這位終年辛勤工作，認真維持家計，創造美滿家庭的好男人。老媽慈心大開，聲明：只要我們今天的男主角喜歡的，看上眼的，都有權利把他們帶回家，所有的消費全記在那張所謂的中×信託鈦金卡上，絕不皺眉頭！

我們三人決心將老爸改變造型，創造新風貌。

好高興老爸終於願意把那一件穿了無數個春夏秋冬的兩面穿夾克給汰換掉，算是送給工廠警衛狗「黑董」當防寒外套。有款式花色同系列的搭配背心，當然也要一起帶走，這樣才叫「阿沙力」！

偷瞄了一下老爸，發現他眼角旁透露出滿意的小魚尾紋。

有了新衣，怎能不買新褲呢？美食達人瞬間又化身為服飾專家，大膽提出要更上一層樓為爸爸挑選牛仔褲的主張。此話一出，立刻獲得在場女人的熱烈迴響。連老爸自己也頻頻點頭，也不敢說不同意。

姐姐今年元月滿二十歲了，前後穿過了數不清的牛仔褲。而我修長美腿，穿牛仔褲似乎也是天經地義，好像沒有聽過反對的聲音。媽媽天生豪爽，崇尚簡約生活。雖不像總統夫人那樣鮮明特定的牛仔裝風格，但是牛仔長褲始終是她的最愛，最舒服的穿著。唯獨是我們家的男人，從小到大都不曾體驗過穿牛仔褲的感覺。每天每天，每次每次，總是著不同花色的訂做西褲，真可謂是：一褲走天下！

181公分，78公斤，皮膚白、五官俊秀，沒見過的人聽說帥，見過的人沒有人敢說不帥。可是，為什麼就是不曾穿過牛仔褲呢？我真的不明白！？

就在大夥兒的慫恿鼓吹之下，老爸真的動了凡心了，堅守五十多年的穿著防線開始有了鬆動，我們都不難感受到他那股躍躍欲試的小加溫。

「好吧。小姐，請問妳這裡有35腰的牛仔褲嗎？是這位男士要穿的。」

姐姐別的事都不太關心，就是熱衷買衣服。這下子她是真的派上用場了。只見她東挑西選，上看下望的為老爸尋找到了最適合的小李牌素面牛仔褲。

「不錯，不錯。滿簡單大方的。快去試穿吧！」

「不好吧？我穿牛仔褲會不會怪怪的？」

「不會啦，不會啦！這個款式很適合您這位老闆穿的啦。不滿意再換別條試試看。」

「不好吧？！」

「去啦，有啥不好意思的！人家你公司客戶的大老闆不也都是這樣子穿的嘛！」

「好啦！好啦！不過妹妹妳要過來幫我把試穿室的布簾拉好，看好喔，別讓我春光外洩喔！」

「去啦，去啦。我知道啦！真的是膽小爸，誰會想看你這個歐吉桑。」

第一件都還沒試穿亮相，姐姐又已經去挖寶補貨到另外兩條了。

「原本這個小李牌的產品都嘛不便宜的，難得他們×統百貨公司有新春名牌特賣會，才會有這個好價格。爸爸你可以多買幾件啦！」

「試穿還OK嗎，先生？」

「好了就快出來讓我們看看嘛！」

好期待喔！真不知老爸穿上牛仔褲會是什麼模樣？千呼萬喚的下一步會是怎樣呢？

「哇！很好看嘛！」

「顏色很搭喔，長度根本不用改，完全是量身訂作的一般，好看極了！又年輕、又帥氣！」

「對嘛，早就要你換換口味，來點不一樣的穿法，也不必每天都是千篇一律的，看都看膩了。」

老爸就這樣又露出了滿意的小魚尾，似乎再也不排斥改變造型了。試了這件換那件，越來越沉浸在試穿的樂趣當中，直到有一條太低腰了，他才突然想起來要提醒姐姐千萬要小心別又露股溝了！

過足了試穿癮，敲定兩條作為試探性的選購。不過，只見老爸眼睛忽然亮閃了一下，直盯著我穿的牛仔褲，還問媽媽說像我穿的那一款窄管的好像也不錯看。

「歐吉桑，別太貪心！你再年輕個三十歲，我再考慮買給你穿吧！太得寸進尺了喔！」

「改天再幫你選一條王力宏穿的刷破牛仔褲，讓你過過癮，越破越貴呢！」

「真的嗎？那我不就變成『犀利哥』了嗎？」

「不，是『犀利爸』！」

有新衣，有新褲，怎能沒新鞋？好一個標準規格的過新年。我想戴新帽就免了吧。

鴨瘦牌的鞋去年父親節已經買過了，這回改來到另一家更知名、更高檔的老劉（La New）鞋店。帥氣的小李牌牛仔褲配彈性透氣的老劉牌休閒鞋，簡直是人間至高無尚的享受。可是，老爸人高腳丫子大，讓店員頭疼了好幾下。不過，上帝應該是經常站在帥哥這一邊的！知道老爸一生難得休假逛街購物，好險總是能順利的找出他的尺寸號碼，讓他的眼角又有快樂的小魚尾兒浮現出來。

「很貴呢！行嗎？」

「沒問題的。你一星期想要買七雙輪流換穿都是可以的！你那麼辛苦，的確是值得犒賞一下自己的。儘管挑，我買單。」「但是，下雨天記得藍白拖還是最好用的，別耍帥喔！」

大年初二的今天，我們是快樂的採購兵團團員：帶頭衝鋒陷陣，讓荷包慘遭失血的團長是媽媽；幕僚軍師是姐姐，她也是闊氣的狙擊手，彈無虛發，最有精銳度的高級消費族群，花老媽錢絕不手軟！我嘛，生性淡泊，主張簡樸，不鼓勵老爸花錢，但卻一直期待看到不同樣貌的爸爸來一新我們的耳目，更願意常聽到別人讚美他：又帥、又年輕，真的為他拍掌叫好。

以前，我們真的不知道為什麼老爸從不願嘗試牛仔褲？是固執？是堅持？還是另類的犀利？而現在，我們也對於他的勇於嘗試牛仔褲的真正原因不是很明瞭：是同化？是釋懷？還是感動？Anyway，只要不跟我說是趕流行就好。因為這早就不叫流行，這是世界共同的基礎語言，親切自然的溝通方式，舒服自在的表徵，也是靈魂鬆綁的主張。

我只能說：「老爸，First try， first帥！」

你值得一輩子一直的帥下去。只要你有空，我還是會很開心的陪你逛街、大採購的。也許下一次我們就不會反對你挑窄管褲了！

散文B組佳作

作品：〈蓮潭四季〉
作者：李佳穎
班級：專科部日文科3A

蓮潭四季

雲白如絮，飄散染青的蒼穹，倒映在深碧色的潭上，南風徐徐，水面折起波波痕路，柳樹同飄舞，風中暈染著夏天獨有的濃郁氣息。

蓮池潭的夏天，圍繞在古色的樓宇間，潭水、小吃的氣味在炙熱中融成一團。高雄左營最著名的觀光景點之一，有無數的大小廟宇和一潭深蔭的池水。從小生長在左營的我，離蓮池潭騎車不過十分鐘的距離，幾乎是和它一道長大的。

最早以前的記憶是母親懷妹妹、將我托給阿嬤照顧的那個時候，約莫才三歲的我，對世界方懵懵懂懂，五十多歲的阿嬤駝著背，牽著幼小的我到蓮池潭散步。蓮池潭最有名的想必就是龍虎塔了！經過一段彎彎曲曲的水上橋，到達龍嘴頭，大張的龍嘴是入口，長長一條隧道，兩旁畫著二十四孝和十八層地獄的圖，最後由隔壁的虎口出來，據說這樣走一遭是可以討吉利的。

隧道的轉折處會擺香，還有人在裡面賣佛經或者是佛教的故事，夏天的時候香的味道異常濃厚充斥在和外頭炎熾相反的涼爽隧道裡，那個時候年紀還小，憑著阿嬤的尾尾道敘只能喚起微弱的記憶，幼年的我對於龍大張的嘴和裡頭的漆黑感到害怕，經常哭著不敢進去，總叫阿嬤傷透腦筋。

十六年前的往事，模糊的記憶；十六年前的蓮池潭，映著湖水的是老舊的龍虎頭和了了無幾的人們；十六年前的我，僅帶著單純的神色趴在池邊看烏龜，牽著的是阿嬤溫暖的手。

悶熱的早晨接踵而來的是涼爽的夜晚，金風吹起，帶來隱隱約約的寒氣，沒有楓紅遍野的山林，卻少不了淡淡滄鬱，穿梭在暗紅屋頂的中式建築間，彷彿穿越時空回到老舊的那個時代，跟著發黃的人發黃的稻田一同享受收成季的難得慵懶。

位於南部的高雄不過正月不叫冷，不過秋天微微吹涼的風總較夏天直逼的炎熱讓人放鬆。秋天的蓮池潭是散步的好去處，十月時更有熱鬧的萬年祭，雖說是前幾年才開始的每年一度活動，不過最近已經漸漸地發展成左營的固定觀光祭典了。

說是萬年祭充其量不過就是夜市圍繞在潭邊，東西還比較貴，不過對我們而言卻是一年一度的大慶典！

再來到潭邊，已是國中的我們總喜歡集黨結幫，一大群好友就喜歡找理由聚聚，正好萬年祭是再好不過的選擇─又熱鬧、又有賣吃的！一大群人就這樣浩浩蕩蕩逛大街，大聲談天大聲說笑，十四、五歲的年紀是天不怕地不怕的，方脫離無知、對未來卻又毫無頭緒，處在徬徨卻又愛逞強的過度期，不過就因為不了解社會的殘酷，因而勇於作夢、勇敢追求，用力的在紛華的煙火下大放青春異彩，是最熱力揮灑的時節。

我們眷戀煙火的短暫美麗，或許是如同我們稍從即逝的青春年華，之後的每一年我們都相聚在蓮池潭，一起再踏入人潮中，欣賞整點的煙火秀、買烤魷魚。沒有什麼事會讓年少輕狂的少年們感到害怕的！即使是畢業。還帶著稚嫩臉龐的孩子，那些燦爛那些虛幻，正是我們所追求。萬年祭的風光，究竟除了繁華俗氣外還留下了什麼？初長成的人們是不會理解的。

蓮潭在十四歲的眼裡彷彿和過去十幾年無異，好似一百年後也不會有所相異。年少無知的女孩，漫步在帶著老舊氣息的潭邊，依舊天真地相信著一切就像蓮潭風景般永遠不會改變，還未懂得分離的感傷和惆悵，面對著枝頭輕凋零的枯葉，嘴邊只道唸著怎麼還不見冬天？

微冷，魚鱗狀的雲漂浮，冬日的陽光如沐浴般溫暖，不似仲夏茂盛的枝葉，零散葉掛在枝頭搖搖欲墜，有著逝去了終究該隨風淡化的領悟，吹皺了的池水，好似深藏心底的惆悵和憂念。

久入芝蘭之室，久而不聞其香。各何況是從小生長在本地的人呢？打從一開始我就沒有把蓮池潭當作一個觀光景點看待，沒有想過當我嚮往苗栗南庄的油桐花祭時，南庄人或許也有著同樣嚮往，嚮往蓮池潭。

蓮池潭有多美？好比新著春裝的少女，那般豔而不俗、素而不凡，然而在這個冬天，它有了些許的變化。龍虎塔被整座圍住；抽光了的湖水，淤泥集中起來堆在一邊，走在湖底的鷺鷥，一身的白彷彿也顯的悽慘。打碎的瓷磚、發亮的鐵條、寂寞的水鳥、消失的蓮花，匆匆經過，忙碌的日子中無意瞥見，卻還沒有時間去感懷。

春天，在日本是賞花的時節，然而對台灣學生而言卻是考大學的緊要關頭，身為一個五專生，在一群高中生彷彿鴨子聽雷，半點也沒搞懂什麼級數配什麼學校，然而不懂大學的門檻，卻懂得何謂惆悵！和國中的瘋狂相比，十七歲的年紀明顯地沉穩了許多，然而越是會去思考也就越感到唏噓，舉頭一看又是個萬里無雲的好天氣，再半年後再抬起頭，可是怎樣的光景？當同伴們收拾行李匆匆奔向台灣的某一個角落，誰還會抬起頭想念過去的往日和衝動？

送離我們的鳳凰花恍惚間已開了三遭，心裡明白何謂曲終人散，終究還是得面對的分離，即便它是那樣的不可捉摸、若有似無，其實見面的機會少了、相處的時間短了，然而在應付課業、整理報告間不知不覺的便忘卻了！當真正有時間開始翻翻日曆，才驚覺過了個大半個三年，那鳳凰花又要開始萌芽了！

畢業對專三的學生而言依舊遙不可即，終於有了空閒倚在池邊觀望，映入眼簾的是破碎不堪的景色，又一年萬年祭後早晨的異樣冷清，更叫那分離有著清晰的真實感。被留下的人總是寂寞，殘毀的的蓮潭，又蒙上了一層憂鬱和哀傷。

東風拂面，吹起了陣陣飛花漣漪，孔廟宏偉的建築外飄散小販賣的番薯球的香味，人們還是期待春暖的，即便冬日並非那樣嚴酷，城牆、小廟，依舊香味四溢，也挑起了人們心中的萬千情懷。

孩子坐在新的造景前寫生；撤掉鋼架的塔在春光下閃耀；為了因應人潮而新建的「翠華橋」，乳白色的橋被鐵欄圍住，一旁豎立蓋好後的假設模樣；代表著孔夫子畢生的教育和理念，壯觀的大紅屋頂旁賣的是咖啡和蛋糕。是不是哪裡錯了？哪裡不一樣了？誰也道不出，所謂的跟上潮流，也許就是這麼一回事。

進龍虎塔前的曲橋，由褪色的白紅化成搶眼的黑，總帶著不協調感、總覺得少了些什麼，生在二十世紀末的孩子，剛巧搭上父母童玩年代的最尾端，又乘上新世紀的軌道，心裡帶有滿滿的不平衡，我在蓮池潭裡看見了！改變了的景色，和童年時的寫生不同了！多了精緻的小橋和現代化的庭園造景，它還在，只是童年已逝，同樣的角度，我再也尋不著同樣的景色了！不過十七歲年紀，隨著蓮潭，生活也大大改變了，那個天真相信永遠不變的孩子已跟隨時光的腳步，帶著單純笑靨漸行漸遠。

四季年月快速掠過，十幾年人生匆匆，彷彿什麼也沒抓著，如流沙般再用力緊握也將自指縫流瀉，再張開掌心，只餘下沾了汗的髒污。又是那抹輕風，折了一片潭水；依是那枝柳條，隨風飄揚；還是那香，載著信徒們的願念上天；立在潭邊細數無數悔恨片片凋落的女孩，還是那十六年前的稚嫩丫頭。

人生在世不過數十年，帶有幾百年色彩的蓮池潭，究竟載了多少人的無奈慨歎？風陣陣吹，雲輕飄過，人們散了，留下皺折的潭水，依舊波光潾潾，在春光下無限嫵媚。女孩呀！你的感慨你的無奈，就沉入池底化作污泥吧！待又是個連綿十六年過去後，只道生出朵出淤泥而不染的清蓮，在微風下伴著這古味的廟宇樓築，輕輕搖擺。

徵稿對象：專四、專五、大學部、研究所

新詩A組

★新詩A組總評

高雄應用科技大學文化事業推廣系／丁旭輝老師

本屆新詩Ａ組作品的水準堪稱歷年之最，不論從寫作技巧、詩意的創新與詩語言的成熟上，都有讓人驚喜的表現，多數作品都有水準以上的演出，由其得獎的作品更是如此。首獎作品〈一個夜裡的獨白以及其他〉表現出迷惘而詩意的年輕心靈，詩中對生命的思索與感受頗令人動容，表現出豐富的生命體悟，意象的塑造頗為鮮明。第二名作品〈朝夕旦暮〉寫萍水相逢的愛情，語言美麗動人，堪稱當代版的〈錯誤〉，其對話的設計也相當別出心裁。第三名作品〈情〉是一首「失戀達人」正向而感人的情詩，其特別之處是屢敗屢戰、永不放棄而終於找到真愛幸福的真愛精神，比起一般的情詩作品，散發陽光般的詩意。佳作之一的〈孤‧獨‧寂〉以「異鄉」寫「孤」，以「旅行」寫「獨」，以「失去」寫「寂」，詩的氛圍掌控得宜。佳作之二的〈紅毯那端〉是難得一見的圖象詩佳作，不但文字排列煞費苦心，而且外形與內容搭配得宜，是喜氣洋洋的好作品；圖象詩往往因為徒具外形而不容易寫好，本詩難得的避開了這個缺點。佳作之三的〈我即將與你道別〉在平淡語言中藏有抒情而細膩的詩境，表現出節制的苦澀與淡淡的人生況味，其文字表達的功力相當的成熟細膩，把曲折幽微、難以說盡的感受具體型諸文字意象，相當具有寫詩的潛力。其他像〈天亮之前〉寫生命探尋的過程、〈出走年代〉對時代氛圍的掌握，也都是很好的作品，可惜整體感不足，部分詩行偏弱，是本屆新詩獎的遺珠之憾。

新詩A組第一名得獎感言

作品：〈一個夜裡的獨白以及其他〉

作者：呂昭弦

班級：專科部英文科5D

這首詩是懸在心頭久久的一顆大石，最早她以「一個早晨的獨白以及其他」的姿態出現。然而，除了詩名，無法書寫其他環節。擱置了三個月，一日福至心靈，將早晨換成熟悉的夜晚，整首詩便在短短十分鐘內寫完了。

想來，或許是與早晨太過疏離了吧？一直以來，都是以夜晚為伍的，喜愛夜的空靈、嫵媚、多情、纏綿，與她的包容。只有在夜裡，或許寂寞，也許孤獨，卻擁有難言的靜謐，沒有紛雜、飽滿以及其他種種情緒。

這次文學獎入選的篇章以描寫愛情的佔了多數，情感一直是詩不可或缺的元素，無論是《詩經》中的「生死契闊，與子成說」，或是李清照的「尋尋覓覓，冷冷清清，悽悽慘慘戚戚」，以及納蘭性德的「一生一代一雙人，爭叫兩處銷魂」，都是寫愛情的百轉千迴，無怨無悔不改初衷。也許，詩的本身，便是一種永恆的見證吧？

一個夜裡的獨白以及其他

你說黃昏比黎明好陰天比晴天好
冬天比夏天好，踮起右腳尖走路
比左腳更能踮起多一點的想望
——那麼，如果是午夜呢？

畢竟這世界太深夢太淺而我們也只不過是踟躕的
兩只水鳥在其中張望，有時迷途，
有時相忘。我們該如何
相信我們枯瘦的明天裡有完成的夢想可能的天堂

上個夜晚我們開始排列一些莫名的
愁思，以及他們背後的故事
如果滿窗的星光將為之增添繽紛如果
這城市允許離開；假使會有人，為你
攜來一捧溫熱的沙，像逐一個未竟的
昨天；

設想這會是一個充滿陽光的
季節；而我們有足夠的記憶
可供晾曬，反覆烘乾
或許遺漏了些什麼？雍容的

倘若，日子逐漸枯萎、消瘦，到底是沒有其他

關於夜色，關於明天
或許是太奢侈，我將滿地鉛華拾起塞進生活的
縫隙，企圖遺忘；

書本闔了又開，一如我們微微發皺的日記
我們到底不能，不能安心，
就這麼被未來踏平，總歸不能，安心地
故作正經地向鏡子傾訴內心最深刻的秘密

「儘管我們都相信
窗戶和座位之間的不只是空白，
然而我們仍莫名地
哀傷，對於一首愈刪愈短的詩……」

到底是回不去了那些純真的
感情與夢想、單純的
渴望、一無所求天馬行空的
寫作，我們到底是回不去了

太多事實的存在需要確認，太多知識
需要學習，但又好像沒什麼緊要
畢竟他們和我們並無正相關，而我們
在日子間，醒來又沉沉地睡去；

的確再沒有什麼比眾多的反覆更令人愁倦
時間將你和你的背裝訂起來約定永不分離
我們能否承認，對於自身的認識或許

比對圓周率的了解還要少了百分之八十？

我們必須肯定必須相信
每一盞燈有不同的聲音而我們不是其他
門不必蜷縮，我們相信
在休止符之前每一滴雨自有卓然的姿態

新詩A組第二名得獎感言

作品：〈朝夕旦暮〉

作者：謝芊慧

班級：大學部德文系4A

讀詩，是一項天賦特權，任憑各人解讀，詩的風情百千萬種，愛之恨之亦無妨。

寫詩，則是一項愛情儀式，詩人可以恣意捏塑文字型態，如痴如狂地一筆一刀，刻下，劃下，詩的百千萬種風情。

朝夕旦暮，是一名旅人的獨白，他告白的對象是天空。

在我看來，天空是一名最耐人尋味的儷人了，日輪如金，月盤似銀，都是鑲嵌在瞳眸中的流光，往往看上一眼，就可以看上一整天，恁是朝朝暮暮，一輩子都看不夠。

謝謝評審老師們的青睞，能夠見著自己的單篇詩作化為集冊的一部分，是我莫大的榮幸。

◀朝夕旦暮▶

我自未割開的天地間走來
披在肩上的　是清晨結了霜的初心
那
是風來不及拂過的一身疲憊
冷冽　清寒　微濛　醒覺
剎見你紅顏似玉
眸底流轉時光　如鎏金
旭日瞬成落暮

暮色再深一點　　這天
就要入夜了
若你認為彼一端的墨　還不夠濃
請等等　　讓我把一襲烏瀑給擱上吧
這髮　　我蓄了許久
一絲一絲　　如是最蜿蜒委曲的小徑
也許本就是為了成全
成全千年後　你的一聲讚歎

我豈能不讚歎？

我豈能不綻顏？

我不是詩人
我不曾心動若此

我不知我為何只停在你面前
看你看得痴了
文字不成文字
文字無法成全美麗
如果寫不盡你
我不懂
文字為何要撇捺如此絕長的筆劃
它分明勾勒不出你的笑臉

我不是佳人
我不曾深邃若此
我不知我可否只留你在面前
笑你笑得傻了
姿態不成姿態
姿態無法成就永恆
如果你望不盡
我不懂
姿態何以能攫取如此綿長的凝睇
它終是擺佈不出你的歡顏

我將自閤起的天地間走去
映在眼底的　　是黃昏拋不下的酡色
還有　　你一束青絲

入了夜後　　若連星辰也黯淡
旅人　我只求
你一夜好眠

新詩A組第三名得獎感言

作品：〈情〉
作者：張介偉
班級：大學部翻譯系2A

謝謝評審老師的肯定。比較值得一提的大概是，我在詩裡使用電影艋舺的台詞，意義是啥小。才在擔心尺度的問題，想不到文藻的老師原來這麼前衛，所以能以得獎形式被 PO 出來，老實話，蠻爽的。還有兩年機會，我會繼續參加。這樣回想一下，以前讀高工的時後，似乎投稿中獎率高多了，現在要跟一大群女生比細膩，實在不能馬虎啊。閱讀寫作之於我，就好像是跑步這樣的事情，而投稿，就是試著按下碼錶看看自己大概多快，大概是這樣的比喻吧。寫得獎感言其實是個相當特別的權利，有這樣的平台可以向全校說各式各樣奇奇怪怪的話，真的蠻有趣的。譬如我喜歡飛行荷蘭人跟章魚哥這樣的話，或是也能假公濟私的說我以翻譯系為榮。但礙於字數限制，希望明年再見了。

◀情▶

聖華倫泰日　七夕情人節
聖誕　跨年　冬季
三百六十五個平凡為分母
兩個生日　滿一百天　滿週年
分子越來越重　好多日子　開始有了意義
可出來談戀愛　總是要還
紀念的那些　最後全成了弔念

枕邊　耳鬢廝磨　妳的容顏
月台　遊樂園　殘影重疊
台灣太小　而我的心　也載不動太多愁
到最後　竟也覺得每朵蓮都像妳

記不得　和誰去看的花海
憶不起　和誰聽的哪場音樂會
可忘不掉　火車鳴笛前
和妳隔著玻璃　掌心相貼
紅著眼　依依道別
也忘不了摩天輪下　月娘作證
妳緊閉雙眼　許了一個當晚就葬在那的諾言

愛情如此偉大
又平凡的無從和人說起　那份柔軟就留給自己低迴

也有人說 天造地設的際遇　說穿了只是機率

就讓它一直千古流傳吧!
讓孟姜女哭倒長城　讓清兵入山海關　讓段正淳糾葛情網 讓孔雀東南飛
讓它造就瓊瑤　滋養徐志摩
你說　我愛故我在
那就別說穿了

「物是人非事事休，欲語淚先流」
愛能載舟亦能覆舟　你我都在愛情海裡浮沉顛頗
當鵲橋坍方的石塊　混著織女的眼淚　回憶成了地雷
撒在走過的地方　等著你舊地重遊　炸個遍體鱗傷
傷未癒　就又急忙的重蹈覆轍
向邱比特貸款勇氣　再賭一回一無反顧

幾次開始　就幾次結束
幾次期待　就幾次傷害
成正比的笑容和眼淚 其實不划算
你常玩「打勾勾　說謊的是小狗」
誰都知道　守承諾的鄰居　住著違背
我們都當幾次狗了？
直到有天也明白　原來大部分的愛情
不是殺人　就是被殺

你問我
那這樣殺來殺去有什麼意義

可意義是啥小　我只知道 這就是愛情

我一路走來
寫著以業障為音符的情譜
為得也是
哪天終能成眷屬
眾裡尋它千百度　在套上戒指的那一刻
驀然回首　和過去和解
在燈火闌珊處　劃上幸福的休止符

新詩A組佳作

作品：〈我即將與你道別〉
作者：林采諭
班級：大學部傳藝系1A

我即將與你道別

我即將與你道別
在交替的時節裡
保存我們真摯情誼的那份記憶
這樣就好　即使我對你揮之不去

我即將與你道別
蜿蜒的小徑上
活絡撲向我的　是層出不窮的笑聲
映入眼簾的　是潔白的永恆
這樣就好　即使我們被遺忘在路上

輕巧隱密　我依然感受到重量
存在的意義

不過是卸下世俗的包袱
光芒刺入　但不留下痕跡
這樣就好　一瞬間早已超過了永遠

隨風搖曳　拍打在肩上
沉痛的氣壓已逐漸恢復成下個旅程的力量

我即將與你道別
畫過心悸的蒼涼　和　淺淺的笑容
道別浸泡在回憶的苦澀中　逐漸索然無味
這樣就好
存在過的一切　永遠不曾改變

新詩A組佳作

作品：〈孤．獨．寂〉
作者：莊蕙瑜
班級：專科部英文科4C

◀孤．獨．寂▶

【孤】異鄉

截落掌紋寫的歲月，一圈和著一圈
白色的夜裡，反覆踏雪，織份懸念

偶爾，電影裡三姑六婆吱吱喳喳的
為八卦整理番外篇

憶起秋季的流水載著枯葉開往昨天
又連接詩句捆成冬季的毛線

忘了畫布的風景早已被月割下
換上幼時拍下的童顏
一幕幕在夢裡留連

噓，別說話！這本名叫想念的書還凍在冬雪裡
一出聲就會蒸發，讓空氣塞滿淚水

【獨】旅行

跟著涼意，並肩而行
一口氣，呵出夢中的婚禮
沒有人會失手砸了蟲鳴，或者打擾月暈
岸邊條條柳絲銜著輕舟
小憩，邊聽著曾譜的曲，在風中傳遞
夜裡，還撐著篙的男子，化作詩人筆下的故事
藏在詩句裡，抖出縷縷自在
說的都是一個人的，秘密

【寂】失去

潛意識複印了太多輪廓
在那千千萬萬的圖樣之中
畫的都是同一對眸
深刻的，湊著夢裡的節奏
一步步的將我推向孤單，越來越
濃

幾罐啤酒催著
醉意撿起歌曲的開頭
毫不起眼的字句

意外地，一次次往心裡揪
沒有曲，仍譜著抑揚頓挫
哼著哼著
也讓海嘯揚起手

剎那間
升漲的情緒洶湧
撐起記憶的面積，等待墜落
舉棋不定著
雙掌遞出的辭呈，卻接住這故事的最後
大片泛黃的信紙終於被淹沒
扯開謎底
全是生了鏽的心
鎖

鏡裡的人兒早已丟了顏色
褪乾淨的快樂退居墓塚
等待下個世紀，重播
這樣的夜太憔悴
幸而有屋頂的風輕拂著
痛

新詩A組佳作

作品：〈紅毯那端〉
作者：郭念淇
班級：二技部英文系4B

◀紅毯那端▶

荷月　時節　　頭
敲響　幸福之鐘　花閃
溫暖陽光灑在髮間　　閃
和　她的長長睫毛　蕾
跳動著　微笑　　　絲
屬於新嫁娘　　　頭
的嬌羞　　　紗
白皙頸項襯　著　描
顆顆的永恆閃耀　　繪
怦怦的心跳　越過　　　著
眾人欣羡的　目光　　　　幸
玫瑰花瓣片片　殷切的盼望　　　　福
紅毯那端　心所屬的人　　　　弧
他將會　牽著她的手　　　　線
親手戴上　　　　。

亮亮的承諾　　　　　於
………………　　　　是
教堂大門　敞開　　　她
不容動搖的　堅定　　　不
於是　數著　拍子　　　再
走一步　停下　再一步　　　徬
……………………………………徨
結婚進行曲響起　而我想起　不
孩提時代　辦家家酒　當新娘　　再
總想有一天　穿著白紗　拿捧花　　猶
將烏絲挽起　盛裝打扮　僅只為他　　　豫
眼中一閃而過　驚豔光芒　讚賞目光　　　，
……………………………………………………綻
命運安排兩人相遇　曾一同歡笑　也曾吵嘴　　放
生日情人節聖誕節　只要有心　每天都是情人節　如
帶著幸福微笑 過往情節　像電影上演　一格格放映　花
喜　　　　　怒　　　　　哀　　　　　樂　　笑
當　他在眾人面前屈膝　眾人的喧鬧聲霎時　被按下靜音　靨
他　許她一個　一克拉的未來　而她　激動地　淚光點點　　說
「你願意當她合法的丈夫，不論生老病死，都會一輩子愛惜她？」我
「你願成為他合法的妻子，不管旦夕禍福，都會一輩子照顧他？」願
Yes, I do. Yes, I do. Yes, I do. Yes, I do. Yes, I do. Yes, I do. Yes, I do.我
願 意
我　願 意　我　願　意　我　願　意　我　願　意　我　非　常
願　意　Yes, I do.
彩花飄飄　陽光閃閃　邁向人生新的里程碑，幸福的未來　兩人相視
而笑　在　紅毯那端……

徵稿對象：專一、專二、專三

新詩B組

★新詩B組總評

歐修梅老師

本屆文學獎新詩B組入圍的作品共25首，在這些作品中，足以看出即使參賽者是低年級同學，但是，關懷的面相和寫作的能力還是極富潛力。

以下，將從詩題、立意、結構方面，就參賽作品提出部分意見供同學參考：

一、詩題的設計

詩題最好能提供鮮明的意象，創造想像空間，讓詩題本身就有獨立閱讀的價值；此外，詩題還要能夠與內容緊扣，甚至進一步豐富、興發讀者對詩的理解和想像。本屆作品中，〈沒有回報的等待〉、〈就像沙往沙漏下層爭相逃跑〉、〈印表機之心境汙染〉、〈我與玩具對望許久〉等作品，都是較為用心設思的詩題。

二、立意和述寫方式的選取

太陽底下雖然沒有新鮮事，但是，我們可以有新鮮的眼光，以及新鮮的說出方法，當創作者可以用一種不俗常的角度切入，或者是以特殊的方式說出例常的事物或情思，往往可以開拓詩的表現度。

這次入圍的作品，在立意較見新意的有〈沒有回報的等待〉，這首詩把失眠寫成一種等待，而且還是沒有回報的等待，展現一種絕望之感。而〈我與玩具對望許久〉這首詩，則是透過與童年玩具的對話，寫童真的消失，以及對這種消失的眷戀和哀感。

三、結構的經營

詩的結構最是需要精心營構，在本組參賽作品中，〈沒有回報的等待〉以「四季+當季代表的花卉」為主體結構，寫戀情從初始的羞澀美好，到結束前的疏離迷惘，但最後又能跳出這個季節的結構，寫分手時與四季、花朵無關的冷酷。是關注結構而又不拘於成套的佳作。

上面所指出的，只是本次參賽作品中表現較優異的幾個面相，至於〈就像沙往沙漏下層爭相逃跑〉和〈沒有回報的等待〉等詩，在形式上以圖像的方式呈顯，以及〈迴〉展現的豪闊氣勢，都有令人驚喜之處。

新詩B組第一名得獎感言

作品：〈迴〉
作者：羅意婷
班級：專科部日文科2A

這是第一次嘗試創作新詩，
所以我想將印象深刻的歷史人物的特徵，
還有自己期盼未來的感覺描寫出來，
雖然筆法很不成熟、有待改進，
但還是非常感謝評審對我的肯定。

◀迴▶

也許前世的前世
我喝令
文武百官　屈膝
戰場飛沙　馬蹄奔馳
我要那長城築起一道
萬世不朽的　高牆
我要世界　轉動於我的手掌
只因我
著了一身黃裝

也許前世的前世
我彈琴
想像　壯闊高山
聆聽　河流急湍
最終
眼淚穿過琴弦
只因　知音
是顆劃過天際的　流星
閃耀而短暫

也許前世的前世
我寫詩
用才氣　豪情　釀成清平調
卻總在被孤獨的吞噬裡

醉了自己的心
無視思念的蔓延
閉眼　微笑　更盡一杯
只因
那月色融化了故鄉的　霜

也許前世的前世
我持劍
昂首闊步
風蕭蕭 易水寒
卻無法冷卻　壯烈熾熱的心
髮絲亂舞飛揚
劍鋒的光芒映出
高高在上的　鮮血
只因
它將在龍袍上
刺進百姓的期望

不管何謂前世　今生
我不再
不再驕縱　不再尋覓
不再狂妄　不再勇敢
而是在熱鬧卻孤獨的城市
踩著過往的影子
握著蘊藏已久的方式
翻開另一個結局的開始

只因我
等待著你的名字

新詩B組第二名得獎感言

作品：〈情話〉
作者：胡育瑄
班級：專科部英文科3D

原本只是看了一本小說之後有感而發所寫下的情話，沒想竟然能夠在這次比賽當中得到第二名，真是令我感到意外，在這次比賽中看到了很多優秀的作品，聽了評審老師的講評之後，學到了很多寫作上的技巧，可以多閱讀一些後現代的作品，學習用不同的方法把新詩呈現出來。

拜科技所賜，現代的人傳達情意非常的容易，但是透過文字的表達方式，閱讀起來更讓人覺得意境深遠，古時候的文學家，也是基於有一些話難以當面啟齒，所以才會留下許多膾炙人口的文學作品。或許有時候我們也可以選擇用文字書寫的方式來表達心中的感受。

◀情話▶

數學

希望我內心與妳的交集等於聯集
如此我們將完全契合
而以妳為原點所定義的座標系
就是我終其一生運算的所在
妳的如此完美而毫無瑕疵儼如幾何原本內的公設
我相信
我會如此愛妳
必定找得到邏輯上的合理解釋

物理

妳的存在
會在周圍形成一個影響力
宛如重力場
我的質量就是我對妳的愛
而妳對我的拉力就如同牛頓的公式
等於重力場與質量之積
根據牛頓第二運動定律
我每一刻只想更加速靠近妳

化學

妳的手對我來說就像共價鍵
我多麼想藉由它緊緊與妳結合
妳的電負度必定居所有元素之首
因為我的組成總被妳吸了過去
沒有妳
我的反應將無法繼續

國文

提起筆
我竟找不到適合妳的形容詞
倉頡造字時一定沒料到會有妳的誕生
否則字典將被各種形容美麗的詞藻給占據
的確
寫給妳的信應該用手指蘸著月光去比劃
沒有妳
縱使是詩仙的筆頭也生不出那朵花的美麗

新詩B組第三名得獎感言

作品：〈沒有回報的等待〉
作者：韓恩尼
班級：專科部日文科2A

失眠是全世界最難熬的等待。它不嚴重，更無生命危險，只是令人煩躁；但也正因如此——當美好的明天又栽在它手上時，我們才會一次次痛苦地用腦細胞嘶吼。

感謝評審老師們的青睞，往後我也會繼續努力向上：)

◀沒有回報的等待▶

當通往明天的火車再次誤點
別無選擇
只有在月台上　凝固成一尊結晶的
疲倦　然後開始
倒數計時洗板的寂寞喧囂

（剩餘時間：六小時三分又五十四秒）

企圖追尋過去　Z 來訪的痕跡
妄想再一次漂流　於星光輝映的水面
順無意識而下
但　乾涸河灘沒有潮汐經過
更別提所謂　酣甜的腳印

（剩餘時間：三小時十五分又二十九秒）

「其實是信賴的問題　還有安全感」
「切記　頸部略往前彎」
「得對咖啡因負責　你必須給他一個交代」
不由自主吸食夜色咀嚼反芻
將床墊被褥枕套上無助的散落

用身軀

環　　　　　　　　　　　　　　　　　　　　抱

左耳　　　將疼痛　拋給右臂

肩左回扔　軟痠把　　　腦右

然而
離心力和重力同等無用
依舊漂浮
沉不入盛開滿罌粟的遙鄉

（剩餘時間：四十六分又十三秒）

芸芸眾生鼾聲雷動　在各自的車廂裡醞釀朝氣
想要對全世界怒吼
為何徒有自己留在昨日的候車室
外無救援內無助力
只能懊悔地扭皺被拒退的票　以及
無數次掀開又　拉下腫脹的窗簾
眼睜睜看著晨曦一蠕一蠕爬過
最後蜷曲在　鬧鈴的舌頭上

新詩B佳作

作品：〈你說〉
作者：李念儒
班級：專科部英文科3D

你說

還記得　你說
我是盛開的桃花
那粉紅　是你的夢
我輕輕揚起嘴角
情願只做你的桃花

那時候　你說
我像火紅的鳳凰花一般熱情
而你只能以目光　追隨
我們用吻虔誠膜拜
情願只為你燃燒

後來　你說
我是黯淡蕭索的楓葉

惹你滿身的寂寞
那美麗的詩句隨風飄散
我不說話了
情願你看見　我殷切的血紅

昨天　你說
我如傲然獨立的一簇梅
而你早在柳絮中迷失腳步
我們凝視彼此的疏離
情願你回頭　發現我仍為你綻放的　芬芳
我忘了羞澀的桃花
也有傷心凋落的時候
我忘了豔麗的鳳凰花
也會褪色枯萎

我的枝椏沒有離開
傍著朝雲傍著晚霞傍著弦月
伴著篙山伴著深海伴著沙
只是盼著你
再次回眸

你說　你現在最崇尚自由
你說　你厭倦花的氣味
你說　你嚮往草的清新

「祝你幸福。」
　　　　　　　你說

新詩B組佳作

作品：〈島與塔〉
作者：王宜萱
班級：專科部德文科2A

◀島與塔▶

袖口下隱蔽的現實
新舊傷痕層層交錯堆疊而成　求生存的嘶吼　吶喊
那紫黃又藍的淤積
不過是　對癲狂世界懷抱無止盡的絕望
但尚未　死不是絕對
搖搖欲墜而持續蹉跌
歌德時代最璀璨的美

我們都曾思及離去
刀疤已不構成證據　更多是藏於表衣之下　無法求援
我們都曾唯唯諾諾
假使能求得一絲　人性僅存的憐憫
過去　癡愚的綠洲徵逐者

巴甫洛夫之犬終將於夢末期　清醒
再也追尋不著的淚滴
如何有毅力　唯一的選項卻依舊是放棄

於是有了永無島　上面建了座象牙塔
我們不要長大　代價是現實的翼膀
背後的三角洲流淌出絢爛的鮮血　開心地手舞足蹈起來
繞過了整座島與整座塔
迴圈效果是不是能夠　讓我們永遠、永遠不再將眼睜開

敬啟　親愛的外邊世界
這裡是母星　我們即將宣言　你們擁有保持緘默的權利
我們在歌唱　我們在舞蹈
我們在奔跑　我們在嘻笑
在這與你們脫節的象牙塔與永無島
時鐘凋零了　紀律蒸發了
如何完美自轉的這裡
聽聽你的左心室
自出生到死亡　它都如何以慟鳴的方式
呼喚曾是雙子的右心房

新詩B組佳作

作品：〈我與玩具對望許久〉

作者：郭宣彣

班級：專科部日文科2A

我與玩具對望許久

我與玩具對望許久，在閣樓
玩具受不了，說：走開走開
你自己玩吧！就你感覺到的。

我說讓我們把冷漠打破好嗎？
我們會看見它躺在血泊。讓我們一起
往心裡
跳！
這與飛的滋味不同

我懊惱地說：
玩具長大，就好比言語成熟時反而更
陌生如惡煞

玩具說：
你看見我們，玩或被玩的一生
這比你想像中的還要長，尤其殘破之後
竟然就更完整了
你看見的就像鱷魚靜靜躺在沼澤
夕陽下，靜或沉默
一動也不動連眼都懶的睜

玩具的憲章是一本寓言童話
當在暗中翻閱，你會聽灰塵嘹喨地朗誦
在隙縫，將有怎樣的文化抽長成一株魔豆？我說：
你們這樣很令人羨慕

「一切尚未結束。」玩具獰笑地說。
後來我才發現，每當幾個看不見月亮的夜晚
玩具會對著遙遠的童年狂嘯不已

徵稿對象：五專部、大學部、研究所

小說組

★小說組總評

鐘明彥老師

寫小說，其實就是說故事。本屆文學獎小說組入圍的9篇作品，大體而言，都能將故事說得饒富興味。而其中6 篇作品之所以能夠出線，則或在心理刻劃，或在結構創造、情境經營等處尤見特出。若前3名中，〈旅行開始〉以旅行隱喻一位父親喪子後的療傷過程。作者細膩地窺入內心世界，精準呈現一個人面對、度過傷痛的微細轉折，對人性有其深刻的體察。〈那一顆鈕扣在圍牆邊等待〉筆調已見成熟，結構的嘗試是其佳處，雖然跳接稍嫌急促，但終是條理清晰，脈絡完整。至〈一個溫暖的時節〉則在偏冷的筆觸裏，娓娓道來，竟也漸次流洩一股暖意，生發自然平實的感動。佳作3篇，雖然相較下略嫌生澀，唯〈惡夢〉中童真的奇幻，〈觀〉中大器的關懷，以及〈紅〉裏詩性的隱喻，亦皆可喜。

整體看來，這些作品自是潛質各具，然則普遍亦有些細節處理有待斟酌，其要者，若人物之塑造多見失準，或是過於早熟，不符故事設定；或是失之模糊，未足推動情節。又若情節之安排時有失衡，多數重於前端之鋪陳，疏於末端之經營，將入高潮之際，卻見輕輕帶過，徑入尾聲，不免降低戲劇張力。要之，當「小說」與「Fiction」合流，在中西文化中則表現出「虛構」、「好奇」的本質，這種本質，一面表現為「失真」的想像，一面又表現為「擬真」的設定，當是虛中有實，實中有虛，始能引導讀者，在非真的情境中，滿足好奇；在合理的情理中，投射真實的情感。倘能在這些細部多加琢磨，相信作品應能具有更好的說服力。

小說組第一名得獎感言

作品：旅行開始

作者：劉人瑋

班級：專科部日文科2A

如果閱讀完這個故事，能讓你有些許感觸。那就是我最大的榮幸。

謝謝一直鼓勵我創作的朋友和家人，也謝謝評審老師，給我如此大的鼓勵。

◀旅行開始▶

兒子死了。

接完電話，妻突然的說。我反射性的啊了一聲，塞滿工作內容的腦袋一時反應不過來她的話語所代表的涵義。我放下手中的文件，抬頭看著臉色蒼白的妻。

下一刻，她歇斯底里的聲音便狠狠穿透了清晨停滯的空氣。

「我說兒子死了！」

我無暇理會她究竟尖聲不停說了些什麼，腦袋逕自空轉著，試圖消化她方才那句話。

兒子，死了。

我反芻著這一句話，空白的大腦隨著這句話的意義滲透到全身而逐漸充實近乎爆炸。我感覺到身體深處狠狠得疼了起來，那種疼痛很難描述，你蜷縮起身體想去揉散那種疼痛，卻在抱緊自己的時候發現，那種痛楚並不是身體表面的痛，而是從身體裡不斷侵蝕著你的痛覺神經。

我的手腳突然不聽使喚，我緊盯著眼前的妻試圖從她臉上看出一點開玩笑的神情，但妻只是任淚水攻佔她的臉龐。

不是玩笑。

我在心裡對自己說，要自己認清，兒子死了是怎樣一回事。

但直到真正看見兒子的屍體時我才明白，原來這時我潛意識裡，還一直僅以為妻子的那句話只是突然想到的瘋狂。

兒子是真的死掉了。和愚人節、作弄、搞笑什麼的都沒有關係。身體變成了沒有意義的肉塊，我甚至看得見那些裸露出的內臟，誇張的在擔架上無聊搖晃。

腦子浮起一片暈眩，要是可以，我真想找個角落大吐特吐。於是我冷靜的回頭看著妻，對她說我們回去吧。

因為那不是我們的兒子。

我回憶起兒子出門時回頭微笑的角度，又略一比對那張血肉模糊、但脖子被扭曲出一個詭異角度的臉。這種東西，怎麼看都不是我兒子。

此時，有人上前拍了拍我的肩膀，我轉頭看他。那人用一張被堆上和善、內疚的臉孔說道：「很抱歉這麼說，不過透過指紋鑑定，我們已經確定死者是您三天前出門旅行的兒子，請節哀。」

——你他媽的節哀。

我按捺住甩眼前人一巴掌的衝動，對於眼前人沒有來由的自信感到疑惑。現在的警察頭腦到底有沒有問題啊，我這樣想著反駁：「是誰說這個東西的指紋和我兒子一樣？」我指著那堆屍塊：「憑什麼，你們說這東西和我兒子指紋一樣，這東西就會是我兒子。」

我知道我的意見實在是太一針見血、太精闢了，因為在場的所有人都被震懾於我的言語之下，為我的話語動彈不得。他們不斷開闔著卻沒吐出任何言語的嘴巴，讓他們看起來像是被丟上岸的深海魚，可笑極了。

就在我準備大笑個幾聲以鼓勵他們有趣的表演時，妻卻突然蹲下，摸了摸那個屍塊。

一會兒的靜默後，她抬頭啞聲說道：「是他，我知道是的。」

擰起眉頭，我想指責妻這個比指紋更沒有邏輯和根據的肯定，妻卻只是拉過我的手，觸摸了那個冰冷猶如石頭又柔韌如氣球的東西。

幾乎是碰到那堆屍塊的同一刻我就知道，妻是正確的。這堆已經看不出來是什麼東西的東西，的的確確是我和妻養育了十多年的兒子。

我想起第一次看見兒子的場景。

非常奇妙。和妻不同，自從知道有了這孩子以後，我一直沒有什麼實感，畢竟孩子不懷在我肚裡，我沒有一個作為人父的自覺是應該的。

但奇妙的是，當我一抱著那孩子，我就知道，他之於我絕對不是只是一個剛出生的小嬰孩這麼簡單。

他是，**我的**孩子。

他躺在我的臂彎中我就感覺得到他和我同步的心跳，和我相同的血液隔著我和他的皮膚互相溫暖。對我而言，他是不一樣的。就因為他擁有了我的血緣，因此在一整個育嬰房二十多個孩子中、在台灣兩百多萬個嬰兒中、在全世界那麼多個嬰孩中，只有他是特別的。

也因著這份特別，讓我和妻不會錯認。

——也不能錯認。

週遭仍是一片吵雜，汽油混合著某種腐敗的刺鼻味道攫住我的心臟，世界彷彿在那刻離我和妻遠去，我們在人群探究的注視下將身體緊緊的靠在一起，好像這樣就可以和另一邊的那個荒唐的世界徹底撇清關係。

那些掛著虛偽臉孔的人仍是用矯情的聲音說著請節哀，像是跳針的唱片在同一個地方不停來回，就可以讓這個段落更深的烙印在人的意識中。我卻清楚的聽出來，那些聲音那麼的冷漠，那麼的事不關己。

這是什麼世道？

為什麼我的兒子死了，那麼美好的一個孩子死掉了。這些只會幸災樂禍的傢伙仍然活著？

從來不知道自己這麼無能為力，就算用功讀書考第一名、每天準時上班認真工作、謹守本分不踰矩，厄運依舊無情到來。

我的腦袋在幾秒鐘內轉動過自己的人生，卻想不出自己到底做了什麼傷天害理的事情要遭受如此報應。週遭的某個人又向我交代了一些沒有意義又瑣碎的事情，我不大記得自己胡亂得回了什麼話。眼睛只是不斷的凝視著那個靜靜躺在地上的身體，有荒謬的想法在說，下一刻這個身體就會跳起來微笑大叫道，嘿爸這次旅行真的是棒透了。

但不管我的視線多麼灼熱彷彿可以燃燒盡全台灣的山野，那塊白布依舊是不帶感情的覆蓋在那麼多傷口上，偶爾讓風吹起邊邊角，為被悶在裡頭的兒子透透氣。

不知道我是不是哭了，那麼多年過去我已經記不清自己當時究竟還在眾目睽睽下做過什麼蠢事。只是依稀記得那時我腳邊的地方，不知何時出現了奇怪的暗色斑點，像是水漬的痕跡。

旅行中途

小時候，我曾經羨慕那些死掉的人，死掉以後他們就像天上的月亮，就算地上有那麼多挽留的手，他們依然別頭得很乾脆，而在地上活著的我們只能看著他們輕靈的向天空奔去，用伸長了的手測量著和他們的距離。

現在想想卻覺得自己幼稚極了。

直到兒子死的那一刻，我才真實明白了活著的沉重和死亡的輕盈。了解所謂死掉了就真的什麼都沒有了的意思，了解所謂死掉了就和這凡塵切斷關係是怎樣一回事。

所以事實是地上的貓不應該忌妒天上的月，因為那裡高處不勝寒。

那麼被遺留下來的我們究竟要怎麼辦呢？說實話我真的不知道，妻應該也是如此的。

兒子喪事結束後的幾天，我和妻過著和兒子死前沒兩樣的生活，有時我甚至會因此產生某種錯覺，其實兒子並沒有死去，他只是旅行還沒回來而已。只要我和妻繼續這樣度過生活，兒子就會打開門大叫我回來了。

——這種事情當然不會發生。

同時，我和妻因越發壓抑的生活而越發緊繃起情緒。我們開始頻繁的針鋒相對，過去不在意的小事也被放大成天大的問題。

我知道妻其實和我一樣不知所措，不過就在我們試圖建立起新的溝通橋樑時，卻又都因不想向彼此曝露出不堪的一面，而又開始了新一輪的爭執，如此循環。

這一回，我和妻又爭吵了起來。事實上吵到中途時，最初爭吵的理由早就忘記是什麼了。但我和妻卻仍舊互相用蹩腳的理由責難著對方，只是為了爭吵而爭吵。明明不想如此、明明知道這時候更需要夫妻倆一起相互扶持著走下去，彼此卻不能控制，那張互相傷害的嘴巴。

隨著時間流逝，我們的用詞也越趨激烈。平靜的氣球終於在這些時間來的壓力下，被尖銳的話語刺破。

忍受不住的我，手彈起來給了妻一個耳光。清脆的聲音響過，我的心突然冷了下來，因憤怒而燙熱的心臟一瞬間像被冰凍。

妻也停住了叨唸不停的嘴，不置信的看著我，不能相信我竟然打了她。

環繞的沉默只是一下子，妻很快便清醒過來，又尖聲叫起指責我的不是。我也被她尖酸刻薄的言語激得開始反唇相譏。

我聽見自己的口中說出以往從不說出的語句，那是過去一向自制的我認為最低劣下流的話，從不屑於說出口的詞語。然而在這一刻，我說了，只因為希望能夠因此打擊那個也說出同樣傷害我話語的人。

我不斷聽見自己的聲音，咒罵著妻應該去死，最好跟那個兒子一起被車輪輾一輾然後連靈魂也一滴不剩的被火焰焚燒。我心底慌張的想制止說出這些話的嘴巴，後悔似乎是跟著血液一起流遍全身。但這並不阻止那些話語繼續從這張我想撕裂的嘴巴裡吐出。

說到底，為什麼人能夠那麼輕易的說出傷害人的話呢？一定是因為人心裡知道，就算這麼說了也不會成真的緣故，就算這一刻咒罵對方最好去死，下一刻他還是會活生生存在的緣故。

如此可悲。

妻奪門而出，我已經失去挽阻她的力氣。我太疲倦了，疲倦得就算有人來問我你是不是瘋了都會應答：是的。

或許我真的瘋了。

我在心裡想，亂糟糟的腦子裡突然跳出了兒子堅定的臉龐。

就好像散亂的投影片中，突然有人自顧自的拿起一片放上投影機播放。我無法克制自己不回想起兒子說要一個人去旅行那時的情況。

那個時候學校剛放假沒多久，我和妻被總是能自說出一番大道理的兒子請進客廳，他的臉色是少有的正經，感染了一向不拘小節的我和妻也不禁正襟危坐了起來。

輕輕咳嗽，兒子的目光看過我又看過妻，他略略醞釀了下情緒，那個景象讓我擔心兒子待會究竟要說出什麼爆炸性發言。我自認是滿開明的父母，就算等一下兒子突然說要出櫃——嗯，大概，六成把握，我也是不會掃他出門的。

但兒子只是沉穩了下自己的心緒，然後說道：「我想要一個人去旅行。」

雖然這個宣言和剛剛我內心的假設句教人震驚的程度並不相同，但這個突然的宣言也著實讓我吃驚了一下。不明白最近一直安分在家鬼混，等著混過假期的兒子怎麼會突然想到要去旅行。

妻倒是很快意會過來，並不多對兒子突然的發言有任何疑問，僅是若有所思的撇頭看著我。從這個反應我輕鬆推知，這件事情八成兒子早先便和妻談論過了。這回問我之前，兒子怕是以經在他媽媽默許下，於內心推演好了所有行程，只差我首肯就會開始展開行動，把腦子的所有計畫付諸實行。

領會到這點讓我感到相當不愉快，我沉默不語。兒子則像是要趁勇氣還在的時候解釋完他的請求一般，連珠炮的說著：「放心好了，那個地方沒有很遠，我們家以前也常去那個地方玩的。也沒打算玩很久，就去個三天四夜吧，畢竟我只是想去個經驗。」

兒子窺探著我的臉色：「真的，我只是想試著獨立，試著，一個人去旅行。」

他的聲音充滿了期待，妻對他曖昧的笑笑，並沒有要阻止兒子繼續發表個人意見的意思，兒子吞了口口水繼續說道：「畢竟我也沒辦法一直待在爸媽身邊，總有一天我也會要一個人出去旅行啊，現在只是想累積經驗罷了。」

他怯懦卻又堅定的不停說著，他說他看了很多雜誌和電視節目，這種一個人背起裝有簡便行李便四處旅行的旅行者，稱為「背包客」。這種旅行方式不太花錢，能一個人用自己樂意的節奏和步調進行旅程，更能了解旅行城市的風俗民情。他說他同輩友人也有這種經驗，他們都認為這種旅行方式能夠讓一個人真正的成長，實際的行動永遠勝於紙上談兵。

「所以，爸，你同意嗎？」

不是不能感覺到兒子對於答案的渴望，但盯著他過於年輕的臉龐，我還是陷入了長考。

其實這年紀的孩子怎麼會明白，所謂旅行並不是找個觀光勝地然後訂一間旅館住這麼簡單的事情。

我和妻都讀過不少書，並不溺愛這家裡唯一一個兒子。但自兒子出生以來便一直和我們僅待在這個鄉下城市，雖然沒有特別禁止，不過對於認識的人和交友圈都僅侷限於這個地方的兒子來說，他連去別的縣市這種事情也是少有。

這樣一個在我們羽翼下寶貝著的孩子，自己一個人要去旅行我怎麼可能放心得下？

「你去也不過是去我們以前玩的那個地方而已，又不是沒去過，幹嘛一定要自己跑去讓人瞎操心！」

「他也該一個人闖闖了，況且我認為他說得對，我們不可能一直護著他。」一直沉默的窺測我臉色的妻驀然說道。我嘖了一聲，截去妻的話尾不讓她繼續說下去，但兒子卻搶先在我準備下一次開火罵人時搶去了話頭。

「爸，」兒子的眼睛直直得看著我，一瞬間我有種理虧的錯覺：「我覺得重要的不是我去哪裡，而是我一個人『想辦法』去；一個人『想辦法』玩；一個人『想辦法』進行這趟旅程。況且我相信，只要走出去，一定會有收穫。」

我傻愣的看著他，不明白總是思緒清晰表達清楚的兒子怎麼會說出這麼奇怪的話，還想反駁些什麼，卻在看到他那張逐漸凌利輪廓的面龐時把所有話語都送回喉嚨。

然後不知怎麼的，我就答應了。

想想那時也許是帶著那麼許報復心理的，想著，你就不要在外面吃悶虧跑回來抱怨，到時才知道原來我當時阻止你這麼做都是有原因的。卻從沒想到，兒子在這趟旅行的確吃悶虧了，但這個悶虧卻不是讓我賠錢或給我罵幾句可以解決的。

說到底，我究竟是被那段話裡的哪一句話所迷惑了呢，怎麼會如此衝動得放一個沒有經驗的孩子一個人去旅行？

每思及此，我就是無限懊悔。

旅行小憩

從濱海公路畔向外看，海天一色恰是對這景色最完整的解釋。

還記得第一次和兒子、妻站在這個地方的時候，我們都不自覺得沉默。我想不太出什麼文藝的語句來描述那個場景的美好，只能在心中默默的讚嘆，好像全世界只剩下了這一整片濃淡深淺的藍，佔據身體的全部。

但現在，以前看這片景色時內心的震盪卻蕩然無存。

走下車後那全面的藍再次從視界中鋪天蓋地而來的時候，那一瞬間我只覺得自己站在世界的盡頭，我不屬於什麼什麼也都不屬於我，只有青空碧海在眼前冰冷的交纏。

突然想起兒子曾經笑問世界末日不知道什麼時候會到來，那時我回答我怎麼會知道。

的確，現在我也不知道世界末日什麼時候會到來，但我總覺得，就算世界末日明天就要降臨，我一定還是會波瀾不驚的繼續站在這裡，看這藍天滄海在這個世界盡頭悱惻纏綿，然後為這樣的景色噁心。

我突然覺得自己就像這個我的生身國家一樣，雖然在這個世界佔著不大的地位，但仍舊在這個世界的盡頭孤獨的努力存活著，竭力的看著這個世界的延伸，而要自己不去在意背後那片寂寞的風景代表了什麼毀滅性的意義。

但到頭來，我跟這個生我的國家，還是只能做那海中的孤島，待在世界的盡頭遠遠窺看另一邊紅燈飄搖。

將遠眺的視線收回，我轉身打量起自己現在在的地方。這裡是東部瀕海的一段公路，因著陡峭山壁依傍無盡海洋的奇景而大大出名。

自從發現這一段公路擁有如斯美景以後，我常常帶家人一起來這段公路，看這片景色美得如此超乎常識。一直以來，我不知道這片景色是否有個名字可以讓我稱呼，向人介紹這個地方的時候總是說「在東部的那個地方」。

但從兒子死的那天起，親戚和我對這個地方終於有了個明確的喚法：「那個他走的地方」。

放下一束花在路旁，我頹然站在公路和山壁之間的水溝間，什麼也沒想的只是望著那片藍，慢吞吞的想著究竟接下來要怎麼過活之類的想法。

說起來，最近我和妻的關係變得更奇怪了，我們不再無意義的爭吵，取而代之的卻是讓人無措的沉默。她不向我說話，我也沒有對她搭話的理由。就好像什麼幼稚的遊戲一樣，比賽誰沉默得比較長。

看來似乎我比妻還要更有毅力。

有一晚半夜的時候妻暴怒了起來，我煩惱於壓制著她以致騰不出手摀住她的指責，她大叫著：「為什麼要讓他去旅行？！要是你沒有同意的話他就不會死掉了！」

聞言我也有了怒氣：「妳說什麼傻話？妳那時候分明也是贊成他的主意，妳還敢怪我？！」

「可是要是你堅持到底的話、要是你堅持不讓他去的話，他也不可能去呀！」

「我告訴妳，就算我沒同意這件事情，他自己想辦法都會自己去的！妳看不出來？他早就已經準備好了，問我只是告知我一聲罷了！就算我不阻止，他還是會去的！」我大聲的反駁。

「沒有這回事、沒有！」妻劇烈掙扎著，好不容易我才終於緊擁住她，用自身身體箍住她的所有反抗。妻很快便冷靜了下來，沉默的伏在我身前，我詫異於她突然的不抵抗，直到從衣服傳來涼透的感覺才知道妻正在我懷中無聲哭泣。

暗自呼了一口氣，我知道這時候我不應該說話，要讓妻盡情的發洩自己的情緒。我自己也慢慢冷靜下來，呼吸逐漸趨於平緩。

那一刻我絕望得發現，繼失去兒子之後，我恐怕還要再失去一段婚姻。

從兒子死後，我和妻子什麼都吵，唯獨沒爭執過兒子的死因這件事。

因為雖然妻和我都沒有說，但其實我們都認為，殺死兒子的其實不是那個肇事逃逸的司機，是我們這對沒有經驗又自以為很了解育兒道理的夫妻，因為經驗不足，親手害死了自己的兒子。

自以為是為他好的限制著他的自由；自以為是給他適度成長的給予空間。從沒發現這些都不是兒子想要的，於是就在我們半調子的想法下，兒子死了。

而我們從不討論這個問題則是因為，怕太仔細的思考這個問題，彼此就會發現這個事實的緣故。

這回，這層曖昧不明的膜終於脫落。我不知道以後我和妻還能怎麼相處。

有朦朧的煙驀然遮蓋了眼睛所能見的藍，被驚嚇到的我忍不住往後一退，這才發現自己原來在不知何時點起了煙，那根被我反射性丟到地上的煙在地上可憐的燃燒著，用一種卑微的姿態。

不知道為什麼我突然開始想像，是否兒子被那車撞飛的時候，也是這樣呢？在地上可憐的蠕動著，在這個靜僻的地方等待誰發現他，用卑微的眼神向眼前的這片汪洋大海請求不知道哪一方的神明。

——請讓人發現我吧，我就在這裡。在這裡很努力的想生存下去，只要有一個人，只要稍微瞥見我的眼睛，他就會了解我到底多麼的想活下去，了解我究竟多麼眷戀這個世界。

但在他的視界逐漸發黑模糊直到完全看不見之前，那片海只是冰冷的潮起潮落，再沒有過去眺望時溫柔親近的感覺。

思及此我痛恨起眼前的這片大海，縱然心底很清楚，這件事情和這大海一點關係也沒有。過去看望時會覺得眼前景色溫柔，是因為將自己的情緒投射在上頭的緣故，而現在會覺得它如此無情也是這個原因。

說實話眼前的這片風景本來就不代表什麼，這片大海所有情感都是因我的情感而被付諸的。因此若只是望著，那這也只是一片海罷了。

那麼，究竟當真正的黑暗降臨的時候，他想著什麼呢？

是否後悔了，後悔這趟旅行、後悔不聽我的勸言——想到這裡我心底竟然燃起一種報復般的快感。

看吧！這就是你沒聽我話的下場。

看吧！就說你們這種年輕人根本不明白旅行到底多危險，以為憑著熱血和勇氣就可以在世界打天下嗎？

但很快我便被自己的想法駭得不能所以，我跳上車，飛速駛離這個地方，好像這麼做就能把剛剛那個污穢的自己丟在那裡，然後回家的我就還會是我自己。

結果是當天我和妻又陷入了難以言喻的沉默。

由寂寞作陪，一天消逝得比以往都快。我和妻緘默的躺上床，一瞬間我有點無力，雖然手拉著手，我和妻的心卻反向奔馳。

想什麼呢，我。

丟掉雜七雜八的想法，我催促著自己入眠。腦子空白下來以後卻突然感覺今夜的氣氛非常不同。雖然是一樣的房間、一樣的擺飾，但一股揮之不去的陰鬱讓人忍不住屏息。我忽然有種奇怪的預感，今夜自己會和妻就在這張床上死去。

房間的空氣像被凍成膠狀的果凍，沉重而讓人難受，所有的一切似乎都對我和妻散發出惡意。這個世界好像只剩下我和妻兩個人，躺在房間中央的床上如此無助。

這樣的夜晚、讓人感覺什麼事情都有發生的可能。

忽然意識到自己在想什麼可怕念頭的我趕緊打散了這個想法，但腦子卻不能控制的運轉著：或許現在的平靜都是因為我和妻在等待著某種契機，我們沉著呼吸在這張從婚後一直陪伴的雙人床上，緊閉著雙眼想像逐漸和緩下跳動速度的心臟，慢慢引領我們走入死亡。然後像突然沒電的時鐘，再也不轉動下一秒的未來降臨。

沉默依然蔓延得毫無節制。

但是儘管這個想像如此真實，我和妻卻依舊活著，耳膜仍有緩慢、不過依舊存在的心跳，有力沉穩的持續跳動。

我有些失望，雖然知道只是平靜的躺在床上是不會有可能導致突然死亡的，不過方才我的確是在心底抱著希望。希望自己能夠和妻就在這個時候在床上死去，然後我就可以和以往一樣，只要轉頭就看得見兒子的側臉，妻會在一旁燦爛笑開來，那個笑容嬌豔得會比我看過任何的女人都亮眼。

「你知道嗎？」驀然，妻開口了，過於冰冷的聲音像一把匕首輕易破開這沉重，同時那股一直縈繞在房間中的詭譎氣息便突然消失，頓時我有從另一個世界跌回紅塵的錯覺：「你那個時候說：『那你就去吧。』，我以為那不是體諒，而是漠不關心。」

我猛然睜開眼睛，看見妻不知何時也睜開了眼睛，而那雙晦暗不明的眼睛，正滾著透明的什麼，從眼角迅速的落下，濡濕了枕頭。

是淚水，我慢了一拍才了解。

沉默又滯留於我和妻之間。

第二天我飛車再次衝去了兒子出事的地點，毫無頭緒的。我只是拼命的到達那個地方，然後跳下車看到那片汪洋依舊的大海，冷靜過來發覺自己像個白痴一樣。

昨天放在路邊的花已經枯萎了，將凋萎的花扔進旁邊的海裡，我隨手拔了旁邊崖壁上的幾朵野花放在同一個地方，相信兒子不會介意這種小事。

煩躁的手指自動的又點起一支煙，開始又思索起自己未來何去何從。

兒子是不會再回來的了，我也不能每天這樣發瘋。我一直很平常心的處理兒子的後事，反覆強調強迫自己了解兒子死了這個事實，唯有這樣才能夠快速的從這個低潮站起來，恢復平常的生活。

因此我知道自己現在已經可以很平靜的處理關於兒子的任何事，但到底是什麼問題讓我如此煩擾焦灼，我是真的理不出一個頭緒。

是現在和妻尷尬的關係使然嗎？不對，之前和妻說開了以後我就一直都有做好心理準備簽離婚證書，因此這點事情還不是我憂擾的主因。

思索回溯著，我驀然想起一段往事，那是另一次的家族旅行，我們家不可免俗得又繞道至這個地方來欣賞這片風景。妻那時和另一車的朋友一起坐一車，車上只有我和兒子兩個人有一搭的沒一搭的聊天。

然後不知道說起些什麼，兒子從窗戶望著那片被夕陽薰染得紅透的大海對我說，他總有一天要環遊世界，從我們住的那個地方走出去。

我看著他突然很害怕，於是默不吭聲只是把煙扔到窗外由車輪輾過。

其實我和妻都知道兒子很聰明，卻也都僅止於知道罷了。我們從不知道兒子的聰明讓兒子成熟了多少，他已經不是那個還需要妻次次詢問肚子餓不餓？或讓我對他痛罵你根本不懂外面世界多可怕的孩子了。

不知不覺他都比我高了，這件事情卻是在他死後，警察向我敘述屍體特徵時才發現的。那時我彷彿聽見自己的心發出碎裂的聲音，恥笑我竟然總只一昧看著我想看見得他，那個破碎的聲音悶鈍沉重，就像是——

「碰！」

沒有預兆，巨大的爆炸聲切斷了思念，我循聲回頭只看見隔著彎道有濃煙升起。那麼不急不徐的，用不可一世的姿態闖入這個世界盡頭的絕景。

像漲潮一樣，一向安靜的這段路被不知從哪湧出的人群弄得不得安寧，我被動得被人推來擠去，恍惚間才聽見有人在說話。雖然無意聽清，但那些聲音仍不斷鑽入耳裡。

——又出車禍了。

——是啊，這個月不知道又是第幾件了。

我覺得自己像是被冷水從頭澆下，凍得我渾身發抖。

也不知道究竟是怎樣的想法，讓我有了之後的舉動。我全力得奔跑著，不理會是否因此傷害到週遭得人，只是一個勁的衝開阻擋的警察奔上那條公路。

我瘋狂得跑著，連自己也不知道自己這麼狼狽沒有形象是為了什麼，甚至自己等會兒要做什麼都不知道，只是一個勁得衝向了那個他走的地方。不管身後那麼多挽留的手。

不知跑了多久，我看見那在我心中似乎等於惡意代名詞的濃煙升起，是從已經失去功能的巨大機械上散出的。周圍有零零落落的幾個人和幾輛車也在那裡，守護現場般的圍繞著那個巨大機械。

我依稀聽見自己的聲音撕心裂肺的大喊著什麼，但我沒聽清。其他聲音都離我遠去，我只聽得見自己劇烈深刻的呼吸聲在腦海震盪，佔據我聽覺的全部。以此證明自己還存在在這個海中的遺世之島、世界盡頭之地中活著。

我衝過了公路中央，沒有留意到有一輛消防車正朝我的方向倒車。直到一雙柔軟的手臂堅定的纏上我的。

然後所有聲音終於忠實得傳到我的意識中。

「不要！」

妻大叫，一分猶豫三分悲傷六分恐懼。

旅行尾聲

現場只是一場普通的車禍。因這條濱海公路開在崖壁上，是故開車在這條路上，是每個駕駛的夢想和地獄，而這條路也自開通以來就車禍不斷。

兒子的車禍也只是其中之一罷了。

我和妻都知道的，但雖然兒子的事故只是這美景裡的其中一個故事而已，兒子卻是我和妻獨一無二的兒子。因此負責這個地方的警察可以堆上偽裝和善內疚的臉龐說請節哀，我卻不能也同樣客套的回應他謝謝真是辛苦了。

突然，我終於想明白了自己這段時間以來多麼可笑，清醒過來以後才覺得自從兒子死了以後，我的生活簡直像睜著眼睛在夢遊。

我以為自己很堅強，面對兒子死掉的時候，卻發現其實我和妻都一樣，只是像夜裡公園中的流浪漢，拉著身上的報紙告訴自己並不冷。今天才發現，其實我從來沒放下過，一直以來我忌妒著兒子的這趟旅程，並在原地嘲笑他因這個旅程失去了未來。

但其實心底我是非常羨慕的，他比我先去了那個遙遠而不受束縛的地方，雖然他失去了活著這項權利，卻也擁有了他任何所想擁有的，在他生命結束之前。

仔細想想，十多年來兒子的生活，或許只有在進行這趟旅途時才是真正有意義的。他為自己的人生做出了抉擇，踏出了第一步，並因此負責。

他是真的不是那個我懷抱中的孩子了，擁抱時我仍感覺到我們獨一無二的血緣感動如此震撼，但他卻再不需要我盯著保護，不受世界欺侮。

而原來活了這麼大，我從來沒有進步過。

通透了以後，我才感覺到這個身體已經乏力，方才的奔跑和生死一線的驚險已經讓我的體力透支。

「走吧。」我回頭疲倦得對妻說，什麼也沒有向她解釋，只是靠著她，說走吧。

妻也沒有說為什麼會突然出現在這個地方，也僅是邊笑著流淚邊扶著我回答：「嗯，我們回家。」

看著那抹笑我忍不住失神，自兒子死後妻很少露出欣悅得表情，而剛剛那個微笑的角度，剛好。

眷戀的，我又回頭看著那個放著花朵的角落。

我不知道兒子從這趟旅程中經歷了什麼，學習到了什麼。但雖然兒子死了，我卻總想，他一定已經從這趟沒有歸途的旅行中學習到什麼了，而我和妻亦然。

我將頭靠近妻的頸窩，聞著她髮稍熟悉的味道。

謝謝你，兒子。

雖然不是和一般常人所說、相同的「旅行」，但我和妻也的確共同經歷了一場旅途。而就像他出發前說的一樣，只要走出去，一定會有收穫。

是的，不管好壞，我和妻的確確實學習到了些什麼東西。

雖然無法明言說出究竟那個東西是什麼，但我知道這東西，絕對是足夠未來讓我和妻從喪子之後還能坦然度過餘生的寶物。

花還在盛放，所以請不要去預見她的凋萎。

不如來想像，她在地上埋下了多少希望吧。

小說組第二名得獎感言

作品：〈那一顆鈕扣在圍牆邊等待〉

作者：彭琬貽

班級：二技部英文科3A

我很純粹的只是想寫一篇關於愛和寬恕的故事。希望我有善用上帝賜給我那不足掛齒的想像力，帶給閱讀的人，一瞬間也好的快樂、感動，以及體悟。

◀那一顆鈕扣在圍牆邊等待▶

1
二〇一〇年

傑瑞・帕森

我想也許很多時候，世界上所謂荒謬的事情其實本身並不可笑，只是發生的時機不恰當罷了。而在那個時間點的當事者無法接受，腦中才會產生「現在是甚麼情形？」的莫名感受。我說並不可笑，是因為事出必有因的定律。當一件事情的發生有促成它的因素時，荒謬這兩個字似乎就不那麼貼切了。然而人往往要等事情過了之後，才能冷靜的以常態的可能性去解讀這些情況。比方說，現在發生在我身上的情況。

早在三十分鐘前，我只是個像其他人來探病的十五歲年輕男孩，帶著沉重的心情跟在面顯蒼容的爸媽後面，踏進那間標示著爺爺名字的安寧病房。媽說爺爺已經到極限了，這三個月以來的搶救，終究抵不過那些逐漸壞死細胞的駭人威力。爺爺那慘不忍睹的的身上插滿了無數根管子，一根根都連接到那些無情地響著嗶嗶聲的高科技機器。他的身體機制差不多都已殆盡，他無法行走，發聲和吞嚥能力也都已出現障礙，醫生預估不久爺爺的大腦就會開始無法理解週遭的事物。換句話說，他就要死了。帶著某種重新檢視的目光，我垂看爺爺滿佈皺紋的睡臉。我彎下腰想替他蓋好棉被，而一切就這麼突然地發生了。

不論是哪個自認為正常的人，包括我自己在內，親眼目睹我那個原本躺在病床上，毫無行動力的爺爺，在我彎腰時突然坐起來，瞪著大眼睛，流著口水的嘴巴嘎嘎的發出難聽的聲音，顫抖的身軀揮舞著雙手，右手猛地一把拉住我的手，左手將他自己身上的衣服揪成一團，硬是讓我的手在他那揪成一團的鈕扣上來回摩擦時，都只能傻眼的想現在是甚麼情形。

我也試圖為眼前這驚奇的景象找個合理的解釋。要為爺爺突然恢復行動力歡呼喝采嗎？可是他好像瘋了欸，怎麼辦？然後他現在一直抓著我的手往他衣服摸又是怎樣？他的力氣怎麼會這麼大？我用求救的眼神望向後方，剛上完廁所的爸爸被嚇得跌坐在浴室門口，媽媽則拿著還沒削完的蘋果，整個人也還在狀況外。「叫醫生！」爸爸馬上衝到床邊按下緊急求救鈴，媽媽則丟下水果衝到我旁邊，努力將我的手從爺爺手中掙脫開來，接著醫生和護士也很快的跑進來，所有人都努力的喊叫著，想將爺爺那意外的大力士手給拉下來。

「爸，怎麼回事？先放開傑米吧！」

「放開我！爺爺！很痛啊！」

「帕森先生，這樣會弄傷你孫子的，先放開吧！」

所有人都亂成一團，唯一鎮定的只剩爺爺那隻緊抓著我的手。他那隻已泛青筋的右手，每一指骨的關節都用力的緊勒著我的手掌，絲毫沒有任何空隙。我想起我也曾在某個攀岩的節目上看過這種手爪的姿勢，節目中的攀岩好手用盡全身力氣依附在巨大的岩壁上，而特寫中他的手也不顧一切的拼命撐大，手指極盡所能的貼著岩石的每一處抓點。那個時候，岩壁就是他尋求著某種希望的助力，所以他知道只要緊緊抓住，就會沒問題了。

我想我霎時間大概明白了，爺爺要的是甚麼。我將目光對焦到他那早已噙滿淚水，等待著誰能與之對望的老眼。我對他點點頭，他的眼角露出瞬間即逝的寬慰眼紋，終於慢慢放下手，然後又倒回床上。所有人都鬆了一口氣，但事情還沒完。

爺爺躺在床上，他的脖子無法轉動，但他用眼角餘光不放棄的繼續盯著我，然後他又慢慢舉起那隻突然間恢復老邁的手，食指指著病房門口。除了我之外，沒有人知道他想做甚麼。爺爺沒有動嘴，但他的眼神就足以讓那道無聲的命令在我耳邊不斷環繞。

「快去！」

我跌跌撞撞的跑出病房，沒命似的在走廊上狂奔，腦袋一片混亂。

「快去！」

柴菈・史瓦蒂

今天中午放學的鈴聲一響，我便加快腳步衝出教室，雖然我想可能有點不禮貌，不過反正老師還是同學早就都把我當成空氣對待，所以我想也沒差。學校向來就不是我的生活重心。今天唯一讓我感到比較奇怪的是，在我拎著我那老舊的縫補書包經過傑瑞米・帕森面前時，他居然一反常態的沒有在大家面前對我吐出類似「今天是去哪個回收站撿書包啊」或者「醜女，眼鏡該換了吧」之類的幼稚喊叫，反而只是一直摸著自己襯衫的鈕扣，一副很苦惱的樣子。當下我幾乎想狠狠嘲笑他一番，但我想起自己還得回家繼續整理奶奶的遺物，而且我是個有修養的小孩，沒必要把時間浪費在他這種沒品的人身上。就算他總沒品的說我是骯髒的醜女。

轉開把手拉開門，迎來的是媽媽那滿臉老化雀斑的笑靨。也是奶奶的笑靨。我幾乎是強忍著淚水，才能毫無顫抖的跟媽媽擁抱。我想她也是。死者的出現，的確會讓生者對於生命有別於以往的感受，特別是很親近的人生命在消逝中時。我將臉靠在媽媽的肩頭上時，才意外的發現她居然是如此的瘦弱，而我不知不覺間已經快跟她一樣高了。如果我能好好記住，最後一次擁抱奶奶的感受就好了，那麼我和她的遺憾也許都會少一點。

吃過午餐後，我便窩回奶奶房間。奶奶是一個非常懷舊的人，我從她的床底下發現一箱箱從二戰時期便存留至今的東西，早期的攝影機、作業簿、糖果罐等等，這些要不是被視為破銅爛鐵，就是價值連城。雖然她的東西很多，我卻積極爭取能夠整理奶奶遺物的權利。我相信藉此我能夠更加了解奶奶，就算她已不在我身邊。我要盡己所能的，記住她。

有一個箱子放的非常隱密，幾乎被床柱給擋住，如果不是我想彎腰去剪髮夾，我絕對沒辦法發現。我費了一番力氣才將箱子拖出來，這個箱子雖然放在最裡面，與其他的比起來，卻是不合常理的乾淨，沒有一絲灰塵。我腦中幾乎可以浮現，奶奶坐在床上，用她那老邁的左手輕輕的撫摸箱子，滿臉安詳的畫面。我打開箱子，裡面只有一個東西。一個很小很小的東西。

小到所有我能想起的，只剩早上那個桀傲不遜的男孩滿臉的憂鬱。

2
一九七五年

烏娜・史瓦蒂

今天爸爸又帶了兩個人回家。這次是一個大男人和她的小女兒。我比較喜歡這次的客人，因為他的小女兒艾麗可以陪我玩洋娃娃。自從我們搬到新家後，就沒有朋友可以陪我玩了。新家外圍只有一大片光禿禿的圍牆，沒有市中心那些方便又舒服的設施，真討厭，我想念電影院和下午三點的噴水池公園。

有時候我真的好討厭爸爸的老闆，老是叫他跑來跑去的。爸爸說他的工作唯一比較有趣的部分，就是他的老闆會跟他玩遊戲。他們的遊戲規則其實很簡單，爸爸會不定期的帶幾個客人回家，然後輪到他守夜的時候，他就會讓那些人悄悄的跑到圍牆另一邊去，如果他的老闆發現了，那麼就算爸爸輸了那些人，如果那些人順利過去了，爸爸就贏了。這個遊戲到最後會結算，看誰贏的最多，那樣爸爸就可以拿更多薪水，也許我們還可以搬回去原來的家。爸爸說這個遊戲其實是不准找幫手的，但是我很有榮幸可以偷偷幫他，我的任務是不要告訴任何人爸爸有帶客人回家，那樣老闆就絕對不會發現了。我很衷心的執行這樣的任務，每次爸爸的同事來家裡吃飯時，我嘴巴都閉的死緊。爸爸說我做得很好，我也這樣覺得。

不管怎樣，希望這次艾麗能夠待久一點就好了。

3
二〇一〇年

凱伊斯・帕森

身體是不能動了，但思念是不會停止的。一個人的愧疚感可以累積到多厚的濃度？

那天傑米在倉皇之下被我交付連他自己也搞不懂的任務，而後我躺在病床上，突然才意識到，現在可能已經太晚了。人總是可笑的責怪時間太誠實。平時對孩子諸多要求的我，也只敢在死前才承認自己曾鑄成的大錯。

那大概是一份永遠也傳達不出去的道歉了。

傑瑞米・帕森

其實說起爺爺，我現在真的滿肚子疑惑外加不滿。我大概能理解那些漫畫英雄在某一天被告知自己有特殊的身分和義務要拯救世界時那種莫名其妙，想笑又不能笑的複雜心情了。而且在我根本還沒對這一切理出個頭緒時，又出現一件讓我更加頭痛的事。

今天原本一切都很好，一如往常的上學，前兩節課我一如往常的起鬨耍寶，大家一如往常的捧腹大笑，哪知中間休息時，那個連名字都俗到爆的「醜菈」・史瓦蒂不曉得哪根神經不對勁，突然走到我面前。所有人愣住，包括我，都不曉得她到底想幹嘛。她低著頭，推推那副掛在鼻梁上的難看眼鏡，整個人直直的站著，用力握拳的雙手垂在身體兩側。我皺眉看著她捲曲的黑色髮線間夾雜著點點的頭皮屑。有夠噁的。

「妳想幹嘛？」

「我喜歡你。」

「……啊？」

一瞬間我想是我聽錯了。

「傑瑞米・帕森，我喜歡你。」

……啊？啊啊？她在說甚麼？

我瞪著她，她也冷靜的看著我。周圍先是沉默了數秒，接著便如我痛苦的預期爆出一陣陣歡呼和大笑。「帥啦！醜菈！」「愛的大告白啊！」「傑瑞米和醜菈！傑瑞米和醜菈！」我感到臉上一陣發燙。

「妳這是……妳是在報復我嗎？」一定是這樣！她一定是在報復我平常對她的玩笑話，但我可沒有惡劣到像她這樣！史瓦蒂不發一語的盯著我，絲毫不顧眾人的訕笑便突然轉頭離去，走出教室門口。

「給我閉嘴！」我朝大家怒吼，他們依然無情的笑個不停。事關我的尊嚴，我一定要將她帶回來親自在大家面前謝罪，說一切都是她為了報復我而想出的惡毒詭計。柴菈・史瓦蒂不可能喜歡我的。我追出教室，意外的就在走廊的尾端看見她的身影。我氣憤的走過去，她雙臂交叉靠在柱子上，然後又抬手推推眼鏡，若無其事的樣子非常欠揍。

我跨步到她面前。「喂，醜女，妳給我說清楚喔！」

她垂下頭，不發一語的將手伸進吊帶裙上那個脫線的破口袋，然後拿出一支看起來很老舊的銀色鑰匙。「我是想把這個給你，因為這個東西，我想要私底下給你。」

「這又是甚麼？」

「我想應該是你家人的東西。」

我納悶的將鑰匙翻過來看，發現上面刻著一個小小的名字：巴伊利・帕森。

亞瑟・帕森

我愛我父親。

就算他全身已瘦的只剩皮包骨，就算那些不斷增加而又無法治好他的醫療債務出現在帳單上，就算他退化到只能對他孫子做出詭異的舉動，我還是深愛著他。

只是我並不知道，傑米到底是怎麼看待我，以及他爺爺。那天追在傑米後面跑出病房，我發現他其實只是靠著房門旁的牆壁而已。我走過去問了他一聲還好嗎，他只是搖搖頭，眼神沒有任何情緒。對我來說，我永遠都抓不到傑米的情緒。他有時候可以像那樣在瞬間恢復冷靜，有時候又可以突然冒出一堆無厘頭又毫無營養的笑話，又有的時候，他也能夠在作文課寫下一些文情並茂的詩歌來讚嘆大自然的奇妙。我真的搞不懂他，唯一能肯定的是，我愛我兒子就像愛我父親一樣。而這也許就是一個做父親的心情了。我願意將所有一切都給他。

昨天晚上，傑米難得來到我的書房。我們閒談了一會，聊他的學校、他的老師、他的科學實驗，聊我的工作、我的老闆、我的提案。我們已經很久沒有這樣坐在火爐邊，像對父子般地閒談了。我想父親生病的事也許也是個契機，讓家裡開始有了一股不同以往的氣氛。傑米以往面對我時，一直是個非常有耐心的孩子，但在我開始暢談某個行銷企劃的發展時，他開始有些恍惚。

「怎麼了？你在想甚麼？」我逗趣的補上一句：「女孩子嗎？」

他聳聳肩。「爸，巴伊利是誰？」

「誰？」

「巴伊利。」

我從來沒聽過這個名字。傑米將刻有那個名字的一支銀製鑰匙拿給我看。

「你怎麼會有這支鑰匙？」

「班上一個同學給我的。」

「喔，女孩子喔？」他看了我一眼，我立刻了解到現在顯然不是個開玩笑的時間。我起身從書櫃中拿出塵封很久的家譜，我們兩個就這樣開始找起來。其實我真正在意的並不是巴伊利這個名字或者這把鑰匙，而是難得能跟傑米一起垂頭研究某個東西的特別時刻。過了三十分鐘，我們好不容易才在密密麻麻的線譜上找到巴伊利的名字，確定他是帕森家的人。而在找到的成就感逐漸消褪，我才突然意識到有些不對勁。

「為什麼你同學會有我們家的東西？」

「不知道啊，我才想問呢。」他大嘆一口氣，往後躺在地板上。「爺爺到底是想幹嘛啊？」

我拍拍他的大腿。「兒子，說真的，我不知道。不過我常常會發現，要找到一些遺失的東西，最好的辦法就是從最初的地方著手。」

我幾乎忍不住為他臉上浮現的「真不愧是我老爸」的神情感到沾沾自喜。

4
一九七五年

凱伊斯．帕森

沒有甚麼比拿到一台腳踏車更讓我愉快的了！

巴伊利叔叔實現諾言，今天將他親自組裝的那台二手腳踏車牽來給我。我興奮地接過那支開鎖的銀色鑰匙後便急忙跳上車，馬上開始試騎。雖然我一直都沒有自己的腳踏車，可我早就為了這一刻做足了準備。每天中午放學的時候，住隔壁的小傑利都會讓我騎他的腳踏車一小時，所以我可以說是個好手呢。巴伊利叔叔的聲音從我背後傳來，要我別騎的太遠了。再三個月我就滿十一歲了，我想我是知道分寸的。這些大人就愛瞎操心。

我一路從農場騎到圍牆附近。這是我打從出生以來，到過離家最遠的地方。圍牆附近都有士兵駐守，我不太敢過去，便在四周的小樹林不斷晃來繞去。我並沒有甚麼特定的目的地，只是很享受這種腳底離開土地，依然能迎風往前飛的暢快感。天氣非常晴朗，樹頭間的鳥兒吱喳叫著，我開始了解巴伊利叔叔說長大能帶來的自由和特權是甚麼意思了。如果我能一次長很多歲就好了，這樣可以一次得到很多自由，可是好像又不太好，因為這樣特權會很快就用光了。唉，真煩，到底是要長大好呢，還是不長大好？

就在我胡思亂想的當下，左前方突然竄出一個紅色物體擋在我面前，我緊急剎車，整個人差點往前震出去。我以為是哪隻小動物在亂跑，定睛一看，是個不過五、六歲的小女孩。她跌坐在地板上，驚魂未定的瞪著我，似乎不確定自己到底有沒有被壓到。我將車子放到一邊，然後把她攙扶起來，替她理好衣服。

「會不會痛？」搖頭。

「妳迷路了嗎？」搖頭。

「那妳怎麼一個人在這裡？」搖頭。

「妳叫甚麼名字？」我不會把她嚇到忘記怎麼講話了吧。

還好她咬著嘴唇，靦腆的吐出：「艾麗。」聲音比我預期的還稚嫩。

「艾麗，是誰帶妳來的？」

「姊姊。」

「那姊姊呢？」她轉身指著前方的一個幾乎被樹幹擋住的小山洞。

「好，那我陪妳一起去找姊姊，好嗎？」

她點點頭，綻開笑容。

哈根・史瓦蒂

近日我總有些憂心。秘密從事這樣的活動已經將近兩年了。雖然大致上沒出過甚麼亂子，每次都還是要十分小心。這次預訂出發時間是兩個禮拜後的星期三半夜，接應者也都聯絡好了，我卻還是心神不寧。

唯一讓我欣慰的是，在這樣的環境下，烏娜還是能夠保有純真的童年，每次都能有不同的朋友陪她玩。今天下午是個我從沒看過的農場小夥子送她和艾麗回家。我一邊斥責著烏娜的粗心以至於跌落山洞，一邊卻很高興看著她能夠又認識一個善良的孩子。儘管如此，當我偷偷望著這兩個年紀相仿的孩子彼此相視而笑時，內心卻如此五味雜陳。這也許會是個傷害，因為不同的朋友換句話說，就是不存在著所謂長遠的友誼。烏娜一定早就體會到這一點了，雖然她不可能完全明白現在的情勢和我的工作有多危險，她卻還是謹守著與我的約定。我為這樣貼心的小女兒感到驕傲。也許等一切都結束了，她也能夠為她那不爭氣的老爸感到一絲絲的自豪。

至少我是如此希望著。

5
二〇一〇年

傑瑞米・帕森

絕對不能被看到！我壓低帽沿，默默的坐在醜菈旁邊，火車一路上快速的奔馳。我偷偷瞄著醜菈，簡直是越看越氣。明明交代過她要變裝，為什麼這醜女一付氣定神閒的樣子？難道她就不怕被熟人看到我們兩個單獨坐火車去柏林嗎？喔對啦，我差點忘記她都敢在大家面前說喜歡我了……

「喂。」

我直視著前方椅子，但可以感覺到醜菈原本望著窗外的視線立刻轉回來望著我。

「我今天找妳出來，只是像我之前說的……我要搞清楚我爺爺在玩甚麼把戲，而妳奶奶似乎跟整件事有關係。就是這樣，沒別的了。妳不要誤會。」

她輕蔑的笑了一聲，眼鏡又滑到鼻梁。「難道我會以為你喜歡我嗎？」

「妳那天在班上說……妳那樣說，只是為了引我出去嗎？」

「廢話，難道你真的以為我喜歡你嗎？」

我開始對她的態度有點火大了。她真的很會嘲弄別人……

「應該……總是有其他方式吧！幹嘛說那種話？大家都會亂傳欸！」

「可能，我想順便報復你吧，」我就知道！這傢伙果然還是不懷好意……

「而且對我來說，大家在傳甚麼，早就沒差了。」她的聲音是如此輕柔，我的喉頭卻突然像被甚麼哽住了一樣，久久不能回話。

我們到達圍牆的時候，已經是下午兩點多的事了。

柴菈・史瓦蒂

我望著走在我前方，煩躁的拿著地圖找路的男孩。我只能說他真的是個白痴。他以為戴個帽子別人就認不出他來了嗎？他那頭不知道從哪遺傳的褐色自然捲和獨特的走路方式，任何時候我在人群中可是一眼就能看見他的……打從一開始，就一直是這樣……

傑瑞米・帕森突然轉過頭來，皺眉盯著我。

「我們還是隔遠一點走好了。隔個三十步，妳看怎樣？」

我聳聳肩，開始放慢腳步。大家在傳甚麼，我早就沒差了。因為我對傑瑞米・帕森來說，早就沒差了。我答應跟他來，只是為了奶奶。任何關於奶奶的事是我能夠知道的部分，我一點都不願意遺漏。我並不了解傑瑞米跟他爺爺到底是甚麼情況，不過看來他跟他爺爺有嚴重的代溝。我默默跟在他後頭，沿著留下的圍牆遺跡漫步，一路上滿是極具現代主義的藝術塗鴉和興致高昂的觀光客相伴。風在空氣中歌頌著一股濃烈的自由。我們一直走，漸漸遠離圍牆，往周圍的小樹林靠近。就在我想大聲提議要幫忙看地圖時，傑瑞米突然停了下來。我順著他的方向望去，佇立在我們西北方的是一座獨立老舊的廢棄農場。

我們繞過荒蕪貧脊的枯地，跨過殘破不堪的圍欄，來到那裏唯一的一棟小木屋門前。我看著那些滿布灰塵的門沿和窗框，忍不住想著這裡甚麼時候會倒塌。

「我爺爺小時候的家。」傑瑞米將手放在門上，往後輕輕一推。門「咿呀」地一聲打開了，塵蟎瞬間襲擊我們。我摀著鼻，越過傑瑞米的肩膀往門後那片黑壓壓的世界窺看。

6
一九七五年

烏娜‧史瓦蒂

真是難以置信！

不過幾個禮拜相處的時間，我已經開始覺得，凱伊斯或許會是我這輩子最好的朋友了！我們一起騎單車，互相丟泥巴，在農場擠牛奶，在樹林間追逐。凱伊斯和艾麗、傑克、莫妮、吉爾最大的不同是，他不是客人，他不會只待幾個禮拜就丟下我。每天晚餐的時候，我都興致勃勃的告訴爸爸今天凱伊斯又做了甚麼趣事，說了哪些笑話，而他也都會笑的沒辦法好好把一頓飯吃完。

今天我們在他的房間嘗試做一項科學實驗。凱伊斯這幾天都一直長篇大論的跟我描述彈簧的作用力和反作用力，所以為了證實彈簧的力道強度，我們決定在他位於二樓的房間窗戶邊用幾十條橡皮筋串成的繩子綁上一盞燈具，然後往後拉，看看是地心引力還是彈簧比較強。姑且不論實驗結果是怎樣，當巴伊利叔叔發現他那盞收藏二十幾年的寶貝燈具無辜的被懸掛在樹梢上，凱伊斯馬上躲進廁所將門反鎖，假裝沒聽到他叔叔在外面的咆哮，還是我死拖活拖才將他帶去，一起跟叔叔賠罪。

後來我們回到他房間，為了讓被罵得狗血淋頭的他心情好一點，我決定讓他看看最近爸爸給我的一個小禮物。當我從口袋拿出那一顆閃爍著藍色光輝的小球時，他的眼睛也跟著亮起來。

「哇，彈珠！」

我得意的笑起來。「漂亮吧，借你看。」

「妳怎麼會有這個啊？」

「我爸爸這次給我的獎賞。」

「又是那個祕密遊戲？」

我遲疑地點點頭，凱伊斯果然不滿的看我一眼。「連我都不能講喔？」

「講的話，就會輸了嘛。」

「可是我又不是玩遊戲的人……」他的聲音透露著一股失望。

我有點難過得不敢看他。其實我問過爸爸能不能讓凱伊斯知道，可是爸爸說知道的人就等於參加遊戲了，他相信凱伊斯是個好孩子，可是遊戲的人數有限，所以不能讓他知道。

「其實那個遊戲還蠻無聊的啦，彈珠還比較好玩呢。」

「真的嗎？」他將注意力轉移到彈珠上。「我知道這好像是要兩顆以上才能玩欸，就是互擊或比哪一顆滾的比較遠。不過只有一顆啊，要怎麼玩？」

被他這麼一問我倒慌了。我只想到要帶給他看，沒想過要怎麼玩。凱伊斯皺眉環顧他的房間一圈，最後突然靈機一動，把襯衫上的第二顆鈕釦拔下來。他的特製鈕扣也是個小球體，拔下來後根本就只是小一號的彈珠。

「欸，你把鈕扣扯下來，那衣服怎麼辦？」

「妳再幫我縫啊。」

就這樣，我們開始趴在地板玩起彈珠，又度過愉快的一天。

7
二〇一〇年

柴菈・史瓦蒂

我們走出傑瑞米的爺爺家時，他心不在焉的把玩手中那顆佈滿灰塵的小彈珠。包裹彈珠的暗藍反射出傍晚灰暗的雲層，好像有許多猜不透的祕密。那是我在二樓靠左邊的房間角落找到的，還在斑駁的牆壁上找到一些模糊但可辨認的字跡。他爺爺和我奶奶的名字就刻在上頭，兩個名字下方還加了「好朋友」三個字。我們猜想那顆彈珠也許是他們倆當年的玩物，所以決定先帶走。稍微有點頭緒後，我們往圍牆的方向走回去，一路上都沒有再說話。傑瑞米似乎沒有注意到我已經不知不覺跟他並肩齊行了。就在那熟悉的觀光廣場映入我眼簾時，他的聲音突然出現在我耳邊。

「你說甚麼？」

「我說，除了他們兩個是朋友之外，好像沒有甚麼其他的發現。」

我瞪著他，倒是意外的發現他的聲音居然沒有任何不耐煩。

「你爺爺是個怎樣的人？」

「啊？」

「凱伊斯・帕森是個怎樣的人？」

傑瑞米沉默了數秒，然後他聳聳肩。「老實說，我不知道。」

「隨便說點甚麼吧，也許會想起甚麼線索。」

這次他沉默的更久了。就在我以為他不想理我時，他開口了：「他是個對自己很嚴格的人。他從不犯錯……很完美就是了。」

「他對你也是這樣要求？」

他苦笑。「是啊，所以我還挺討厭他的。」

「那你為什麼……」

「因為，他就要死了。」

瞬間我感到週遭的空氣突然都靜止下來。這是今天傑瑞米第一次用他的眼睛好好看著我。他沒有任何猶豫，眼神堅定的慢慢吐出那句話。以往我們也曾四目相對，我還是帶著眼鏡，不過我知道這是他第一次真正找到我的瞳孔。我想我終於明白了甚麼。他鎮定的態度讓我說不出任何一句話來安慰他，因為此刻充斥在我腦海的，只剩下一幅幅和奶奶相處的畫面。下一秒我只知道，我停不下來了。

「我奶奶是個很好的奶奶。她的名字很好聽，你也看到了。她平常喜歡穿粉紅色的花洋裝，雖然很多人都受不了，但是那就是她的特色。她每個禮拜三固定會去參加鎮上的手工藝班，每個禮拜四和五還會去幼稚園當義工，有事沒事就會幫鄰居的花圃澆水，或者帶他們的狗去散步。」

我在做甚麼？快停下來……

「我跟她感情很好。她很會縫紉，我穿的每件衣服都是她親手縫製的，雖然會被大家笑，不過那是她一針一線為我縫的。她知道我愛吃甚麼，每天放學後都會我為準備好她特製的麵。她會親自去市場買麵粉回來桿麵，加上自己研發的香料，讓我吃都吃不膩。晚上睡覺前她都會進來我房間抱住我，我們數著天上的星星，每數十顆就各自講一件自己今天做了甚麼，數到最後兩個人都亂掉了…」

停……

「她死了，沒人幫我縫衣服，我也吃不到她煮的麵了，更沒有人可以在晚上陪我數星星，聽我講學校的事了。死了就甚麼都做不了了……我一直以為我跟我奶奶很親近了，直到今天，才發現她曾經有個與他人共享的世界。那是我所不知道的奶奶。我好嫉妒。我好嫉妒你爺爺，我知道不可以這樣，可是沒想到……沒想到他也要死了……死了就甚麼也做不了了……」

我忍不住蹲下來了，不想讓傑瑞米看見我潰堤的眼淚。微風徐徐的吹著，那個一直靜靜聆聽的男孩的聲音緩緩的飄進我耳裡，清晰又遙遠地像是從某個不可思議的夢境前來。

「謝謝妳，我很榮幸認識烏娜・史瓦蒂。」

再一次，我意外的發現他的聲音不但沒有任何不耐煩，似乎還夾雜著那麼一點點的溫柔。

傑瑞米・帕森

等到柴菈的心情似乎比較平復一點了，我們便走進專為圍牆設立的歷史博物館。我偷偷瞄著她發紅的眼眶和鼻頭，不禁回想起剛剛她拿下眼鏡擦拭臉龐的那一瞬間。自從三年級的某節體育課，我意外看見在洗手台邊洗臉的她那一次，就沒有再看過她拿掉眼鏡了。我其實一直都知道，這個醜女到底長甚麼樣子。

我們走進博物館的中央大廳，四周是一片片的歷史牆簡介，大廳上方還有二三樓。廳內人來人往，我有點不太知道該往哪個方向。站在我旁邊的柴菈忽然往樓梯走過去，我趕緊跟上。

「妳知道怎麼走嗎？」

「我記得沒錯的話，奶奶說過我曾祖父是個軍人，也許找找當年駐守圍牆的士兵名單會有一點幫助。剛剛大門口的指示牌說類似的資料位於二樓的圖書部。」

我幾乎要開始佩服起這個小妮子了，跟剛剛簡直判若兩人。我們進入圖書部，開始從S開頭的姓氏找起，不過卻失望的發現沒有任何一個叫史瓦蒂的士兵。其實這也不難猜想的到，當年牽涉的人事物有這麼多，實在不太可能每一個都得以記錄下來。就在我們考慮下一步該怎麼做時，有個身穿制服的服務員走過來，微笑的問我們需不需要幫忙。

「我想找個當年的軍人，不過其實我也不確定他到底是不是在圍牆這邊。」

「知道他的名字嗎？」

「哈根・史瓦蒂。」

那位服務員的雙眼突然睜大。

「哈根・史瓦蒂？妳確定嗎？」

她突兀的反應讓我們都嚇了一跳。柴拉不太確定的看了我一眼。

我代替她回答：「確定啊。」

「你們怎麼會知道這個人？」

我旁邊的女孩現下比較鎮定了。「他是我的祖先。我叫做柴菈・史瓦蒂。」

服務員眨眼看著她，然後馬上用堅決的口吻說：「你們跟我來。」

我們一前一後的走進一間辦公室，這才發現那位服務員居然是主管級的人物。她讓我們坐在沙發上，又親自倒了兩杯咖啡給我們。受到這種突如其來的禮遇，我和柴菈都有點不安的互望彼此。那位小姐在一個塞滿書和文件的大木櫃前翻來找去，最後終於抽出一份很薄的文件。她走過來將那份文件放在我們面前的桌上。我探頭一看，上面密密麻麻的記載一連串的名字。

「其實這是我們最近才從圍牆遺跡中找到的文件，鑑定後確定是二戰時期沒有被焚毀的手稿，是一份名冊。上面記錄的都是那些曾經計畫偷渡到西德的人的名字，有成功的，也有失敗的。我們推斷紀錄這份名冊，跟幫助這些人越過圍牆的是同一個人，也就是哈根・史瓦蒂上校。」

柴菈在桌底下的手突然伸過來緊握住我的。

「如果這些事情屬實的話，那麼史瓦蒂上校真的非常勇敢。當年這項秘密行動持續了大約兩年，期間他幫助了大約三十幾人渡過圍牆，很可惜，最後卻因為遭人洩密而被逮捕。」

「洩密？」她的聲音和手都在微微顫抖。

「根據調查，是一個叫凱伊斯・帕森的男孩洩漏的。」

8
一九七五年

哈根・史瓦蒂

這一次的人也順利入住了，是一對夫妻，沒有任何小孩。我不太擔心烏娜會失望，因為現在都有凱伊斯會陪她玩，不過最近晚上吃飯的時候，她反常的都沒有跟我說任何關於凱伊斯的事，我關切的詢問，她也只是閃避著我的眼神。我感到納悶，不過逼孩子說話不是我一貫的作風。我原本想過幾天再跟她好好談談，但今天下午我意外在兵營外碰見那個男孩。

「凱伊斯，你怎麼會在這裡？」

「喔，上校你好，我…隨便逛逛。」

我發覺這男孩也驚慌失措的在閃避我的眼神。頓時我想，他一定是跟烏娜發生甚麼事了。他們吵架了嗎？

「烏娜呢？」

「她……呃，騎我的車先去我家了。」

看樣子又不太像是吵架。

「那你呢？」

「我的圍巾丟在樹林，所以回來拿。」

「你剛剛不是說你只是在逛逛嗎？」

「喔，對啊，拿圍巾……順便逛逛。」

我盯著這孩子看。我知道他感到不舒服。但我也很不舒服。

「凱伊斯，說謊是不對的行為。」

「我沒有說謊啊，你看。」他從背後拿出一條黑色的圍巾。看來是真的了。我點點頭，讓自己露出和煦的臉色。他似乎也放下心來。我交代他別讓烏娜太晚回家，正要轉身走進營地，那孩子突然又叫住我。

「甚麼事？」

「如果……」他有些遲疑，我耐心的微笑，示意他繼續說。「如果我害烏娜玩遊戲輸了，你會生我的氣嗎？」

「玩遊戲而已，為什麼要生氣呢？輸贏並不重要啊。」

他似乎很高興聽到我的回答，像得到某種保證一樣，雀躍的跳著走了。真是個令人喜愛的乖孩子。也許他們和哪邊的小孩玩甚麼遊戲，凱伊斯害烏娜輸了，烏娜才會生氣吧，我這個小女兒，甚麼時候又任性起來了呢？待會她回家，一定要好好訓訓她。

有人在門外喊著我的名字，肯定又是那群新來的年輕小夥子來找我抱怨長官了。

烏娜・史瓦蒂

終究拗不過凱伊斯的死纏爛打，我還是跟他說了。我感到非常自責，凱伊斯告訴我他所有的事，我也不想對他有所保留，但現在開始我卻對爸爸有不敢說的祕密了。因為我背叛了他。晚上吃飯我都不敢正視他。我遲早都一定要和爸爸說這件事的，不過告訴凱伊斯的那天，我卻體會到一些事情。當凱伊斯知道爸爸贏了遊戲的話，我們很可能會搬走，他的眉毛垂了下來。

「但是，妳如果走了，誰來陪我玩呢？」

我這才了解，以往一直都是別人在離開，這次卻很有可能，是我要離開我最好的朋友了。我也難過的說不出話了，可是爸爸從小就一直告訴我，分離是成長的必經階段。希望凱伊斯也能接受這點。我不想承認，不過凱伊斯的沮喪確實有些減緩我的罪惡感。

在騎往凱伊斯家的路上，我想著今晚也許該跟爸爸坦白了。

凱伊斯・帕森

「但是，妳如果走了，誰來陪我玩呢？」

是妳自己說，要一直做好朋友的。牆壁上的字也是我們一起刻的。妳怎麼可以消失？

只要輸一次。一次就好了。這樣遊戲就會從頭開始。妳就不會走了。

我們會跟以前一樣，甚麼都不會變的。

「士兵哥哥，我知道史瓦帝上校都把他的客人藏在哪裡。」

（一九七五年十月二十一日，晚上八點三十二分，哈根・史瓦蒂上校被控掩藏偷渡客並協助其越過邊界，所查屬實。為嚴重叛國行為，先行羈押，擇日再行槍決。）

傑瑞米・帕森

聽到爺爺的名字那一瞬間，我唯一能做的，就是推開她不斷發抖的手。

我沒有力氣握住了。它羞愧得很痛。

9
二〇一〇年

亞瑟・帕森

當傑米衝進病房開始對他毫無行動能力的爺爺叫囂的時候，我幾乎攔阻不了。我知道父親不能動，可是傑米在說甚麼，他可是聽得一清二楚。蠢蛋、做了甚麼好事，只差沒飆髒話了。我開始也動了肝火，立刻用我最大的音量朝他吼回去。通常我只要稍微一瞪，他就會自知，然而這次他居然激動到不顧一切，想繼續對他爺爺開罵。當下我走過去立刻給他一巴掌。

「甚麼事不能好好講嗎？」

「他做了甚麼事，你知道嗎！」

「他是你爺爺！」

「我不要這種……」

「傑瑞米！」突然一道聲音插進來，傑米一聽到自己的名字，意外的沉默了下來。我抬頭往聲音的來源看過去，一個黑髮，帶著眼鏡的女孩喘著氣站在門口。我頓時意識到自己的失態。

「不好意思，妳是哪一位？」

女孩禮貌的對我鞠躬，然後便直接走向床邊，低頭看著我那早已淚流滿面的父親。「我是傑瑞米的同學，我叫做柴菈・史瓦蒂。烏娜是我的奶奶。很高興見到你，帕森先生。」

凱伊斯・帕森

我動不了。烏娜的孫女就站在我的床邊，我多期望她會厲聲斥責我，也許可以比傑米都還狠毒也無所謂。喔，烏娜，她的眼神怎麼可以像妳一樣如此溫柔？

「帕森先生，我奶奶在上個月已經過世了。」

不……

「我奶奶這一生都過得很好，她嫁給一個很盡責的丈夫，也養了三個孝順的兒女。她每晚躺在醫院的病房，都是帶著感謝的微笑入睡的。不過我知道她還是有一些掛心的事，而我今天終於完全明白了。我奶奶還有一個遺物，是她在死前親手交給我的。」

那女孩從口袋拿出針線，坐下來，溫柔的抓起我的衣服。

「我奶奶唯一的遺憾，就是無法親耳聽到你說對不起，也無法親自跟你說，沒關係。」

史瓦蒂上校沒時間原諒我，烏娜來不及說沒關係，然而當那個我曾未見過的女孩，帶著如此熟悉的微笑，一針一線，小心翼翼又溫柔的替我縫補那顆等待四分之一個世紀的鈕扣時，傑米替我徹徹底底地哭了。

「對不起！」

「沒關係！」

我為我這個勇敢流淚的孫子，感到無比的驕傲。

再見了。

柴菈・史瓦蒂

當我縫好鈕扣後，帕森先生用盡全身力氣，露出幾顆斑黃的爛牙，對這個世界嶄露最後一次的笑容。下一刻他便用很輕很輕的速度，慢慢闔上眼。我們從頭到尾坐在旁邊看著他，傑瑞米垂頭靠在我的肩膀上，而我則泣不成聲。

「笑得……有夠醜的……」他滿臉淌淚。

我想他總算開始認識他爺爺了。

10
二〇一〇年

傑瑞米・帕森

她用那雙拿掉眼鏡的澄澈大眼看著我吃驚的臉，帶著似笑非笑的神情走過我身邊，回到座位上繼續看書。我忍不住微微一笑，暗自下了某個決心。

我跳上桌子，朝教室上方大喊一聲：「柴菈・史瓦蒂！」

她轉過頭，訝異的盯著我。全班也都傻眼的看著我。

「你剛剛叫我甚麼？」

「對啊，傑瑞米，你叫她甚麼？」

我看著她。「柴菈・史瓦蒂。」

「甚麼？」她一臉茫然。

「我喜歡妳！」說完我立刻跳下桌子，全班再度如我預期的爆出大笑和尖叫，我瞥了一眼整個臉已經紅透的柴菈，立刻往教室外跑出去。

我下了決心，如果她追出來，我就會拔下一顆今天特地穿的襯衫鈕扣給她。我期待著她「噠、噠、噠」的腳步聲從我後方傳來。

小說組第三名得獎感言

作品：〈一個溫暖的時節〉
作者：林采諭
班級：大學部傳藝系1A

一得知我得獎後，除了驚訝，還是驚訝。完全沒有想到我會得獎，只是因為愛寫，希望能夠獲得大家的認同，而決定把故事寫出來。從只是愛閱讀書籍的我一直到愛天馬行空，進而提筆寫下我所想表達的一切，我只能說，我從來都不放棄寫作，也很高興可以寫出最想要描述的事情。這次能夠描寫一個關於友情的故事，是我新的一個出發點。一路上很感謝支持我寫作的高中朋友們，讓我有繼續寫下去的動力。

◀一個溫暖的時節▶

打包行囊的心情很奇怪。

「不會啊，通常都是帶著期待的興奮心情，那種渴望踏上新土地的雀躍才會收拾行李，準備出發。所以打包的心情是充滿期待的吧！」

這是她第一次聽到我這麼說時給我的回應，也是我第一次聽見如此樂觀的回應。不過或許是太過樂觀了，更顯得不切實際，但是她堅定不移的雙眼，是最強而有力的說服力。不知道多少次了，我都懾服那雙眼睛……而選擇再相信一次——希望。

1

我從小時候就常搬家，自從我有意識以來，就不知道我父親是誰。

我沒有兄弟姊妹，只有母親。因為母親工作的緣故令我們時常搬家，對我而言，打包就如同家常便飯，每次母親一下班把她那個奇怪條紋相間的怪包包任意丟在餐桌上，又看似不情願的煮飯、將菜一盤一盤端上餐桌後，邊發呆失神的看著電視時，我早就料到她會說：「我們要搬家了。」

這一回也不例外，我開始收時行李，開始環顧我的房間裡的一切，試圖尋找一些屬於這房間、或是說這裡的回憶。我們家目前搬到這裡是四個月前的事，房間裡沒有什麼特別心愛的寶貝，我試圖尋找，卻怎麼樣也無法對這裡產生一絲絲的感覺。這裡，和四個月前的那裡，完全是一模一樣的東西，也完全是冷冰冰的小房間，每次都令我冷的狂打噴嚏。

「你就收拾一下吧。」母親這時站在門口，她也環視一圈天花板，「你還有幾個禮拜才要放寒假吧？」

事實上，還有兩個禮拜才放寒假。但有時必須迫切的遷移，也是沒辦法的事，這也發生過幾次。這時，母親會每天開車載我上下學。車子是外公給的，那是一台很舊的深藍色車子，那台車的味道有時令我發毛，濕冷的味道好像在提醒我「車子在發霉中」。不過嘛……我們家可沒那麼多錢去好好的保養車子。

幾個小時過後，這房子又像當初一樣。我又瞥見那個外面上寫著「文旦」的超大箱子，裝滿了廚具、鍋碗瓢盆，不禁令我莞爾。這有點破爛的大箱子每次都是裝大型的用具，從第一次搬家到現在她從沒在我們家的搬家史缺席過，或許那箱子的年齡比我還大。

2

結業式之後，我遞給老師單子簽名。我在期末考考數學時睡得手都發麻了，醒來後才意識到今日是在這所校園待的最後一天，我也時常跟著地址的更換而轉學，目前為止，轉了大約八、九所學校吧，其實我根本忘了。

我看著同學開心的背起書包，興奮的談論著要去哪裡，去夜市逛街或是看哪部剛上映的電影，考完試的緣故讓大家都渾身解放。我卻一點興致也沒有，經常轉學的我使得我和班上同學極少互動，連姓名和長相我都對不起來，當然，我認為也沒有人會知道下學期我就不在這了，因為我根本沒告訴任何一個人。

走到家門前，我看見一個小女孩直追著小男孩跑，他們手上各拿著一個棒棒糖，一路叫到尾，很興奮、活潑的樣子。最後看著男孩走上二樓，回頭對著女孩說：「我等晚上再去你家玩。」那女孩也隨後爬上樓梯，我知道的，她是住在三樓，他們兩個是鄰居，亦是同學，我看過她們穿同樣的運動服。

我不曾體驗過這樣的經驗——所謂的「青梅竹馬」，一起長大的玩伴。我從沒有認識一個人很久，即使分開到現在還再聯絡的人，對我而言，那根本不存在，我認為也不會有這號人物出現在我的未來。我很少和人互動，大部分的時間我將自己沉浸在書堆裡，我了解書更甚於人。這也導致了我幾乎完全不和別人溝通，和大部分的人都保持距離。

其實我並不是刻意這麼做的。

小三時，我剛轉入一個國小。那時小學生掀起了一股「鬥片」的風潮，大家都聚集在一起玩。那是一種小卡片，富有各種色彩，上面刻著各種圖案，有些是鬥士、動物……等等大家會一起比賽，小心一步步的讓鬥片彈起，先壓住對方的鬥片為勝利者，就可以拿走別人的鬥片。

那時我很感興趣的成為觀賽者，儘管我當時沒有跟班上的任何人交談過，我還是興致勃勃的看著男生在比。

有個男生拿出了他的橘色鬥片，一使出圍觀者便驚聲連連，大家都知道，那是他的「常勝軍」。不過他方才已經輸了不少鬥片給對方，看來運氣滿差的，他大概想要靠那隻鬥片贏回剛才輸的。

「快呀！快呀！」旁人的吆喝聲下，凝聚了緊張的氣氛，我看著橘鬥片和綠鬥片越來越接近，心情竟然也越來越緊張……

「哎呀！」大家異口同聲的叫出來，橘鬥片居然又壓在綠色之下。那男生當場崩潰似的雙手垂地，他立即向對手求情。

「拜託啦！那是我最重要的鬥片耶！它常常都贏了耶！我剛剛都給你很多了，就這之不行給你啦！」

過了一段時間，另外一個男生才答應他，讓他保有這隻橘鬥片。他興奮不已，或是說心存感激吧。就拿著鬥片高興的跑跑跳跳，一掃剛才的悲情氣氛。

那天是上課到四點，下午剛睡醒沒多久，又聽見一則震撼的新聞。

「我的鬥片不見了！有誰看到我那個橘色的戰士？」

大部分的男生都起身找找自己的抽屜，他還一一詢問，也跑來問我，我當然不知道他的鬥片跑哪去了。

看著他急忙慌亂的找，整個教室他都找遍了依舊沒有蹤跡。他失望的坐在位子上趴著，無精打采，有些和他較好的朋友都圍過來安慰他。

下課休息時，我習慣四處逛逛校園，走在學校的中庭，看看新的花冒出來沒。如果幸運的話，說不定可以在地上撿到硬幣！不過我很少撿到，可能我沒有財運吧。

那一日，究竟是我太幸運了還是太不幸了呢？

我蹲下草叢，翻動著。我瞥見草叢中似乎有東西……是帶著螢光劑的刺眼顏色。

我撿到了橘色鬥片！

我很興奮的站起來，看著眼前的鬥片。仔細看看，上面刻的是一隻龍在噴火的圖案，我很好奇為什麼龍要配上這種顏色，綠色的話應該會比較適合。

「你在幹什麼？」有個女生在我前方，眼睛直逼著我看，她帶著某種殺氣，原來她是我們班的一個人。

「我撿到鬥片了耶。」我笑笑著說。

「你拿來！」她衝向我，硬是搶下手中的鬥片。她越是用力我就越往後退，我們倆掙扎了好一段時間，我實在無法理解她的舉動，但是我總不能活生生的交給她吧，當然是我親自還給那男生比較恰當。

但是一切都錯得離譜。

那女生硬是搶走了鬥片，同時我摔倒在地上，我從未想過女生可以這麼粗魯。她氣呼呼的對我說：「你竟敢隨便偷人家的東西！」接著她回頭就跑，直奔教室，她誤會我了，更傻眼的是我根本沒有得罪誰，竟然就這樣被誤會了。

鐘聲響起，總是要回到教室，就像是總有一天要面對現實一樣的。我立刻受到班上被羞辱的眼光似的，有人暗地裡罵我是小偷，那男生很憤怒的對我吼：「你真的很骯髒！很賤！這明明就是我的鬥片！」

我被罵的無地自容，不知如何解釋，我張大嘴看著搶走鬥片的那女孩，她的嘴角始終上揚著，然而她依舊瞪著我，眼睛大到我不敢去多瞄一眼。我不懂自己做錯了什麼，但是我就這樣受到異樣眼光看待，我感到全班，不，是全世界的人都在責備我。

那時我的導師並沒有深深的責怪我，她告訴我母親，還要她好好的照顧我。甚至跟同學解釋過我的「狀況」：我是來自單親家庭，經濟不穩定，沒有足夠的愛導致了這樣的行為，所以導師希望全班同學都能多「體諒」、「關懷」我。

從此以後，我再也不觀鬥片賽，也下定決心完全不和人說話。反正，在那之後，大約幾個月後我又轉學了。

3

到了新班級，果然又是同樣的感覺。

教室裡陌生的氣味，大家對我冷漠又投以好奇的眼光。似乎有人期待著發掘出我的醜聞、不可告人的秘密……然後好好取笑一番，正準備好好欣賞一則新的笑話，我聞得到，更感受得到。

下課後，由於每次搬家母親都考量到學校與家的距離，大部份我們都住在學校附近，最多不會走超過二十五分鐘。有一次是在小五的時候，那地方實在是有點偏僻，導致我上下學需要近乎二十分鐘左右，不過……我一點也不在乎，我喜歡走路，喜歡一邊走路看風景，看看旁人有多麼可笑，或是隔壁鄰居又發生什麼蠢事、可愛的小孩又怎麼了。然而這一回，我只要走大概不到五分鐘就可以到家了。

我被身後一位同學撞上，讓我心情很不愉悅，都已經是國中生了還是這樣跑跑跳跳的像個小孩子。我往前走，又看見那青梅竹馬開心的走在一起，笑得好大聲，然後他們隨即走上我家對面的公寓。

4

躺在家中聽著細雨的聲音，我喜歡雨聲，但是下雨天實在是厭倦透頂。

新家不大，兩房一廳的格局。母親不習慣添購太多傢具，我們像是不定時遷徙的候鳥，對於什麼都不感興趣。唯有書本，可以讓我爬起床上坐起來，內心有一塊也覺醒起來，讓我盡情在書中。

我另外發現這個新學校的好處，就是圖書館，讓人感到極致安寧、平靜的地方。之前我讀過的兩所國中，我從不曾知道國中的圖書館可以借閱，連開放時間都不清楚。只有這次我在學校的圖書館問了管理員的時間，學生證也可以借出書籍，這真是一項大收穫！在圖書館看到些許的學生在念書，我還頭一遭看見這種情況。雖然我喜歡看書，但是對於上課用的教科書我卻一字也讀不進去，那簡直是會讓人失焦的文字，不足以讓人去理解、欣賞。

小學的圖書館都太令人失望，那些充滿圖片的繪本很快讓我乏味，對我而言，我對於圖片的鑑賞能力很低，看完小朋友們喜愛的可愛圖片我竟然絲毫沒有一點感覺。而老師推薦的台灣本土文學，還有一些民間故事讓我想睡。這些鬼神，不論是基督教還是佛教我都不相信，全是一些邪魔歪道的東西，想盡辦法騙到各種信眾以操控世界罷了。很快的，小學的圖書館就形同馬戲團，是一群小朋友吵鬧著的不安定環境。

而眼前的書架所陳列的書籍，竟沒有辜負我的期待。我愛極了被書包圍的感受，那是一種虛榮感嗎？我顛腳拿下一本書，摸摸書皮，感受一下，便心滿意足的笑了笑。

我有特殊的偏好，喜歡閱讀世界名著，但是還沒有看的很多。我總挑在放學後才獨自一人前往圖書館，我不想讓班上的同學知道我的興趣，因為在開學時我的自我介紹永遠一貫的說：「興趣：睡覺；專長：沒有。」

現在只剩下約一百頁我就看完這本書，我坐在圖書館的角落，想要看完這本之後在去借一本新的。

「這本書很好看。」一個聲音從後方傳來，我嚇的回頭。一個陌生的女子站在我背後，站的直直的她，聲音很清楚的說著。

「《咆嘯山莊》很好看喔，我很喜歡，你也喜歡看書啊？」她再度開口。

我靜靜的看著她，她的面孔、臉龐卻越來越熟悉，但是我對她是全然新接觸的，一無所知的。

我點點頭，不曉得該接什麼話，我實在想不起她是誰，也許我有認錯人的可能性。

「我有的時候在這裡遇到你。」她不顧我的反應，就在我身旁坐下。我不理她，繼續看書。她也沒有多話，只是靜靜的坐在我身旁，視線停留在封面上。看完書後，我起身離開，沒有再跟她多說一句話，更沒有多看一眼。

今天又遇到怪人了。

常常遇到怪人的，這不是頭一次。

就是因為這樣，走到家門口的時候，我才猛然想起我忘了借一本書回來看。母親把條紋相間的怪包包隨手一扔，替自己倒一杯水，冷靜的坐在客廳。我慢慢回想起《咆嘯山莊》的故事內容。

那真的是一本好書，真的很好看。

5

隔天，下課休息我正準備起身去逛校園，我很少在這種時刻睡覺，很簡單，我在上課時都睡飽了，下課就根本不會疲憊。

我才要踏出教室門口，背後一聲「你看完了嗎？」讓我又吃驚的回頭。

又是那個怪人，原來她跟我同班。

我沒有反應的繼續走，她卻追上來，想不到我也會遇上跟蹤狂的一天。我還以為我的存在度很低呢，以為沒有人會注意到我。事實上，有這麼一天發生了這樣的事，我突然感到很煩。

「你為什麼在班上都不說話啊？你知不知道有人猜你是啞巴？」她好奇的問，這種口吻不像是在對一個奇異的生物講話，而是很平緩的語調，還不至於讓我感到不協調。

「我在開學時有做自我介紹。」我冷冷的回答，不過沒有看著她，我比較好奇今天天上的白雲。

「啊，你終於講話了。你昨天認不出我是誰嗎？」

天曉得你是誰？但我沒有說出口，只是點點頭，覺得她真的是一個很煩的人。

「都已經開學三週了耶，你大概還沒適應嗎？連同學的名字都記不住啊？」

事實上，我通常只會記得老師的長相和名字，因為有時候簽假單，或是轉學時要給導師簽名時就方便許多了。

「對於《咆嘯山莊》，有沒有什麼看法呢？我覺得是很淒慘的故事呢，但是又很有感觸，很精采的一本小說，對吧？」她在我耳後滔滔不絕的講著，自顧自地說著，奇怪的是我居然有耐心的聆聽，儘管我沒有再說一句話。她可能是來探討轉學生是一個多奇怪的人，但是嘛……她給人的感覺不太一樣。

鐘聲響起，我只好折返回教室。進了教室才知道她坐在我後面，又是後面，真是「冤家路窄」。那是她那天對我說的最後一句話，是：「張玟羽同學，你要記住我囉，我是吳子安。」

那是我第一個刻印在心底的名字。

6

《咆嘯山莊》——一個充滿熱情的悲憤故事。

故事的起頭是一位先生前往咆嘯山莊，由女僕人娓娓道出這些年來的故事。

英濂是咆嘯山莊的主人，一日老英濂在旅程中看見一位無依無靠的男孩，嘴中念念有詞卻不屬於任何一種語言，老英濂將他帶回咆嘯山莊，並寵愛有佳的照顧他，他就是希斯克利夫。

事實上他並沒有過的更美好，幾乎所有的人都在老英濂的背後冷落他。由其在老英濂去世後，繼承人辛德雷更加狂妄的虐待他，甚至斷了希斯克利夫的教育並使他淪為一個奴僕。這山莊中，希斯克利夫唯一的希望是凱薩琳，是辛德雷的妹妹，儘管她個性嬌縱。

但是凱薩琳卻因為地位、金錢放棄希斯克利夫。選擇嫁給了畫眉田莊的愛德加。

失望之餘，希斯克利夫出走，當然我們以為一切的傷痛都告一段落了。事實上，真正的傷痛才要開始。

希斯克利夫變成暴發戶回來，並對每一個人展開他的復仇記畫。

他和愛德加的妹妹——伊莎貝拉私奔，並順利篡奪了畫眉田莊的財產，而在咆嘯山莊中，辛德雷一死去他就讓他的兒子哈里頓變成他的奴隸，正如辛德雷當初對待希斯克利夫的一樣。

希斯克利夫根本沒做錯什麼，他從來都沒有體驗過真正的幸福。他給人的報仇也算不了什麼，他當時所受的傷害遠超過了他所造成的。我根本就不覺得，他是一個多麼壞的人。

「是嗎？可是凱薩琳卻深愛著他啊。」聽完我的看法，子安向我提出疑問。

「但是她最後還是因為地位和名利嫁給愛德加。」

「況且，希斯克利夫所做的報仇行為，一點也無法減輕自己的傷痛。」

她搖搖頭說：「我覺得這故事裡，沒有人是對的，也沒有人是錯的。因為報復只會帶來更多的仇恨，不能解決什麼。看到他們家族的第三代，小凱薩琳和哈里頓都已經放棄了家庭紛爭造成的悲劇而相愛，在他們的身上，重新見到的光明和希望。唯有忘記仇恨才能得到平靜，希斯克利夫他最後也累了。」

怎麼可能會忘記仇恨呢？受到極大傷害的人怎麼可能說忘記就忘記，說要割捨就輕而易舉的割捨呢？如果只是為了得到和平而讓仇恨淡去，讓我本身的存在，又算什麼？當初得到的痛苦又是什麼？

有時候，子安和我放學後會和我去圖書館，一起借書，一起聊書。起初我很不習慣有一個人如同跟蹤狂般地跟著我，不過她對我的態度很好，她的存在居然可以讓我感到一絲平靜，我想就讓她跟著我沒關係吧。

「你有看過《簡愛》這本書嗎？」她問我。

「那是我第一本看的世界名著。」回想那時學期也是快結束了，我們卻已經搬到距離學校約有半小時車程的新家，我在小學旁的書店等母親來接我。當時我找了半天，努力想找一本不是兒童版或青少年版的縮短全文的書來看，走到西洋文學區，很多大人在那，我卻毫不顧慮的就順手拿起這本《簡愛》來讀。那天母親加班的特別晚，直到我把書全看完了她才來接我。

「那也是一本好書呢！」她感嘆地說著，好像在爭取我的同意。

「你知道……」我欲言又止，說不出話來，我是想問她一個問題，不過她應該沒興趣吧。

「嗯？」她好奇的看著我。

「沒事。」我板起臉孔，不想再多說。

「《咆嘯山莊》和《簡愛》的作者是姊妹檔呢！你知道嗎？」

「你怎麼會知道！我就是要問你這個！」我突然驚嚇的瞪大眼睛，子安卻笑了出來。「可是你不覺得這兩本書的風格差很多嗎？」我繼續追問，把想說的話都說出來。

「是啊，就算是姊妹，個性也不盡然相同，寫出來的東西當然也不一樣。」

「你怎麼知道我想問的是這個？」

「哎呀，很好猜嘛！」子安和我聽完都笑了出來，很奇怪的是我會對著麼一個人自然地笑著。

我們走進圖書館，轉上二樓再右轉，又開始盯著陳列的書本，尋找下一本書。

7

吳子安和我是兩個世界的人，卻和我有相同的頻率。

她的成績很好，都維持在班上的前五名。我是透過改考卷才慢慢得知的，也才從聯絡本上的成績單看到她出色的成績，不然我是不會沒事去看成績單的。在和我講話之前，她也有幾個滿不錯的朋友。所謂的朋友不也是那麼一回事嗎？就是形影不離，聊天時突然笑得很大聲，節慶時送對方禮物……盡是一些很官方、虛偽、毫無意義的東西。不過她現在比較常跟我說話，導致她和以前的朋友似乎疏遠了。我完全不懂為什麼她要捨棄以前的朋友而跑來找我這個怪人，但從她的臉上，卻一點也不顯得可惜或做錯了什麼。

子安和我都喜歡看書，她會告訴我感想和各種看法，我也和她毫無忌諱的談的天南地北。有時為了一個議題爭論著，雖然看法不同，卻可以談的這麼暢快，這種事對我而言還是頭一遭。

她很樂觀，也喜歡運動。有一次體育課前我和她先去操場，等待全班集合整隊。她很開心的拿著排球，自顧自地在手臂上彈了好多下。

「玟羽，你有沒有喜歡的運動啊？」她專注的看著手上來回跳躍的球，我則是躲得遠遠的。

「沒有，我痛恨運動。」

「你好像很怕球喔？」她的臉上依舊掛著笑容，我很懷疑，怎麼會有人每天的很自然又單純的笑著，她卻又不是那種把笑臉面具戴在臉上的人。

忘記是國小的哪一年了，那時候的孩子都很野蠻，很喜歡打躲避球。不但下課短短的十分鐘也要衝去球場打，連體育課也要苦苦哀求老師上躲避球。

班上的人嫌我不會接球，都不准我站在外場，於是我就在內場。我躲也不是擋也不是的漫無目的地在球場上徘徊，像是被上鉤的魚躺在甲板上，不知要如何是好。被打到很痛，不過就痛那麼一次我就免於再次被打到的危機了。於是我會希望快點被球打中。

很不巧的，那次場上只剩下沒幾個人，我們和隔壁班對決。場上只剩下我和兩人左右。我實在累壞了就站著給人打，打中出去後，我才逐漸感到不對勁。

我們班快輸了，所以只要內場人越少，就輸的越多。結果我還乖乖等人打出去，我才一踏出內場就聽到有人大聲罵我廢物。

「同學你過來。」體育老師把我叫住，班上的人也都圍了過來，沒有因為下課鐘聲而一哄而散。

「你知不知道你這樣的態度很差？」他一副跩樣的斜眼瞪著我，事實上，我才覺得這老師的態度爛到不行。他對很多人都有莫名的偏見，有些皮膚白皙、臉蛋漂亮的女生每次要跑步時就抱著肚子裝經痛，就可不用跑步。而有些女生這麼做，或是真的不舒服他卻不允許。這種不分明理的老師我也不想多用心去學習。

「你每次上課都怎樣？死人啊你！」他對我吼了起來，我卻聞風不動的直挺挺站著，眼睛也毫無畏懼的直瞪的他。

情況似乎有點不妙，幾個班上體育細胞發達的男生，人手一顆球走了過來，一副既期待又痛恨的眼神。老師要我走到操場的牆邊，他說要處罰我。

我一走到牆邊，球就快速的砸了過來，根本來不及反應。我想要逃走，卻聽到老師怒斥著：「不准跑！」球飛過來的數量之多也很快，還沒看清楚下一顆球，另外一顆又緊接著飛撲過來，像是被炸彈轟炸似的。

我急得快哭出來，球打遍了我全身上下，頭尤其多。最後我乾脆蹲了下來，緊抱著頭。還隱約聽到後面有女生說：「她這樣沒事吧？」

「會不會被打到不能懷孕啊？」

「哎呀！她根本沒月經也不會懷孕啦！」之後聽見一連串的笑聲，尖銳又刺耳。

回家後，鏡子裡鼻青臉腫的我卻沒有什麼不舒服的感受。皮肉之傷雖然痛，但是卻也不會想要大哭一場，想要投訴伸張公平正義的感覺。因為我知道，公平、正義這種東西永遠都不存在在這個世界上，都是人類自欺欺人，而有了為非作歹的幌子罷了。母親回家看見全身是傷的我有點驚訝，我卻三言兩語的帶過，於是她也沒有多追究了什麼，只是靜靜的幫我擦藥。

是的，只要靜靜的就好了。

我坐在操場上，任憑風吹拂頭髮。語畢，才發現子安蹲在我旁邊，放下了排球。她把手上放在我肩上，一臉難過的看著我，她搖搖頭，看上去卻不是同情，而是一種感同身受似的眼神，慢慢撫平過我。她傳達給我心痛，而我是第一次因為看到他人的心痛而自己也感到心痛。而子安呢？她也是因為聽完我的故事而感到難受嗎？

她對我說：「不是每個人都是這樣的，請你要相信。」她手放在肩上，咬字清楚的說著：「不是每個人都這樣的。」

時間就這麼靜止著，我聞聞那天的天空中飄著什麼樣的味道，或許，真的有這麼一個人說的話，讓我值得傾聽與相信；就如同有那麼樣的故事，值得人一讀再讀的回味。

真的不是每個人都這樣的嗎？

就算是如此，那又怎麼樣？

8

目前我家的格局很簡單，傢俱的擺設也都和以往的位置大同小異。我們只租得起這種房子，而我相信很快又會要搬去新的地方。

第一次知道家中有一個「訪客」的感覺，是很新奇的。這位訪客就是子安，自從認識她後，有時放學她會來我家，儘管那個年代還是升學主義，我們還是要經過考試才能就讀高中，成績優秀的她卻不再意這些，不但沒有補習還跑到我家。這該說是好是壞？不過，我也沒有被升學的事困擾或壓抑著。

她知道我的身世背景，也跟她提過我老是搬家，從來沒見過生父的事。她聽完只是笑笑：「怪不得有人說你很神祕。」與其說神祕，不如說大家總嫌我怪，關於我的風聲總是不斷罷了。

如果我是這棟房子，被一個新的人赤裸裸的一覽無遺，會是什麼樣的感受呢？子安環視我家時，竟然產生了這種奇妙的感覺。「真的滿簡陋的呢！」她說，口吻平鋪直述，我猜多數外人看到會覺得這很破爛，是個笑話吧！所以子安覺得很可笑，我也無所謂。「因為我們很快又會換地方住了，有些不常用的東西還收在箱子或是盒子裡，這樣比較方便！」我邊向她解釋，也好好的繞了房子一圈，看看天花板，盯著白色刺眼的燈光。

「我可以喝一杯水嗎？」

「啊！我幫你倒，那邊是我房間，你先進去。」從來沒有過訪客，也從來沒有我和母親以外的人踏進這簡單的家，連最基本的招待也不會，廚房裡烘碗機也只有兩個杯子，沒有多的給子安。因為我也從沒想過，會多出現一個人。我暫時拿母親的白杯子，上面有一片綠葉的圖案。

進房時，子安起身到處看看，房裡沒有多餘的裝飾品，沒有娃娃，書也不多。子安驚奇的說著：「書不多耶！你都是去圖書館借書囉？」「嗯，不然就是在書店就把書看完了。」家中只有母親的筆電，是公務用的，我不曾摸過也沒看過。想必子安覺得很無趣。

「感覺如果要搬家，你們三十秒就可以把所有東西都整理好！」她笑笑說，坐在床上，手輕輕的來回在床上摸著，就像在試試床的柔軟。

「玟羽，你沒有什麼特殊的興趣嗎？或是……有沒有想要想做的事？」

我滿臉狐疑，以上都不在我考慮範圍內。簡而言之，我的人生是沒有目標的，完全不知到未來要做什麼。

「我沒有夢想，也不知道要幹麻。」我的答案就是這樣。

「沒有人說夢想一定是要多偉大，聽上去有多麼的漂亮。帶給別人歡笑是一個夢想；去看到哪裡的風景是一個夢想；買到一個長久以來夢寐以求的東西是一種夢想。你都沒有想要做的事嗎？」

我啞口無言，在腦袋盤算了很久，使盡最大的腦力在思考東西，都想不出特別想做什麼。於是我還是搖搖頭，看看子安，試著告訴她我盡力了。

長久以來，沒有對任何事物感到好奇，一天的時間不長也不短，永遠都是一樣的和時鐘同步，滴滴答答的就這麼走完了，走完了明天又到來了。潮汐也是，大自然也是，我的心也是。沒有燦爛奪目的剎那，也沒有陰暗灰濛的時刻，不曾擁有過什麼，所以也不曾失去過什麼。那麼，我可能也不知道該珍惜、懷念些什麼，就像是每天的漲潮與退潮都是同樣時分會到來，沒有多餘的期盼。這種生活的人，怎麼可能會有所謂的「夢想」呢？

「我很喜歡你家喔！很簡潔舒服，以前我有去一位同學家做報告，她們家好髒亂，舊書籍和那種發黃的雜誌都堆在地上。還有一位是家裡很有錢，滿屋子的玫瑰花還有娃娃，限量版的凱蒂貓她都蒐集齊全擺在床頭櫃。」子安突然話鋒一轉，也遷移我的思緒。

「我家實在是平凡無奇到了一種……」我試著找一種形容詞，「就是路人甲的境界吧！」語畢，兩人都不約而同笑了出來，「毫無設計感呀！」我接下去說，「你不覺得很無聊嗎？」

「就是因為路人甲，才有那種真實在街上看見的寫實感。很逼真的感覺唷！雖然沒有飾品，但是更能強烈的感覺平常這些生活必需品的存在重要性。所以算是給他們有個很棒的登場機會吧！」

我不懂子安再說什麼，又忍不住笑出來，我很少這樣笑著，毫無理由的笑著，不為什麼，就是感到心胸暢快。

「為什麼要突然聊到我家？」

「你知道我前幾秒才出現的夢想是什麼嗎？」

笑聲停止，她緩緩的說：「我希望下一次還可以再來你家。」

不久，母親回來了，打開房門看見同時有兩個人，她嚇了好大一跳。這不能怪她，當下我自己也很難相信有訪客的到來，更懷疑我之前拚命推辭她不要來，子安還是堅持要一窺我們家的究竟。

於是我就送子安到門口，原本母親執意要留他下來吃飯，她卻不斷婉拒，最後以怕晚歸為由而要回家。

我坐在椅子上，把餐桌上的怪條紋包掛好在牆上。母親很好奇的問東問西，我很清楚她沒有大驚小怪，她也不會像其他的家長一樣，考慮到朋友的家事背景、經濟狀況、學習態度、在校成績才允許自家的千金寶貝跟對方小孩往來，那是因為我不曾和母親提過學校的情形，她當然也絕口不提公事，這就是為何我不知道她的工作性質了，也不懂為何要常常搬家。

「好險。」

我抬頭看著她，她邊削馬鈴薯說：「如果她真的要留下來吃飯，我們可沒這麼多菜呢！飯根本不夠，這麼多年來我已經學會煮剛好兩人份的菜，要多煮少煮我還不太會咧！」

我笑了出來，和母親解釋著今天拿杯子時發生的窘境。最後我們一起端上菜，坐下來吃晚餐。

母親露出了比平常多幾分跳躍般的語氣說：「真好啊！」我夾一口青菜送進嘴裡，聽見這樣的話到是很驚訝。

「玟羽你有個朋友真的是太好了！」她繼續開心的說著，「我知道沒有給你好的成長背景，是很擔心你在學校的情形，如果有一個朋友陪伴著你，就至少會安心些。真的是太好了！我沒什麼要求，只希望玟羽能夠快樂一點。」

如果那天子安沒有來我家，就沒有這段對話。更不可能知道身邊的母親其實老是惦念著我，儘管平時偽裝的很好，照樣打掃、煮飯、對著電視發呆……其實還是會擔心我。以上我壓根兒不知道，到是我不曾想過母親在公司裡上班的情形，她該不會和我一樣，對於上司只能忍氣吞聲的分，和同事之間也是話不投機半句多的窘境？

而她所唯一希望的，唯一「想做的事」，就是女兒能夠快樂一點，回想稍早我和子安的對話，那麼……我能夠快樂一點，這算是母親的「夢想」？

「我一直都很快樂啊！」我突然脫口蹦出這句話，不管是對桌的母親，還是自己都有點被嚇到，我繼續低頭扒飯，心裡卻有點酸楚。

這個世界上，我一直以來將自己跳入被拋棄的異次元的另一個世界。我深信自己是被世人所遺忘的！唯有母親，是在另一端世界中，清楚看見我存在的影像。

而我頓時又想起子安離開我家門口前，對我說的最後一句話：「下次能夠再踏入這門口，是我的夢想。」

路人甲的夢想，路人甲的世界，也值得殘存在這世界上嗎？

9

不久，期中考結束後，子安很快就實現了她的「夢想」。要實現這個夢想並不困難，是很自然的就提議到我家去，不過能在炙熱的夏天在那幢小房度過，還真是考驗人的耐性，況且現在是悶熱的梅雨季節。我們家從來都不曾裝過冷氣，客廳那台老舊又大台的電扇，上面滿滿都是烏黑黑的灰塵，小時候母親笑說那是「黑雪花」。常常是要我和母親有空拆下來一起清洗才可以用的。那台舊的電風扇也是我外公給的，他說那台電扇有了很久的歷史，不可以隨意扔掉。我想這是和「敬老尊賢」是同樣的道理，因為那台電扇的實際年紀，說不定是母親和我的老前輩呢！

我房間內有另一台電扇，相較之下，這台電扇就小的可憐，不靠近點吹還沒什麼風。是我在小六時候買的。不過隨著氣溫逐年增高，更讓人在夏日裡，難以清靜的度過。我想如果有訪客來，都會更受不了這樣悶熱的房間吧！子安再次踏入家裡的玄關後，卻不曾聽見她的抱怨，甚至連臉上都不著痕跡的欣喜的愛著這個家，我簡直是不敢相信。

在一片葉子的杯子上倒滿了水給子安，她坐著，依舊望著窗外。

「我父母沒有離婚，都在上班。他們同床共枕，但是有一次他們倆吵得很兇，我媽就睡在沙發上。」子安平淡的說道。

她知道我家裡的情形，不過也沒有多問或是多下評論。小時後每當聽見有人拿我的背景來大做文章，或是來個討論我都像是被拳頭重擊一般，台下觀眾巴不得看我快倒地，裁判數十我昏迷不醒，但是我堅持不倒下，我從不向外人展現出我絕望的那一面。其實也不覺得沒有一個完整的家庭是很丟人很坎坷的事，只是不想讓母親聽到，為此傷神的表情。她的年紀是越來越大，體力不如前，還要扶持家庭。儘管她是唯一能幫我拆開過去真相的鑰匙，但是始終我卻沒有想要打開那盒子的意味。

「你會很難過吧？」我問子安，她搖搖頭，繼續說：「最令我難過得不是這個。」她起身，看看地上擺的箱子說：「他們在我和我弟面前表現得跟平常一樣，明明就不好受，還要假裝沒事的過日子。」

「他們可以有問題就講出來啊！都是這樣教小孩，自己卻沒有這麼做。」她頭一瞥，看上去沒什麼情緒可言，但是我想她的心情也跟著受影響。

「可能大人的問題是很複雜的，說給小孩子聽也只是造成負擔，於是就往肚子裡苦苦吞下去。」我說。

「總之，要鼓起勇氣走自己要走的路，很不簡單的呢！」她笑了出來，喝一口水，好像剛才的心緒被她忘得一乾二淨，她也吞下肚了嗎？

「你如果有什麼不愉快的事跟我說也沒關係啊，我很樂意傾聽。」我自然而然的說著，心中卻有股掙扎。

我和母親在家中也是彼此過兩人的世界，有兩人彼此的軌道。

她不會告訴我任何事。公事、私事、內心的事，也不會詢問我在學校的表現。我則是因為成績單需要家長簽名，請假需要家長簽名才給她過目，除此之外，沒有別的交流。

我不把握母親有興趣聽我在學校的每一日生活，在認識子安之前，更是枯燥到形同植物，只行光合作用，曬到太陽，不和半個人說半個字。不是被班上的人遺忘，就是變成娛樂對象。他們有取笑我而得來的快樂，我卻不受影響的繼續坐在教室。儘管知道已經無法融入世界，但是我必須坐在教室。

子安會滔滔不絕告訴我她家裡的生活，我的三言兩語就道盡了。她還講她的弟弟，看過的電影、書籍，在路上店家放過的音樂，當然最多是她的心情。我卻無法告訴她什麼，只是我才驚覺到，我慢慢的向一個人吐出自己真實的心聲，那樣的暢快感就像是小溪流從上游湍急地衝向下游，再慢慢地堆積，緩緩地流向出海口。從一開始的興奮到平鋪直述的淡淡帶過，最終領向一個出口，找到了一個答案、一條歸途。

這是我不曾有過的感覺。

「你也是啊！一有什麼感覺或想法馬上就跟我說嘛！」她開心的對我說，還跑過來推我的雙肩，「不然這樣很容易變成自閉兒，就像你講的，像是植物一樣，每天出門只為了曬到太陽，每天做光合作用的運動！」

「這幾天也沒有啊！」我理所當然的說著，她滿臉不理解的看著我，「因為梅雨季都在下雨，沒有陽光。」

她放聲大笑，笑得好大聲，害我也跟著笑出來，不過她最後卻以一句「不好笑。」做為結尾。

「不過你實在是比我剛看到你的時候好太多了。」子安還在氣喘吁吁，笑聲未已的時候講了這句話。我不是很明白她的意思，不過這樣也挺好的，至少有人察覺到我是有在改變的。

「對了，我跟我媽說過了，如果妳下次來了，她就會多買點菜，所以你這次就留下來吃飯吧！」

她很意外的，也叫我不要多準備，弄得太豐盛。事實上我跟她說我們家通常只準備兩人份的菜量，所以才要多跑一趟超市買多一點，太豐盛這種事情到是不可能發生的，她聽完不禁又大笑出來。

「噯，我覺得你可以試著寫寫文章。你還記得國文課的作文嗎？下禮拜一要交喔！別忘記了。」子安提醒我。

我最討厭寫作文，寫不出想要表達的東西。每次老師表揚的文章清一色都是那些乏味又陳腔濫調的東西，不是歌頌什麼的美好，大自然的重要性，全家出遊天倫之樂，聽了令人作嘔。而且盡是些正面的快樂結局，彷彿人間沒有哀愁、痛苦。子安說我太沉醉於負面的情緒，是因為我沒有得到什麼太多的快樂，但是悲劇才是在社會中最常出現的宿命。

自從國小某一次被老師痛罵我的文筆後，我都不再寫作文，偶爾逼不得已提起筆是因為攸關段考，寫的那麼一大長串也才勉強及格邊緣，我想老師們都對我這學生產生了「不可理喻」的認知。

「就把你唯一所清楚的寫下來嘛！你都看這麼多書了，更何況，真正的好文章是真正用『心』去寫的，真正努力用心表達，那樣的誠摯感，更勝過任何使用排比、類疊、映襯等各種修辭法的啦。每個人對於『好』的認知都不同，價值觀不一樣，所以不必去在意那些嘛！上一課不是說辛棄疾寫的《醜奴兒》，是『詞乎溢情』和『情乎溢詞』的差異，你應該懂這樣的道理吧。我很期待你的文筆呢，想要見識一下！」子安聽完我的抱怨，就這麼說。

「我才沒有辛棄疾這麼好的文筆，也沒有這麼充沛的感情！」我反駁說，此時房門外聽見母親大喊「吃飯了！」我和子安像極了餓壞肚子的小狼，準備衝出去大快朵頤。

難得飯桌前有三個人，母親有藏不住的喜悅。菜的份量比以往多很多，氣氛也跟著熱鬧起來。坐定後，我們三人一同吃飯，話也沒停過。

「子安，真是辛苦你在學校照顧玟羽了！那孩子從小就沒了爸，我一直擔心會對玟羽造成什麼影響。」

「張媽媽你想太多了！玟羽在學校和大家都處得很好啊！沒有什

麼影響啦！」子安竟然幫我圓謊，讓我吃驚不已又很感動，她大口扒飯，沒發生什麼事。

「其實……」我想開口說點什麼，卻又吞回去，覺得還是以後在跟母親提起比較好，我才知道母親一直都那樣在意我。

「是這樣就好。」母親笑了笑，子安跟著點頭微笑，我便說：「以後，不用再……再擔心我了，我跟子安都過得很好……很……很正常。」

母親笑而不答，她相信我。到是子安笑得很開心，氣氛有些詭異，不過同時也被粉紅色的溫暖包圍著。

子安吃的很多，我也是第一次在家裡吃這麼飽，想不到母親的手藝這麼好，我們一起送走子安到學校，她要搭公車回家。俗話沒有欺騙人，「快樂的時光總是過得特別快」，我想這段時光是我們都難以忘懷的，卻是飛奔的如此倉促，倉促到讓人不情願這麼快就消失了。

「記得作文喔！」這是子安離開時對我說的最後一句話。

10

今天早上的國文課不得不讓我專心上課，正襟危坐。

期中考過後約兩週，班導——也就是國文老師發下我們練習的作文。這次同樣是逼不得已而交的，但是不算是真正的不情願，至少我用盡我自己的力量寫這篇文章，像是快要死亡的動物，想要發揮最後一絲的力量，去守護最珍貴的東西。

這次作文沒有題目，老師只是要我們練習，算一次的作業成績，我照著子安的意思，寫我唯一最清楚、明白的東西——母親。

只是很不湊巧的，這篇文章發的很慢，居然是墊在最後一張，班導卻把它念出來，還表揚我的文筆一番。

發下來，潦草的大人字體寫著：情感真摯、溫柔樸實。

在老師念出表揚我的作文時，我緊張得像是小偷被抓的一種做賊心虛，我知道大家很意外，更可以感受大家在嘲笑我。並非竊竊私語，而是大聲的嘲諷。難道只有我聽得見這種嘲諷嗎？為什麼老師還可以鎮定的念下去呢？她不丟臉我的臉都丟光了，我只相信真正的聽眾只有子安一位。我不想被表揚啊！我只是寫出我唯一清楚的事……

下課後總是特別吵，但是今天顯然是吵的更微妙。子安直拍拍我肩膀稱讚我，說她沒有看錯我……我卻一個字也沒聽進去，直想往外衝，逃離這一切。很可能我是一個逃避現實的人，但那些人也不想想，我的母親聽到了做何感想？於是我想往外跑……

這回我連子安也甩開了，她很容易猜出我在哪，不過我明白她沒有追過來，算是一種朋友的默契吧。鐘聲響起又將我拉回殘酷的現實，我必須回坐位，回到那噁心的教室。

「單親家庭又怎樣！你以為人家希望自己是如此嗎？」我不曾聽過子安這麼大聲的聲音怒吼著……

「拜託！你不覺得她根本是異類嗎？每天都臭臉又自閉的不講話，所以我說單親家庭的小孩都有問題，我也覺得很可憐啊！說不定她還是私生女咧！還可能是戀母情結。」接著一連串的笑聲未已。

「如果你是單親家庭，只有一個爸爸或媽媽扶養你，你一個人也沒怎樣就沒事被笑成這樣，你現在還笑得出來嗎？無法體會爸媽對你的苦心！就是因為有你們這種人，才會造成這種社會問題，怎麼那麼幼稚啊？什麼可憐？單親家庭不過是和一般家庭不同，哪裡有比較怪比較可憐，玟羽從來都不自卑過，她很認真的幫她媽媽忙，根本不想和你們計較這些。」子安劈哩啪啦的講一大串，一群男生和幾個少數女生圍在她身旁，子安坐在我後面，我猜剛才是他們想看我桌上的考卷，被子安給制止了。

「人家作文寫得很好啊，這不是因為我們同情她才這麼想吧。我現在才知道她是這麼勇敢的人耶！」離那群人遠遠的一位女生，個子不高，畏畏縮縮的站在教室後方，她身旁朋友跟著說：「如果我是玟羽，早就瘋掉了！你們好幼稚喔，都幾歲了還一直說人家，她一直都是默默的努力吧。」

同班多久了，我沒有跟那兩位女孩說過話，此時此刻，她們卻站在我這邊，還依稀記得她們的名字與長相，都是班上成績優秀的孩子，我還是在乎他人的看法嗎？聽完她們對我的鼓勵，突然有種更堅強的力量照耀著我，子安這麼猙獰的捍衛著我，拚命澄清想還我一個真相，旁人再怎麼恥笑，有點酸楚，但是無所謂了，過去不奢望會有所改變的這一天，這一天卻這樣悄悄地來了。

看見我一個人佇立在教室門口，大家一哄而散，不吭一聲。我又成為班上的焦點，在大家的眼光下回到坐位上，我瞄一眼子安，她靜靜的微笑、不語。我這才知道，她所帶給我的力量有多大，所有的不安、不確定性的惶恐，全部一掃而空。

有時候，人只是需要一句安慰、一個微笑、一點鼓勵。並不是為了得到認同或高高在上的虛榮感，只是希望讓別人、自己知道，自己這麼做沒有錯，是可以繼續下去的！這篇作文要不是因為子安的鼓勵，我沒有勇氣寫下對母親的感情，我一點也不堅強，也不是默默一個人努力，什麼……都不是。

「作文一寫完我就變成風雲人物了呢。」放學後，我和子安肩並肩走，步伐很緩慢，不趕時間的兩人都是這樣慢步的。

「你還有心情自嘲。」

「子安，謝謝你。」我以笨拙的語氣粗劣的說，我很少這樣滿懷感激的，因此藏了許多激動的我拙劣又生疏的笑著。

「你把作文拿給你媽看，她一定會更高興的！」她笑得很燦爛的說，「我就知道，我的眼光很準，看準你是這塊料。」

「你其實不用幫我辯解的，吼這麼大聲，但是很感謝你……」

「我了解的！你有時就應該要大聲說出內心話啦！不然下次我又要幫你吼了，喉嚨會破的。」

夕陽下，兩人的步伐聲與笑聲一同進行著。

用過晚飯後，母親邊看電視睡著了，太疲倦的她常常這樣，聽說老一輩的長輩也如此。我悄悄幫她關了電視，洗碗，掛起她的條紋包，收拾餐桌。

兩個人這樣的生活，誰會考慮到母親的孤單？

我照樣是個不想面對現實的人，我沒有四處打聽我父親的消息和我的過去，與其聽見自己不幸的過去不如選擇不知道，我喜歡和母親共同生活，兩個人已足夠。

那晚，我失眠了，也沒有給母親看我的作文。

我照樣是個不想面對事實的人，因為我不敢知道母親看完的表情，是微笑還是流淚？

至少我寫出內心話了，我嚐到了寫出內心話的滋味，真的很美好。

11

雷震雨搭配著閃電，我急忙衝回家，鞋子進水讓我非常不舒服。

學期結束後，我變得更優閒的看著書，小雞花樣的杯子，小小的電風扇，加上圖書館的《曼斯菲爾莊園》，這樣的夏天是如此的迷人。

母親脫去外套，扔下條紋包，進房做菜，她的雙眼炯炯有神，很不一樣，我想今天可以探出好消息吧。

用餐時，我還沒坐下母親就開口：「玟羽，你們放假了，老師還會在學校嗎？」

我思考了半天，說：「老師應該會在吧。」

我們要搬家了。

母親總算辭去了工作，找到一個穩定的公司上班，幾週後她就要在那裡工作。她考慮很久，為了讓我不再持續搬家、轉學，想有個比較安定的生活，在新公司是做行政單位，就不必擔心這麼多。

「這樣你就不用在一直轉學了，我一直在想……」母親邊夾菜邊說。

「你根本不懂！」我放大音量。母親嚇著了，直盯著我看。

「你根本不知道我喜歡現在的樣子！我喜歡學校，喜歡同學，喜歡現在！好不容易是這樣，為什麼又要離開？」

「我就是為你著想，又透過介紹才換新的工作啊！」

「我好不容易，覺得自己真正的活著，像人類一樣的活著，看到這世界不同的一面！好不容易……」

我奔向房間，鎖上門，儘管母親再怎麼敲門我都不予以回應。嬰兒在出生時哭過一次，那麼這次是我人生中第二次哭泣，鼻涕與淚水不斷湧出，宣洩在枕頭上，我不知道自己為什麼會有如此激烈的反應。我本來是不會向別人展露出脆弱，不會被情緒給打敗，因此不曾哭過。剛才，也不過是某次搬家、轉學，對我而言是稀鬆平常的事情，以往我都照單接受，沒有任何的感觸，如今我變得樣的流淚……

我總算知道，好怕失去這一切。

12

轉學手續都辦妥，班導祝福我，要我加油，繼續用心寫作。我打給子安，她來我家一起幫我打包行李。

她聽完後，語氣上挺失落的，更伴隨著驚訝，但是她還是鼓勵我，更希望可以幫上一點忙，於是我請她來打包。

以前那種熟稔的動作，裝箱的那種銳利的空間感頓時在我腦袋停格，我不知所措，反反覆覆地拿著東西看了又看，居然忘了怎麼收拾。

以往機械式頭也不回地離開，瀟灑地不帶走一切，那樣的我逐漸凋零中。我環顧家裡，覺得它是如此普通，卻好懷念，這是捨不得嗎？不想失去這種感覺的我，已經陷入一種恐慌。原來我已經在無形之中，默默的接受了這裡，接受了這樣的情感嗎？

打包行囊的心情很奇怪。

「不會啊，通常都是帶著期待的興奮心情，那種渴望踏上新土地的雀躍才會收拾行李，準備出發。所以打包的心情是充滿期待的吧！」

這是她第一次聽到我這麼說時給我的回應，也是我第一次聽見如此樂觀的回應。不過或許是太過樂觀了，更顯得不切實際，但是她堅定不移的雙眼，是最強而有力的說服力。不知道多少次了，我都懾服那雙眼睛……而選擇再相信一次——希望。

本來家中就沒什麼東西，收的速度也很快。但是這回卻慢吞吞地放入背包，不想和時間競賽。

以前在出發前，我都沒有那種前往下一站的動力，現在更不可能。我太慢才發覺，朋友對我而言是多重要，我開始被一個人所在乎，也學會在乎一個人。如今我將失去唯一擁有過的。

箱子已經裝好，我和母親塞進後車廂，然後坐在房間裡，這間房子變回當初剛搬進來的模樣，一塵不染的潔淨，好像留不住居住過的痕跡。

母親先上車，讓我和子安有空間對談。

儘管子安帶給我希望，我卻低著頭，淚水在眼裡打轉。

子安抱住我，說：「不要哭，我們會在未來相遇的！你知道嗎？玟羽，打從第一眼我就知道，你很勇敢，你很堅強，你和一般的女生不一樣。你要相信自己，相信未來，永遠都會有人在身後支持你！你要更樂觀的看到希望！相信你自己可以的！知道嗎？」我哭得更兇，淚水全沾濕了子安的肩膀。有好多話想說，卻哽咽得一個字也說不出口，只是拚命的流淚……

她給我一封信，我們就要離別了。

坐在車上的我和她不斷的揮手，漸漸模糊的她，不見人影了，還是淚水的迷濛讓我看不清子安呢？

母親輕輕地嘆息著，拍著我的肩膀。一路上一直過去的路標、街燈、熟悉的景色都不斷的飛奔過去。思念是沉重的行囊，我載不動這哀愁，一路上滿滿的回憶就這樣與我揮手……

13

玟羽：

當初我第一眼看見你，老實說，我就猜得出你是心中有裂縫的女孩。

你那時雙眼無神，這個班級，甚至整個世界都與你無關，當時你散發出這樣的訊息給我的。努力和你搭上話後，你果然是一個很悲觀的人，因為真正的希望和機會不曾降臨在你身上吧！你需要一個值得信賴的人，我想打破你的心防，因為我知道你的本質是很好的，你是需要別人拉拔一把，自己才能振作，才能對自己有信心的人。就當作我是你的伯樂吧，你是一個很特別的千里馬。因為我想要把你的裂縫一針、一針地補起來。

我知道你以前受過不少創傷，不管是家庭因素，還是在學校被某些人嘲笑，你對人感到絕望，難以信賴。但是請你相信我，並不是每個人都是這樣的！這個世界很大，千變萬化的人物共同生活著。你不是孤單一個人背負沉重，你的母親，還有我也都會一起背起你不堪回首的傷痕，相信未來，也一定有人可以一起背著！你也是我值得相信的人，也可以分擔我的難過，人類都是如此，才會有這份情誼永遠的存在下去，我要你知道這些！

故事的最後，總是會有人因為欺騙、報復、仇恨而失去一切，總有人因為寬容、信賴、體諒而得到些什麼，儘管是為不足道的，也還是能從中得到救贖、力量。這不就是《咆嘯山莊》帶給我們的意義嗎？

玟羽，你是我認識過最特別的朋友，也是最談得來、思想最相近的朋友，我永遠都不會忘記你。雖然我很捨不得你離開，但是我看著你慢慢地改變，真的是我最大的喜悅！我希望你有一天能夠笑著相信人類，忘卻以前的仇恨，能夠這樣勇敢地走下去，你要記住，你不是一個人在奮鬥的！

我家地址、電話沒有變，我們要再連絡！未來有一天，一定可以再與你相遇！

子安　筆

子安是首次讓我感受到溫暖、友情、愛的知覺。她打開了我的感官，更敞開了我的心房。在認識她之前，確實我只有黑暗，不對任何事抱存希望，雖然我在呼吸著，卻如同幽靈般行屍走肉，沒有任何的意義。她的出現，就是天下賜與我的奇蹟般，讓我得到重生的力量。儘管當時班上同學還是笑我，但我真正的甩開背後的陰影，堅持一份未知的信念而活下去！第一次找到一種活下去真正的目標，是子安帶給我的。

子安，你知道嗎？想要見你一面是我的夢想！

那份回憶，走過的路程，往後將成為我最大的動力讓我往前。我回首以前，即使孤獨、寂寞，人生也因為有你的陪伴而大放異彩，是那麼讓我感動、難忘。

四季不斷地交替，在寒冷冰凍的時節裡，那一段時光是一個永遠無法忘懷的溫暖的時節。

小說組佳作

作品：〈紅〉

作者：王庭筠

班級：五專部英文科4B

◀紅▶

在視線開始天旋地轉前，我曾經以為……這個夢魘是永遠不會甦醒的現實……

那是一片極目無盡的紅，紅得比燭火溫暖，紅得比玫瑰醉人，紅得比落日詩意，紅得……更像是此刻管脈裡沸騰叫囂的血液。這片色彩從掛著老祖宗肖像的牆一路揮灑，豪邁地塗去了半壁泛黃，接著順流而下，蜿蜒成幾渠湍流不息的河，緩緩匯聚成一池贖罪的紅水。年久失修的老房子霎時濃妝豔抹，積年不清的塵埃也在此刻煙灰飛滅，像是混沌初開的那幅模樣，雖然仍有幾分佝僂的不自然，但卻也被賦予了初犢之貌，煞有再生之感，而造物主，便是欲意登峰的我。只憑一把刀子的巧奪天工，紅色便在瞬間漫天旋舞，我希望此時能落下大雪，純白和腥紅的組合一定登峰造極，「嘩啦！」紅色潑落於白茫的聲響在我腦海中不斷重複著。

焦距漸漸地從四周收攏，我流連於這無懈可擊的藝術品不願回返，聽說過許多天才在世時都只能享受曲高和寡的讚嘆，他人怎麼能夠懂得我這幅曠世之作呢，但我懂得孤芳自賞，血脈傳承似乎就是這個意思，如同「他」也這樣。目光終於將能夠捕捉全數刻入瞳孔，最後就是評審「他」與這幅畫的配合度了。逐漸僵直的軀體似乎已鑲嵌入這幅畫中，但縱然色調與週遭已是水天一色，在我看來他卻是依舊死性不改，突兀地和一切格格不入，就好像「他」與從前的這個「家」，不管眾人如何努力，到頭來他還是異類般的存在。

面容朝上倒下，半身因牆壁的扶撐而坐起，右手安然的垂於右腳腳踝旁，握住酒瓶的左手已無力再灌輸這臭皮囊更多的錯誤，如今只能在地板上感受冰冷冷的殘酷，若是忽略他的臉部而只欣賞到此，那還不至於評論格格不入。我想如果如夢初醒有表情的話，應該就是如此，不過是從美夢中醒來這萬劫世道。眉頭緊擰，眼神焦躁，血絲佈滿黑白，嘴唇似抿還開，蠟黃的表皮更添黯淡，顴骨因饑瘦本就明顯，現在遠看更只能瞧見這四邊形骨頭。那是極為憤怒的神情，但變形的原因卻是驚愕。眼神最後的著落點在左肩與肺部那幾道深邃地狹長的開口，深邃地足以將他的魂魄拉進地獄，那是我送給他這窮極無聊的花甲之年的禮物，並為這屋子帶點活潑的氣息。

「框噹！」我將畫筆擲在他的身旁，這畫筆不需要再清洗了，因為紅色就是最稱職的顏料，它將這個「家」的景象描繪地栩栩如生，血肉淋漓。雖然這不是我一直想勾勒的圖畫，但即興創作卻是靈感的最豐沛時刻，神來之筆成絕世！我貪戀地再看一眼此景，接著轉身離去，因為，我也想醒過來了。

記不清是幾歲的事情，只記得那天媽媽拉著我的手到頂樓看星星，媽媽說如果一個人一直在噩夢裡醒不過來的話，那麼天上的星星就會闖進夢境中將他救回，我問媽媽那什麼時候星星要將爸爸帶回來呢，媽媽沉默了很久都沒有接話，只在最後要離開頂樓的時候低喃了句總有一天吧。媽媽沒有說錯，白刀在變成紅刃前，那熠熠銀光和那晚的星星一樣，照耀迷途。「他」最後醒過來了，雖然不是爸爸的模樣，但是沒關係，媽媽說做人要知足，只要不是「他」就可以了。我現在……只想要看那晚的星星，拜託它快點帶我離開噩夢……

甫踏出門口，鼻息間立即能感覺到塵埃揚起的汙濁。這是棟四十年以上的四層老公寓，除了我「家」和樓下眼盲的老婆婆外，其餘的住戶多年前便非遷即散，沒有鄰居反而更好，他們以前看見我只會竊竊私語，從來不光明正大的和我說話，反正我知道他們也不是什麼好東西，會住在這棟公寓的人就像這棟公寓一樣，都是沒有人要的廢棄物。我從二樓慢慢踏級而上，鞋印一步步地烙於塵埃，但我知道雖然現在鞋印清晰可見，只消幾天就會船過無痕，如果人生也能這樣多好，也許唯有這樣這世間就不會有紛爭。

三樓與媽媽離去的那天幾乎沒有不同，不同在於人非物也非。過往的一切如今已隨塵埃湮滅，被撞倒的鞋櫃殘破地橫躺在地板，無語話悽涼，它和已經泛白的春聯是孤單的盟友，都是被拋棄的存在。

豔陽從少了扇窗戶的視窗橫行，惡霸似的將自己傾倒在這一切上，有個幽紫的小亮點在刺白的光線中顯得唐突。

其實我覺得「他」曾經是很愛媽媽的，愛得比我更深更親密，但這話我從來沒說出口，因為沒人會相信。

也許只有這幽紫的小亮點相信吧，它曾經是最接近媽媽心臟，和媽媽的膚色極為相襯的紫水晶項鍊，結婚五週年的禮物。爸爸說，紫水晶能夠提升直覺性並平穩情緒，而且能招貴人，更重要的是紫水晶象徵堅貞真誠的情感，說完便親手將項鍊掛在媽媽脖子上，此後這條項鍊便沒有離開過媽媽的頸項，直到那天「他」把項鍊扯斷，紫水晶飛離鏈條後重重地摔在地上，一瞬就魂飛魄散，一觸即潰。

爸爸被裁員那天雨下得很猖狂，上午分明還是雲淡風輕的好天色，中午卻突然烏雲蔽日，不消多久就風疾雨驟，滂沱地連外頭景色都難以辨別。我記得很清楚，那場雨至今在我腦海中仍未停歇，雨將好天與壞天作了區別，就好像意外將人生割開成截然不同的階段，一失足成千古恨，難以重頭。爸爸便是在這樣的時刻回到家，全身溼透，雨水沿著他的皺紋分錯而落，分明只有三十好幾的人，一下子衰老成六十好幾的老頭子，頹喪失志。

媽媽見狀立即上前詢問，爸爸不接腔，只是默默地從衣服口袋裡拿出一個信封袋，裡頭是濕淋淋的花花綠綠，薄薄地一小疊，媽媽說了句先洗個澡吧，便也隨之沉默。那年我七歲，幼稚園大班沒讀完，字認識了幾個。

之後的日子變成媽媽出去外地工作，爸爸則鎮日在家。當時的我不清楚媽媽的工作性質，只知道媽媽突然學習著化妝，學習著打扮，香水的氣味濃郁地圍繞在這個家，就好像爸爸離不開酒味，兩者的味道在這個家裡陰魂不散的糾纏著他們。我憎恨香水和酒精，但我不憎恨媽媽和爸爸。

媽媽出去工作時我還沒醒來，但我知道她曾走到我的床邊跟我說對不起，握握我的手，摸摸我的臉，迷迷糊糊中，媽媽似乎還哭了。為什麼要跟我說對不起呢，我知道媽媽全是為了這個家才這樣的，我在夢境裡低喃著，也不知道媽媽到離去前有沒有聽見。離去了四年，帶來了四十八個月的金錢信封。

爸爸在失業後起初的幾個月還會出外找工作，但是後來他找到了比工作還要重要的事情，就是醉醺醺地說著他在效法李白啦、李白啦！李白那個大詩人有沒有聽過！家裡的空酒瓶遍地都是，像是滿谷爭奇鬥妍的花，牌子不限，強度不拘，只買個長醉不復醒。爸爸經常喝得心情不好，說什麼也不願開門讓我上學，他有時神經兮兮地說門外都是專剝削工人血汗錢的爛人，有時卻忿忿地說都是給人戴綠帽的傻人，有時什麼也不說，茫茫然地站在門前，叫了也不回應。

我斷斷續續地唸著小學，小學應該是什麼樣子我模糊得很，老師沒注意過我，同學們三五成群，最後又只剩下我一個。

十一歲生日那天我什麼都明白了。媽媽的工作、爸爸的酒瘋、這個家……以及我的未來……

「喜歡嗎？」媽媽把長得和塞滿我書包的塗鴉紙上的跑鞋相同的跑鞋遞給我，那個笑容和眼神也和塞滿我抽屜的塗鴉紙上的相同，溫暖而熟悉……只是，香水味陌生地刺鼻。

白色的蠟筆刷刷地橫掃紙張，要先將整張全開的塗鴉紙塗上白色。

「這是 Nike 的唷！媽媽看見你畫的圖，所以就買了。喜不喜歡呢？」媽媽將我按在椅子上，為我穿上新鞋。

接著紅色的蠟筆才能戰戰兢兢地在白色中描繪個勾，勾弧要飽滿，並以三十度斜角直劈右上。

「來，起來走走看合不合腳！」媽媽把右腳的鞋帶繫好，熱切地將我拉起，看我邁步。

最後還要在紙的底部上，畫上厚厚的紅色當鞋底，這樣跑鞋的肖像圖便大功告成。

「碰！！」酒瓶飛過媽媽與我之間的空隙，以他殺的手法被扔去撞壁，轟然之後，粉身碎骨。「汝娘勒！汝這婊子還尬轉來！！」爸爸從客廳堆滿空酒瓶的角落中搖搖晃晃地站起，他用兩眼骷髏瞪著我腳上的跑鞋，好半天都不說話，像是清醒，卻又癲狂。倏地，他朝這個方向衝了過來。

白色一定要如同天使的翅膀，就像當萬物都枯萎，卻依然能孤挺在那裡的潔白。紅色一定要如同溫熱的血液，因為感覺踩踏過血腥的鞋底，比較適合我。

這裡是無垠的瀰洋，媽媽的捲髮是浮沉的木板，「汝這婊子！！」爸爸的手緊緊抓著木板不放，是即將溺斃的泳者。「婊子又怎樣啦！！婊子供你吃住、供你發酒瘋勒！」媽媽厲聲吼道，她拉住爸爸的手，嘗試用腳踢出兩人的距離。「賤人尬恁爸怙怙！」爸爸掄起拳頭，兩人扭打到牆邊，又一聲「碰！」，媽媽的額角緩緩低落血珠。「恁爸尬汝講，好膽回來就甭再給我出去！」爸爸猛力將媽媽推往牆壁。「我不出去！誰來賺錢啊！？」媽媽憤然對著爸爸吼叫，血汩汩流，也許流完了，痛也不復再。「汝就是想要給恁爸戴黑龜啦！」爸爸拳腳並用，怒氣隨著拳頭結結實實的落在媽媽身上。我想要拉開爸爸，但是「他」不是爸爸，我拉不開「他」。「想出去？就尬恁爸同歸於盡！」「他」拔開熱水器與瓦斯筒上的栓塞，蠻力拖著瓦斯桶放到門口。瓦斯四溢，我想如果此刻燃起一點星火，定可燎起滿屋情感的荒煙蔓草。「想出去？想出去！？哈哈哈！」「他」猖狂地笑著，笑著……將前半段人生都笑得消失殆盡……

瓦斯桶此後屹立於門口數月，灰色漆身彷彿在提醒著媽媽的「責任」以及這個「家」的命途，往事不可追，而未來不可期。灰灰暗暗，非正非邪，亦如每個人的體內都蟄伏著一個「他」，準備隨時崩毀雙方的情感，齧啃對方的肉體到瘀紫。

當人開始需要用酒精短暫的麻痺知覺，酒醒將比不醉更為痛苦。不醉只含著對世俗的憤怒，但酒醒更添了層對生命流逝的傷感，想掙扎著振作，卻又覺得自己猶如翻騰於溯溪上的魚，無力挽狂瀾。於是想醉茫，不怕不醉，只怕酒醒。

瓦斯桶不僅封鎖住媽媽，也壟斷了存活必須的花綠紙張。爸爸不願醒，但沒錢就沒酒，沒酒便不得不醒。現實其實是雙刃，它讓爸爸醉，又讓爸爸醒，讓爸爸醒著將瓦斯桶移走，因為他要醉著再將桶子移回。

於是媽媽再度出去工作，但這次離去前她對著尚未睡著的我低道：「找個機會離開這裡吧！哪兒都比這裡強！留在你爸身邊你會死無葬身之地啊，我可憐的孩子……我捨不得你啊……來世別再來當我的孩子了吧……」媽媽緊緊抱著我哭，眼淚一滴滴落到我背上的淤傷，媽媽把我摟得很痛，眼淚冰冰涼涼地滑進衣服底，滑過「他」發瘋的痕跡。「這些錢你拿著，偷攢下來的，不多……省著點花……我要走了……記住，找個好人家過新生活……」媽媽放開我，胡亂的用手抹抹了眼淚，此刻沒了煙燻妝的她看起來特別蒼老，老得連抬頭的力氣都沒有。我點點頭，想對媽媽露出讓她放心的微笑，卻發現笑比哭更難辦到，嘴角好像和地球引力串通好似的往下掉，和眼淚一起掉進悲傷泥淖。媽媽摸摸我的頭髮，就要離開。我想開口說些什麼，但是已經來不及了。

「媽的！汝當恁爸臭耳聾？」「他」猝然踹開反鎖的房門，「還有錢就給恁爸拿來！還哭窮啊！」「他」一把翻開我的褲袋，企圖將錢搶奪過去，「你不要搶！這些錢不是你的！放手！」媽媽見狀立即撲過去，想將錢搶回來，「閃開啦！汝再出去賣，不就有錢了？」「他」大力推開媽媽，訕笑地晃著錢，踱步走出房門。

有句俗話說千金難買早知道。是啊……早知道我就阻止媽媽追上去，早知道我就全力推開「他」那雙落在媽媽身上的滿是罪孽的髒手，早知道我就……我就用這把刀子讓爸爸清醒……早知道我就……但現在說再多的早知道，永遠都是只是後悔莫及的馬後炮而已，後悔得可以讓人不惜所有來交換那刻的早知道。

媽媽眼看著「他」快要走出房門，隨即跟上前去繼續與「他」搶奪那些錢。也許是被逼急了，媽媽張口就咬住「他」拿著錢的手，咬得憤不顧身，死命不放。「瘋婆娘放開！」鈔票紛紛然落散，我趕忙衝過去撿起，媽媽這麼堅持，這些錢無論如何都不能給「他」！「幹！恁爸欸錢抾三小！」「他」一腳踹開我，我急忙往旁閃躲，幸好已撿回大半，我牢牢地將錢捏在掌心，「賤人就是生賤貨啦！」「他」怒得臉孔扭曲，不分由說拿起空酒瓶就要砸，「再賤也是你的種！」媽媽立刻擋在我的身前，「恁爸欸種？俺呸！」數月以來不分日夜重複的景象此刻又重演，好似一齣沒有中場休息也沒有結尾的歹戲，拖著棚。

我趁隙打開大門，叫媽媽趕快逃。媽媽奮力掙脫「他」的糾纏，奔出門口，卻是沒來由地往樓上跑，「造三小！？」「他」緊追在後，兩人在三樓又扭打了起來，鞋櫃翻覆，雜物傾倒，項鍊支離破碎。三樓人家沉默，鐵門冰冷冷地漠然。我隨手撿起東西便朝「他」丟擲，成功地為媽媽爭取到一瞬脫離的機會，「幹！恁爸等咧再尬汝算肖！」「他」瞪著我，說完又往上層追去，我也趕快追上，心底惶惶不安。

頂樓一如那晚星辰下的空曠，「他」步步逼著媽媽往後退，一步逼前，兩步而退，退無可退，再退便是鬼門關前，兩人只隔一步之遙。「我死了你也不用再奢望有人會賺錢給你！」媽媽冷然看著腳下的塵世說道，「呸！恁爸把汝欸賤貨拿去換錢毋就好了？」「他」一臉輕蔑，「我上輩子不知道做了什麼夭壽事，這輩子才來還債！你都衝著我來！別打他主意！」媽媽回道，「馬欸賽啦！」「他」毫無所謂地說，「不過我要我的孩子跟我一起走！」媽媽表情堅決，「汝有夠資格尬恁爸講條件？」「他」猛然將我拉過去，一股蠻力牢牢握在我的手腕，「阮來轉去。」「他」邪笑著，想要「帶」我回家，「把孩子給我！」媽媽厲聲喊道，「汝以為恁爸是戇人？汝帶伊造就毋轉來了啦！」「他」轉過身說道，「我保證按月寄錢回來！！孩子還我！」媽媽伸出手想拉住我，「免肖想！」「他」大力揮開媽媽的手，媽媽往後一個踉蹌……

「媽媽看見你畫的圖，所以就買了。喜不喜歡呢？」

「我不出去！誰來賺錢啊！？」

「來世別再來當我的孩子了吧……」

「你都衝著我來！別打他主意！」

「我要走了……」

我想開口說些什麼，但是已經來不及了……

「媽媽！！」我大聲喊道……來不及了……真的來不及了……媽媽就這樣睜著眼往後墜，墜落這四層樓的塵世，墜得無力抵抗，墜得不明不白，從這骯髒的高處，墜到同樣骯髒的低處。「媽媽！！」我趴在磁磚上大喊，我只能看著媽媽離我越來越遠……媽媽一直看著我，雖然最後我根本看不清媽媽的臉龐，但是我很篤定她的目光沒有離開過……雖然……雖然最後媽媽……模模糊糊了……

我開始放聲大叫，拚命地尖叫，把這幾年不能表達的通通吼出來。我恨蒼天給我這樣的家！我恨媽媽的香水味！我恨爸爸的酒瘋！我恨我的無能為力！我恨……我不知道還可以恨什麼……好像什麼都舉無輕重了……

尖叫完，我開始拔足狂奔，拚命地狂奔，這幾年不能出走的路我通通都要跑。我知道「他」在後頭緊追不捨，但我不會回頭的！我再也不要受「他」的束縛，我要奔向自由！奔向沒有「他」的未來！

遠處警笛的聲音似乎正朝這個方向逼近，但是我管不了那麼多，一切都不再重要了，我只要一個有自我的人生！！

不知道跑了多久多遠，我才停下來，「他」不曉得從什麼時候就已經沒追在後頭。我環顧四周，全然是陌生的景色，這樣正符合我的期望，只要人對環境陌生，而環境也對人陌生，就代表著，人生能夠重頭開始……所有過往的人事物都能真的變成過往……

我先向路人詢問了警察局的方向，到了警察局後，再向警察說我是孤苦無依的孤兒，我需要一間育幼院當作我的家。警察什麼都沒問，只繼續嗑著瓜子幫我找了間離此不遠的育幼院，我道了謝，招了輛計程車要司機開往那間育幼院，我將媽媽的錢全付給司機，誰能不同情沒親人又沒錢的孤兒呢？此後，育幼院就是我的家，我沒有爸爸也沒有媽媽，我的父母是姓名不詳的人，我的身世是個謎，而這個謎沒有任何人有答案。

如果某個人長期處於黑暗的空間中，當有天有一絲微乎其微的光闖入這個空間時，那人必然覺得這絲光線很耀眼，耀眼到佔據了整個視線。對我來說，育幼院便是那道微乎其微的光，雖然與豔陽高照相距甚遠，但曾經，那絲微弱的光是我不能期盼的存在。

這些年，每刻每秒我都認真以對，坦然地接受命運的撞擊，因為命運再也不能嚇唬我，任何事情都不會比過往糟糕。我自己工讀賺了高中與大學的學位，自己通過公費考試賺了碩士學位，有份公家機關的飯碗，有群換帖死黨，有個小房子，有部小汽車，有缸金魚，有台電腦，甚至還有個專放畫作的房間，好像全世界的東西我都擁有了……但我幾乎就要忘了，我已經沒有了媽媽，而爸爸……我還擁有嗎？

若不是那個畫面，我幾乎再也想不起我的根源，如果不能歸咎於命運，那麼到底是誰在捉弄我？道貌岸然地說著人要學會遺忘，學會遺忘才能浴火重生，但這滾滾紅塵中到底又有誰能夠真遺忘？

今日依舊是以黑咖啡及報紙開場，黑咖啡特有的苦澀，及入喉的回甘像極了人生的滋味，我很喜歡用它來提醒我活在當下，報紙則像回憶需要去蕪存菁，我通常會將報紙抽絲剝繭，餘留藝文版及副刊版，其餘則習慣性丟入回收筒。今早咖啡仍然保有它的特色，但報紙卻意外地掀起我心底的波瀾萬丈。社會版一隅標題下的裸露『六十老翁醉後露鳥，妨礙風化送法辦』，隨文贈讀者圖一張，老翁毫無遮蔽物的身體只有馬賽克模糊了重點部位，醉醺醺地醜態畢露。彷彿「喀！」的一聲，腦袋某部份已經鏽損不動的齒輪開始緩緩復工，即使隔了十幾年，即使我努力地遺忘，即使這張照片是黑白的，即使我長大了而他蒼老了，再千萬個即使，我都無力辯駁他在我的腦海裡鮮明的依舊，是「他」……而我……我怎麼會還有想救「他」的念頭……？

依照文中所述的地點，顯然「他」這十幾年中都不曾離開過那裡，那麼送法辦的警局我就無須再查，但……但我……真要要救「他」嗎？還是換個說法……救爸爸？我腦中一片白茫……思緒像是自行纏繞了千百萬個死結的繩子，剪不斷，卻理更亂。我啜飲著咖啡，這刻思量卻不再當下，橫飛過十幾年，回到比幾乎遺忘的過往更早前，爸爸還依舊有工作的時候……那時候的溫柔，那時候的笑容，那時候的爸爸，那時候還是個溫暖的家……

原來我這麼久以來都相信我已經遺忘的往事，只是自欺欺人的謊言，麻痺著神經的痛楚，自以為終將不再回首，原來……只要當人還記得自己的過往，過往終究成為不了過往……

再見爸爸時他正酣睡著，面黃肌瘦的臉此刻堆滿寧靜安詳，仰息間不聞喜悲，年邁已然在他身形刻劃下更深刻的紋路，誰看了都會說他只是個晚年悲苦的孤單老人罷了，誰能料想他能是個惡貫滿盈，死有餘辜的罪人？

念在初犯，爸爸只需付清罰金就可出警察局。我沉默地辦理手續，暗暗忖度著多年再逢的第一句話，內心的波瀾翻騰不止，千萬句開場白在我眼前像跑馬燈的閃爍，但連一句簡單的招呼都會顯得做作。

我細細地端詳眼前的爸爸，二十幾年我還不曾如此看過他，這真的是給予我一半血液的爸爸嗎？我摸摸自己的臉，有哪塊皮骨與他相似嗎？忽地，爸爸猛然睜開眼，我心一驚，不自主地向後退了兩步，他靜靜地看著我，緩緩扯出記憶中的那種訕笑，「係汝喔。」毫無起伏的語氣，好像一點都不驚訝，「我……我帶你回家……」爸爸起身跟著我走向車子，一路顛簸，車內的靜謐沉重地令人窒息。

「你自己上樓就好……我……」我不想跟你上樓，後半句我哽在喉頭不知如何出口，「汝甘毋想拿走汝老母欸物件？汝擱毋拿，伊欸嫁粧我緊袂賣完啊。」他又開始訕笑起來，只憑一句話就令我乖乖下車，「你說話要算話，媽媽的嫁妝要給我，我……我會留些錢給你……」眼前便是闊別已久的「家」，握著門把，我內心開始忐忑不安，「赫拉！赫拉！」爸爸不耐地催促我進去。

這幾年，我努力克制著自己不去想像家裡的情況，因為我以為永遠不會再回來了……現在回來了，怎樣也無法認同這就是「家」。所謂的「家徒四壁」指的只是貧窮的「狀態」，但眼前卻已然是「情況」。放眼望去，一派環堵蕭然，舉頭不見燈具，低頭難尋桌椅，酒瓶卻紛紛沓沓。我暗忖，顯然這些年爸爸都靠著變賣物品的錢過活，但能變賣的物品似乎已無，他真有可能還留著媽媽的嫁妝嗎？如果答案否定，那麼他又做何居心？我不禁迷惘。

「汝甘嘸過得赫？」爸爸突然出聲問道，我沉默著，竭力練習拋棄過往的人，根本無從談論過得好或壞，因為這種人不結論生活，只忙錄過著生活，拚命不讓上一秒追到當下，「甘嘸結婚？」爸爸接續再問，「沒有。鰥寡孤獨比較適合我。」因為無牽無掛，就能無傷無害，「你到底要不要把媽媽的東西給我？」猜不透他的居心，我開始焦躁起來，「哦？燒等咧。恁爸揣揣欸。」爸爸走進以前他和媽媽的房間，鏗鏗鏘鏘的聲音持續了好一會，「汝入來一下。」腳步方行至門口，赫然，一陣金屬片的冰涼從項頸通達腦門，爸爸在門口旁邪佞地看著我「你想怎樣！？」我緊盯著橫架在脖子上的刀子，忿忿問道，「賤人果然生賤貨，敢款北七，攏細袂給恁爸剖欸。」「他」低沉地笑了幾聲，晃了晃右手的銀刃，「想袂到今價能引汝出來，恁爸還特別拜託翁相卡清楚欸！」我瞪著「他」，腦中千迴百轉，「你到底想怎樣！？」「汝老母欸嫁粧我早就賣完啊。汝還相信有剩？」「他」舉起左手的酒瓶，灌了一大口，「所以你到底要怎樣？」

「一千萬給恁爸就給你走。」其實十一歲後我對人性就徹底絕望了，所謂的親情永遠只是浮夢泡影，而慈悲更是利他害己的不必，我……既然認清，就再也沒有理由……「可以！你去陰間領冥錢吧！！」我迅速將身形左側，閃過揮之而來的刀刃，趁「他」重心尚未回穩，順勢將「他」推去撞牆，「他」應聲而倒，我撿起掉落的刀子，狠狠地猛刺，血紅色……逐漸綻放……

頂樓到了，這裡是這整棟公寓唯一如故的地方，依舊空曠的適合看星星，也依舊高的能讓人落入地獄。我緩緩踩踏著回憶的足跡，無聲無息地佇立於當年媽媽最後的立足處。從這裡極目眺望，縱然街上紛亂擾攘，卻有股遺世獨立的孤高感，像是這塵世從來不屬於誰，誰也將不屬於這塵世。

我抬眼看著未落山的紅陽，穹幕還未有半點星辰的色彩，但我相信只要耐心等候，星星最終一定會出現的，就像它方才救醒了爸爸。倏然，遠處有道銀白光向這射來，是星星！是星星吧！！

我開心地手舞足蹈起來，我就知道星星會來救醒我！我就要醒過來了，我終於可以醒過來了！我想要再往前走，再看得更清楚些……但我忘了，這裡曾是「退無可退」，所以也是「進無可進」……

我以為我在飛，能飛越高山低谷，飛越大小湖泊，飛到理想國度……我以為那是星光，能夠帶我離開夢境虛實，離開紫陌紅塵，離開永劫萬惡……但我終究是醒了，我不會飛……而星光……也不過是反光板的玩笑……

在視線開始天旋地轉前，我看見血紅色再次綻放，最美麗的……，而夢魇……永別了、永別了……

「媽媽，你為什麼要生下我！！」

「因為我們很愛你……」

「你們！？爸爸也很愛我嗎？」

「爸爸當然也很愛你！爸爸只是暫時忘記愛的感覺而已……」

「媽媽你不要哭！我也很愛你們！我永遠愛你們！」

小說組佳作

作品：〈惡夢〉

作者：阮常瑜

班級：大學部應華系2A

◀惡夢▶

第一章　康乃馨枯萎了

「很難過聽到這樣的消息，巴奈特・布蘭姬永遠活在我們心裡。」一位矮胖的女人用她那肥胖的手掌拍著瘦削男人的肩膀，那男人眼神空洞，飄渺的環繞著追悼會上佈置的花圈，若有似無的偶爾回神過來對著賓客淺淺一笑，皺巴巴的領口上沾著汗漬，黑皮鞋失去油亮亮的光澤，反倒像是兩塊黑木碳沾著灰黏在腳上似的，布蘭姬還在家裡掌控廚房時是絕對不允許這些事情發生的。

花園內充斥著一聲聲啜泣，黑紗裙拖在綠油油的草地上，吸鼻聲終於在牧師唸起禱告詞時漸漸平息，每個人的鼻頭都紅咚咚的，靜靜的低頭應和牧師時起時落的聲調。前面空著一塊空地放置棺木，布蘭姬的臉龐在花朵的襯托下還是顯得如此紅潤，她生前仰頭哈哈大笑的開朗畫面仍然深植人心，這樣如此引人注目的女子配上安靜木訥的巴奈特・戴蒙，難免讓人有些耳語，儘管巴奈特是真心愛著她，但現在什麼都不重要了，現在大家關注的，是他們唯一的女兒，德莉，這個剛滿十二歲的小傢伙。

德莉知道發生了什麼事，她已經十二歲了，她在為母親獻上最後一朵白玫瑰之後，就一直躲在閣樓的小房間裡，昨晚當她聽著睡前故事時，父親突然哽咽的唸不下去，只輕輕吐出一句「媽媽到天堂去囉！」隨即親了一下德莉的額頭便替她蓋上被子，這件事其實一直是媽媽在做的，她會用溫暖的笑容帶小德莉進入夢鄉。有一天，當布蘭姬再也沒辦法離開病床的時候，換德莉帶著一本本故事書唸給布蘭姬聽，再吃力的墊起腳尖為母親的額頭印上一個深深的吻，當然，她永遠不知道布蘭姬聽進了多少，她沒辦法問她問題，也沒辦法用眼神跟她溝通，她只是靜靜的沉睡，默默的等待死亡。

葬禮過後的上學天，德莉一大早起身準備下床，沒想到右腳一落地，隨即滑了一跤，整個人砰一聲摔在地上。過了許久，屋裡的寂靜快壓的德莉喘不過氣來，她眼角淌著幾滴淚珠，慢慢的爬起身，在一切都打理好後，發現廚房餐桌上只留下一份冷硬的奶酥吐司和一杯聞得出來即將過期的牛奶，那是爸爸趕著上班前做好的，他這幾天總是特別忙碌，也許還在忙著應付各界投注而來的關注吧！儘管如此德莉依然決定餓著肚子，一路踢著小石子到學校。

「嘿，準備搬去孤兒院了嗎？哇哈哈！」

那是艾倫跟一群他的狐群狗黨在校門外大喊，德莉臉頰紅咚咚的快步衝進教室趴到桌子上，靜靜的，靜靜的，只求不要再聽到艾倫那沙啞又高亢的吼聲，事與願違，艾倫偏偏跟他同班，一起上德莉最討厭的C班文法課，這意思是，他們的程度一樣爛。

「你什麼時候搬新家啊？是對面那間嗎？半夜不要偷尿床哦！哈哈哈！」

艾倫扯開喉嚨在德莉耳邊呼叫，班上沒有一個人管得住他的大嗓門，任由他在教室裡大聲喧鬧。

涙水在眼框裡打轉，血絲爬上眼球那原本的一片透白，小小的身軀站的直挺挺的，卻像被暴風吹拂般顯得搖擺不定，她大力的抖動著，憤怒使她握緊了拳頭，捏斷腦中僅存的一條理智線，換來的是傷痛到極限時的悲憤，我要撐住，這句話在德莉腦中旋繞。

「艾倫，閉上你的嘴！」一個堅定的聲音從遠處傳來，德莉可以聽的出來說出這句話的人正朝他們走來。

像是一道刺眼的光線，迫使涙水撲簌簌的從湖底溢滿、溢出。得到這股支援之後，她再也按捺不住心中莫名的激動，握緊拳頭使勁的往艾倫的臉上揮，揮了一拳又想再揮一拳的時候，突然感到一陣暈眩，她只感覺到地面開始搖晃，四周緊張的驚呼聲圍繞著她，然後失去了意識。

「噢！」日光燈的亮度刺痛了德莉微微張開的雙眼。

「德莉・戴蒙，不管怎樣先出手打人就是不對。」坐在全部漆成白色保健室一頭的保健阿姨用一派嚴肅的口吻對著德莉說。茱蒂擁有一身黑到發亮的皮膚，成天穿著白袍配上黑的膚色，像極了一塊雙色牛奶巧克力，但任何大小傷口只要經過她的治療無一不癒合的。

「你真該看看是誰先惹火我的！是艾倫那小子的錯，他先攻擊我的！」德莉想用高亢的音調說出來，但聽起來反而十分無力，德莉這才發現她的身體有多麼的虛弱。

「德莉，老師們都了解你家的情況，也十分體諒你現在的心境，不要去理會其他人的瘋言瘋語，自己先站起來才是首要的，好嗎？」茱蒂心平氣和的說。

「好啦！只是在頭上腫了一個包而已，下次再這樣，學校可是會通知你的父親的！」德莉正拉開保健室的門，茱蒂這樣說著。

因為這場暈眩事件，讓德莉錯過了她最期待的午餐，聽說還是牛肉咖哩跟水果果凍呢！德莉摸摸她快要凹陷的肚皮，瘦弱的身軀感覺更不堪一擊。

「給妳。」一個被壓的皺巴巴的三明治出現在德莉的眼前，又是艾德蒙的友情援助。

「謝謝你，艾德蒙，你真是我最好的朋友。」德莉說，但是哽咽在她喉中的鬱悶還是持續了好一陣子，即使平常傻呼呼的艾德蒙還是有令人感到溫暖的一面。

「哦，那是我媽做的早餐，我討厭酸黃瓜。」艾德蒙繼續說他待會兒要早點回家，便留下錯愕的德莉，拿著乾扁三明治看著他離去。

我也不喜歡酸黃瓜，德莉在心中暗暗念著。

「嘿！」德莉想起一件事。

艾德蒙在稍微透出橘紅的雲彩下轉身。

「是你在我倒地時扶住我的嗎？」德莉打從在保健室裡就一直想著這個問題。女孩子的白馬王子夢。

「哈哈哈哈哈，是艾倫啦！」艾德蒙的嘴巴咧的好大

「妳不知道他喜歡妳有多久了！」艾德蒙揮揮手再次丟下一句令人錯愕的話，跑走了。

德莉摸摸鼻子，臉頰紅噗噗的。

「我才不屑。」她為這個令人尷尬的話題自己為自己做了一段結尾。

黃昏橘紅的夕陽透過落地窗灑在布蘭姬做的地毯上，德莉微弱的腳踏聲在偌大的屋內產生好一陣子的回音，她隨手將書包扔至角落，反正雜亂的客廳再也沒有人管得著了，她將手臂塞進餅乾罐裡撈了又撈，牛奶倒的四處都是。「噢，德莉小甜心，妳不會想讓人叫你骯髒的女孩兒吧？」布蘭姬的提醒聲在德莉腦海中圍繞，德莉只好拿起抹布在桌上把四濺的牛奶擦乾，擦到一半，窗戶被小石子打的啵啵作響。

「艾德蒙，今天沒有巧克力餅乾！只有軟掉的果醬餡餅。」德莉忿忿然的向窗外喊著，走到玄關呼一聲的將大門拉開，憑什麼來打亂我們的寧靜？

「我一點也不在乎啊，有得吃就好了！」艾德蒙容光煥發略帶點油脂的臉龐笑的燦爛極了，德莉不禁為剛剛將壞脾氣發洩在他身上而感到羞愧。艾德蒙是個孤兒，被住在附近的養父養母領養拉拔長大，從小時候他們就玩在一起了，布蘭姬常常請他來家裡陪伴相同歲數的德莉，還送他一大堆的點心，德莉依稀可以記得，布蘭姬彎下腰一手抱起她，一手抱起艾德蒙轉圈圈的場景。

「看看我手上拿著什麼！是我在海邊發現的，快找東西把它扳開來啊！」艾德蒙捧著一只木盒，看起來在海邊漂流一段時間了，不但黑黑濕濕的，還有一股霉味跟鹹鹹的海味，用指甲輕摳木板，還有點軟爛，但看上去實在不怎麼顯眼。艾德蒙雖然手拿著木盒，眼睛卻直盯著餅乾罐瞧，二話不說便將木盒和碎海草一股腦兒的塞給德莉，蹦蹦跳跳的跑去廚房撈餅乾罐了。德莉知道他一定是想安慰她才跑來，況且她的好奇心讓她逼不得想馬上打開一探究竟。

「艾德蒙，用這東西不錯吧！」德莉拿著巴奈特穿皮鞋的鞋拔，艾德蒙停下塞了滿滿果醬餡餅的咀嚼動作，還來不及出聲阻止，德莉便在木盒開口縫隙間用力一插、一扳，木盒硬生生的被打開了，奇怪的是，在海水裡泡了這麼久，盒內依然乾爽無比，還殘留一股淡淡的檀木香呢！裡頭分別擺著一對布娃娃，男生穿著白西裝，女生穿著紅洋裝，眼睛是用鈕釦縫上去的，粗毛線則當作他們的頭髮。

「我幫你找來了新玩具！」艾德蒙得意洋洋的笑著，完全忘了鞋拔可能斷掉的危機。

「哦！是哦！多虧了你。」德莉漫不經心的答覆，眼睛則被女娃娃的髮色給吸引住了，那是夕陽般的橘紅，是布蘭姬的正字標記，而且它的鈕釦是綠色的，是布蘭姬瞇著眼睛笑嘻嘻的時候還會看到的綠色眼珠。當德莉還沉靜在母親皎好的面孔與溫暖的氣息中，隱約聽見了大門門鎖轉動的聲音，她趕緊抱著木盒的往樓上房間跑，胡亂的把木盒塞進床底下，德莉小小的腦袋只是單純的不想讓父親發現這個她與母親似乎可以聯繫的唯一管道，而且還是撿回來的，是個不屬於自己的東西，她好怕爸爸將它搶走。

巴奈特拖著疲累的身軀回來了，拎著兩份冷掉的肉醬義大利麵，他看了看艾德蒙，再轉身瞄了一下德莉富有生氣的眼睛，笑著流露出抱歉的眼神說：「抱歉啊，小艾德蒙，我們無法請你留下來一塊兒吃晚餐，但是我非常感謝你陪德莉度過一個快樂的午後，希望你以後也能常來。我會準備一些巧克力夾心餅乾的。」

「哦，謝謝你，戴蒙先生，果醬餡餅也一樣好。」說完，艾德蒙對著巴奈特笑了笑，對著德莉眨眨眼，開門跑進黃昏的懷抱。

第二章　荷葉邊底下的秘密

日子一天天的過去，布娃娃仍然藏在床底下，德莉像是重新振作起來一樣，不但早上願意一口灌下牛奶，吃一成不變的吐司（巴奈特只會把果醬或牛油抹在上面），還高高興興的上學。巴奈特看在眼裡，終於稍微鬆了一口氣，雖然不知道是什麼原因讓她的女兒這麼快恢復以往的開朗，但無論如何這樣就已經很好了。

「媽咪，我今天很快就作完算數功課了，厲害吧！」睡前，德莉總會躲在被窩裡，用輕微的聲音對著那個女娃娃講話，她喜歡摸摸娃娃捲捲的頭髮，把一整天發生的事情一字不漏的跟她分享，「就好像妳還在我身邊一樣。」德莉說完這句話後便沉沉的進入夢鄉。

一盤香噴噴的豐盛早餐擺在德莉面前，兩片培根，炒蛋跟煮豆子，點綴著幾顆花椰菜，還擺上一杯水果奶昔，她瞪大了雙眼，不可置信這會是爸爸準備的，果醬吐司跟牛奶呢？

「德莉，還喜歡妳的早餐嗎？」一位矮胖的女人站在餐桌前對著德莉微笑，橘紅色的捲髮被早晨的陽光照的發亮，笑瞇瞇的綠色眼珠充滿溫暖，德莉傻住了，她有一種似曾相識的感覺，淚水又不自覺盈滿了眼框，她快速的垂下頭，努力用頭髮遮住臉，把嘴唇咬的緊緊的。

「哦，喜歡，謝謝妳。」牙縫間含糊的說完這句話，隨即飢腸轆轆的拿起刀叉往培根進攻，她好久沒吃到這麼美味的早餐！

「妳是誰？這裡是哪裡？」德莉勉強擠出一點嘴巴說話的空間問那位女人。她實在太餓了，都忘了看看現在究竟是怎麼一回事。等到意識到這詭譎的情況時，早餐盤已經見底了！

「這是妳的家啊，我是妳的媽媽布蘭蒂，這位是妳的爸爸巴奈奇啊。」那女人不急不徐的介紹，還敲了一下似乎在一旁神遊男子的腦袋，那男人像突然回魂一般對德莉做了一個皮笑肉不笑的笑容作為回應，她說的一切都顯得理所當然，好像一開始就是這樣沒錯，是德莉糊塗忘記了而已。

「啊～謝謝妳的早餐，我想我現在得去消化一下！」德莉一邊拍拍自己圓滾的肚皮，一邊偷偷地抬起眉毛用打量的眼光看了一下這兩個自稱是自己父母的瘋子，她還發現，那位男子跟男生布娃娃一樣，有著星光般銀白色的頭髮。德莉暗自打算丟下一桌的杯盤狼藉，趕緊離開餐桌，跑到走廊上去。

「德莉親愛的，讓我帶妳四處看看好吧！？」那位自稱是布蘭蒂的女人緊跟在德利後頭，半推半拉的把德莉帶出餐廳，力道之大讓德莉只能任憑她牽著走。她看著布蘭蒂渾圓的臀部在眼前一左一右的晃著，根本沒注意她被帶到哪裡了。這時，德莉驚奇的發現她居然走在石頭塊鋪成的走道上，石頭塊間隔的隙縫中，還長出幾株蒲公英來了。忽然，眼角閃了一道紅光，接著一根赤紅的羽毛飄落在德莉的腳前，只在一眨眼間燃燒再熄滅，德莉吃驚的往天花板瞧，哪裡有天花板呀？挑高的設計，讓好幾隻赤紅色的火鳥在頭上盤旋，飛翼上圍繞著一圈炙熱的火燄，照亮了這一整個空間，德莉張大了嘴，朝他們望了好一會兒，彷彿看到其中一隻特別漂亮，火焰特別鮮紅，還帶著一點金黃色的火鳥對著她眨了一下眼睛。德莉朝著前方繼續走，走廊牆壁上掛了一大幅海景畫作，海浪拍打著沿岸，水花閃閃發亮，她不知不覺被吸引，手向那幅畫伸了過去。

「別碰，親愛的。」布蘭蒂說，她並沒有回頭看，德莉伸回了手，疑惑起她是怎麼知道自己正想抓一把畫中的白沙呢！

布蘭蒂帶她來到一間起居室，德莉被眼前的景象震撼住了，好幾公尺高的書櫃鑲在牆裡，收藏著玲瑯滿目的童話書，現在還不是冬天，壁爐裡燒著的不是火焰，反而是一條條的冰柱，涼風從壁爐裡緩緩吹來，那一座小碎花沙發正抖了抖身上的流蘇，想辦法把自己打理的體面一點，還彎了彎椅腳，好讓矮小的德莉能夠輕易的坐上去。裝飾在花瓶裡的幾枝鈴蘭花，看到有人進來，立刻哼起一首首柔美的鋼琴樂。

「這裡很不錯吧？是特地為妳佈置的喲！再過來看看這裡！」布蘭蒂不知何時走到一旁較矮小的書櫃，指著裡面的童話書叫德莉看。德莉一看，發現放在櫃裡的書，全部都是她的母親布蘭姬唸過的童話書呢！「妳怎麼會有這些？」德莉問道，「我是妳母親！」布蘭蒂笑笑的回答她。

這一切讓德莉著迷，她盡情的窩在房裡，聽「新媽媽」唸一本又一本有趣的故事，還一起吃一種爆炸果醬餡餅，只要一旦從餅乾罐裡拿出來，三秒鐘以內不咬它一口，它就會自己炸開來變成亮粉，噴的身上全都亮晶晶的，布蘭蒂做了好多種口味的果醬餡餅，有青蘋果、草莓等水果口味，卻還有一般小孩都不敢吃的青椒、紅蘿蔔跟茄子口味的，逗的德莉直發笑。「這些啊都是為了做給你們這些挑食、營養失調的孩子們吃的。」布蘭蒂的眼睛笑著瞇了起來。

直到老鐘敲了聲響，才發現窗外太陽已經下山了，德莉輕輕拉了拉布蘭蒂的衣角，打了一個大大的呵欠，「要來份晚餐嘛？」布蘭蒂笑著，「不了。」德莉說完繼續捏著布蘭蒂的衣角，由布蘭蒂引領來到一間有舒服床鋪的臥房，布蘭蒂親了一下德莉的額頭，便帶上門走了，留下德莉一人留在房間裡。

在恍惚之間，德莉隱隱約約看到一隻布娃娃，踉踉蹌蹌的向她走來，身上穿著破爛的衣裙，金黃色的鈕釦掛著幾滴淚，張開嘴欲言又止，德莉用力搖了搖頭，但是等到德莉想看的更清楚一點的時候，卻忽然聽到巴奈特從遠方的叫喊，瞬間她掉入一個好窄好窄的隧道，被擠壓著，身體彎曲變形，快窒息了！

「德莉小甜心，妳的鬧鐘叫了快八百遍了，鄰居都要來抗議囉！」巴奈特站在床頭前用擔心的眼神看著德莉眼裡透出的疑惑。

「哦！幾點了？」德莉揉揉眼睛，發現肚子飽飽的，牙齒上還殘留草莓果醬餡餅的果香呢！

「我只知道艾德蒙已經匆忙的跑過對面轉角巷口了，親愛的。」巴奈特說道。

德莉顧不著滿頭亂髮，拋下放在餐桌上的奶酥吐司，半拎著一隻布鞋半跑半跳的衝出屋外，她遲到了，倒數最後一個。腦裡還環繞著布蘭蒂的身影。

「我說真的，艾德蒙，不信你可以跟我一起來呀！」德莉皺著眉頭，就跟往常一樣，放學一起走路回家，今天老師對遲到的學生大發雷霆，至少德莉還是有伴的，艾德蒙只比德莉早三分鐘進教室。

「妳一定是在作夢，娃娃怎麼可能變成一個真實的女人還幫妳煮早餐！居然還自稱是妳媽呢！醒醒吧～」艾德蒙被罰到黑板上拼單字，不會的字各寫十次，正揉著臂膀，同樣以皺眉回應德莉，德莉是被罰擦黑板的那位。

「哦！你不信就算了，好東西就要跟好朋友分享啊，辜負我的好意是你的損失！」德莉踏上階梯，她家到了。

「好啦！我也要去看看，那是我撿回來的耶！我也要吃果醬餡餅！」不用說就知道艾德蒙是看在點心的份上，跟在德莉身後爬上階梯。

「忘了跟你說，我不知道要怎麼樣才可以進去那個世界！我只記得好像都是抱著娃娃睡著之後……」德莉說。

「這個簡單啊！妳說的那個女人既然這麼喜歡妳，妳就叫她的名字試試看。」艾德蒙不假思索的說著。

「如果有這麼容易就好了！真巴不得每天去那裡聽她念故事書。」德莉這麼說著，懷裡抱著那一對娃娃。

「德莉，妳有沒有聞到？」艾德蒙驚奇的問。

「什麼？」德莉手上抱著的娃娃已經不見了，她跟艾德蒙處在一個全部是白色的地方，她往下看，腳下踩著的，是雲鋪成的道路，身體輕飄飄的，心情豁然開朗了起來。

「我聞到果醬餡餅的味道了！快走～」艾德蒙拉著德莉加快腳步，穿越一座又一座雲作成的拱門，漸漸的四周變成彩色的了，遠遠一處佇立著一座古老的城堡，餡餅的味道正是從那座城堡飄出來的！但是這時候已經天黑了，他們快速的經過一條滑溜溜的吊橋，那座吊橋在他們走過的時候還發出一聲呼嚕，「我想我們把它弄癢了，哈哈哈。」艾德蒙笑著說。城堡前方還有一大片花園等著他們，花園裡繽紛七彩的花朵在夜色裡，一朵朵散發出螢光色的光芒，她們交頭接耳的說著悄悄話，一股有別於花香的甜味從另一頭傳來，德莉聽到撲通一聲，是一隻糖衣魚在池塘裡跳躍，池塘裡流著的是楓糖蜜，池塘周圍的糖衣花兒比前頭的螢光花朵嬌羞許多，再走到花園的另一區，德莉認識這裏的花兒，是擺在起居室裡的鈴蘭女孩兒們！她們看到德莉，高興的跳起舞來，又開始哼起悅耳的樂曲。

「哇！這裡實在是太美妙了！」艾德蒙讚嘆道。

「可不是嗎！」德莉馬上沉浸在這美麗的一切。

「德莉，我親愛的，妳回來了！我就知道妳會回來。」熟悉的聲音從略高的地方傳來，布蘭蒂寬厚的腰圍倚在城堡高牆的窗戶旁笑嘻嘻的由上往下望著他們，她的眼神定定的盯著德莉，往艾德蒙身上從頭到腳輕掃了一遍。

「進來吧！我想艾德蒙一定餓了。」布蘭蒂說，艾德蒙望著德莉，德莉向他聳聳肩，「哦！別誤會，我可沒有偷聽你們的談話，是那些熱愛聊天的花兒們告訴我的。」那些繽紛七彩的花，早就從原本的嘈雜變成一片寂靜，就像睡著了一樣，布蘭蒂隱著笑意。等到他們走到餐桌旁，布蘭蒂熱情的招喚他們坐下，椅子的把手幫他們的脖子上各繫上一條圍兜巾，今天的晚餐特別豐盛，小小的餐桌擺上滿滿的菜餚。

烤雞、漢堡、凱隆沙拉、米布丁、布朗尼、馬鈴薯泥跟一鍋香濃的玉米濃湯，艾德蒙的口水都快滴下來了，飢餓的火花在艾德蒙的眼裡掃射出來，那位叫巴奈奇的「新爸爸」安靜的替他們添菜，他從來沒有說出一句話。艾德蒙一手拿著漢堡，另一手拿著烤雞腿狼吞虎嚥，布蘭蒂用不屑的眼神小心翼翼的瞄了他一眼，再轉過頭來熱切的對著德莉小甜心的叫著。

「哇！布蘭蒂阿姨，妳的漢堡真是好吃極了！裡面沒有酸黃瓜。」艾德蒙大力稱讚布蘭蒂起來，希望他不是看錯了布蘭蒂瞪著他自己時的厭惡表情。

「當然啦！外面賣的漢堡甚至是熱狗都難吃極了，總是喜歡不問客人就夾進一大堆酸黃瓜或酸黃瓜醬，是要嚇死誰呀！」布蘭蒂也應和，眼睛對艾德蒙即將把食物塞進嘴裡的誇大動作帶著點憐惜。

「哦！廁所！」艾德蒙手上的雞腿滑落下來掉到地板上，他雙手抱著肚子哀號。

「從餐廳出去走廊盡頭左手邊。」布蘭蒂冷冷的回答，艾德蒙衝了出去。

「他是怎麼回事？」德莉為艾德蒙擔心了起來。

「八成是吃太快吃壞肚子了吧！德莉親愛的妳要慢慢吃，別像那沒教養的孩子一樣。」布蘭蒂扁著嘴說。

「他才不是沒教養的小孩呢！他是跟我一起的！」德莉反駁道。

布蘭蒂趕緊拍拍德莉的背「我知道了親愛的，慢慢吃別說話，小心噎到了！」

說也奇怪，直到德莉品嚐完桌上最後一道甜點，艾德蒙卻一直都沒回來。

「我想他一定跌到馬桶裡去了！」德莉站起身想去廁所一探究竟。

「哎呀，我都忘記告訴妳了呢！剛剛艾德蒙在我在廚房洗碗的時候說他要早一點離開了，我想他應該回家了吧。」布蘭蒂若無其事的說。「今天吃完飯早點上床休息吧！」布蘭蒂說。

「不唸故事書給我聽嗎？」德莉眉毛緩緩垂了下來，她吞掉最後一口布丁。布蘭蒂擦擦濕淋淋的手，摸摸德莉的頭說：「最近我在趕工做一個驚喜！那是要送給妳的哦！妳一定會喜歡的！」飯後德莉和巴奈奇躺在起居室裡的沙發聽鈴蘭唱歌，她想起那天睡前在床邊看到哭的慘兮兮的布娃娃，又想到艾德蒙居然不告而別，真令人生氣，最後她又昏昏沉沉的進入夢鄉。

第三章　不可告人的秘密

第二天一大早，暖陽陽的陽光照進德莉在閣樓裡的小房間，這天是難得休閒的假日，她賴在床上，想著昨晚布蘭蒂對她有多好，那個布娃娃就躺在德莉的身邊，娃娃捲捲的頭髮和翡翠般的眼睛還是如此閃耀，她的嘴角似乎比第一次見到她時揚起的更高了些。

「小甜心早安啊，爸爸我今天特地幫你準備巴奈特特製早餐哦！」巴奈特推開德莉的房門，抱起德莉，用他的鬍鬚搔了騷德莉的臉頰，讓德莉癢的咯咯笑，這讓她突然發現，自己是有多麼的想念他。巴奈特將德莉輕輕的放到餐桌椅上，所謂巴奈特的不一樣的早餐，是把平常抹在吐司上的果醬，換成生菜、起司還有培根，再把牛奶換成一杯親手打的綜合果汁，但這就得浪費掉巴奈特比平常還要久的時間料理，足夠讓他開車到遠在城鎮幾公里外的公司上班，但是德莉吃下去的表情顯得並不捧場。

「噁，培根還是冰的！」德莉的胃口不知不覺被布蘭蒂養壞了，布蘭蒂每天的豐盛菜餚讓德莉不習慣吃這種美中不足的餐點，巴奈特懊惱的煎上一片新的培根，德莉腦中開始浮現布蘭蒂每天晚上為她做的餐點了。

吃完早餐，德莉換上外出服裝，興沖沖的準備出門去找艾德蒙玩。

這時，家中響起電話鈴聲，巴奈特還在餐廳收拾碗盤，根本空不出一隻手去接在客廳的電話，德莉踢掉穿了一半的鞋子，衝去電話旁抓起話筒。

「哈囉！是巴奈特先生的家嗎？」一陣婉轉悅耳的女聲從話筒裡傳出來。

「爸！有一位女生找你！」她丟下話筒，又跑去玄關把腳使勁的塞進鞋子裡。

「德莉，怎麼可以那麼沒禮貌，電話也有電話的禮儀啊，艾德蒙又不會消失。」巴奈特從餐廳裡探出頭來，皺著眉頭，德莉已經跑出門去了。

「我今天把妳食譜裡的早餐全部做出來了！」他微微頷首的笑著。

「哦！她吃得開心嗎？」她臉上浮出一抹淡淡的紅暈。

「當然啦！這可是特製早餐呢！就差那麼一點我烹飪技術不好的關係，她只說我的培根沒煎熟，可能還軟趴趴的吧！哈哈！」他騷騷頭髮，輕輕牽住在一旁的她。

「謝謝妳，妳是把我從深谷中重新拉回到陸地上的一股力量。」他說。

「哈哈，你說的太誇張了。可以認識你我已經感到很滿足了。」她的眼中閃爍出一種堅定又單純，看在他的眼裡，是一道美麗的光芒。

「沒想到只是談一次生意，就可以這樣邂逅一位心靈伴侶。」他滿足的嘆氣。

「是呀，這位心靈伴侶還解決了我許多法律上的瑣碎事情，真是賺到了。」她說。

「我想把妳先介紹給她認識。」他把她的手握的更緊了。

「巴奈特，我不急著非得要跟你馬上結婚，我只希望她能先接受有我這個人的存在，就只是當朋友也好。至少，希望她不排斥。」她依順的靠在他的懷裡。

「我知道，卡洛琳。她一定也不能太快接受，就像我當初不能接受布蘭姬永遠離開我一樣。」他說著說著逐漸安靜下來。

她大力的敲著門，喊著「艾德蒙，艾德蒙」。我要好好審問他！德莉想。

「哦！德莉原來是妳啊，快進來，我覺得艾德蒙今天一大早起床就怪怪的。」艾德蒙的媽媽這樣說，一邊端著一杯熱蜂蜜牛奶領著德莉到艾德蒙的房間。

「嗨！德莉！」艾德蒙眼神渙散的望著走進房門的兩個人，他的媽媽把蜂蜜牛奶放在一旁就先下樓做早餐了。

「艾德蒙，這到底是怎麼一回事？幹麻不先向我說一聲就先回來了，你錯過了最好吃的米布丁！」德莉說道。

「妳在說什麼啊？我只知道我去妳家吃完果醬餡餅後就回來啦！」艾德蒙居然搞不清楚德莉再說些什麼。

「你又在說什麼啊？我昨天才帶你去看過布蘭蒂的！你不記得那會打呼嚕的吊橋怪獸嗎？還有那群討人厭的花？」她激動的說。

「哦～妳是說妳的那個『新媽媽』？那都是妳自己幻想的啦！話說回來，你們家果醬餡餅是不是壞掉啦？我的肚子跟頭腦都在抗議。」艾德蒙舀了一湯匙放在床邊的牛肉湯，皺著鼻頭，心不甘情不願的放入口中。

「牛肉湯還挑食！」德莉隨口說，她就當作艾德蒙是個徹底的大笨蛋，拉個肚子就把全部有趣的事情忘光光了。

「那鍋煮湯的鍋子，是我媽拿來攪拌酸黃瓜用的，她居然還煮湯煮了一大鍋！老天！」艾德蒙吐出舌頭，做了一個嘔吐狀，逗的德莉哈哈大笑，又憋住聲音小心不讓艾德蒙的母親聽到。

可見艾德蒙的母親是在那鍋裡攪拌多少次酸黃瓜了，連牛肉湯都蓋不過那味道。

「要給她穿什麼顏色好呢？哈哈哈！」偌大的黑影反射在石頭磚上，微弱顫抖的蠟燭燈火在月光下搖曳著，狹窄的窗戶旁，一位矮胖的老婦人坐在破爛的搖椅上，輕輕搖動，一籃繞成圓球狀、七顏六色的毛線球就放在那位老婦人的腳邊，老婦人在頂樓的小房間裡，正壓低著頭，細看她手上的布娃娃，翻來覆去，手上的棒針時起時落。

「別吵！你們這群骯髒的小混蛋。」老婦人用豔紅色的眼球惡狠狠的瞪著角落那一團縮在一起的不明黑影。

「當初就是因為你們那污穢的腦袋，讓你們無法下決定，是要選擇跟我一起幸福地生活，每天吃美味的料理，穿漂亮的衣服，還是選擇賴在你們剩下的爸爸或媽媽身邊，悲慘度日！」她怨恨的唸著。

「看吧！直到你們脆弱的心靈都被我編織成了娃娃，才後悔鬧著要離開，哼！我怎麼可能輕易放過你們，這樣白白浪費我的毛線。」她憐惜地摸摸繞在手上的毛線。

「現在，可愛的德莉就要加入我們這個大家庭了，她會有無比美滿的生活、永續的生命，更附送一個長的跟她一模一樣的布娃娃，還是屬於我的！永遠在我身邊！」她越說越大聲，越說越得意，縮在一角的一團黑影抽搐了一下，月光照射下讓我們看到了，那個德莉曾經看到的臉，金黃色的鈕釦掛著淚痕，喉嚨抽噎著，破爛的裙襬則是顯得更污穢不堪了。

第四章　跌入世界的盡頭

金黃色的鈕釦，一股刺鼻的臭味逼近。又是那張臉，德莉心想著，為什麼沒有去布蘭蒂的家呢？好想吃她做的食物哦，都是我喜歡吃的。

「德莉，外面賣的餅乾都不營養，也不健康哦！快把它吐出來。」一個聲音在德莉腦中響起，這是誰？

「妳看，太甜了，都是巧克力跟砂糖而已，妳不是喜歡吃水果嗎？我們來做水果餡餅好不好？」

「好！媽媽，我要做，教我教我！」這是稚嫩的嗓音，德莉驚覺這是她自己。

一幅幅畫面像幻燈片一般在眼前播放，時而閃爍，時而停頓，這是德莉兒時的記憶，還是好小好小的德莉娃娃，矮小到需要布蘭姬抱起來才勾得到水龍頭的地步。

「新鮮的橘子果肉，煮爛以後加入糖，嘿，太多了！小心妳的牙齒蛀光光！」布蘭姬溫暖的笑聲迴繞在整間廚房裡，她綠色的眼珠好深邃，好像要告訴德莉什麼。

「嚐嚐看味道吧！這是媽媽的正字標記，媽媽做的才這麼好吃！」布蘭姬說。

「對！我只吃媽媽做的水果餡餅，其他人做的都不吃。」小德莉笑著，仰望布蘭姬發光的臉。好幸福的時光，四周的氣氛是那麼的溫暖，暖陽陽的。

德莉本來想撲向布蘭姬，向她撒嬌，還想問她在天國的生活好不好？但是她醒來了，被培根的香味燻醒，由失望轉換而來的是對早餐的期望。她踏著毛絨絨的拖鞋，跑下樓去。已經快中午了，也許爸爸也是剛剛才起床，又是一個美麗的假日早晨。培根的燻香味卻蓋不過一種淡淡的花香，是新買的室內芳香劑嗎？

「哦！嗨！不好意思假日還來打擾。」及肩長度的頭髮，髮尾燙捲，混著陽光，攙和的那一股花香悠悠的飄來，穿著一身淺色系的衣裙，是那曾經在話筒裡聽到的聲音，婉轉悅耳，就是這樣形容的，在我們看來，那會是一位優雅、有家教的女孩子，再配上一張笑盈盈有酒窩的臉蛋，正是如此美好，也是在巴奈特的眼裡這樣認為的，他怎麼會抗拒的了溫柔個性中又帶點磁性聲音的女孩子呢。

但是德莉不那樣認為。她也清楚發生了什麼事，只是還不想去戳破它罷了。

「嗨！爸爸，這位是新請來的打掃阿姨嗎？」德莉指著那位女子嚷嚷道。

巴奈特的臉瞬間沉了下來，他握著保持在半空中的鍋鏟，卡洛琳拿著餐盤的手無力的放下，只差在一句沉重的打擊，盤子馬上就會應聲碎裂一樣。

「德莉，妳越來越沒禮貌了。」巴奈特朝還站在餐廳門口的德莉走去。

那位女子拉住他的手臂，搖搖頭，「妳好，我叫卡洛琳，很高興來你們家。我不是打掃阿姨，而是一位妳父親工作上需要他幫忙的人。」她仍然保持笑容，把德莉的餐盤盛上滿滿的食物。

「我才不吃，我還沒睡飽。」說完，德莉一溜煙的跑回她的房間裡，窩在床上，鎖上房門，抱著布蘭姬的照片放聲大哭。

她聽到樓下餐廳裡傳來鍋鏟掉落的聲音，跟重重的嘆息。

「是因為妳不能在待在這個房子裡陪我，才來跟我道別的嗎？是那個女人要來趕妳的走嗎？」德莉摸著布蘭姬的相片，喃喃自語的說著。

恍惚間，她的身體彷彿又從狹隘的洞口要被吸去外太空一般，擠壓再擠壓，扭曲又難受，在一陣昏眩下，她的屁股跌落在石磚上，終於來到布蘭蒂的家了。

「布蘭蒂、布蘭蒂……」德莉急切的尋找布蘭蒂的身影，眼淚像關不住的水龍頭一般，像水一樣從水龍頭裡不停的湧出來。

「親愛的，發生什麼事啦？」布蘭蒂寬大的身軀從書房中擠出來，這時她可以擰出油脂的胸懷，反而帶給德莉無比的安全感，即使身上穿的好衣服被眼淚浸濕了也沒關係，這個世界多的是美麗的衣服、美味的食物、新奇的事物與隨心所欲的時間。

德莉把那叫卡洛琳的女人如何計畫要推翻布蘭姬的故事告訴她，儘管誇大布蘭蒂也是聽的津津有味，附和著那女人的不是，還加油添醋的咒罵巴奈特的不專情，德莉哪聽得進那麼多，她滿腦子只想著那間討厭的屋子是如何把布蘭姬趕出去的，她再也不想回去那間屋子，看到那些人的嘴臉了。

正當她這麼一想，布蘭蒂馬上接著說，「要不要來住布蘭蒂這兒幾天呢？妳就來這兒好好玩個幾天，喜歡的話可以一直住下去啊！就不用再去面對失去親人的痛苦以及沒有人了解妳的那棟房子了。」

「那我要回去打包行李嗎？我什麼衣服、生活用品都沒帶……」她抽抽噎噎的說著，一手忙著擦那永無止盡的淚水。

「哪需要那些東西呢！這裡妳所有想要的、需要的都有。」布蘭蒂哈哈大笑。她轉身帶德莉往她的臥房走去，敞開一個大櫥櫃的門，裡面有好多花花綠綠的衣裳，再往浴室走去，所有盥洗用具、生活用品全都擺的妥妥當當，更別說是布蘭蒂的大廚房了，她每天能煮出這麼豐富多變的料理，美味的食物一定也儲存了許多，真的如她所說的，哪還需要擔心什麼呢？更何況她還擁有一間有著豐富書藏的書房。

德莉在布蘭蒂的懷裡往外看，在濕溽溽的視線裡，看到巴奈奇，這個從來不說一句話的另一個爸爸，站在臥房門前，盯著他們看，眉頭深鎖，手裡好像緊緊握著東西，德莉又聽到，外頭挑高的天花板上，那幾隻赤紅色的火鳥，有著美麗的火焰與神奇的羽毛，在外面拍著翅膀盤旋，她多麼想擁有這一切啊！是那麼的富有！那麼的滿足！

「怎麼樣？小寶貝？妳的決定又是怎麼樣呢？妳願意要待在這裡陪我嗎？」布蘭蒂面露貪婪的問著。

德莉低著頭，抹掉最後一低淚水，在她的心中，似乎已經有了一個肯定的答案，「我……」

「德莉，德莉，妳聽的到我的聲音嗎？」

當德莉剛要說出「我願意」的那一剎那，一陣遙遠、渾厚的聲音從遠方傳來，震的布蘭蒂的城堡搖晃了起來，火鳥急切的叫著，巴奈奇緊緊握著的拳頭彷彿鬆開了一些，但布蘭蒂面露兇光，說時遲那時快，她一把抓住德莉瘦弱的手臂，往塔端閣樓裡的小房間衝去，奇怪的是，巴奈奇也像德莉一樣，不得不被抓著往上衝，德莉還搞不清楚是怎麼一回事，她往巴奈奇的方向看去，除了看到他無奈的臉龐，更嚇人的是，她還看到了，在巴奈奇的背後繫著一條條堅韌的鋼絲，緊緊的控制住了巴奈奇的動作，而且他的嘴唇上佈滿一條條的黑線，原來是被縫起來了。布蘭蒂一手抱住德莉，另一手就是抓住那些原本隱形的鋼絲，把身為男子的巴奈奇一把拉過來的，她平時和藹的笑容不見了，把原本悲傷的氣氛瞬間凝結，反而是充滿了憤怒與恐懼。

「我是不會放妳走的！在妳的心中已經有了答案，妳會一直陪我，一直跟我住在一起，而且我辛辛苦苦用毛線編織成的布娃娃也會是一個有史以來最完美的作品，最真實且具有靈魂的可愛布娃娃！哈哈哈哈哈！」布蘭蒂的綠色眼珠從眼框裡噴出來，取而代之的居然是一雙血紅色的雙眼，血淋淋的盯著德莉貪婪的笑著。

「要怪就怪妳的朋友吧！他想要把妳從我身邊帶走，逼我不得不馬上進行我的計畫，露出我的真面目，不然，妳也許可以永遠享受像之前一樣美好的時光，被我瞞在鼓裡！」布蘭蒂從放在搖椅旁的籐籃裡，拿出兩根棒針，熟練的打起毛線來，應該說，根本不是她在打毛線，而是毛線在棒針上自動扭曲起來一樣。

德莉瞬間感到頭暈目眩，她快站不住身子了，她往後倒在巴奈奇的懷裡。在她完全昏過去之前，看到巴奈奇為了接住她，原本緊握的手一鬆，兩顆深棕色的鈕釦從他手裡滾落出來，滾到黑暗的角落邊。再看看自己，腳底踩著的影子居然被抽取出來變成了扭曲在棒針上的毛線，越抽越多，自己的影子則是變的越來越小，棒針似乎繞的更快更急，布蘭蒂血紅色的雙眼流露出勝利的光芒，德莉失去意識了。

第五章　做果醬餡餅的訣竅

「醫生，我的女兒發生什麼事了？她也只不過是鬧脾氣而已，回到房間一直不出來，等到我進去的時候，她就發起高燒了！」

「不要擔心，戴蒙先生，您的小女孩只是普通的著涼罷了，且沒有高燒到會變傻子的地步，我已經打了退燒針，也開了藥給她了，休息一下再過一會兒照理來講就會沒事的。」這位留著山羊鬍鬚的老家庭醫生，拍拍巴奈特的肩膀說。

卡洛琳待在廚房，火爐上熬著一鍋熱騰騰的牛肉湯，她著急的心情反應在攪動牛肉湯的次數上面，攪到牛肉塊都已經散的差不多了。

艾德蒙知道德莉發燒的消息，也趕來探望德莉。從屋外就已經聞到肉湯的味道了，他脫下來的鞋子散落在玄關，三步並作兩步的跑到德莉的房間裡。

「艾德蒙小夥子，你來啦！你能來這裡幫我照顧她真是太好了，我還有公務要忙呢！不能陪伴德莉對她真是感到抱歉。」巴奈特說。

「不要緊的，我會好好照顧她。」艾德蒙堅定的說。

巴奈特提起放在身旁的公事包，跟著老家庭醫生走出房門，還一直討論著德莉的病情，像是在半夜要如何照顧或是要煮些什麼營養食品給她吃之類的。

艾德蒙盯著德莉，德莉額上斗大的汗珠從撐開的毛細孔中湧出，眉頭深鎖，還伴隨著低沉的呻吟，像是在掙扎、在逃脫，艾德蒙根本不知道究竟怎麼一回事。

「嗨！艾德蒙，等到德莉醒來的時候請跟我講一聲，我煮了一鍋牛肉湯要給她喝。」卡洛琳停在房門口，怕打擾到德莉的睡眠。

牛肉湯，酸黃瓜……，艾德蒙突然像是想到了什麼似的，打破了他腦中的一片空白，他想起德莉有一陣子常在他耳邊嚷著布蘭蒂這個名字，還有從海邊撿來的黑色盒子……。他低下身來，把鑲著荷葉邊的床沿翻開，那只黑色潮濕的木盒子還安然的躺在床底下呢！他不敢大意，輕輕的把木盒子打開，裡面還放著那一對布娃娃，「漢堡！」艾德蒙大叫，他想起了之前去過那個不可思議的世界，裡面還住著跟這對布娃娃長的一模一樣的人。

「放我走……」德莉沙啞、有氣無力的叫著。

德莉昏迷不醒的原因說不定就跟這件事情有關係，艾德蒙一方面自責不該把來歷不明的東西撿回來，更不該送給德莉。這時，他腦裡閃過一個畫面，布蘭蒂厭惡酸黃瓜的嘴臉，那厭惡的程度跟自己是一模一樣的，他請還站在房門口窮緊張的卡洛琳，馬上幫他去自己的家，拿那一大罐醃黃瓜來。

「快呀！麻煩妳了。」艾德蒙喊著。

卡洛琳四散的注意力馬上集中起來，艾德蒙的家不遠而且很容易找到，她急衝出去，努力記著艾德蒙告訴她房子的方向。

德莉從昏眩中醒了過來，她躺在舒服柔軟的床上，四周寧靜且祥和，好像什麼事都沒發生過一樣。她坐起身，把久遠的記憶喚回來，仔細的想著，但腦裡彷彿有一條橡皮筋似的，拉開的好緊好緊，腦筋快四分五裂了，她現在只知道，她仍然被困在這另一個世界裡，而且不知道怎麼回去。她想起最後的那一聲吶喊，好急切，是從內心真正發生出來的叫喊，那個聲音要找的沒有別人，正是自己。她好想要去回應它，因為巴奈特在尋找她了，他沒有忘記有這麼一個女兒。

「妳醒啦！」

德莉聽到這聲音不由得顫抖了一下，布蘭蒂仍然矮胖、掛著親切的笑容，只是眼睛還是血紅色的，稍微退掉一點血絲的紅色。

「別怕！妳那腦袋瓜裡對我的可怕記憶可是對妳一點幫助都沒有，喝下這碗湯，不但精神百倍，還可以忘記一切，忘掉所有的煩惱！」布蘭蒂手裡捧著一碗無色無味的湯，在碗裡透出微微透亮的光澤，似乎還有點濃稠。德莉撇開頭。

「我要跟妳談一個條件！」德莉說。

布蘭蒂聽到條件兩個字，把身子往後一仰，眉頭一皺，說：「我不談條件！我做事一向有原則，說一不說二。」

「哦～既然如此，我相信妳應該沒忘記，我還沒真正回答妳呢！」德莉加重說話的語氣，眼睛不懼怕的直盯著布蘭蒂看。

布蘭蒂的眼裡有著閃爍不定的光芒，她沒說話，似乎決心要在這邊蹉跎時光，永遠也不給個德莉想要的回答。德莉看情勢不妙，繼續接著說。

「那我來跟妳賭一賭！如果妳贏了，我就會永遠留下來陪妳，如果我贏了，妳就得放我走，而且把我的影子還給我，再也不要打擾我在另一個世界的生活。」

「哼！聽來簡單，我也得先知道妳要賭什麼，才能決定要不要跟賭呀！」布蘭蒂雙手緊抱在胸前，眼睛意味深長的望著德莉。

「我們來做果醬餡餅！做的過程中，單單用眼睛看，用手去感受，用心去做。最後，我們拿給巴奈奇猜，哪個是我做的，哪個是妳做的，如果他猜對了，就算我贏了。」德莉說了一大長串。

「這簡單，只不過是做個果醬餡餅，我的廚藝這麼高超，哪怕比不上妳這狡猾的小鬼頭，到時候輸了可別後悔，就乖乖認命吧！」

「哦！深怕到時候是妳後悔。」德莉信心滿滿的說著。

「另外，妳現在得先把巴奈奇恢復完全的自由，也就是沒有鋼線跟把嘴巴的黑線拆掉。」德莉補充。

「當然可以。」布蘭蒂氣憤的回答。

巴奈奇還是被鎖在閣樓裡，他弄掉了那對原本要被縫在德莉布娃娃上當成眼睛的深棕色鈕釦，就是因為少了那對鈕扣，使得布娃娃無法完成，德莉還保有連她自己都不知道的影子。布蘭蒂想早點結束這慌亂的過程，就差德莉那一句「我願意」，所有的約束就都可以形成，但她現在死也不會說了，更別說是要找到那對已經有德莉影子的鈕釦，現在只要布蘭蒂贏了這場交易，就像德莉親口說出「我願意」是一樣的道理，她就可以名歸正順的完成布娃娃的約束能力了！

德莉跟布蘭蒂背對背站在廚房裡，各自準備做果醬餡餅的材料與器具。不一會兒，德莉已經把他們相同的水果，橘子果醬給煮好了，她把小時候布蘭姬用溫暖笑容向她微笑的畫面也揉進了做派皮的麵糰裡，她想著想著，不禁流下淚來，她才十二歲，就得賭這麼大的賭注，而且還是跟她的人生有極大的關聯，她腦中閃過一個又一個燦爛微笑的臉龐，自從布蘭姬去世之後，她已經留了幾次淚，自己都數不清了。

他們看著派皮烤好，再填入果醬，布蘭蒂命令巴奈奇從閣樓上下來，在德莉面前切斷那複雜繁瑣的鋼絲，把黑線從嘴唇裡抽出來，巴奈奇忍著痛，但沒有流血，他緩緩的坐到餐桌前面望著左右各一盤果醬餡餅。

德莉隱約可以看出他努力的想知道哪一盤是她做的，冷汗在他蒼白的皮膚底下竄出，他先拿起右邊透明餐盤裡的餡餅，咬了一小口；再從左邊白色餐盤裡拿出另一個餡餅，同樣咬了一小口。時間過的如此漫長，德莉的雙臂都被自己捏痛了，布蘭蒂略作鎮定，不帶表情的盯著巴奈奇看。

突然，巴奈奇升起顫抖的右手，指向右邊透明餐盤裡的果醬餡餅。

第六章　炙熱的心

「我把酸黃……酸瓜，酸黃瓜拿回來了！」卡洛琳在一樓玄關大聲向二樓喊著。玄關又增加一雙亂散的鞋子。她迫不及待的衝進德莉的房裡，把酸黃瓜塞進艾德蒙的懷裡，在大聲喘著氣，往旁邊一坐。她唯一能做的任務結束了。

艾德蒙用力轉開填滿酸黃瓜的玻璃罐，把醃漬的酸黃瓜醬汁一股腦兒的倒進那只黑木盒裡，連同那一對布娃娃，全部淹進了味道濃重的酸黃瓜汁。

在巴奈奇指向透明盤子的前一秒。

「這是什麼味道？」布蘭蒂皺著鼻子，四處嗅著。一陣轟隆隆的巨響從天空響起，酸黃瓜醬汁像一道失去控制的瀑布，傾瀉而下，頓時城堡被衝垮了，巴奈奇抱住德莉免於被廚房裡的餐具與破碎的落石打中，但是他們一起被泡在酸黃瓜醬汁裡了，此時，德莉發現她的人形布娃娃就這樣飄過了她的視線，她伸手去抓，但撈不到。布娃娃被捲進漩渦裡，一下轉左一下轉右。一隻手一把抓住德莉布娃娃，德莉心想不妙，如果是布蘭蒂抓到，那麼巴奈奇選錯餐盤的結論就要成真了。布蘭蒂到最後一刻還是不肯公平競爭，她留了最後一條綁在右手上的鋼絲，巴奈奇當然不管怎樣也不敢違抗布蘭蒂的命令。巴奈奇的臉咻地在德莉面前浮現，他微笑的把布娃娃緊緊塞進德莉的懷裡，再把手中的深棕色鈕釦放進德莉褲子的口袋裡。布蘭蒂受不了酸黃瓜的味道，所以她不是被醬汁淹沒窒息而死，反而是被燻死了，她的魔力盡失，這個世界眼看就要被捲進一個無底洞裡，那個有著金黃色鈕釦的娃娃跟火鳥，都環繞在德莉身邊，好像在跟她賀喜。隨後，巴奈奇逐漸縮小扭曲，變回跟那個躺在木盒裡，有著一模一樣灰白色頭髮的布娃娃，他們一起被捲進一陣霧中，然後消失了。

德莉看到布蘭姬，她看到她了。

「德莉，妳又掉進去了！跟妳說過多少次，不可以在湖邊玩遊戲，還好這個湖不算深，我才可以趕快把妳拉上來。」布蘭姬說，她撈起在水裡掙扎的德莉，用一條大毛巾把她濕淋淋的身體層層裹住，幸好德莉沒有喝進太多湖水。

「我們回家吃我剛烤好不久的果醬餡餅吧！」布蘭姬一派輕鬆的說，往巴奈特的方向揮了揮手，巴奈特在發現德莉滑進湖中時，布蘭姬早就放下拋錨的車子不管，直奔向德莉。這是他們一家人在湖邊野餐的回憶。

「德莉、德莉！」巴奈特的聲音這次更真實了。德莉終於從昏睡中醒來，那罐酸黃瓜立了大功，艾德蒙說他以後會愛上酸黃瓜的。德莉把在另一個世界的經歷都說給大人們聽，聽的他們目瞪口呆，但是只要德莉平安無事就好。

他們把充滿酸黃瓜味的木盒連同布娃娃一起燒掉了。

那位叫布蘭蒂的婦人，是在好幾十年前在海邊溺死的，因為失去了唯一的親生女兒，最後抑鬱而投海自殺，她生前做的布娃娃，都是為了做給她的女兒玩，所以對布娃娃特別珍惜，便留下自己與丈夫的人形娃娃在木盒裡。

她深沉的悲痛使木盒充滿魔力，帶給布娃娃新的生命，再用另一個形體復活尋找女兒，卻用錯了方式，連性格都扭曲了。

這件事，後來在警方口中得到證明，但那位有著金黃色鈕釦的布娃娃，已經不知道真正的模樣，其他失蹤的小孩也已經下落不明很久。

總而言之，卡洛琳之後繼續為德莉煮牛肉湯，巴奈特開始學會做不一樣的早餐，艾德蒙自己醃起酸黃瓜來，德莉呢？她還是做著自己最鍾愛的果醬餡餅。

> 德莉，謝謝妳，是妳讓我在我的生命中，第一次感受到了溫暖的炙熱。
>
> 巴奈奇　筆

這一張紙條飄進了德莉的腦海裡，今晚是德莉最後一次夢到變成布娃娃的巴奈奇。

THE END

小說組佳作

作品：〈觀〉
作者：周佳音
班級：五專部日文科3B

觀

千年來，人類的文明漸漸的繁榮，無數的高樓建起，無數的都市興起，就彷若那盛開的燦爛榮華。

但那榮華，卻是生在這個生養萬物的大地，不斷的吸取「母親」的血液而盛開的妖華。

就像是菟絲一樣。

不但正慢慢的扼殺「母親」，也不斷的掠奪其他生長在「母親」身上的「兄弟姐妹」們的性命。

他們在死亡前的聲聲悲泣哀鳴，驚醒了那些沉睡千年的古老存在。

一隻沙子色的巨大古狐自大漠地底深處爬起，瞇著眼，抖動身體，將千年間，落在柔軟細毛上的沙塵抖落，揚起了一陣灰煙。

「我的子民……為何而悲傷如此？」古老的存在對著陰鬱的墨色天空無聲的詢問著。

月下的大漠寒冷，夾雜著小砂礪的風嘯著，而溫柔的詢問只換來一片寂靜。

「我的子民，竟已凋零如此了嗎？」

連最後一絲知曉能聽見我之聲的子民也消逝了嗎？

狐震驚不已。

「狐，你也發覺了吧？」另一個古老的存在在虛空中喚了喚他。「來這裡……我們也都已經醒了，也比你早知道了這些事……」

狐帶著哀傷的困惑，仰望著遙遠的一方，緩緩起身。

踏著輕巧卻沉重的腳步，狐來到了深藏在脈山深處的洞穴前。

「進來吧。」一個清亮平靜的聲音響起。

但是依照狐的身型大小，是絕對擠進不去那狹小的洞口的。

狐挑了一下眉，邁步向前走去，在鼻尖將要碰到山壁的瞬間消失，一個人類取而代之，出現在他剛才所在的地方。

以人類的型態存在著，手腳比較能夠做些靈活細緻的動作，跟本體比起來，身體也小得多了。

叮噹叮噹，清脆的鈴音迴響在內部空曠的山洞內。

「狐，你還是很愛人類做的這種吵鬧的小東西呀？」活潑輕靈的聲音問，一個身披著魚鱗紋外衣和妝點著魚鰭似輕紗褲子的少年瞪著水靈的大眼睛笑著看著進來的那人。

「我就是喜歡，你有意見？你眼睛本來就大，再瞪，就要掉下來啦，愚者！」一個爽朗溫暖的聲音隨著鈴鐺聲傳來。

穿著毛皮衣褲，手上腳上、甚至是腰上都掛著精緻青銅鈴鐺的狐走了進來，瞪了他一眼。

「啊啊！是魚者，魚！別以為我不知道你用同音字偷偷罵我！」魚對著狐張牙舞爪。

「今天有重要的事，你們就別見面就鬥嘴了。」清亮平靜的聲音道。

那清亮平靜的聲音，是穿著像印地安般的服飾，頭上插著幾隻褐色羽翎的鷹。

「……」魚和狐聽了話，互看了一眼，同時撇過頭去哼了一聲。

見兩個吵鬧的傢伙安靜了，注意力也放到自己身上了，鷹平緩的開口；「這次找你們來，是為了母親……」

眾生所生存憑依著的大地，如今已經千瘡百孔了。

最初那些可愛單純的小小人類，為了生存，是那麼努力掙著活著；而如今也已衣食不缺，卻為了那無窮無盡的欲望，貪婪無節制的繼續瘋狂掠奪著大地與眾生，使得大地母親漸漸的枯萎殆死……

原本空曠美麗的大地，逐漸的生滿了蛀蟲。

「人類呀，不能再留。」鷹堅定的說。

終究是到了該清理的時候了。

狐有些吃驚而不解，他……一直很喜歡那些總是喜歡抱著他爪子，開心的笑著、鬧著的小小生物。

「任何一種生命，都不該是生來滅絕的。」他同樣堅定的回答。

魚咬著指甲，張著水靈的大眼睛看了看鷹，又看了看狐。

「但人類卻已經毀滅了數也數不清的各系生命！」鷹握起了拳顫抖著，清亮平靜的聲音難得的激動了起來的大聲反駁。

很為難。真的很為難……

狐沉默的看著激動的鷹。

魚也同樣沉默的看著如此少見激動的鷹。

僵持了許久，鷹才垮下了肩，重重的嘆了一口氣。

「……所以啊，人者他拜託我們，請我們先進入人類之中，去好好的看看他們。如果人類們真的已經腐敗得無藥可救了，那不如就毀了吧。」

人者？！狐和魚驚訝。

人者在世界誕生之初，分開天地，並將自己的身軀血肉奉獻給大地，化作山河，與大地融為一體，而後陷入不知期限為何的沉眠。

似乎後來誕生的小小人兒，都管他叫「盤古」。

和他同樣誕生於混沌的彼此，可沒有那麼大的勇氣犧牲到如此地步，所以就只是靜靜的、默默的守護著這個世界、這個被他們稱做母親的大地、和這些可愛的眾生。

「所以蛇和蝠已經去了？」魚小小聲的問。

「嗯，蝠在一百多個人類年以前就醒來，去了；蛇則是在二十多個人類年以前去的。最晚醒的是你們倆。」鷹的清亮嗓音，平靜得好似剛才的激動彷彿未曾出現過似的。

「你們去好好的看吧……」

「那我們所深愛著的、一直守護著的，已變成了這樣的憔悴……」

狐抿著唇，不安的大步離去。

「欸、等一下！……」魚看著狐叮叮噹噹的離去，突然想起了什麼事，臉色大變的想叫回狐，但狐早已經走了個沒影。

鷹困惑的看著正在無言當中的魚。

「鷹……」魚緩緩的轉過頭來。

「狐他忘了閱讀歷史，現在還穿著石器時代的衣服、戴著青銅器石代的東西！這樣子進入人類社會當中……沒問題嗎？！」

「嗯……這個嘛……」

狐感覺到了事態的嚴重。

從山中一路走來看來，各部族的子民凋零的很是厲害。

昔日青蒼蓊鬱的山林巨木也已不在。

無怪乎鷹會如此的激動。

「怎麼會變得這樣？」狐看著陌生的一切，感覺自己好似已經不再認識這個世界了。

赤著腳，踩上石地街道，冰涼的觸感有些不習慣。

眺望著熱鬧的前方，看到一群亮晶晶髮色的人類舉著木頭削成的薄板子和一種薄薄的纖維構築成的方片子，上面畫滿了一些彎彎曲曲的符文。

群聚的人兒們在喊著一些關於毛皮的東西。

「抵制各種動物的皮草！」「反對皮草！」「善待動物！」

狐呆呆愣愣的站在一旁看著那一大群人激動悲奮的神情，在在一時之間還無法理解什麼是所謂的皮草、那群人在做什麼。

直到被那些已然陌生的人兒拉了一把為止。

「喂！你！沒看到我們的反皮草遊行嗎？居然還敢穿著整身皮草，是故意的嗎？！」那個人兒抓著狐的狐皮背心兇狠的叫著。

「咦？！這我的毛皮耶！」狐無辜的看著他回答。

狐身上的這些衣物，除了青銅鈴鐺，包括頭上那幾乎像隻狐狸趴在上面的毛帽，全部都是由自己的毛皮變化而成的。

但經由他這麼一回話，本來就很不高興的人兒，更加的不高興了。

一群人兒圍著狐憤慨的揮舞著拳頭。

狐被嚇住了，不知所措的掙扎著。

揪著狐的領子的那個人兒，才剛舉起手來想要發作，就被一個無聲無息冒出來的人給握住了。

「對不住了，我這兄弟剛從劇團裡跑出來，沒住意到你們的隊伍，就這麼的闖進來了。」一個溫淡疲憊的嗓音從抬手的那人背後伸出。

「耶！蝠！你怎麼在這裡？！」狐一邊掙扎，一邊大叫。

那個身穿風衣，胸口掛著一副舊防風眼鏡，被喚作蝠的人，一把從那人兒手中拉過狐，將他拉出人群，在他的腦袋彈了一指。

「噫唔！」

「這個也不是皮草，是用人造絨毛做成的戲服。」

蝠緊緊的摀著狐的嘴，向那些人兒稍微的解釋一下，就拉著他小步的跑開了。

直到跑到了偏僻處，蝠才放開摀著狐嘴巴的手。

看著這個呆狐還穿著那過時不知道已經幾萬年的衣服，蝠頭痛的按著額，無力的歎氣。

「……狐，你是不是忘了？你睡了那麼久呀，昔日的人兒也該成長了，他們已經不是過去你所熟悉的了。」

這一番話讓本來見到蝠而顯得很興奮的狐愣了一下。

「啊！我醒來的時候忘了閱讀歷史了。」他張大了嘴巴，拍了一下自己的腦袋。

蝠搖頭，輕聲苦笑。

很快的換去一身不合時宜的衣服，但仍然堅決要有鈴鐺。

靜悄悄的園裡迴蕩著清脆的鈴音。

陪著蝠在園中散步著，忍不住感嘆。

不過一覺睡醒，一切竟然有如蒼海桑田，改變得幾乎認不得了。

「陪我來見見一位故人，不會嫌煩吧？」蝠的聲音溫淡而疲倦，輕輕的笑著問。

「不會。」狐把頭搖得像波浪鼓似的。

現在的人兒，不但會替死去的同伴行葬禮了，還僻了廣闊的土地當做墓園。

墓園整理得很乾淨，草地樹木都有人在維護，白色的墓碑上立著一個個形形色色的十字形的碑。

蝠在其中一個前面停了下來，手掌抹了抹白色墓碑上的塵灰。

狐靜靜的看著他把之前不知道從哪兒弄來的一束，開得正血紅妖豔的彼岸花擺在上頭。

「呵……他一直想要看看，東方人說的，會盛開在黃泉路上接引的彼岸花呢！看看它跟西方人眼中，代表著死亡的黃菊有什麼不一樣的感覺。」蝠擺弄著還沾著露珠的花，緩緩的訴說著回憶。

當初是因為聽了鷹的話，感到十分擔心，所以才心急的直接以原形飛翔到陸地上方巡視探看。

想不到被人類看見了比一般蝙蝠大了五倍左右的原形，在他們無由的恐懼之下，被他們使用槍枝擊落。

是他，一個幼年的小人兒看見受傷的蝠，好奇的上前探視並替他上藥包紮的。

那他們倆的第一次見面。

那小人兒很有意思，他在第一次看見蝠變化成人的時候，也不恐懼，而是興奮的抓著他摸來摸去、問東問西。

後來蝠的傷好了，兩人之間的感情也漸漸深了，就這個樣子，捨不得走了。

於是，他就留下來，陪伴在這個可愛的小小人兒身邊。

就只是陪著，然後看著。

看著他指著天空說總有一天要和自己一起在藍天中飛翔、看著他成熟茁壯、看著他有了心上人，而後娶妻生子，看著他年華老去，衰弱。

終究是回歸塵土。

最後，埋葬在這裡。

「人呀，一生也不過數十年，真的很短很短呀……」蝠感歎的摸著胸前掛著的舊防風眼鏡。

縱然有萬分不捨，但也沒有辦法呀……

生命的長短相差太多了啊！轉眼間，人生已到盡頭；但對壽命堪比天地般久遠的自己來說，人的一生也才不過短短一瞬……

狐沉默不語的聽著蝠的歎息。

「他送你的嗎？」狐看著那個舊舊的橘色鏡片防風眼鏡，開口問。

「是呀。他知道我的眼看不見，所以送我這個。」蝠很珍惜的撫著它，臉上流露出了哀傷：「這個樣子，我閉著眼走在人類當中，就不會被人類用奇怪的目光注視著了。」

這禮物對他們來說算不上什麼，但那份心意，卻讓蝠感動不已。

「那你對鷹想要毀滅人類的這件事，看法如何？」狐瞇起了眼。

「呵。你知道的，又何必問？」蝠依舊低著頭，笑了一下。

「只是確認一下而已。」狐低聲的笑了起來，笑聲迷魅。

「你進步了很多呢。」狐輕笑，「終於不會因為害怕分別而轉身離開。」

蝠的身體震了一下。

從前，蝠也曾經如此的喜愛過一個小小人兒，但是天命差距太大了呀……蝠不敢面對因他的死亡而帶來的別離，於是轉身離開。

不管那個小小人兒如何的哭泣哀求著只想見他一面，也只是靜默的在遠處看著、看著，直到他死去。

結果就算先行離開了，還是得面對他的逝去。因為蝠害怕而退縮，反而失去了能夠與這個深愛著的小小人兒相處的快樂時光。

蝠忍不住轉過頭來，面向著狐。

閉著眼，但那神情就像是在凝視著他。

狐揚起單邊的眉。

「我所認識的，是一個單純得有些傻，總笑得很開心的狐，還是深沉得什麼事都看得一輕二楚的狐？究竟那一個是真正的你？」

蝠平靜的詢問，彷彿這只是個很平常的問題。

「喔？平常有鷹就好了，沒必要總是想那麼多。」狐凝視著他，露出了爽朗的笑容，「畢竟我們身為最古老的存在呀，有些東西，也是要嚴謹些得好。」

有些東西，不知道不了解，會活得比較快樂。

像鷹那樣事事謹慎嚴格，那樣生活過得太拘束了。

「所以沒事就放空呀！就變得忘東落西的了……呵。」狐笑了笑。

「我知道了。」蝠也微微的勾起嘴角。

那傻傻的狐是本性，深沉的狐，是後來磨練出來的。

或者，是反過來。

「啊，就當你是偶發的雙重人格就好了。」蝠想到什麼似的擊掌。

「咦啊？你又跟那些小人兒學了些什麼怪東西了？！」

狐不明所以然。

和蝠分別之後，狐來到了年代最為悠久的一個古老國度。

蒼蓊的林木依舊豎立著，但只餘下不到原本的一半。

百年以上而蘊有精靈的也幾乎消失殆盡，地上殘留著一個個被砍走而剩下的木墩。

狐有些哀傷的撫了撫新生樹木粗糙的樹身，走向了山下的城鎮。

這群聚在大陸上的人兒，好食，無論空中飛的地上爬的水裡游的、會動的不會動的，只要是能吃的，都拿來吃，更發明了各式奇奇怪怪的烹調手法。

走在到處都妝點著紅豔豔紙燈的紅磚街道上閒逛著，兩旁的商店裡的盡是賣些奇奇怪怪的東西。

狐饒有興趣的把玩著路旁鋪子上面擺著的小偶人。

「該死……」一個熟悉的輕啞冰冷的聲音從身旁的店家門口傳入耳中。

狐詫異的回頭，看見站在門口的，是蛇。

再抬頭一看，那木刻的招牌上，寫著蛇肉店三個大字。

裡面的人兒正在將一條活生生的小花蛇斬去頭，拿了一把尖銳的刀子將牠放血、剝皮，清除內臟。

那手法之乾淨俐落，熟練而快速得像是每天都做個幾百回的樣子。

而落下的蛇頭還未死透，在地板上扭動。

那個蛇族死亡前無聲的哀鳴，聽在古老的存在的耳中，不由得心碎。

「可惡可惡可惡！」蛇渾身散發出冰冷的殺意，瞇起了金色美麗的豎瞳，發出了微小的憤怒嘶聲，弓起身子，一副準備攻擊的模樣。

「蛇！」狐見狀不妙，用雙手從後頭緊緊的箍住了蛇的腰，硬是把他從蛇肉店前拖走。

裡頭的人兒，手起，刀落，又是一條花蛇下鍋。

殺意瞬間高漲，那冰冷刺得狐渾身發疼。附近感覺比較敏銳的小人兒都臉色大變的退了開來。

「別看了、別看了！」狐在他耳邊低喚道。

怒紅了眼的蛇抓也抓不住，一下子脫開了狐的制錮，轉身過來朝狐的臉狠狠的揮拳，將他打倒在地。

「你難道要我袖手旁觀嗎？！」輕啞冰冷的聲音低聲的問，語音顫抖著。

狐坐在地上，臉上青了一塊，沉默。

「我們不能動手，你忘了？」狐抿著唇，看著他。

「那麼你倒說說該怎麼辦？」蛇勉強壓下怒火，冷冷的質問。

「我們……什麼都不能做，就只能看著。」狐長長的吁了一口氣，眼底盡是無奈。

那麼，就只能這樣看著我族死去？蛇冷笑了一聲，眼眸裡流轉著心碎，終究化成冰涼的水珠自眼眶中滾落。

即使心在淌血，血已成河，仍然只能看著，我們的職責讓我們就只能看著。

「記住，我們終只是旁觀者而已，不是參與者。」狐只能冷漠的說。

為了不讓我們的力量破壞平衡，所以絕對不能插手，這是規則。

萬一平衡被破壞了，最後只會導致一切的崩潰。

旁邊的一群人兒圍觀著，好奇的觀望著狐與蛇兩人的爭吵，指指點點的一副看熱鬧的樣子。

每一刻，都有無數的生命在世界上消失。

被殺死的生命的聲聲哀泣嘆息，不斷的刺入最古老存在們的心。

「現在，我不會動手。但我絕對不會像你們一樣永遠的只是看著，而不採取任何行動！」

蛇終於忍不住的摀住耳，顫抖著宣示，臉色發白的扔下一句「再見」，旋即轉身飛奔離去。

所以啊，就只能選擇遮住眼，不看；掩住耳，不聞。

「只是，時間也差不多快到了吧？」狐嘆了口氣，認命的從地上爬起，撥開圍成一堵牆的小小人兒，一轉眼就消失在人群之中。

可是他還是很喜歡這群小小人兒哪……

有沒有人說過，生命是一張網？

從生到死都在不斷編織著，生命縱橫交錯，無數人的生命交織成網，而這張繁複綺麗的大網即是世界。

一個「生」是一條絲，絲在不該斷的時候斷了，後來的絲就會跟著亂，終究網不成網。

踏著沉重的腳步，狐回到了深藏在脈山深處的洞穴。

鷹面無表情的看著他，點了點頭。狐是最後一個回來的，這下子，所有的古老的存在都到齊了。

現在，是討論結果的時候了。

「只能滅了。」鷹冷冷的開口。

「不能留！」蛇抱著自己的膝蓋縮在角落，聲音因為哭泣而沙啞。

魚很苦惱的咬著指甲，不知該怎麼辦的小聲發表自己的意見：「我討厭他們，可是又很喜歡他們……」

狐沉默不語，低著頭不知道在弄些什麼。

「但是我很喜歡他們。」蝠並不讚同，他搬了很多小小人兒們做的物品，一一擺到他們面前。

精緻美麗的畫冊，稀奇古怪的樂器，奇型怪狀的物品。

蝠拿起了一個木製的精製玩意兒，旋緊了某個零件，放開手，那玩意兒就噗噗地飛了起來。「看，因為想和鳥兒一樣在天空飛行的夢想，所以人做出了這個飛行器。」

蝠又翻開了畫冊，上面繪滿了各種植物的圖：「為了傳承下知識，所以畫了這個。」東西一件一件的拿起來，又一件一件的放下。

蝠試圖說服想毀滅人類的兩個同伴，但鷹和蛇仍然無動於衷。

看著這樣，蝠有些急了：「小人兒他們有在改進了呀！看，他們已經在反省了呀……就如狐見過的，他們已經開始制止皮草，也開始保護山林了……」

「現在才知錯，已經晚了。」蛇冷嗤著起身，不想在聽蝠說人的好話。

「為那什麼還說著『所有人都如此，我身不由己，以一人之力無法改變』的這種話？」鷹只是微笑，但言語卻無比的冷冽：「既然已經知道錯了，那不就該立刻全部停止？」

一方不斷的說著壞處，一方不斷的說著好處。

古老的存在們意見產生了分歧，僵持不下，誰也無法說服誰。

最後狐完成了手上的工作，抬起頭來。

「人們是很可愛，可是也很可恨。」狐開口打斷了兩邊的爭辯：「但是你們急著修正的時候，似乎忘了母親？」

兩方緘默了下來，視線轉移到狐的身上。

「母親祂是絕對不會就這樣一直沉默下去的。」狐把他剛才一直在弄著的，一小搓虛幻的小小種子放置在虛空中，種子飛快的竄起發芽，無數藤蔓相互生長纏繞。

開出嬌柔的花兒、結出飽滿甜美的果實。

「這是世界，由生者的生命與大地所編織而成，人們依著它的果實而生，但後來人們介入了它自然的生長，隨意的取走了部份，蛀掉了。」

狐彈出尖銳的爪，隨意挑斷了其中的幾個部份，並且扔了虛幻的小蟲進去。

那株纏繞的藤，頓時蔫了下去，枯黃。

「於是，就跟現在一樣。」

藤，萎頓了下去，花兒殘破，果實乾扁酸澀。

他們有些驚訝的看著那株藤。

「小小人兒他們自己種下的苦果子，也差不多到了成熟落下的時候了。所以，我們就這樣，維持著旁觀者的身份靜靜看著吧。」狐拉了鷹和蛇的手，帶著他們飛出深藏在脈山深處的洞穴，輕立在山巔，俯視大地。

濫殺造成生態網在慢慢崩毀，眾生所組成的拼圖少了一片又一片，正在慢慢的粉碎。

濫墾造成大地崩潰，沙土巨石隨著雨水化做土黃色濁流奔流入海洋。

濫用所製造出的氣體讓大地燻熱，大旱與洪水考驗著眾生，而兩極的堅冰逐漸融化淹沒大地……

大地的平衡其實早已經在不知不覺中被小人兒給破壞了，接下來的，就是迎接「母親」的不悅及重整了。

「母親也是有脾氣的。」狐眨了眨眼。

「就跟上一次醒來看到那個淹沒一切的大洪水是一樣的意思嗎？」魚皺著眉看著腳下慢慢在翻滾的大地，若有所思的問。

「正在慢慢的整理著……原來我們深愛的母親早就已經開始動手處理了？」鷹臉色複雜的俯瞰著。

蝠從後面追了上來，感知到了大地細微的變化，歎息。

「……也好，這樣……就不用自己動手了。」

他們就這樣靜靜的看著，佇立著。

因為已經到了無法修正的地步了，所以乾脆就讓一切重新開始。

就跟小人兒們對待古舊樓房一樣，炸碎，然後重建。

躲得過的，留下來；躲不過的，成為新生者的養份，讓新生者更加強盛茁壯。

總是必需先粉碎後才能重組，因此大量眾生的消逝是必然的。

古老的存在在山巔注視著，佇立了很久、很久。

久到了母親身上殘留的眾生又再度繁榮。

古老的存在就只是旁觀者，即使跟眾生關係再密切也不能干涉眾生。

彷彿是在看著一本書一樣。

閱讀，不管閱讀得再怎麼認真，也無法進入書中成為主角。

而現在，已經不必插手了，也不用插手了。

一切一切，早就已經安排好。

「所以我們就只是看著吧，只是看著……」不知是誰，望著那重新出現的繁榮，歎息般的低聲自語。

以後，謹遵守我們的本份，扮演好一個旁觀者。

看著眾生，從誕生到毀滅，就只是永遠緘默的守護著。

古老的存在紛紛轉身離開這個佇立了數百年的山巔，靜靜的潛入大地，再度陷入於不知期的長眠。

偶爾醒來的時候，也只是靜靜的看著一切。

看著它新生，腐敗，毀滅，然後又再一次新生。

永無止境的輪迴。

徵稿對象：五專部、大學部、研究所

劇本組

★劇本組總評

李季紋老師

莫忘初衷。

距離上次我做文藻文學獎劇本類評審，約莫有兩年的時間。這當中，我帶學生們回北京，到我的母校中央戲劇學院做訪問，得空便帶我同事到798藝術區走走。距離我上次到北京開會有一年多，798的變化極大，但不變的是，在廢棄工廠的水泥壁上漆紅色的標語：「時間是驗證一切真理的終極指標。」

沒錯呀。一件小事情，每天做、常常做，大約累積十年，很難不出成績。看了這一屆劇本類的來稿，我必須大大的祝賀文藻的老師們，你們真的做出了成績。來稿的質量均屬上乘，學生們也掌握了各種類型。其中有一些作品，寫得比我大學時還好。我認為這個變化不是一兩年造成的，而是老師們長期耕耘的結果。雖然我不知道你們做了什麼，但種下的種子，如今已開枝散葉、百花齊放。

獲得第二名的〈慢慢跟你、說再見〉，冷靜而不耽溺的描述校園生活的觀察與體驗，最難得的是，作者十分的「控制」，是我心中最好的作品。得獎人揭曉的時候，我發現她就是上一屆也參加過比賽，〈再見鐵達尼〉的作者。人如其文，這兩年內，她已出落得十分靈氣。讓我回想起這兩年，手上導了一些戲，但筆墨卻生疏了。好的創作者往往有一種力量，讓其他創作者看了他的作品，覺得我若是繼續做下去是有意義、有願景的。〈慢〉與獲得第一名的〈Changed〉就屬於這樣的作品。

希望參賽的同學們能堅持寫作下去。創作的路上並不寂寞，看看你們周圍，有好多傑出的同伴呢。再次祝賀各位！

劇本組第一名得獎感言

作品：〈Changed〉
作者：張芝綸
班級：專科部日文科3B

很高興再度獲得了文學獎的肯定，
這一次寫了一個和上回完全不同的作品，
故事其實只是個男人在失望的人生中重新找回了希望，
以這樣一個出發點而開始著手於這次的題材，
希望每個看過的人都可以產生共鳴，
並且能好好珍惜身邊的每個人。

得獎感言中當然少不了感謝名單，
在這裡要謝謝的第一位是我的媽媽，
在聽完故事後給予了支持與鼓勵，
雖然總是在我打字打到很晚的時候發牢騷，
問我怎麼還不快點睡之類的，
但還是很謝謝她在獲知得獎後送上的溫暖祝賀。

再來是幫了我很多忙的鮑弈涵，
總是不辭辛勞地在我打完一段之後幫我校稿並且給予意見，
我想這次能夠成功也是因為她的幫助。

還有親愛的黃靖茹和葉珊穎，

在看完原稿後提出的問題也使我能夠把它修改到現在最完美的樣子，

謝謝大家相信我有這樣的能力能夠再完成一部劇本，

今後我也會不斷在這方面做努力，

也謝謝當天給予讚美與建議的評審老師們，

如果能像老師們所說的拍成一部真正的電影的話，

那就是完成我的夢想了。

最後，

謝謝在疲勞趕稿的過程中一直陪伴在身邊的五個人，

你們是我繼續向前走的力量，

請你們也要加油，Fighting！

05/15/10 芝綸 ジェジュンが好きなキムJ

◀Changed▶

故事大綱

一位失業男子婚姻破碎後開始了糜爛的生活，
他怨恨妻子帶著孩子跑了，
他怨恨公司上司把他fire了，
他怨恨上帝一點都不眷顧他，
這他媽的日子到底要持續多久？

他決定前往郊外小村清靜清靜，
在那裡：美麗的風景、熱情的村民、奇怪的房東爺爺，
還有住在對面美麗的鄰居美眉。
呵呵，他愛死這個鳥不生蛋的地方了，
老天，他樂死了——！

人物介紹

Steven White（史蒂芬・懷特）：為了遠離城市來到鄉下度假，在這裡重新體驗到人生的喜悅。
Tiffany（蒂芬妮）：史蒂芬的鄰居，從小發高燒之後失明，受到史蒂芬的愛慕。
Nicholson（尼克森）：史蒂芬的房東爺爺。
Mike（麥克）：小男孩，幸福村莊村民。
老奶奶：麥克的外婆，幸福村莊村民。

Emily（愛蜜莉）：女孩，幸福村莊村民。
Tom（湯姆）：孤僻的獨居老人，幸福村莊村民。
Ray（瑞）：蒂芬妮的牧羊犬。
中年婦人：史蒂芬的小學老師，幸福村莊村民。
蒂芬妮母親。
Justin（賈斯丁）：史蒂芬的工作同事。

S-1
時間：日
地點：美國鄉下
人物：史蒂芬、尼克森

◎筆直的鄉間大路，一台藍色破車朝著鏡頭駛來。
◎鏡頭轉向駕駛，凌亂的頭髮，叼著一隻菸，看著手裡的地圖。

史蒂芬：他媽的，這地圖怎麼標示的？連個村莊都這麼難找嗎？

△搖下車窗，拿下嘴裡的煙就往外丟。
△突然車子的速度漸漸慢了下來。

史蒂芬：怎麼了？

◎鏡頭面向車子。
◎車子發出了幾聲悲鳴之後停在鏡頭前。
◎鏡頭：史蒂芬

史蒂芬：該死的，你這破車！

△史蒂芬氣憤地垂打著方向盤，車子的喇叭尖銳地叫囂。
△史蒂芬下了車，往引擎蓋踢了一腳。
△史蒂芬從口袋拿出手機打電話。

史蒂芬：去你的沒訊號！

△史蒂芬把手機收回口袋。
△史蒂芬走回車子駕駛的位置，靠在門上等著。
◎鏡頭往上拉，照著整條公路和靠在車上的史蒂芬。
◎鏡頭：史蒂芬

史蒂芬：靠，在這裡是要等到什麼時候？靠，在這裡是要等到什麼時候？靠，在這裡是要等到什麼時候？

△史蒂芬往前走了幾步。

史蒂芬：嘿，有人嗎？

△他繼續往前走
△公路旁的乾草原上豎立著幾棵樹。

史蒂芬：喔——該死，早知道就別來什麼度假村了。

△史蒂芬搔搔頭，又往回走向車子的地方。
△不遠處突然傳來大卡車的喇趴聲。
△一台大卡車往史蒂芬的方向駛來。

史蒂芬：嘿、嘿！

△史蒂芬朝他揮手。
△大卡車沒有減速的意思。
△大卡車快要撞上史蒂芬。

史蒂芬：他媽的，你不停嗎？

△史蒂芬閃過一旁。
△大卡車繼續往前開。

史蒂芬：ㄟ！ㄟ！別走啊，ㄟ，別走啊！

◎鏡頭：史蒂芬的背影。
△突然又傳來喇叭聲。
△史蒂芬回頭，赫然發現身後停著一輛小貨車。
◎鏡頭：尼克森
△小貨車駕駛探出頭來，是個看起來有年紀的白髮黑人。

尼克森：嘿，兄弟，需要幫忙嗎？

◎鏡頭：史蒂芬
△史蒂芬笑了笑。

史蒂芬：對，我的車拋錨了，能夠載我一程嗎？

◎鏡頭：尼克森

尼克森：這有什麼問題？上車吧。

◎鏡頭：史蒂芬

△史蒂芬走回自己的車子，從副駕駛拿出一個小皮箱，接著走向小貨車，打開車門。

△上車，關門。

◎鏡頭：尼克森

尼克森：你就這麼一個皮箱？

△尼克森比了比史蒂芬拿在手裡的皮箱。

◎鏡頭從後方拍攝兩人

史蒂芬：對，失業又離婚的男子還能有什麼家當？

△尼克森笑了笑，轉身繫上安全帶。

△史蒂芬也跟著繫上安全帶。

尼克森：好吧，那就出發囉。

△史蒂芬點點頭。

◎鏡頭拉到車外，以俯瞰的方式拍攝車子往前走

◎鏡頭跳回車內（史蒂芬、尼克森）

史蒂芬：我是史蒂芬，很高興認識你。

尼克森：嗯……尼克森，很高興認識你。

△兩人沉默了一會兒。

◎鏡頭：尼克森

尼克森：話說，兄弟，你要去哪？

△尼克森看著前方，開著車。
◎鏡頭：史蒂芬

史蒂芬：你知道「幸福」村莊在哪嗎？地圖上標示的是這條公路沒錯，但開到目前為止什麼東西都沒看見。

△史蒂芬看看車外的一片荒涼。
◎鏡頭：尼克森

尼克森：「幸福」村莊？呵呵，真巧，那是我們村子呢。

◎鏡頭從後方拍攝兩人
△史蒂芬回頭看著尼克森。

史蒂芬：這麼巧？我是要到那裡度假的。
尼克森：那正好，跟我回去吧。

◎鏡頭：車外，以俯瞰的方式照著持續往前開的車子
△天色漸漸變暗。

S-2
時間：傍晚
地點：幸福村莊：尼克森家
人物：史蒂芬、尼克森、乳牛*2

◎鏡頭：史蒂芬

△史蒂芬靠著車窗打盹。
△尼克森邊開車邊伸手拍拍史蒂芬。

尼克森：老兄，醒醒，到了。

△史蒂芬朦朧地睜開眼，望向窗外。
◎鏡頭：窗外，一片清澈的湖，映照著晴空萬里的天空
◎鏡頭：車內，史蒂芬

史蒂芬：這裡……真該死的鳥不生蛋。

◎鏡頭：尼克森
△尼克森微微挑起眉毛。

尼克森：這裡可以好好遠離世俗塵埃的地方，相信你住下來之後會喜歡的。

△尼克森繼續開著車。
◎鏡頭：史蒂芬
△史蒂芬用一副不相信的口吻。

史蒂芬：是嗎……？

△又看向車外的風景。
◎鏡頭：車外，以俯瞰的方式照著車子
△車子往前開了一段路後，停在一棟別墅的前面。
◎鏡頭：車內

尼克森：下車吧。

△尼克森解開安全帶。
△史蒂芬看了看外頭的房子。

史蒂芬：這裡就是你家？
尼克森：對，你可以暫時住在這裡，我不收費用的。

△尼克森下車。
△史蒂芬明顯地楞了一下。
◎鏡頭：車外

史蒂芬：等等，你們這裡難道沒有什麼旅館或民宿的嗎？我只是來度假，不方便這樣打擾你。

△史蒂芬也拿著行李下車。

尼克森：（回頭）沒有，這裡就只有這兩棟房子。

△尼克森撇撇頭，示意這裡的房子只有兩間房子，另一幢別墅在湖的另一邊。
△尼克森轉身走上右邊的別墅的階梯，在門前拿出鑰匙要開門。
△史蒂芬思考了一下後邁出步伐跟著走進屋裡。

史蒂芬：打擾了……

◎鏡頭：屋內

尼克森：隨便坐吧，我去整理整理。

△尼克森走上樓。
△史蒂芬環顧了一下客廳，把皮箱放在沙發旁。
△屋內的擺飾很樸素，基本上以米白色為主調，客廳有個壁爐，昨晚還沒燒完的木柴還躺在那裡，牆壁上也沒有任何圖畫，只有一個咕咕鐘。
△尼克森從樓上走下來，右手拿著鑰匙。
△史蒂芬回頭看他。

史蒂芬：謝謝。
尼克森：這沒什麼，我這裡很少有客人，你是這幾年的第一個。

△史蒂芬有些訝異。

史蒂芬：你住在這邊很久了？沒有家人嗎？

△尼克森坐了下來，把鑰匙交給史蒂芬。
△史蒂芬接住，也跟著坐下。

尼克森：打從退休後就住在這裡，我沒有家人，一直是我一個人。
史蒂芬：那跟我還真像呢。

△尼克森抬起頭來看了一眼史蒂芬。

史蒂芬：我35歲，婚姻破碎，加上失業，離婚的時候孩子的撫養權又判給了前妻，唉，總之也是孤獨一人。

尼克森：唉，兄弟，但你還年輕，機會還多著呢。

△尼克森拍拍史蒂芬的肩膀。

史蒂芬：唉，我都上了中年了，怎麼可能還比得上年輕人？他們有熱誠、能力，我呢？兩個字：邋遢！

△尼克森發出笑聲。

尼克森：明明知道該振作，卻還放任自己這麼下去，兄弟，在這裡休息的這段期間，祝你能夠找回最初的自己。

△尼克森站了起來。

史蒂芬：我真的可以在這裡白吃白住？
尼克森：誰這麼說過了？我說你不用付費但沒說你就能夠白吃白住。

△史蒂芬不了解地盯著尼克森。

尼克森：跟我到後門來。

△尼克森往後門走，史蒂芬站了起來跟在後頭。
△兩個人走道了屋子的後門，尼克森扭開了門把。
△後門打開後映入眼簾的是一個堆滿稻草的倉庫。

史蒂芬：這裡放這麼多稻草做什麼？

△尼克森沒有回頭，繼續走著。

尼克森：給牛吃的。
史蒂芬：牛？

△尼克森沒有回答，只是繼續往前走。
◎鏡頭：兩人的背影
△兩人漸漸走到倉庫的盡頭。
△他們看到有兩頭乳牛。

史蒂芬：你在這裡養牛？

△尼克森蹲下來，拿起旁邊一捆稻草，放在乳牛面前。
△兩頭乳牛開始吃了起來。

尼克森：對，我每天晚上都在這裡先擠好牛奶，隔天一早再到離這裡大約一公里以外的村莊另一頭去送牛奶。

△史蒂芬用一副不相信的樣子看著尼克森。

史蒂芬：你不是都退休了嗎？為什麼要這麼辛苦？

△尼克森抬起頭看著史蒂芬。

尼克森：兄弟，這你就不懂啦，因為那些村落的人需要我。

△尼克森停頓了一下，頭轉回去，伸出手摸了其中一頭乳牛的頭。

尼克森：我每天送牛奶去感到相當快樂，付出的成就感往往勝過於接受他人給予你的施捨。

△史蒂芬只是站著，不說話。
△尼克森站起身來，雙手拍了拍，把附著在手上的稻草拍掉。

尼克森：既然你住下來了，這件送牛奶的事就託付給你囉。

△史蒂芬伸出右手比比自己的鼻子。

史蒂芬：我？

△尼克森笑了笑。

尼克森：對，包括擠牛奶這些事……既然來到這裡，倒不如嘗試一些從來沒做過的是，相信你一定會有收穫的。

△尼克森拍拍史蒂芬的肩膀，便往倉庫的門走去。
△史蒂芬回頭對尼克森大喊。

史蒂芬：什麼時候開始？

△尼克森沒有回頭，只是伸出左手揮了揮。

尼克森：今晚。

S-3
時間：夜
地點：幸福村莊：尼克森的家－客廳
人物：史蒂芬、尼克森、乳牛*2

◎鏡頭：客廳上的咕咕鐘

△客廳牆壁上的咕咕鐘在時針到達12的時候，一隻橘色的小鳥從鐘上的小洞出來，叫了10聲。

◎鏡頭：轉到坐在沙發上等待的史蒂芬和尼克森

史蒂芬：10點了。

尼克森：走吧。

◎鏡頭：兩人的背影

△尼克森離開沙發，像傍晚一樣往後門走去。

△史蒂芬跟在後面，顯的有些緊張與無奈。

◎鏡頭：倉庫

△兩人來到倉庫。

尼克森：開始吧。

◎鏡頭：尼克森

△尼克森站著，手指了指乳牛。

◎鏡頭：史蒂芬

△史蒂芬蹲下，停在乳牛的面前，手往下探去。

△史蒂芬像是摸到什麼東西，然後抓住它。

△乳牛突然嘶吼了一聲，往旁邊衝去。

△史蒂芬跌倒在地。

史蒂芬：怎麼回事？擠牛奶不都是這樣擠的嗎？

△尼克森強忍著笑意，但嘴角還是不自覺得往上揚。

尼克森：兄弟，我看你不只生活糜爛，生活知識也很欠缺，那頭牛，是公的。

史蒂芬：什麼？那你怎麼不早說嘛！

△史蒂芬氣憤地瞪著剛才那之把他踹倒的「公」乳牛。

△尼克森只是站著笑。

史蒂芬：哼，你就儘管笑好了，老子不幹了，失業就夠慘了，還送什麼牛奶！

◎鏡頭：史蒂芬

△史蒂芬忿忿地站起來，大步大步地往門的方向走去。

◎鏡頭：尼克森

△尼克森不再笑。

尼克森：嘿，兄弟，不送的話就別想住在這裡，你要知道，回去的路可不是這麼好找到的，況且你現在沒有車。

◎鏡頭：史蒂芬

△史蒂芬楞了一下，轉頭看著尼克森。

史蒂芬：該死的，老子是造什麼孽跑到這種地方來？

△史蒂芬說完又走回來，這一次他蹲在另外一隻乳牛前，同樣地伸出手尋找著。

史蒂芬：該死的怎麼這麼難找？

尼克森：兄弟，手伸長一點就摸到了。

史蒂芬：哼，你就只會嘴上說說，不然你自己來擠嘛！

◎鏡頭：尼克森

△尼克森雙手交叉，站著看史蒂芬。

尼克森：唉唷，今天以前我可是每天晚上都一個人在這裡擠奶呢，要示範是吧？（點了幾下頭頭）起來，我擠給你看。

◎鏡頭：全景（史蒂芬、尼克森、兩頭乳牛）

△尼克森揮揮手示意史蒂芬站起來。

△尼克森蹲下去示範。

△史蒂芬安靜地站在旁邊看。

△尼克森輕輕地開始擠。

尼克森：奇怪，今天怎麼擠不太出來……

史蒂芬：看吧！連你這種老手都出狀況了，更何況我這種連親眼見過乳牛都沒有的人。

◎鏡頭：史蒂芬

△史蒂芬一副理所當然第兩首交叉在胸前。

◎鏡頭：尼克森

尼克森：你閉嘴，他估計是看到陌生人太緊張才……

史蒂芬：你少找藉口了！

◎鏡頭：史蒂芬

△史蒂芬翻了一個白眼

△尼克森突然哼起歌來。

△史蒂芬有些驚訝地看著尼克森。

◎鏡頭：尼克森、乳牛
△隨著尼克森哼著曲子，乳牛慢慢分泌出乳汁。
◎鏡頭：史蒂芬

史蒂芬：（不屑）隨便哼哼曲子就能擠出來……

◎鏡頭：尼克森
△尼克森持續擠牛奶。

尼克森：兄弟，這你就不了解啦，擠牛奶是需要用「愛」的，像你這樣冷冰冰的，乳牛也是可以感受到的。

◎鏡頭：史蒂芬

史蒂芬：廢話這麼多，快點擠好啦，我今天先用看的，明天就自己來。

◎鏡頭：全景
△尼克森擠了一會兒後拿著桶子站了起來，他走到一旁。
◎鏡頭：尼克森
△尼克森放下桶子，從櫃子裡拿出一個空瓶子，裝了一個漏斗在瓶口。

尼克森：兄弟，過來幫忙一下。

△史蒂芬走到尼克森旁邊，幫他握著空瓶子。
△尼克森舉起桶子，把牛奶往瓶子裡倒。

史蒂芬：你都不過濾或殺菌嗎？這樣喝生牛奶會拉肚子。
尼克森：殺什麼菌？我們這裡用無污染的東西來養牛，難道牛擠出來的牛奶會有毒嗎？

△史蒂芬沒有再說話，尼克森繼續把牛奶倒完。

尼克森：好了，這樣一瓶是一戶人家的份量。

◎鏡頭：尼克森
△尼克森拿出瓶蓋把瓶子鎖緊，再把牛奶放到旁邊的大冰箱內。

◎鏡頭：史蒂芬、尼克森

史蒂芬：那你一天晚上要準備多少瓶？
尼克森：20。

△尼克森兩手比了個20的手勢。

史蒂芬：這樣豈不是要擠很久？
尼克森：對，所以從今以後，加油。

◎鏡頭：尼克森
△尼克森走回去蹲在乳牛面前又開始繼續擠牛奶。
◎鏡頭：史蒂芬

史蒂芬：我的天……

△史蒂芬又翻了一個白眼。

S-4
時間：清晨
地點：幸福村莊：尼克森家
人物：史蒂芬、尼克森

◎鏡頭：尼克森家門口 - 史蒂芬、尼克森
△史蒂芬架著一輛腳踏車，腳踏車的後面有個綠色的大冰桶，上面有白字寫著：Nicholson MILK
△史蒂芬戴著帽子看起來一臉無奈。

史蒂芬：我說……一定要這個樣子嗎？現在才五點耶！！天都還沒有亮，你叫我去送牛奶有誰會開門啊？

◎鏡頭：尼克森
△尼克森正在把牛奶一瓶一瓶地地放進冰桶裡。

尼克森：你騎一公里過去就天亮了，到那裡剛剛好趕上大家起床的時間。

◎鏡頭：史蒂芬
△史蒂芬翻了一個白眼。

史蒂芬：天吶……

◎鏡頭：史蒂芬、尼克森
△尼克森在裝好最後一瓶牛奶後扣上箱子的鎖。

尼克森：好了，兄弟，祝你一路順風。你只要沿著樹林往前騎就會

看到了，那個村子不大，也就20戶而已，記得要敲門等人出來後把牛奶送出去。

◎鏡頭：史蒂芬
△史蒂芬跨上車。

史蒂芬：知道了，知道了。

△史蒂芬出發。
◎鏡頭：尼克森

尼克森：兄弟，再見啊。

△尼克森跟史蒂芬揮手。

S-5
時間：清晨
地點：幸福村莊
人物：史蒂芬、老奶奶、麥克、愛蜜莉

◎鏡頭：史蒂芬
△史蒂芬騎著腳踏車，哼著不成調的曲子。
◎鏡頭：以俯瞰的方式拍攝史蒂芬經過的小路，兩旁的樹很整齊地排列著。
△這時前方出現幾幢小木屋，每間都只有兩層樓，清一色的屋子的門都是木色的，整體結構也長的一模一樣。

史蒂芬：應該就是這裡吧。

△這時太陽已慢慢出現。
◎鏡頭：史蒂芬
△史蒂芬減緩了腳踏車的速度，在第一間房子門前停下來，從腳踏車後方的冰桶拿出一瓶牛奶，他到門前，敲了敲門。
◎鏡頭：木色的門
△沒有動靜。
◎鏡頭：史蒂芬
△史蒂芬又敲了一次門。

史蒂芬：有人在嗎？

△一樣沒有動靜。

史蒂芬：該死的，沒有回應……

△史蒂芬又等上了幾秒鐘，一樣沒有動靜，他向門旁邊的窗戶探去，卻看不見屋子裡有什麼。
△史蒂芬離開第一間房子，他走到隔壁人家的門口。
△他敲敲門。

史蒂芬：有人在家嗎？

◎鏡頭：木色的門
△屋子裡傳出一個小孩子的聲音。

小　孩：奶奶，外面有人敲門呢。

△屋子的門突然被打開，走出來的是個看上去10歲的小男孩。

◎鏡頭：史蒂芬、小男孩

史蒂芬：我是送牛奶的。

△小男孩回頭對著屋子大叫。

小男孩：奶奶，是送牛奶的。

◎鏡頭：老奶奶
△一位老奶奶走了出來，手裡握著一張鈔票。

老奶奶：來，把這些錢給他。

◎鏡頭：史蒂芬、小男孩
△小男孩回頭拿錢，又轉回來交到史蒂芬手裡。

小男孩：給你。

◎鏡頭：史蒂芬
△史蒂芬看著手裡的鈔票：1塊美金。
◎鏡頭：全景（史蒂芬、小男孩、老奶奶）
△史蒂芬把手裡的牛奶交給小男孩。

小男孩：謝謝你。

老奶奶：少年啊，新來的？叫什麼名字？

△史蒂芬把錢塞進夾克的口袋。

史蒂芬：史蒂芬，我昨天才來。
小男孩：我叫麥克！

△小男孩興奮地朝史蒂芬大喊。
△老奶奶攙著小男孩的肩膀。

老奶奶：真是辛苦你了史蒂芬，希望尼克森沒有虧待你才好，我們這裡很少有客人的，希望你還習慣。
史蒂芬：（點點頭）恩，謝謝。

◎鏡頭：小男孩、老奶奶
△老奶奶半推著小男孩進去，小男孩回頭。

小男孩：再見！

◎鏡頭：史蒂芬
△史蒂芬朝小男孩揮揮手。
△直到傳來關門聲，史蒂芬才又走向他的腳踏車。

史蒂芬：奶奶……

△史蒂芬輕聲低喃，輕輕笑了起來。
△他推著腳踏車前往第三間房子。
◎鏡頭：以俯瞰的方式拍攝整個村子，用切換的方式呈獻史蒂芬一間一間房子送牛奶的情形：
【△史蒂芬推著腳踏車往前走。
△史蒂芬手裡拿著牛奶站在別人家門前。
△史蒂芬站在別人加窗戶前窺看著裡面。

△有一位中年婦人開門。】
↓切換
◎鏡頭：史蒂芬站在村子最末端的一間房子門口
△史蒂芬左手拿著牛奶右手敲門。
△門馬上就被打開了，走出來的是一位長相清秀的女孩。
◎鏡頭：愛蜜莉

愛蜜莉：啊，終於來了，我還在想怎麼這麼久呢。

◎鏡頭：史蒂芬、愛蜜莉

史蒂芬：哦，我今天第一次來，所以不太熟悉。

△愛蜜莉楞了一下，隨即笑開了。

愛蜜莉：這樣啊，真是麻煩你了。

△愛蜜莉將錢塞進史蒂芬的手裡。
△史蒂芬則將牛奶交給她。

史蒂芬：那個……你認識第一戶人家嗎？我敲了門但裡面都沒人出來回應我。

△愛蜜莉看向第一間房子的方向。

愛蜜莉：你說的是湯姆爺爺吧？他從不開門的。
史蒂芬：什麼？那牛奶怎麼辦？

△史蒂芬指了指還有一瓶牛奶在裡頭的冰桶。

愛蜜莉：尼克森沒跟你說嗎？爺爺的牛奶以後就不用準備了，他從不跟人說話的。

史蒂芬：這樣啊……

◎鏡頭：愛蜜莉

愛蜜莉：如果沒事的話我先進去了，謝謝你。

△愛蜜莉轉過身走進房裡。

◎鏡頭：史蒂芬

△史蒂芬牽著自己的腳踏車，慢慢重新走回第一間房子，走到門前把最後一瓶牛奶放在門口，然後又敲了一次門。

△屋內沒有動靜。

△史蒂芬嘆了口氣，坐上腳踏車就騎回去了。

S-6
時間：日
地點：尼克森家
人物：史蒂芬、蒂芬妮、尼克森、瑞

◎鏡頭：史蒂芬

△史蒂芬慢慢騎回到尼克森家，沿著湖邊，他望向對面那棟別墅。

◎鏡頭：尼克森

△尼克森站在家門口，對史蒂芬揮揮手。

◎鏡頭：史蒂芬、尼克森

△史蒂芬騎到門口，跳下腳踏車。

◎鏡頭：尼克森

尼克森：怎麼樣，進行的還順利吧？

◎鏡頭：史蒂芬
△史蒂芬把捆在後座的冰桶搬起來。

史蒂芬：還好，只是今天有個人一直沒有開門，所以我只好把牛奶
　　　　放在他家門口。

△史蒂芬右手抱著冰桶，左手身進夾克口袋把紙鈔出來，交到尼克
　森手上。
◎鏡頭：尼克森
△尼克森數著手裡的鈔票，一邊唸出數量。

尼克森：19……所以，你沒和爺爺他收錢吧？

◎鏡頭：史蒂芬

史蒂芬：沒有。真是，你怎麼也不跟我說一聲，下次就不用多送一
　　　　份了。

◎鏡頭：尼克森
△尼克森笑了一下。

尼克森：兄弟，那你就錯了，就算爺爺不出來，我們還是要準備他的。

◎鏡頭：史蒂芬

史蒂芬：為什麼？你這根本就是浪費。

◎鏡頭：尼克森

尼克森：既然如此你今天為什麼又把牛奶擺在他家門口？

◎鏡頭：史蒂芬

史蒂芬：（理直氣壯）我想說不要浪費嘛，就擺在他家門口啊。

◎鏡頭：尼克森
△尼克森把手裡的鈔票折成一半，握在手裡向史蒂芬揮一揮。

尼克森：明天去送的時候就知道了，進來吧。

△尼克森轉身要走進房子。
◎鏡頭：史蒂芬
△史蒂芬撇撇嘴，翻了個白眼。
△他重新用兩手抱著冰桶，若有所思地站在原地。

史蒂芬：那個……對面那棟別墅住著什麼人嗎？

◎鏡頭：尼克森
△尼克森回頭，看著史蒂芬。

尼克森：一個很普通的家庭，一對父母，和他們失明的女兒，聽說是小時候發高燒造成的…有興趣的話自己去打招呼吧，我先進去了。

△尼克森走進屋內。

◎鏡頭：史蒂芬

△史蒂芬把手裡的冰桶放下，坐上腳踏車，往對面的別墅騎去。

◎鏡頭隨著史蒂芬的角度緩緩駛向別墅。

△別墅外一個女孩坐在湖邊，有隻黑色的牧羊犬趴在她的大腿上，只有脖子的部分是白色的，臉和四肢的部分還有點褐色。

◎鏡頭：史蒂芬

△史蒂芬跳下腳踏車，抬頭看了一下別墅，又牽著腳踏車慢慢靠近女孩。

◎鏡頭：女孩、狗

△牧羊犬突然抬起頭，對著史蒂芬吠了兩聲。

△女孩驚動了一下。

蒂芬妮：瑞，怎麼了嗎？

◎鏡頭：史蒂芬

△史蒂芬舉起雙手，試著想安撫狗狗。

史蒂芬：妳好，我是剛搬來住在尼克森那裡的史蒂芬，想過來和妳打聲招呼。

◎鏡頭：蒂芬妮

△蒂芬妮微微抬起頭面向聲音傳來的地方，展開笑容。

蒂芬妮：你好，我是蒂芬妮，這一帶沒住什麼人，所以我不太習慣和人相處。

△蒂芬妮說完話又是淺淺的一笑。

◎鏡頭：史蒂芬

△史蒂芬有些看傻地站在原地。

史蒂芬：沒關係，我很隨和的。

△史蒂芬用右手摸了摸自己的頭，感到不好意思。
◎鏡頭：蒂芬妮

蒂芬妮：你從哪裡來的？

◎鏡頭：史蒂芬
△史蒂芬小心地往前走了幾步。

史蒂芬：我可以坐下來嗎？
蒂芬妮：當然。

△史蒂芬在蒂芬妮身旁坐下。

史蒂芬：我從A市來的，因為和妻子離婚加上失業，為了讓自己放鬆放鬆所以來這裡度度假。

◎鏡頭：史蒂芬、蒂芬妮
△蒂芬妮笑了笑。

蒂芬妮：真特別，這裡除了尼克森，我還沒認識其他人呢。

△史蒂芬看向蒂芬妮。

史蒂芬：真的？妳沒出去外面過嗎？

△蒂芬妮搖搖頭，瑞很乖巧地趴在她的大腿上。

蒂芬妮：打從出生到現在，我爸媽一直讓我住在這裡，可能因為看不見的關係，所以不希望我到處亂跑。

△蒂芬妮停頓下來。

史蒂芬：我知道，我聽尼克森說過了。小時候生病造成的……
蒂芬妮：對。

△蒂芬妮看著前方，眼神空洞。
◎鏡頭：史蒂芬
△史蒂芬認真地注視著蒂芬妮，突然低下頭用右手摸摸鼻頭，臉有點紅，害羞地微笑。

◎鏡頭：史蒂芬、蒂芬妮
△史蒂芬突然看向瑞。

史蒂芬：這是妳的狗嗎？

△蒂芬妮仍然凝望著前方，左手輕輕順著瑞的毛。
△瑞看似很舒服地閉上雙眼。

蒂芬妮：對，從小就是牠照顧我的，我走到哪他就跟到哪，簡直是跟屁蟲！

△蒂芬妮突然拍了一下瑞的頭，瑞便抬起頭疑惑地看著蒂芬妮。
△史蒂芬看著蒂芬妮和瑞，嘴角上揚了些。

史蒂芬：那……如果以後……每天有我當妳的……跟……跟班呢？

△蒂芬妮稍微把頭轉向史蒂芬。

蒂芬妮：那我們就成為朋友吧。

△蒂芬妮伸出右手，史蒂芬也伸出右手回握。

史蒂芬：一言為定。

S-7
時間：夜
地點：尼克森家－飯廳人物
人物：史蒂芬、尼克森

◎鏡頭：史蒂芬、尼克森
△史蒂芬和尼克森各坐在餐桌的對面，兩人面前各有一盤沙拉。
△史蒂芬看起來不開心，右手拿著叉子卻也沒有動過。
△尼克森吃著自己盤子裡的沙拉，突然抬頭看著史蒂芬。
◎鏡頭：尼克森

尼克森：兄弟，你又是哪裡有問題？

◎鏡頭：史蒂芬
△史蒂芬皺著眉頭，盯著眼前的沙拉。
◎鏡頭：尼克森

尼克森：（挑眉）不喜歡沙拉？

◎鏡頭：史蒂芬

史蒂芬：靠，怎麼都是菜啊？你這裡就沒有半塊肉嗎？

△史蒂芬氣憤地放下手中的叉子。
◎鏡頭：尼克森

尼克森：靠，你跟誰靠啊？老子我有飯給你吃就不錯了，你還跟我
　　　　計較？！靠，我們這裡就只有蔬菜！

△尼克森邊說邊氣憤地揮著手裡的叉子，最後指著史蒂芬盤子理的沙拉。
◎鏡頭：史蒂芬、尼克森。
△史蒂芬默默低下頭吃自己的沙拉。

史蒂芬：（低喃）哼……信不信我哪天把你的牛屠來吃！

◎鏡頭：尼克森
△尼克森挑挑眉，又搖搖頭，繼續他的晚餐。

尼克森：（低著頭吃飯）今天怎麼樣？看到那個女孩沒？

◎鏡頭：史蒂芬
△史蒂芬抬起頭。

史蒂芬：你說蒂芬妮？

◎鏡頭：史蒂芬、尼克森
△尼克森笑出了聲。

尼克森：怎麼樣？還不錯吧？

△尼克森俏皮地眨了一下右眼。
△史蒂芬低下頭，輕輕喉嚨。

史蒂芬：沒怎樣，還可以。

◎鏡頭：尼克森

尼克森：（笑）很好，兄弟，那明天繼續加油。

S-8
時間：夜
地點：尼克森家－倉庫
人物：史蒂芬、乳牛*2

◎鏡頭正面拍攝著史蒂芬，他有點嚴肅地朝著鏡頭走來。
◎鏡頭：史蒂芬
△史蒂芬走到乳牛面前。

史蒂芬：唉，今晚就由我來跟你奮鬥啦。

△史蒂芬蹲在乳牛面前，低下頭確認一下後便伸手開始擠牛奶。

S-9
時間：清晨
地點：幸福村莊
人物：史蒂芬、衆村民、麥克、中年婦人

◎鏡頭：史蒂芬

△史蒂芬把腳踏車停在幸福村莊湯姆爺爺的門前，跳下車從冰桶裡拿了一瓶牛奶便走上前去。

◎鏡頭：木色的門

△門前放著昨天的牛奶瓶，但瓶子是空的。

◎鏡頭：史蒂芬

△史蒂芬檢起地上的空瓶子。

◎鏡頭切換至昨日尼克森的畫面

尼克森：明天去送的時候就知道了。

◎鏡頭切換回史蒂芬

史蒂芬：（笑）原來如此……

△史蒂芬把手裡還冰冰的牛奶放在門口，並敲了一下門，便拿著空瓶子進腳踏車後方的冰桶，繼續前往下一家。

◎鏡頭拍攝著史蒂芬給每戶人家門口送牛奶的情景，這次多了許多沒見過的村民，大家都帶著笑容面對史蒂芬【這段無說話聲】

※背景音樂：鋼琴配樂（曲名：Kiss）

△開門回應的村民：

【△頹廢的男子。

△年輕太太與她的丈夫。

△青少年。

△拄著枴杖的老先生。

△戴著眼鏡看上去有些精神錯亂的藝術家。】

△音樂結束。

◎鏡頭：（特寫）樹

△一個風箏卡在樹上。
◎鏡頭稍微往後拉一些，麥克站在樹下試圖把風箏拿下來。
◎鏡頭：史蒂芬
△史蒂芬騎著腳踏車路過，看到麥克後停下。

史蒂芬：麥克。

◎鏡頭：麥克
△麥克往上跳，想拉到風箏的線。

麥　克：叔叔幫我把風箏拿下來好不好？

◎鏡頭：史蒂芬
△史蒂芬抬頭看到卡在樹枝上的風箏。

史蒂芬：真是，怎麼飛到那裡的？

△史蒂芬跳下腳踏車，走到樹前。
△史蒂芬站在一塊石頭上，墊了腳尖，左手向上一勾，順利地把風箏拿下來。
△史蒂芬回頭交給麥克。
◎鏡頭：全景（史蒂芬、麥克）
△麥克興奮地拿著手裡的風箏。

麥　克：叔叔，謝謝你。

△史蒂芬摸摸麥克的頭。

史蒂芬：你幾歲？

◎鏡頭：麥克
△麥克把風箏夾在腋下，十根手指頭伸出來。

麥　克：十歲。

◎鏡頭：史蒂芬

史蒂芬：（笑）跟我的大兒子一樣大呢。

△史蒂芬蹲在麥克身旁。
◎鏡頭：史蒂芬、麥克

史蒂芬：怎麼樣？要不要叔叔陪你一起放風箏？

△麥克點點頭，隨後綻放出一個天真的笑容。

麥　克：好！

◎鏡頭以俯瞰的方式拍攝兩人
△史蒂芬拉著風箏線逆著風快速地跑了起來。
△麥克緊跟在後。
△等風箏越飛越高，史蒂芬把線交給麥克。
◎鏡頭：史蒂芬、麥克

史蒂芬：這一次，不要再放手囉。
麥　克：（點點頭）好。

↓畫面切換
◎鏡頭：史蒂芬、史蒂芬前妻
△史蒂芬和前妻對峙著，兩人神情看上去都不太好。

史蒂芬前妻：你就繼續墮落下去好了！你這邋遢的男人，孩子們是多麼希望能和你一起去露營，你卻丟下他們自顧自地去喝酒？

△史蒂芬氣憤地揍了一下牆壁。

史蒂芬：靠，多的是時間，你們就不能體諒我被老闆解雇的心情嗎？這種時候你覺得我還有興致去露營嗎？你們這群自私的傢伙，我要做什麼你們管不著！

↓畫面切換
◎鏡頭：（特寫）史蒂芬
△史蒂芬回想起過去和前妻爭吵的畫面，有些感傷。
△史蒂芬重新看著麥克。
◎鏡頭：麥克
△麥克高興地拉著風箏不斷跑。
◎鏡頭：史蒂芬
△史蒂芬苦笑了一下，轉身回去騎著腳踏車離去。
◎鏡頭以俯瞰的方式拍攝有史蒂芬在鏡頭內的整個村子
△他一邊大聲地哼著不成曲調的歌，一邊騎著腳踏車準備離開。
◎鏡頭：中年婦人
△一位穿著樸素連身長裙的中年婦人走到史蒂芬前方，她是昨天開門回應的那位中年婦人。
◎鏡頭：史蒂芬
△史蒂芬放慢速度，直到停在婦人面前。

史蒂芬：有什麼事嗎？

◎鏡頭：史蒂芬、中年婦人

中年婦人：年輕人，你叫什麼名字？
史蒂芬：妳問我嗎？
中年婦人：（點點頭）對。

◎鏡頭：史蒂芬

史蒂芬：史蒂芬‧懷特。

◎鏡頭：中年婦人
△中年婦人一臉不可置信地盯著史蒂芬。

中年婦人：史蒂芬……沒想到真的是你？我是你小學的老師啊，還記得我嗎？

◎鏡頭：史蒂芬
△史蒂芬有些發楞，隨即又回過神來。

史蒂芬：真的？好像沒什麼印象了，沒想到能夠在這種地方見到妳，老師怎麼搬來這裡？

◎鏡頭：中年婦人
△中年婦人像是在回想什麼一般皺著眉頭思索。

中年婦人：我也不知道，好像從有印象開始就一直都住在這裡……

◎鏡頭：史蒂芬

史蒂芬：（疑惑）啊？

◎鏡頭：中年婦人
△中年婦人尷尬地笑了笑。

中年婦人：真不好意思，我只是覺得你似曾相似就過來問你了……
你快點回去吧，今天真是辛苦你了，再見。

◎鏡頭：史蒂芬、中年婦人

史蒂芬：（點點頭）嗯。

◎鏡頭拍著史蒂芬騎著腳踏車離開的背影，腳踏車越來越遠、越來越小。
◎鏡頭往後退了一些，容納了中年婦人的背影。
△中年婦人左手緊抓著裙擺。

S-10
時間：日
地點：蒂芬妮家
人物：史蒂芬、蒂芬妮

◎鏡頭：史蒂芬、蒂芬妮
△史蒂芬和蒂芬妮並肩坐在湖邊，兩人有說有笑。
◎鏡頭稍微拉近，只拍到兩人的上半身。

蒂芬妮：所以你早上都去那裡送牛奶？

△蒂芬妮的眼睛笑得彎彎的。

史蒂芬：對，你沒去過那裡嗎？

△蒂芬妮搖搖頭。

蒂芬妮：沒有，就算出門也是爸爸開一個多小時的車程到市區買點生活用品，我沒有聽說過什麼幸福村莊。
史蒂芬：那真是太可惜了，我才去了幾天就愛上那裡的感覺了。

◎鏡頭：（特寫）史蒂芬
△史蒂芬望著天空，很坦然地笑了笑。

史蒂芬：大家就像一家人那樣，很溫馨，早上就算慢一點到還會拉著我一塊兒吃早餐。

◎鏡頭：（特寫）蒂芬妮
△蒂芬妮閉著雙眼，一陣微風吹過。

蒂芬妮：那想必很快樂吧，我也好想…親自感受一下。

◎鏡頭：史蒂芬、蒂芬妮
△史蒂芬突然站起來，伸了個懶腰，看向坐在草地上的蒂芬妮。

史蒂芬：那明天一起去吧，我載妳去看看，怎麼樣？

◎鏡頭：（特寫）蒂芬妮
△蒂芬妮睜開眼睛，表情有些不可思議。

蒂芬妮：可以嗎？

◎鏡頭：史蒂芬

史蒂芬：（笑）當然。

S-11
時間：清晨
地點：蒂芬妮家
人物：史蒂芬、蒂芬妮

◎鏡頭：全景（史蒂芬、蒂芬妮）
△史蒂芬攙扶著蒂芬妮做到腳踏車後座。
△冰桶綁在腳踏車前方。
◎鏡頭：蒂芬妮
△蒂芬妮側坐在後座上，但腳仍著地。

蒂芬妮：這樣真的好嗎？

◎鏡頭：史蒂芬
△史蒂芬跨坐上坐墊，雙腳踩地，回頭看了蒂芬妮一眼。

史蒂芬：沒問題，只是多個人跟我一起送牛奶。

△史蒂芬微微側過身把蒂芬妮的手環在自己的腰上。

史蒂芬：坐穩囉。

◎鏡頭：蒂芬妮

△蒂芬妮臉紅，微笑。

蒂芬妮：好。

◎鏡頭跟在腳踏車後方。

△兩人出發。

↓切換畫面

◎鏡頭從側面拍攝兩人，背景是前往村莊的樹林

史蒂芬：哇喔——

△史蒂芬放開雙手，靠著身體的力量去平衡腳踏車。

◎鏡頭：（特寫）蒂芬妮

△蒂芬妮笑得燦爛。

↓切換畫面

◎鏡頭：全景（史蒂芬、蒂芬妮）

△史蒂芬放慢速度，最後停下來，雙腳著地，而後稍微偏向左邊的重心。

蒂芬妮：到了嗎？怎麼突然停下來？

◎鏡頭：（特寫）史蒂芬

△史蒂芬皺著眉頭，有點不敢置信地看著前方。

◎鏡頭以史蒂芬的角度拍攝看見的前方的樣子：一片虛無，再過去已是被樹林的死路。

◎鏡頭：史蒂芬

△史蒂芬回過頭看著蒂芬妮。

史蒂芬：我想我們，可能走錯了……這裡什麼也沒有。

◎鏡頭：蒂芬妮

蒂芬妮：真的嗎？那我們得快點掉頭才行。

◎鏡頭：全景（史蒂芬、蒂芬妮）
△史蒂芬沉默，仍不可思議地盯著前方。

蒂芬妮：怎麼了嗎？

△蒂芬妮拉拉史蒂芬的衣袖。
△史蒂芬回過神。

史蒂芬：我們來的路上，就只有這麼一條路，怎麼可能會找不到村莊？

◎鏡頭：蒂芬妮

蒂芬妮：這也太奇怪了…要不然我們先騎回去吧。

◎鏡頭：全景（史蒂芬、蒂芬妮）

史蒂芬：好。

△史蒂芬腳踩上踏板，往回騎去。
◎鏡頭照著兩人離去的背影，往後縮了一些，有個小男孩站在那裡看著史蒂芬和蒂芬妮離去。（背影）

S-12
時間：日
地點：蒂芬妮家
人物：史蒂芬、蒂芬妮、蒂芬妮母親

◎鏡頭：全景（史蒂芬、蒂芬妮）
△史蒂芬在蒂芬妮家停下腳踏車，並攙扶蒂芬妮走到家門口。
△史蒂芬敲敲門。
◎鏡頭：大門
△蒂芬妮母親由內而外推開門，看到史蒂芬的時候面露微笑。
◎鏡頭：全景（史蒂芬、蒂芬妮、蒂芬妮母親）

蒂芬妮母親：啊，你好，你就是史蒂芬吧？
史蒂芬：（點點頭）對，伯母您好，我送蒂芬妮回來的。

◎鏡頭：蒂芬妮母親
△蒂芬妮的母親看相自己的女兒，伸出手握著蒂芬妮的雙手。

蒂芬妮母親：這孩子自從你來之後一天到晚都說著你的事。
蒂芬妮：（臉紅）媽。

◎鏡頭：史蒂芬、蒂芬妮
△史蒂芬也紅著臉看著蒂芬妮

史蒂芬：好了，你快進去吧，我得回去了。
蒂芬妮：（點頭）嗯……

△蒂芬妮母親牽著蒂芬妮的手走進去。

◎鏡頭：蒂芬妮母親

△蒂芬妮的母親對史蒂芬沖個微笑就關上門。

S-13
時間：日
地點：幸福村莊
人物：史蒂芬、尼克森

◎鏡頭：尼克森

△尼克森站在門口，雙手交叉於胸前，雙眼直盯著史蒂芬。

◎鏡頭：史蒂芬

△史蒂芬牽著腳踏車停在門口的階梯前，抬頭看著尼克森。

史蒂芬：怎麼了？

◎鏡頭：尼克森

尼克森：你還敢問我怎麼了？我倒是要問你怎麼沒去送牛奶？

△尼克森氣憤地怒試著史蒂芬。

◎鏡頭：史蒂芬

△腳踏車已經停在一旁，史蒂芬雙手插在夾克的口袋裡。

史蒂芬：我才要問你呢，今天本來想載著蒂芬妮一起去，沒想到居然找不到，整個村莊都像是消失一樣。

△史蒂芬誇張地敞開雙手，揮來揮去的。

◎鏡頭：尼克森

尼克森：你這傢伙，我什麼時候准你工作的時候帶女朋友去了？

◎鏡頭：全景（史蒂芬、尼克森）

史蒂芬：什麼？
△尼克森伸出右手指著史蒂芬。
◎鏡頭：尼克森

尼克森：我警告你，要是趕再帶任何人隨隨便便去的話，就滾吧！

△尼克森用力地指向右手邊，示意史蒂芬滾。
◎鏡頭：史蒂芬

史蒂芬：（皺眉）哎，你也太誇張了吧，我只不過帶個朋有去，加
　　　　上迷路罷了，你有必要這麼生氣嗎？

◎鏡頭：尼克森

尼克森：（面色凝重）你在不給我快回去送，就等著離開這裡吧！

△尼克森說完便轉身進屋去，並用力地甩上門。
◎鏡頭：史蒂芬
△史蒂芬狐疑地盯著已經關上的門。

史蒂芬：他是吃錯藥嗎？

△史蒂芬跨上腳踏車，繼續前往幸福村莊的路。

S-14
時間：日
地點：幸福村莊
人物：史蒂芬、麥克、湯姆爺爺

◎鏡頭：史蒂芬
△史蒂芬騎在小道間，左顧右盼著。

史蒂芬：奇怪，早上明明是走過這裡沒錯啊……

◎鏡頭：以史蒂芬的角度看到前方出現了一些房子
◎鏡頭面向騎著腳踏車的史蒂芬
△史蒂芬面帶疑惑。

史蒂芬：到了？

◎鏡頭面向村莊門口
△麥克站在那裡盯著史蒂芬。
◎鏡頭：史蒂芬
△史蒂芬跳下腳踏車，朝麥克揮揮手。

史蒂芬：（微笑）對不起，叔叔今天來晚了。

◎鏡頭：麥克
△麥克歪著頭。

麥克：為什麼？叔叔為什麼騎過來又騎回去？

◎鏡頭：史蒂芬

史蒂芬：（疑惑）什麼意思？

◎鏡頭：麥克

麥　克：叔叔今天載著漂亮姊姊到這裡……

△麥克用右手比了自己前方的範圍。

麥　克：然後又騎了回去。

△麥克指向史蒂芬騎回去的那條路。
◎鏡頭：史蒂芬
△史蒂芬皺著眉頭，狐疑地看著四周。
◎鏡頭：全景（史蒂芬、麥克）
△史蒂芬手指自己的鼻子。

史蒂芬：你今天真的看到我？

◎鏡頭：麥克
△麥克點點頭。

麥　克：而且我怎麼叫哥哥你的名字，你都沒有回應。

◎鏡頭：史蒂芬
△史蒂芬擺出一個驚訝的表情。

史蒂芬：麥克，你是在作夢吧？

◎鏡頭：麥克

麥克：沒有，人家真的有看到哥哥載一個漂亮姊姊！

△麥克雙手插腰，理直氣壯地反駁史蒂芬。
◎鏡頭：（特寫）史蒂芬
△史蒂芬把視線從麥克身上移到一旁。
◎鏡頭：全景（史蒂芬、麥克）

史蒂芬：算了。

△史蒂芬牽著腳踏車繞過麥克，往湯姆爺爺的家走去。
◎鏡頭：湯姆爺爺家門口
△湯姆爺爺站在門前，做著早操。
◎鏡頭：全景（史蒂芬、湯姆爺爺）
△史蒂芬拿著牛奶走上前去。

史蒂芬：你是……湯姆爺爺嗎？

◎鏡頭：湯姆爺爺
△湯姆爺爺瞧了史蒂芬一眼，彎下腰撿起地上的牛奶空瓶，並交給史蒂芬。
◎鏡頭：史蒂芬
△史蒂芬接下瓶子，隨後也把新的牛奶交給湯姆爺爺。
◎鏡頭：全景（史蒂芬、湯姆爺爺）
△湯姆爺爺把牛奶抱在懷裡，右手探進褲子的口袋，拿出幾張皺皺的紙鈔。
◎史蒂芬搖搖手。

◎鏡頭：史蒂芬

史蒂芬：爺爺，不用，真的不用。

◎鏡頭：湯姆爺爺
△湯姆爺爺蹙了一下眉頭。

湯姆爺爺：叫你拿去就拿去，囉唆什麼？你當我沒錢是吧？

◎鏡頭：全景（史蒂芬、湯姆爺爺）
△史蒂芬收下爺爺的錢。
△兩人盯著彼此。

湯姆爺爺：還不快走？
史蒂芬：哦、喔……

◎鏡頭：（特寫）史蒂芬
△史蒂芬轉過身。
◎鏡頭拍著史蒂芬的背影

湯姆爺爺：等等！

◎拍攝史蒂芬的鏡頭超超往後拉，剛好容納一點湯姆爺爺的背影
△史蒂芬回頭。

湯姆爺爺：謝謝。

◎鏡頭：（特寫）史蒂芬

史蒂芬：（笑）不會。

S-15
時間：夜
地點：幸福村莊：尼克森家——史蒂芬房間
人物：史蒂芬

◎鏡頭：史蒂芬
△史蒂芬坐在床上，整理著小皮箱裡的東西。
◎鏡頭：史蒂芬手裡的照片：史蒂芬、史蒂芬前妻、兩個小男孩
↓切換
◎鏡頭：（特寫）史蒂芬
△史蒂芬看著相片苦笑，而後放進皮箱裡，再把皮箱闔上。
△史蒂芬呆坐在床上，身後靠在床頭。
◎鏡頭以史蒂芬的視線拍攝掛在牆上的月曆
△月曆：2月，並從2/4開始被打上紅色叉叉直到2/25。
◎鏡頭：（特寫）史蒂芬

史蒂芬：已經三個星期了……

S-16
時間：日
地點：幸福村莊：蒂芬妮家
人物：史蒂芬、蒂芬妮母親

◎鏡頭：史蒂芬
△史蒂芬站在蒂芬妮家門口，敲了敲門。
△蒂芬妮的母親出來應門。

◎鏡頭：蒂芬妮母親

蒂芬妮母親：啊，史蒂芬，你來啦。

◎鏡頭：史蒂芬

史蒂芬：對，伯母，請問蒂芬妮在嗎？

◎鏡頭：蒂芬妮母親
△蒂芬妮的母親回頭了一下，隨即轉過來。

蒂芬妮母親：在裡頭呢，哭得很傷心。

◎鏡頭：史蒂芬

史蒂芬：（略顯焦急）發生什麼事了嗎？

◎鏡頭：蒂芬妮母親

蒂芬妮母親：瑞，牠走了。

◎鏡頭：史蒂芬

史蒂芬：瑞？您是說那隻狗？

◎鏡頭：蒂芬妮母親

蒂芬妮母親：對，陪伴在蒂芬妮身邊快10年了，這一走，她肯定受不了。

◎鏡頭：史蒂芬

史蒂芬：那我能上去看看她嗎？

◎鏡頭：蒂芬妮母親

蒂芬妮母親：她哭了整整一夜，直到剛剛才睡著，你就讓她休息吧。

◎鏡頭：史蒂芬、蒂芬妮母親

史蒂芬：好，我知道了，再見。

◎鏡頭：全景（史蒂芬背影）
△史蒂芬轉身，步下門前的階梯。
△蒂芬妮母親關上門。

S-17
時間：日
地點：幸福村莊
人物：史蒂芬、愛蜜莉、瑞

◎鏡頭：史蒂芬、愛蜜莉
△史蒂芬站在最後一戶人家門前，剛把牛奶送到愛蜜莉手上。
△這時突然傳來狗叫聲。
◎鏡頭拍著另一頭，不遠處一隻牧羊犬向史蒂芬這裡衝過來
◎鏡頭：全景（史蒂芬、愛蜜莉）
△史蒂芬回頭。

史蒂芬：瑞！

△瑞在史蒂芬的腳邊打轉，看起來很快樂。

◎鏡頭：愛蜜莉

愛蜜莉：（笑）這是昨天跑來我們這裡的狗呢。

◎鏡頭：史蒂芬

史蒂芬：（驚訝）你說昨天跑來這裡？

△史蒂芬微蹲，摸摸瑞的頭。
△瑞興奮地搖著尾巴。
◎鏡頭：愛蜜莉

愛蜜莉：對，怎麼？你認識嗎？

◎鏡頭：全景（史蒂芬、愛蜜莉、瑞）

史蒂芬：這是我朋友的狗，她昨天還誤以為瑞已經死了，所以哭的很傷心。

◎史蒂芬扯出一個笑容，感到很不可思議。

愛蜜莉：真的？那得快點把瑞帶回去才行，免得你朋友瞎難過了。

△愛蜜莉蹲下來拍拍瑞的頭。

◎鏡頭：愛蜜莉、瑞

愛蜜莉：瑞，快回去吧，你的主人很擔心你呢。

◎鏡頭：全景（史蒂芬、愛蜜莉、瑞）
△愛蜜莉起身，和史蒂芬揮了揮手。
△史蒂芬騎往回去的路，瑞也跟著追在後方。
◎鏡頭以測拍的方式拍攝史蒂芬和瑞
△史蒂芬飛快地騎著腳踏車，瑞緊跟在後，直到要離開村莊前，瑞突然停了下來。
△史蒂芬也跟著停下來，回頭。
◎鏡頭：史蒂芬

史蒂芬：怎麼了？瑞，快走啊，回去找蒂芬妮。

◎鏡頭：瑞
△瑞只是坐在地上，沒有要動的意思。
◎鏡頭：全景（史蒂芬、瑞）
△史蒂芬跳下車，走向瑞。
△史蒂芬蹲在瑞的身旁，伸出手拍拍瑞的頭。

史蒂芬：到底怎麼了？快走啊，蒂芬妮很擔心你呢。

△史蒂芬站起來，示意瑞一起離開。
△瑞突然往反方向跑走。
△史蒂芬回過神追了上去。

史蒂芬：嘿！嘿！瑞！你回來啊，搞什麼？！

△瑞穿進一旁的草叢，消失不見。
△史蒂芬停下來，大口喘氣。

史蒂芬：瑞，你跑哪去了？回來啊！

△史蒂芬環顧著四周，眉頭深鎖。

史蒂芬：太奇怪了，這裡……

S-18
時間：日
地點：幸福村莊：蒂芬妮家
人物：史蒂芬、蒂芬妮

◎鏡頭：全景
△史蒂芬飛快地騎向蒂芬妮家。
△蒂芬妮坐在家門前的湖畔旁。
△史蒂芬跳下腳踏車，向她衝去。
◎鏡頭：史蒂芬
△史蒂芬臉漲紅。

史蒂芬：（著急）蒂芬妮，妳聽我說！

△史蒂芬努力調節自己的呼吸。
◎鏡頭：蒂芬妮
△蒂芬妮只是坐著，沒有回應，眼神空洞地盯著前方。
◎鏡頭：史蒂芬

史蒂芬：蒂芬妮？我跟你說，瑞沒有死，我找到牠了！

△史蒂芬激動地蹲下來，握住蒂芬妮的手。
◎鏡頭：史蒂芬、蒂芬妮
△蒂芬妮仍保持之前的動作，絲毫沒有感覺到史蒂芬。

史蒂芬：（皺眉）蒂芬妮？蒂芬妮？

△史蒂芬用了點力氣搖晃蒂芬妮的手。
△蒂芬妮仍沒有反應。

史蒂芬：蒂芬妮，怎麼回事？妳不要不理我啊。

◎鏡頭：（特寫）蒂芬妮
△蒂芬妮哭了起來。

蒂芬妮：瑞……我把你埋在湖的旁邊，這樣你每天還是能跟我一起坐在這裡曬太陽的。

△蒂芬妮露出一個苦澀的微笑，用手抹了抹臉上的眼淚。
◎鏡頭：（特寫）拍攝史蒂芬正面
△史蒂芬呆滯地看著蒂芬妮。
◎鏡頭：蒂芬妮

蒂芬妮：瑞，雖然你離開了，但還好我還有史蒂芬陪我…瑞，我真的很喜歡史蒂芬呢。

△蒂芬妮邊說邊哭。

◎鏡頭：（特寫）拍攝史蒂芬正面

史蒂芬：蒂芬妮、蒂芬妮！妳聽不見我嗎？蒂芬妮！

◎鏡頭：史蒂芬、蒂芬妮
△蒂芬妮只是一直哭。
△史蒂芬露出擔憂的神情，突然站起身，往蒂芬妮家門口走去。
△史蒂芬用力地敲了敲門，但無人出來回應。
△史蒂芬又敲了敲。

史蒂芬：有人嗎？快開門！

△無人回應。
△史蒂芬突然回頭跑向腳踏車，快速地騎回去。

S-19
時間：日
地點：幸福村莊：尼克森家
人物：史蒂芬、尼克森

◎鏡頭：史蒂芬
△史蒂芬慌張地衝進屋內。

史蒂芬：尼克森！尼克森！

◎鏡頭：尼克森
△尼克森慢慢地從樓上走下來。

尼克森：什麼事？

△尼克森走到最後一階時停下來，站在那裡看著史蒂芬。
◎鏡頭：史蒂芬
△史蒂芬兩步並做一步，小跑步到尼克森面前。
△史蒂芬舉起雙手，擺在自己的面前，不可置信地盯著。
◎鏡頭：史蒂芬
△史蒂芬轉轉手腕。

史蒂芬：我……是不是，哪裡很奇怪？

◎鏡頭：尼克森

尼克森：（挑挑眉）什麼意思？

◎鏡頭：史蒂芬
△史蒂芬身體不由自主地顫抖。

史蒂芬：告訴我，到底怎麼回事？蒂芬妮她……她感受不到我嗎？

◎鏡頭：史蒂芬、尼克森

尼克森：來，你先坐下來。

△尼克森拉著史蒂芬坐到沙發上。
◎鏡頭拍攝兩人的正面（尼克森：左邊，史蒂芬：右邊）
△史蒂芬很焦急地往旁邊看著尼克森。
△尼克森嘆了一口氣。

尼克森：兄弟，你先冷靜點，聽我說，這段時間你遇到的事我都知道。
史蒂芬：（不解）什麼事情？我現在只想知道蒂芬妮怎麼了！

△尼克森看著史蒂芬。
◎鏡頭：尼克森

尼克森：兄弟，唉，其實你……你已經死了。

◎鏡頭：（特寫）史蒂芬
△史蒂芬的眼裡寫滿著驚訝，隨後又佈滿了恐懼。
△史蒂芬發出笑聲。

史蒂芬：你在說什麼？你在跟我開玩笑，對吧？怎麼可能死了？我現在還坐在這裡好端端的呢！

◎鏡頭拍攝兩人的正面
△尼克森伸出左手摟摟史蒂芬的左肩膀。

尼克森：你先別激動，聽我說。

△史蒂芬閉嘴，不斷壓抑著快要爆發的情緒，他不斷深呼吸。
△史蒂芬把頭轉回正面，雙手交握著放在膝蓋上，他盯著自己的雙手。
△尼克森看著史蒂芬的動作放下摟著史蒂芬的左手。

尼克森：還記得你到這裡之前車子在公路上拋錨的事吧？

△史蒂芬點點頭。
◎鏡頭：尼克森

尼克森：在我遇見你之前，是不是有台大卡車從那裡經過？

◎鏡頭：史蒂芬
△史蒂芬有些驚訝地看向尼克森。

史蒂芬：你怎麼知道？

◎鏡頭：史蒂芬、尼克森

尼克森：你在那個時候就被大卡車撞倒了，幾乎當場斃命。

◎鏡頭：（特寫）史蒂芬
△史蒂芬眼睛閃爍著，有著不安的情緒。
↓畫面切換
◎鏡頭：史蒂芬
△史蒂芬站在公路上，一台大卡車從他身邊擦撞而過。
△史蒂芬倒地。
↓畫面切換
◎鏡頭：（特寫）史蒂芬

史蒂芬：這麼說的話……我現在，是幽靈嗎？

◎鏡頭：尼克森

尼克森：可以這麼說，但也不能這麼說，你還沒有完全死，現在正在醫院裡觀察。你的前妻和孩子們都很擔心你。

◎鏡頭：史蒂芬
△史蒂芬專注地看著尼克森。

史蒂芬：你說他們……

◎鏡頭：史蒂芬、尼克森

尼克森：（點點頭）對，你的家人。

△史蒂芬皺著眉頭，思索著。

史蒂芬：可是我不懂，你為什麼要來接我？把我載來這裡？你到底是誰？

△尼克森發出笑聲。

尼克森：我啊……就是你認為一直不眷顧你的……上帝。

◎鏡頭：（特寫）史蒂芬
△史蒂芬的眼裡多了複雜。
◎鏡頭：尼克森
△尼克森稍微往後靠在椅背上。

尼克森：然後你送牛奶去的那個村莊，正是天堂。這也就是為什麼那天你載著蒂芬妮去的時候會找不到。人，是看不見天堂的。

◎鏡頭：史蒂芬、尼克森

史蒂芬：（狐疑）你沒騙我？
尼克森：沒有，瑞在天堂的出現就是個最好的證明，死後的靈魂會在天堂裡繼續生活下去。
史蒂芬：那、那蒂芬妮……？

△尼克森轉過來看著史蒂芬。

尼克森：你還真是關心她的事耶，對著一個生命跡象越來越薄弱的幽靈，你想她還能感覺到你嗎？
史蒂芬：你是說我快死了？
尼克森：對，沒錯，所以是時候該抉擇了。

△尼克森稍微坐正了些。

尼克森：作為你寬容的上帝，我給你兩個選擇的機會：第一，留在這裡，選擇死亡，然後到村莊去和大夥兒住在一起。第二，離開這裡，重新回去過你的人生。

△尼克森用右手擺出一個YEAH的姿勢。
△史蒂芬認真地盯著尼克森，思考了一會兒。

史蒂芬：如果回去的話，還有機會再來這裡嗎？
尼克森：這樣看我們的緣分了，兄弟。
史蒂芬：那我選擇回去……
尼克森：但別忘了，隨著你的離開，蒂芬妮對你的記憶也會漸漸喪失，打從一開始你就不是一個真正的人，我不能讓你停留在她的記憶裡。

△史蒂芬皺著眉頭，沮喪地低下頭，他痛苦地閉上眼。

史蒂芬：到底該怎麼做！！

△史蒂芬氣憤地彎下腰，抱住自己的頭，眼角有些濕潤。
◎鏡頭：尼克森

尼克森：給你一個建議，我想你還是回去吧。

◎鏡頭：史蒂芬、尼克森
△史蒂芬放下抱著頭的手，安靜地聽著尼克森的話。

尼克森：留下來的話，蒂芬妮還是會忘記你，不是嗎？雖然你看的見她，她卻感覺不到你。

△史蒂芬抬起頭，臉上有著淚痕。

史蒂芬：我知道了，我會回去的。

△史蒂芬站起身，往樓上走去。

S-20
時間：日
地點：幸福村莊
人物：史蒂芬

◎鏡頭：史蒂芬
△史蒂芬站在尼克森家門口，手提著小皮箱，站在小貨車旁。

△尼克森從後方走過來，也加入鏡頭。
△尼克森走到小貨車旁，打開車門。
△尼克森回頭。

尼克森：在回去之前要不要再去看一下蒂芬妮和大家？

◎鏡頭：史蒂芬

史蒂芬：（笑）不用了，好不容易下定決心要離開，如果再去看他們我肯定會捨不得的。

△史蒂芬繞到副駕駛座的位置，打開車門。
◎鏡頭拍攝小貨車的正面，史蒂芬和尼克森正好兩人的視線穿過車子看著彼此。

尼克森：兄弟，你知道嗎？你比起一個月前的樣子要好太多了。

◎鏡頭：史蒂芬
△史蒂芬低頭看看自己的打扮，又抬起頭看著尼克森。

史蒂芬：有嗎？衣服還不是都一樣？

◎鏡頭：尼克森

尼克森：（笑）不是衣服的問題，是你整個人的氣質，你完全擺脫以前的邋遢了，頭髮也整齊很多。

◎鏡頭：史蒂芬

史蒂芬：或許吧……

△史蒂芬坐進駕駛座。
◎鏡頭：全景（小貨車、史蒂芬、尼克森）
△尼克森坐進駕駛座。
△車子出發。
↓切換畫面
◎鏡頭以俯瞰的方式拍攝小貨車行駛在公路上的樣子
◎鏡頭：史蒂芬
△史蒂芬右手伸進夾克的暗袋裡，拿出一捲錄音帶。
△史蒂芬遞給尼克森。
◎鏡頭：尼克森
△尼克森收下。

尼克森：這是什麼？

◎鏡頭：史蒂芬
△史蒂芬看著前方。

史蒂芬：請務必幫我轉交給蒂芬妮，還有這個……

△史蒂芬脫下左手的手錶。

史蒂芬：這是我身上唯一值錢的東西，我想把它送給蒂芬妮。

◎鏡頭從後面的角度拍攝兩人
△史蒂芬把手錶交給尼克森。

△史蒂芬看著尼克森。

史蒂芬：謝謝你，記得要幫我向大家問候。

△尼克森點頭。
◎鏡頭以俯瞰的方式拍攝開在公路上的小貨車，小貨車越來越遠

※背影音樂：東方神起：With All My Heart～君が踴る、夏～

史蒂芬獨白：真的，我很感謝。蒂芬妮，是妳讓我重新找回愛的感覺，在這裡的日子雖然不長，但讓我確確實實地反省了從前的自己，我的前妻曾說過我是個不懂得傾聽的人，總是自私地只想到自己，但是妳讓我學會了如何去仔細聆聽一個人，我徹底發現過去的我真的很過份，所以我想要再重新回到我的人生，把過去來不及珍惜的事物通通找回來，包括妳，蒂芬妮，就算有一天妳會忘了我這個人，但還是希望在妳聽著這捲錄音帶時能了解到我對妳的感受……蒂芬妮，我喜歡妳，真的，一輩子想珍惜的人……我愛妳……

※音樂：
「看到鏡子裡　自己扣錯襯衫鈕扣的身影
這些小事情　提醒了我要是有妳在多好

無法相聚的時光　是否堅定了我倆的愛情？
倘若妳詞窮說不出話　且讓我親吻妳的臉頰

彼此等待的歲月　過得如此繁忙 等待彼此的歲月

只是好想　好想……

好想見妳 一直想著妳……打從心底
想再一次　傳達我的心意

只要妳呼喚　我會立刻過去
想要在妳的身旁歡笑

在某些時刻　不小心受傷的心
獨自無法治癒的痛　希望我能替妳撫平

在無法相見的此刻　我只能懷抱著
對妳的記憶 妳瞧我將它緊緊擁抱在懷裡……

在每一個日子裡　一直想著妳……打從心底
不會再讓妳的心　離我而去

只要妳一哭泣　我會立刻過去
只要時時刻刻守護著妳

只要妳願意　我會傾盡全力
實現妳所描繪的未來　永遠的夢　I wish!

好想見妳　一直想著妳……打從心底
我願將笑容　不斷帶到妳的內心

無論是悲　無論是喜
都想要在妳的身旁歡笑

with all my heart

find me， and I'll be there for you

S-21
時間：日
地點：美國A市某公司大樓
人物：史蒂芬、蒂芬妮、賈斯丁

◎鏡頭：史蒂芬

△史蒂芬坐在辦公桌前，整理文件。

△突然有人敲門。

史蒂芬：請進。

◎鏡頭：賈斯丁、蒂芬妮

△一名穿著西裝的男子走進來，身後還跟著一個身形比較小的人。

賈斯丁：BOSS，這是今天第一天來上班的新助理。

△賈斯丁禮貌性地說一聲就走出辦公室。

△女孩睜大眼睛看著史蒂芬。

◎鏡頭：蒂芬妮

蒂芬妮：您好，我叫蒂芬妮，很高興認識您。

◎鏡頭：史蒂芬

△史蒂芬十分驚訝，目不轉睛地盯著蒂芬妮。

史蒂芬：妳是……蒂芬妮？妳看的見了？

◎鏡頭：蒂芬妮
△蒂芬妮歪著頭，有點疑惑。

蒂芬妮：您怎麼知道我以前看不見？我在前幾年換了眼角膜……難道我們以前認識嗎？

◎鏡頭：史蒂芬

史蒂芬：對，我們認識。記得我嗎？

◎鏡頭：蒂芬妮
△蒂芬妮思索了一會兒。

蒂芬妮：不好意思，我不記得了。

◎鏡頭：史蒂芬
◎史蒂芬尷尬地笑一笑

史蒂芬：沒關係。

△史蒂芬在胸前揮揮手。

史蒂芬：對了，妳那隻錶是誰給妳的？很好看呢。

◎鏡頭：蒂芬妮

△蒂芬妮舉起戴在左手上的手錶。

蒂芬妮：您說這個嗎？好像是我前男友送我的，但我有點記不清楚了。

◎鏡頭：史蒂芬

史蒂芬：（笑）是嗎？那他叫什麼名字？

◎鏡頭：蒂芬妮

蒂芬妮：（皺眉）他叫……

◎鏡頭：史蒂芬、蒂芬妮
△史蒂芬往前走去，遞出自己的名片給蒂芬妮。

史蒂芬：叫做史蒂芬嗎？

△蒂芬妮接下名片看著上頭的名字，又抬頭看著史蒂芬，停頓了一會兒。
△史蒂芬也同樣看著她。
◎鏡頭特寫蒂芬妮的眼睛。
△蒂芬妮的眼睛有史蒂芬的倒影。
△蒂芬妮的雙眼突然閃爍了一下。
◎鏡頭：史蒂芬、蒂芬妮

蒂芬妮：是你……

△兩人相視而笑。

◎鏡頭往後拉，穿過辦公室的窗戶，再往上俯瞰拍攝，直到整個街道上的事物都變的很小

◎畫面黯淡

◎字幕：劇終

劇本組第二名得獎感言

作品：〈慢慢跟你、說再見。Re：Member〉
作者：羅孟琪
班級：專科部西文科3B

首先感謝評審的抬愛，還有諸位參賽者，承讓了。

我要感謝我的家人，謝謝黃羽璿老師PUSH我來參賽，謝謝S42B讓我每天歡樂一百點，謝謝庭瑄幫助我進化成文藝小青年，謝謝薇安、佳樺、愛蜜莉跟其他很多幫助過我的人，區區三百字根本無法列完。

「要感謝的人太多了，所以就謝天吧。」

基本上拙作會得獎，乃是作者始料未及之事，少年得志，仍需再努力。

只是單純想淡淡地表達那些從四面八方席捲而來那令人窒息的苦悶、無力感和對一些新舊制度的不滿而已，全部加進去，就衍生成這種用青春外表包裝，骨子裡卻一點都不青春的東西，我太喜歡搞自己的蒙太奇了。

最後，我想我一定好好感謝你，謝謝你的善解人意，謝謝你讓我長大，沒有你就沒有這一篇，我在未來等你。

◀慢慢跟你、說再見。Re: Member▶

登場人物

羅亦潔：十七歲，擁有兩個身份和忙碌的通勤學生，過氣的新銳演員。對於目前現狀有些不滿而感到苦悶，跳不出自己給自己設的框框，很無助、不知道該如何是好。和同年齡的女生不太一樣，不會刻意對自己的外表做任何贅飾，五官柔和、給人一種白白淨淨的感覺。喜歡的事有很多，卻連一點時間去做都沒有。以她目前年紀來說，似乎有點多愁善感，但在別人面前總是會強迫自己，表現出陽光的那一面。不知不覺被跟自己某些地方恰好相反的Mr. J吸引。

克洛依：羅亦潔的同學，喝茶聊天四人組的成員。愛電影成癡。對於人際之間有令人咋服的洞察力。國文造詣很高，在藝術方面也涉獵不少，跟羅亦潔有奇妙相同的頻率。

Mr. J：系上應屆準畢業生。不知道從什麼時候開始被羅亦潔跟薇薇安叫成J先生。平時話不多，但是話匣子一開就沒完沒了。興趣是觀看午夜場或職棒賽、喝一杯，或是泡茶聊政治。表面上大剌剌的，其實內心很纖細、感受力敏銳。還有，害羞的時候好像會變得很正經。

薇薇安：羅亦潔的同學，喝茶聊天四人組的成員。不知道從什麼時候開始，羅亦潔最喜歡和她消磨空堂時間，也許是跟在她身邊總有好東西吃、好東西玩吧。興趣是吐槽，羅亦潔好像很喜歡聽她的心聲。擁有強烈的母性意識，讓人有一種被關心的感覺。

莉　娜：羅亦潔的同學，喝茶聊天四人組的成員。個性活潑，外表可愛。戀愛經驗豐富，充當大家的戀愛軍師，並為此樂此不疲。

陳明璟：年齡不詳，羅亦潔的媽媽。雖然是「媽媽」，跟亦潔的相處就像是朋友一樣，有時還會打打鬧鬧。對於女兒被動又消極的青春和戀情十分擔心，是標準的「皇帝不急，急死太監」。不要看她常常瘋瘋癲癲的，其實她的內心裡的每一吋都是為女兒著想。

陳致偉：高一生，羅亦潔的表弟，兩個人沏壺茶，一個下午可以聊到天南地北，舉凡文學、科學、藝術、地理、政治、經濟、歷史、動畫、電玩……什麼都聊，什麼都不奇怪。

衛斯理：十九歲，戲劇社的團長兼導演。為人幽默風趣，對人對事見解獨特。

王君穎：羅亦潔國小時的知心好友。算一算兩人認識十年以上了，因此而無話不談。就算兩人的生活圈不同、沒有交集，但也不會影響到她們之間的感情。雖然有時候我不懂妳說的話，妳不懂我說的話，但是她們自己心裡知道，有些話只適合跟妳說。

楊琳雅：羅亦潔班上的女生，屬於一個小團體。

季　姊：戲劇社的大學生。

張　翎：羅亦潔的國中同學。畢業後兩人偶爾還是會聊聊天，談談彼此的生活。

格蘭傑：Mr. J的女性朋友，外表輪廓明顯，比較中性，個性豪放不拘。

【聲明】本作品純屬虛構，與實際人物、團體一概無關，若有雷同，純屬巧合。

第一場
人：羅亦潔（口白）

△字幕（白底淺藍色字）配上羅亦潔的OS（出現下一句時，上一句呈淡出效果）：我喜歡把很多事情看得很簡單，但這並不單純是我常常從錯綜複雜的情況中抽絲剝繭的主要原因。
△字幕（白底淺藍色字）配上羅亦潔的OS（出現下一句時，上一句呈淡出效果）：簡單來說，完全沒有任何一點辦法來加以描繪我現在的心情，當我回過頭就發現，原來早已蹉跎掉了自己全部那些倏忽即逝的青春，直到現在這一秒。
△字幕（白底淺藍色字）配上羅亦潔的OS（出現下一句時，上一句呈淡出效果）：還有，這個故事只是輕描淡寫的勾勒出我平淡無奇的日常生活與內心世界，請不要過度期待。你隨時都可以中途離席，倘若還想看，那麼就自己繼續看下去。
△Fade out

第二場
時：早
地：公車【民族幹線】上
人：羅亦潔、司機、塞滿整車【新莊和文藻】的學生
背景音樂：KISS Radio廣播

▲擠滿人的公車行進中不斷晃動，廣播音量開到最大，即使如此羅亦潔注意力依舊一直集中在手中的單字卡上。
▲後方兩個新莊高中的男生小聲的嘻笑、交談。
▲公車到站，司機開門。

司機：搭下一班好不好？不是不載你啦，真的已經坐不下了啦。

▲沒等欲上車的學生說話，司機直接把門關上，開車。

後面的男同學甲：（笑）新的站牌上不是都有個跑馬燈寫什麼時候進站的嗎？然後上面就寫「民族幹線即將進站，請下一班上車。」

▲兩人一起哈哈大笑。

▲羅亦潔嘴角有些上揚，但目光依舊沒離開單字卡。

羅亦潔：（OS）讀書，一直讀書。我們到學校是為了什麼？可不是講那些沒營養的東西吧？我不曉得這有什麼好討論的。不過，最近我也開始回想從以前到現在除了讀書之外的時間我還做了些什麼……其實我到現在都還沒想到。不，換個比較簡單的說法，除了讀書以外我不知道我還需要再做些什麼。

第三場
時：午
地：教室外走廊
人：羅亦潔、莉娜、MR. J、格蘭傑、學生若干

▲下課鐘聲響起。

▲走廊上的學生成幾個小團體各自聊天、嘻笑打鬧。

▲羅亦潔跟莉娜邊聊天邊走出教室，往廁所的方向，向左走。

莉　娜：學校不是一天到晚打壓我們西文系是什麼？

羅亦潔：對啊，三L都唬爛。

▲MR. J和格蘭傑從隔壁的教室走出來，和羅亦潔她們擦身而過。

格蘭傑：媽的，我下午完全不想去上課。
MR. J：聽你這樣一講，我也不想去上課了。
格蘭傑：那你要不要翹課啊？
MR. J：走啊，怕妳喔。

▲羅亦潔和莉娜從廁所前的轉角走出來，視線對上。
▲周圍消音，只聽見心臟跳動的聲音。

羅亦潔：（OS）為什麼會有這種悸動？

▲ 見MR. J，羅亦潔微笑揮手打招呼後便走回教室，MR.J也作簡單回應。

第四場
時：午
地：教室內
人：羅亦潔、莉娜、薇薇安、克洛依、學生若干
背景音樂：西班牙文新聞

△播放背景音：西班牙新聞
▲四人搬椅子圍成一圈，吃午餐。

莉　娜：欸，我昨天在薪傳看到楊琳雅他們那群。
羅亦潔：嗯？
莉　娜：然後，我看到楊琳雅她牽著陳致嘉的手欸。
羅亦潔：可是前陣子不是在傳她跟薛楷睿交往嗎？
薇薇安：她們那群好像彼此都有交往過。

克洛依：（笑）四個男生，三個女生，那不是有十二種配對嗎？
羅亦潔：那他們是真的彼此喜歡嗎？

▲羅亦潔吸了一口飲料。

羅亦潔：「喜歡」到底是什麼感覺？
莉　娜：（陶醉狀）妳會不管做什麼事，第一個就想到他。
薇薇安：妳的目光會不由自主的飄到他身上。
克洛依：妳發現妳會很想把妳所有的時間都跟他分享，那妳就是愛上他囉。
羅亦潔：喔。（小聲）那就不是了……
莉　娜：不過，妳居然不知道喜歡是什麼，妳以前都在幹麻呀？

▲莉娜輕輕捏了一下羅亦潔的臉頰。

克洛依：對了，昨天李泰民跳舞好可愛喔。
薇薇安：哪會啊，我覺得還是永生比較可愛。
克洛依：（跳腳）哪有啊，李泰民是才最可愛的！
薇薇安：（攤手）我就是不喜歡李泰民，怎樣？
羅亦潔：（無奈）我說，兩位就甭吵了吧。

△背景音淡出。

第五場
時：下午
地：教室內
人：羅亦潔、道德老師、克洛依、學生若干

道德老師：不知道同學有沒有想過，你覺得你活在這個世界上的目的是什麼呢？

▲羅亦潔把紙條丟給後面的同學，示意他拿給克洛依。

羅亦潔：（咕噥著）何止曾經想過，根本是天天在想。

▲克洛依打開紙條，上面寫道：「我好像忘記怎麼喜歡一個人了。」

道德老師：那麼我就請同學來回答囉，亦潔來說說看。
羅亦潔：（苦惱）……做自己喜歡做的事。就像有人說……衝浪是他的生命，也許就是在講這個吧！
道德老師：好，謝謝。還有沒有人要回答？佳琦試試看吧。
學生：我的回答跟亦潔一樣。
道德老師：嗯，為什麼呢？
學生：因為有人會高興啊。

▲羅亦潔睜大眼睛望著她。
▲紙條在這個時候被傳回來了，上面寫著：「我覺得你是太愛自己了，並沒有忘記怎麼喜歡一個人喔。」

第六場
時：下午
地：教室外走廊
人：羅亦潔、克洛依、學生若干

▲走廊上學生三兩成群的聊天。

▲羅亦潔倚在教室外的紅色置物鐵櫃旁跟克洛依聊天。

羅亦潔：我從來沒在課堂上被問過這麼艱難的問題，真是難倒我了。對了，妳剛剛說我太愛自己是什麼意思啊？
克洛依：就是太愛自己了啊，妳沒辦法像愛自己那樣愛別人。
羅亦潔：所以是自私的意思嗎？
克洛依：（想了一下）要這麼說也可以啦，不過也不完全是。
羅亦潔：我覺得我最近心裡亂糟糟的，也許我最近是注意到了我以前沒注意過的事情吧，不過我也不想這樣啊。
克洛依：（竊笑）哈哈哈哈……
羅亦潔：（狐疑地看著）妳笑什麼啊？
克洛依：妳看妳從頭到尾說了幾個「我」。

▲克洛依一直笑，羅亦潔則擺出一附認真思考的表情。

第七場
時：下午
地：教室內
人：羅亦潔、薇薇安、學生若干

▲黑板上寫滿觀光地點名稱以及其價錢。

主　席：你們都不投票的話，會議沒辦法進行下去喔。
同學A：誰都沒在舉啊，是「不舉」喔？
同學B：不舉不行喔，這都跟當初說好的不一樣啊。
同學C：當初又是誰提議說要班遊的啊？你們自己說要，別人辛苦籌畫，你不但不感激，還說這什麼話啊？

同學Ｂ：那你自己又好到哪去？說別人不如講自己！

▲班會一團亂，大家吵成一團。

主　席：請各位再回去想一想，不然這樣也開不出個結果，明天再決定，散會。

▲同學們開始一一離席。
▲羅亦潔背著書包站在正在收拾東西的薇薇安的旁邊。

薇薇安：（無奈）每次都是這種結果。
羅亦潔：根據我精闢的分析，小團體林立事造成這種結果的主要原因。

▲教室內傳來一陣尖叫，眾人紛紛轉向聲音的來源。

尖叫的同學：（摀住嘴巴）太誇張了啦……

▲見沒什麼特別的，羅亦潔轉向薇薇安。

羅亦潔：剛剛怎麼了啊？
薇薇安：（輕描淡寫）剛剛陳致嘉整個人趴在楊雅琳身上。

▲羅亦潔轉回教室內吵鬧的那一群，面露有些的厭惡與不解。
▲薇薇安收拾好，背起書包起身。

薇薇安：就跟妳說，那一群通通都交往過啊。
羅亦潔：真是有夠膚淺的，我要去找導演了，掰掰。
薇薇安：掰掰。

第八場
時：晚
地：【岡本】飲料店外休息座
人：羅亦潔、衛斯理、顧客若干

▲附近的座位都在抽菸、打橋牌。
▲衛斯理點燃一根菸。

羅亦潔：也就是說要很放得開囉？
衛斯理：妳要有可以站在那上面把裙子掀起來對著大家的決心。

▲衛斯理伸手指向點餐吧台。

羅亦潔：那我可以勝任嗎？
衛斯理：別人我不敢說，但是我很看好妳。
羅亦潔：對了，還有劇本的問題……
衛斯理：劇本有問題？
羅亦潔：不，沒有問題。我的意思是每次都選這種一般觀眾看不懂的劇本好嗎？
衛斯理：這也就是所謂的「內行人看門道，外行人看熱鬧」啊。
羅亦潔：這就是難怪，每次觀眾都多不起來的最大原因？

▲楊琳雅跟另外兩個女生從旁邊馬路走過去，眼睛大大的一直盯著羅亦潔看。
▲羅亦潔裝作沒看見，偷偷用眼尾餘光瞄向她們。

羅亦潔：是又看到什麼了啊，膚淺的女人……

衛斯理：妳說什麼？

羅亦潔：沒什麼。（轉移話題）總覺得台灣大學生的素質一直在下降喔。

衛斯理：這是一定的，這年頭錄取率都達到百分之一百二十了。

羅亦潔：每次看到那種「死大學生」我都想跟他說「你看看你，沒出息的傢伙。」

衛斯理：就算這樣，文藻還不是千方百計的想變成大學。

羅亦潔：（望了一下手錶）我車要來了，掰掰。

▲衛斯理微微揚起拿菸的那隻手示意。

第七場
時：晚
地：羅亦潔房裡
人：羅亦潔、陳明璟

▲羅亦潔在書桌前抄寫單字，陳明璟拿了半個芭樂走進房來。

陳明璟：明天不是沒考試嗎？

羅亦潔：（目光依舊在書本）沒考試啊。

▲陳明璟邊啃著手裡的半個芭樂，邊看著羅亦潔桌上的書。

陳明璟：那妳幹麻看書啊？

羅亦潔：今天浪費了兩倍的時間在坐車上面，當然要補回來啊。

陳明璟：……活得那麼累幹麻？

羅亦潔：嘖，妳進來是要吵我的喔？

陳明璟：沒有啊，學長勒？
羅亦潔：哪個學長啊？
陳明璟：少裝傻，還有哪個啊！
羅亦潔：……一籌莫展啊。
陳明璟：笨死了你。
羅亦潔：反正我也還沒確定我是不是真的喜歡他啊……
陳明璟：你就這樣虛度你的青春好了，不然談場假戀愛也好啊。

▲羅亦潔大力拍了一下桌子。

羅亦潔：我就是看不慣妳這種做法！
陳明璟：我說的也沒錯啊，累積一點經驗，妳下一次的戀愛才會更好啊。
羅亦潔：為什麼妳都要把感情想得這麼容易？這種東西才沒那麼簡單！
陳明璟：其他女孩子都會，為什麼妳就不會？
羅亦潔：少拿那種發春的平凡女人跟我比。我對他的那份情、我對他的那些想像，雖然很虛幻，卻一直是我所珍惜的東西。
陳明璟：真是個笨蛋，隨便妳啦。你們現在小孩子的想法真的很奇怪。

▲羅亦潔瞥了一眼桌前的桌曆。

羅亦潔：對了，今天是我要去買那本書的日子。

第八場 時：晚 地：【夢時代】地下【金石堂】 人：羅亦潔、書店店員、書蟲顧客

▲羅亦潔從公車下，走向閃著絢爛彩光的夢時代摩天輪方向。

▲羅亦潔走進夢時代內街，用力推開金石堂的玻璃門，然後走到「外國文學」區，拿起《以你的名字呼喚我》。

▲櫃台店員把書裝進紙袋，貼上膠帶。

書店店員：一共是兩百八十元，謝謝惠顧。

▲羅亦潔走出書店，目光方才從牛皮紙袋上離開。一抬頭，眼睛突然睜得大大的，瞳孔縮小，望著前方。

第九場 時：晚 地：【夢時代西側阪急廣場】 人：羅亦潔、Mr. J

▲Mr. J坐在前方不遠處休息座上望著前方，不知道在想什麼。

▲羅亦潔輕輕走到他旁邊，Mr. J抬起頭。

Mr. J：妳怎麼在這裡？

▲羅亦潔晃晃手上的紙袋。

▲Mr. J的眼神又回歸到他的前方。

羅亦潔：你呢？記得每次看到你，你都跟一群人在一起耶，怎麼今天一個人啊？

▲羅亦潔在他旁邊坐下。

▲摩天輪出現在鏡頭上方。

▲Mr. J的眼神一直都沒有轉向羅亦潔。

Mr. J：……因為，被放鴿子了。

▲一股無形的怨氣突然散發出來。

羅亦潔：喔。

▲氛圍陷入了沉默的膠著。
▲Mr. J摸摸右邊口袋好像想拿出菸盒，但是遲疑了半秒還是作罷。

羅亦潔：你平常都這麼安靜嗎？
Mr. J：我現在很懶，不想幫妳想話題。
羅亦潔：（OS）安靜，我最受不了這種安靜。兩個活體在一起，不擦出一些火花，我連一點生命的Passion都看不到！又不是在坐計程車。
羅亦潔：那你畢業之後有什麼打算嗎？
Mr. J：還不確定，會看成績再考慮吧。

▲Mr. J突然抬起頭，但是目光還是沒有投射到羅亦潔身上。

Mr. J：妳要不要去看午夜場啊？
羅亦潔：啊？你說現在嗎？

▲羅亦潔揚起左手輕輕靠在嘴唇上，一副認真思考的表情。

羅亦潔：（OS）現在嗎？不行啦，明天才禮拜四耶！而且我也沒跟老媽說。

Mr. J：今晚有「靈動」，午夜場半價。
羅亦潔：……你是在問我嗎？

▲氛圍再度陷入了沉默的膠著。

Mr. J：（無奈）沒有，我是在跟其他人說話、透過妳跟另一個人說話。
羅亦潔：喔，還真抽象。
Mr. J：啊不然勒！這裡只有我們兩個不是嗎！？還敢問我是不是在跟妳說！（幾乎是自語）怎麼傻成這樣……
羅亦潔：你說我喔？
Mr. J：對！……好啦，不玩了，我是跟妳開玩笑的。
羅亦潔：所以你常常去看午夜場喔？
Mr. J：超常，人很少，票又半價，Why not？那妳有看過午夜場嗎？
羅亦潔：（聳肩）沒有啊。
Mr. J：太可惜了……妳都在幹麻。

▲羅亦潔遲疑了一下。

羅亦潔：喔，對了。你是不是很會演戲啊？
Mr. J：Pro了。教妳一點。
羅亦潔：嗯？請指教。
Mr. J：以後跟妳男朋友聊天不可以回答「嗯，喔，這樣喔」之類的話。
羅亦潔：（OS）Oops！這也太敏感了吧……

▲見羅亦潔良久沒說話，Mr. J霎時臉上漾起一陣紅暈。
▲Mr. J又摸摸右邊的口袋。

Mr. J：（正經）我沒事就會一直看電影。

羅亦潔：都沒在唸書喔？

Mr. J：沒有啊，反正我讀很快。

羅亦潔：難怪西閱會被當……

Mr. J：只有西閱而已好不好，真是太不了解我了，哈。

羅亦潔：我一直想住外面，沒事的時候還可以喝咖啡泡圖書館進入高級文青時間。

Mr. J：妳現在也可以啊，不一定要住外面吧。

羅亦潔：不行，也許我有太多包袱了吧。

▲羅亦潔邊說邊抬起頭，遙望天空。

Mr. J：看個電影看個書，哪來什麼包袱啊？

羅亦潔：其實我一直在想你剛剛說的那句「妳都在幹麻」……有的時候我就會想，為什麼我沒有「那個藍色的塑膠遙控器」。

Mr. J：……是「命運好好玩」嗎？

▲兩個人都的目光都望向自己的前方，目光沒有相交，但是不知道是否落在同一點，羅亦潔娓娓道出自己的心裡話。

羅亦潔：我是不知道我以前的時間都拿去幹麻用了，不過一定不是拿去做會讓我開心的事。好像是從國一開始吧，我漸漸覺得我的sense、我的時間，還有青春都在被「某個東西」一點一滴地蠶食鯨吞，我的心靈似乎在我看不到的地方一直在加速老化，逐漸形成今天這種局面，連寫個作文都被老師批「老氣橫秋」。

Mr. J：國中的時候，誰沒有在自己桌子上亂塗立可白的那段青春？誰沒有考試的時候在考卷上寫滿歌詞的那段青春？誰沒有把自己的書包用美工刀亂割亂劃的那段青春？誰沒有偷帶漫畫小說或情色光碟到學校跟人分享的那段青春？誰沒有熬夜不回家打網咖打到爆肝的那段青春？誰沒有午休的時候用外套擋住頭，只為了偷偷跟女朋友Kiss，最後還被老師發現的那段青春？誰沒有全班聯合起來惡整老師，在門板上夾板擦或水桶的那段青春？妳的青春不會剎那間就突然消失，一定會留下某些痕跡以證明妳曾經擁有過它。

羅亦潔：拍手……不過關於你說的每一段荒誕不羈的青春記憶，我好像都不曾有過耶。我也不是很清楚啦，總之我的日子真的都是Un rollo（△字幕：What a mass.），每天都過得渾渾噩噩的。

Mr. J：那特殊節日勒？像是跨年、聖誕節之類的，去看個午夜場，或喝一杯什麼的，總覺得該做點什麼吧。

▲羅亦潔噗哧一聲，笑了出來。

羅亦潔：Mal（△字幕：So bad），好像很近，卻又好像很遙遠……

Mr. J：妳說什麼？

羅亦潔：沒有什麼啦。對了，你畢業的話，領帶可以給我嗎？

Mr. J：領帶？

▲Mr. J沉默了，白皙的臉龐微微眩化出內心早已遮掩不住的害臊跟那片嫣紅，他又摸著右手邊口袋，羅亦潔看著眼前這景象，也不知不覺害羞了起來。

羅亦潔：（OS）依然不明朗，我怎麼覺得我好像在跟他要第二顆鈕釦……

Mr. J：我回去找一下。（正經）咳，有我會給妳。

▲羅亦潔望了下手錶，神色微微有恙，起身。

羅亦潔：OK，時間不早了，我先回去囉。
Mr. J：嗯。
羅亦潔：再見。

第十場
時：晚
地：捷運【美麗島】站——【光之穹頂】
人：羅亦潔、季姊、行色匆匆的旅客

▲羅亦潔超過各個旅客們快步走進光之穹頂，不時低頭看錶。
▲季姊迎面走來。

季　姊：Virus妳要去哪啊？這麼晚了。我現在要轉橘線回家了。
羅亦潔：嗯，那一起走吧。

▲兩人走往月台方向。

羅亦潔：我剛剛夢時代去買這本書啊，我們那裡缺貨。妳呢？
季　姊：去逛巨蛋啊，看下次演出要用的化妝品。
羅亦潔：自己一個人喔？
季　姊：跟我男朋友啊。
羅亦潔：嗯，車來了。

▲兩人上車，車上沒什麼人，她們找了位子坐下。

羅亦潔：欸，妳有SEX過嗎？

▲季姊慌張的四處張望周圍的乘客。

季　姊：妳怎麼在公共場合問我這種問題啊！
羅亦潔：（聳肩）想什麼說什麼囉。
季　姊：我都嚇到了，真是被妳打敗了……
羅亦潔：我上次看了一個談話性節目，那些大學生真是不知廉恥，有夠誇張的！
季　姊：喔，怎麼說？
羅亦潔：真是世風日下，道德淪喪！很多都是只見過一次面或是朋友的朋友，約一約就做了，還有臉拿「生理需求」來當藉口。
季　姊：我是不知道其他人是不是那麼爛啦，但是在我們大學部，有男朋友但是沒有SEX的是「這個」。

▲季姊比了一個「零」的手勢。

羅亦潔：是喔。Horrible！（△字幕：Horrible！）
季　姊：我要下車了喔。
羅亦潔：嗯，掰掰。

▲季姊下車。
▲關車門的警示音響起，電車啟動。

羅亦潔：（OS）他剛剛其實是真的在邀我吧，還拐著彎問我有沒有男朋友……

▲車內廣播：Next station， Cultural Center. Passenger for the circle line bus， route 168， please change at this station.後半部音量淡出，被羅亦潔的OS蓋過。

羅亦潔：（OS）不過還是作罷吧，這樣或許對你跟我都比較好。問我為什麼喔，其實我也不太會說耶。簡單來說，我配不上你。我跟你根本是南轅北轍，當你在燃燒你的生命，我卻連我在做什麼都不知道。所以，還是不要打破那個balance，因為我身邊的任何事物作改變，我都不喜歡。對我來說，默默在一旁看著你，不是表現也不是期待，而是一種狀態、一種感覺。

第十一場
時：晚
地：羅亦潔房
人：羅亦潔、張翎（聲音）

▲羅亦潔在房間，趴在床上跟一個人講電話。

羅亦潔：妳有男朋友了喔？那他對妳好嗎？
張　翎：嗯，很好啊，雖然偶爾會吵架。
羅亦潔：（調侃）哈哈，妳那麼色，他應該沒被妳怎樣吧？
張　翎：什麼怎樣？
羅亦潔：妳知道的啊。
張　翎：做愛。
羅亦潔：……不要這麼直接嘛。
張　翎：有啊。

▲羅亦潔驚訝到說不出話來，沉默了一段時間才開口。

羅亦潔：妳爸媽知道嗎？
張　翎：（心虛）不知道……
羅亦潔：那如果懷孕怎麼辦？
張　翎：我也很怕啊，超怕得愛滋的。我妹更扯，一次吞了十顆避孕藥。
羅亦潔：（語氣有點冷淡）嗯，我要睡了，先這樣吧。
張　翎：嗯，掰掰。

第十二場 時：早 地：【文藻至善樓】 人：羅亦潔、克洛依、老師若干、同學若干

▲羅亦潔跟克洛依前往至善樓。

克洛依：公民老師要學藝早自修時先去拿待會上課要用的資料。
羅亦潔：那我們快走吧，上課盡量不要遲到。

▲兩人進電梯，按了10F。

克洛依：妳剛剛去隔壁班幹麻？
羅亦潔：拿Gitanilla借Ｊ先生啊。
克洛依：（笑）拿回來的時候翻開，結果寫了一個Te amo（△字幕：I love you.）。
羅亦潔：（害羞）才沒有！話說我昨天有在夢時代遇到他。

克洛依：（驚訝）真的假的！然後勒？
羅亦潔：沒怎樣，只是一起在便利商店前面站著看雜誌。
克洛依：嘖嘖。

▲克洛依推開研究室的門，羅亦潔走向放著兩份影印桌子。

羅亦潔：是這一份嗎……
克洛依：（照著上面唸）全班平時考成績總表……靠！我怎麼那麼低分啊！
羅亦潔：（也在看那張表）再看一次也許結果就不一樣了……

▲羅亦潔拿起另一份，上頭寫著：「調查學生對性愛分離的看法」。

羅亦潔：要留個紙條給老師吧。

▲羅亦潔抽了一張在老師桌子上的面紙，拿筆寫道：「公民老師，你的影印我們拿走了。」

羅亦潔：妳不覺得這樣很像怪盜的通知信嗎？哈哈。
克洛依：（瞥了一眼）妳不寫名字的話誰知道妳是何許人也啊？

▲羅亦潔又拿起筆在信尾寫「怪盜」，然後畫了個魔術帽，兩人一同走出研究室。
▲兩人進電梯。

羅亦潔：「柏拉圖式愛情」是什麼意思啊？
克洛依：現在一般對「柏拉圖式愛情」，Platonic Love的用法，指的是精神式的戀愛，雖然相愛，卻沒有肉體關係。

羅亦潔：嗯？

克洛依：在這世上僅有一個人，對妳而言，他是完美的，而且僅對妳而言是完美的。也就是說，任何一個人，都有其完美的對象，而且只有一個。不過我覺得那個在現實生活中好像不太可能存在。

羅亦潔：怎麼不可能？

克洛依：生理需求吧。

羅亦潔：我覺得這些都是藉口，像我就不會。

克洛依：真的假的啊？沒有情慾的交流嗎，獨處的時候？

羅亦潔：為什麼你們都跟「以我的名字呼喚你」的Elio一樣啊？如此的飢渴？妳看！發春！（指著克洛依）我就說我是最有資格說我沒有在發春的人吧！

克洛依：我覺得妳對他應該是偶像式的喜歡吧，就像耶穌，妳也不會想去牽耶穌的手啊。（說完兩人大笑）

▲兩人走出教學辦公大樓。

克洛依：妳不覺得每次提要做的都是男生嗎？

羅亦潔：對啊，不過如果是女生提就很奇怪了啊，餓虎撲羊嗎？

克洛依：噗哈，是「餓羊撲虎」吧！

羅亦潔：人為什麼被稱為萬物之靈？因為會自制、會思考啊，那些一夜情或隨便上床的人跟路邊的動物有不同嗎？難怪這個世界會那麼亂！

克洛依：一切都是因為生理需求吧，不過我也覺得好像「越愛越沒辦法做什麼」。就像春光乍洩的何寶榮跟黎耀輝一樣。

第十三場 時：早 地：教室 人：羅亦潔、莉娜、Mr. J、格蘭傑、同學若干

▲下課鐘聲響起，羅亦潔闔上書，把臉頰貼在桌面上，無神地望向窗外。剛好Mr. J和格蘭傑走過走廊，兩人嘻笑著，沒發覺有人的目光已鎖定在他們身上。羅亦潔淺淺的微笑著、看著，好像一個小孩得到了很多糖果。

莉　娜：妳在看什麼啊？

▲莉娜跟隨羅亦潔的視線望去，剛好Mr. J、格蘭傑的身影在教室的邊緣隱沒。

莉　娜：追！

▲莉娜抓起攤在桌上的羅亦潔的手，但她整個人狀況外。

羅亦潔：（大夢初醒般）咦！？

▲Mr. J、格蘭傑一同往廁所的方向前進，後方莉娜抓著羅亦潔一直尾隨著他們。

▲等到離他們近一點的時候，Mr. J、格蘭傑跑了起來，在人群中穿梭。

莉　娜：不妙！被發現了！

第十四場
時：下午
地：【全家便利商店】外休息座
人：羅亦潔、莉娜、克洛依、薇薇安

▲「喝茶聊天四人組」在全家外面的休息座，桌上堆滿零食跟飲料。
▲羅亦潔在玩薇薇安的白色NDSL。

克洛依：結果全班唯一全數通過的東西居然是巧克力。
莉　娜：對啊，那個巧克力超好吃的！巧克力碎片白巧克力。
羅亦潔：又Game over！我最不擅長這個了。

▲羅亦潔把掌機交還給薇薇安。

薇薇安：這個要常練啊。（開始玩了起來）
羅亦潔：今天莉娜突然抓著我去追 J 先生，嚇了我一大跳。
莉　娜：哈哈，不知不覺就追出去了。
羅亦潔：（有點半開玩笑）我發現 J 先生從來沒有正眼看過我耶！每次都看前面，超冷淡的，我發現他好像只對我這樣。
克洛依：妳可以對他唱「Cold、hot、baby！」（說完猛笑）
莉　娜：那不是冷淡，是在裝酷啦，搞不好是在害羞。
羅亦潔：是嗎！
莉　娜：我今天發現我的桌子上有用立可白寫「Te amo locamente!」（△字幕：I love you crazily.），不知道是誰寫的，哈哈！
羅亦潔：（裝嚴肅）是我寫的。
克洛依：真的假的！
薇薇安：（硬是插一句）羅亦潔呈現嬌羞狀態。

莉　娜：（興奮）那妳跟他告白的時候就講這句！
羅亦潔：這句話是出自西閱那本Juanita裡面的台詞。Habrá una alma en mi corazón!（字幕：There is a soul in my heart!）
克洛依：等一下他以為你在譏諷他西閱被當。

▲四人大笑。

羅亦潔：（感慨）好久沒那麼悠閒了，我們這樣……還能多久？
克洛依：不知道。
羅亦潔：以後還可以嗎？
克洛依：不過以後出社會工作了，這種機會真的就很少了。
羅亦潔：幾乎沒了吧。
薇薇安：現在就想這麼多幹麻？
莉　娜：對嘛！其實要也是可以啊。
羅亦潔：（起身）好了，我前往「片場」了。
莉　娜：還片場勒！是去社課吧！
羅亦潔：哈，掰掰。

第十五場
時：下午
地：【文藻化雨堂】舞台
人：羅亦潔、衛斯理、戲劇社演員、工作人員

▲台上亮著舞台燈，羅亦潔跟另外三個演員在台上對戲。

羅亦潔：（對著台下導演）這邊，是要唱歌？
衛斯理：先隨便唱。

羅亦潔：（OS）糟糕，今天貧血，頭腦一片空白。

▲一陣安靜，台上台下大眼瞪小眼。

衛斯理：（搞笑地唱）唔系鐵頭功，無敵鐵頭功，你系金剛腿，唔系金光腿，少林功夫好耶——

羅亦潔：（OS）這是什麼歌啊？還有什麼，快想！

衛斯理：（微慍）我沒有時間在這邊跟妳耗喔……

羅亦潔：再給我一次機會，這次應該可以。（唱）我在淋過一場大雨之後的晴朗，那是春雨裡洗過的太陽，每個冬季帶來失落，傷得多深，然後忽然看懂雲的形狀。

羅亦潔：（OS）慘了，下一句是什麼？頭腦一片空白，沒辦法想！

衛斯理：繼續啊？

▲四周再度一片靜謐。

衛斯理：吼！Virus！

演員Ａ：妳為什麼唱不出歌啊？

演員Ｂ：有這麼難嗎？

演員Ｃ：妳這樣我們很為難喔！

演員Ｂ：這麼多人就因為妳要一直重來……

衛斯理：算了！（指著羅亦潔）今天到這裡，我下次要看到妳完整唱好一首歌。

第十六場
時：晚上
地：【文藻明園】二樓小涼亭
人：羅亦潔、克洛依、MR. J、格蘭傑、運動員們

▲羅亦潔獨自一人側坐在明園二樓的小涼亭欄杆上，把腳放在紅磚瓦屋頂上往下望著沐在明亮的照明燈下，晚上七點依然留在操場上運動的學生們。

▲克洛依從她身後經過，有些驚訝。

克洛依：羅亦潔？（看錶）妳平常不是最早回去的嗎？

羅亦潔：……看 J 先生啊（微笑），沒有啦，今天是星期五嘛。

克洛依：是TGIF啊，Every Friday is like a holiday！

▲克洛依坐到她身邊，也往下看。

克洛依： J 先生在哪啊？

羅亦潔：（簡短地）棒球。

▲鏡頭拉到棒球場，但羅亦潔跟克洛依還在畫面裡。

▲圍觀群眾鼓譟著。MR.J拿著球棒進打擊區，格蘭傑站在投手丘充當投手。

MR. J：（預備動作）看我一棒把妳轟到左外野！

格蘭傑：來啊！我跟你講我會修理你喔！

▲鏡頭回到羅亦潔和克洛依這邊。

克洛依：Ｊ先生他是不是喜歡妳啊？

羅亦潔：沒有吧！他沒有理由喜歡我啊。

克洛依：喜歡不需要理由啊。

羅亦潔：話是這麼說是沒錯啦……不過總覺得這樣的話，會很令人不敢相信……

克洛依：快點跟他告白啦，然後跟他讀同一所學校。寶貝寶貝飛上天！

羅亦潔：（笑）現在是怎樣，「私奔到月球」嗎？

克洛依：噗哈哈……話說回來，妳今天到底為什麼那麼晚呀？

羅亦潔：（嘆氣）就知道瞞不過妳，因為今天社團很忙啊。我有時候很希望時間快轉，到了四年級就可以不用被強制參加社團，不用那麼累，可以專心投入在自己注重的事……但是這樣Ｊ先生就畢業了。又很希望時間永遠凍結在現在，希望他永遠當我學長。

克洛依：妳這樣很矛盾耶……我是覺得不要「錯過」，我前幾天在我的書櫃翻到我以前國中的交換日記，我那時候寫下了這麼一段話：「過錯，是一時的遺憾；而錯過，是一輩子的遺憾。」我們都以為，人生那麼長，那些事以後多的是時間去做，不過這幾年我才意識到，有些事現在不做，以後就沒機會了……

▲兩人抬頭仰望星空，沉默了一段時間，四周只剩下運動場上的加油聲與喧鬧。

羅亦潔：（起身）我該回家了……掰掰。

克洛依：再會。

第十七場
時：晚上
地：河堤旁散步單車道
人：羅亦潔、陳明璟

▲羅亦潔、陳明璟在河堤邊散步，陳明璟一直在講話，但羅亦潔好像沒在聽，只是默默的快步走著。

陳明璟：妳有沒有在聽啊？……哎唷！隨便妳啦！只是想叫妳抓住青春，不要留白。不然妳現在打給他說：「喂，我愛你。」（自導自演得很陶醉）
羅亦潔：（忍不住笑了出來）噗！因為……三六九不好啊！
陳明璟：這只是老一輩的人捕風捉影好嗎！
羅亦潔：……其實我一直覺得我怪怪的，我明明好像喜歡他，我卻不想更進一步，但是在他畢業之前，總覺得該做點什麼……不過我到底是不是真的喜歡他啊？
陳明璟：（狐疑）妳們現在小孩子的想法怎麼那麼奇怪啊？
羅亦潔：哪有怪啊，所以我才不敢打給他啊！他一定不懂我的想法。
陳明璟：那妳就打給他說：「其實你不懂我的心！」
羅亦潔：（淺笑）他當然不懂，因為連我自己也不懂……

▲兩人一直走著，但有別於之前，這個單車道除了偶爾行人經過時發出的聲音，好像異常的寧靜。

陳明璟：（突然冒出一句）喜不喜歡學長啊？
羅亦潔：（怒）滾！妳什麼都不懂！你們沒有一個人懂！

▲羅亦潔不顧一切的往前跑，四周消音，只剩下她的呼吸聲，跑了一段路之後，開始加入羅亦潔的OS。

羅亦潔OS：呼……呼……什麼都不懂的人……是我吧？
陳明璟：笨蛋，愛情白癡！
羅亦潔：（在遠方回頭大叫）用不著妳來操心！我知道自己在做什麼！
陳明璟：（大叫）笨豬！

第十八場
時：早上
地：【麥當勞】
人：羅亦潔、王君穎、路人

▲羅亦潔、王君穎在麥當勞聊天。

王君穎：我就當面跟他講啊，然後就被打槍了。
羅亦潔：當面說喔？妳還真有膽。那這樣見到面不是會很尷尬嗎？
王君穎：會啊，早知道就不要講了，不講的話還可以一直跟他當哥兒們下去。前陣子他跟我的線民說他只把我當朋友，而且還不是好朋友喔！我其實比較想聽到他親口對我說，而不是透過我的線民。搞什麼啊，我是老王耶！
羅亦潔：我知道，我通通都知道。那他當時怎麼說？
王君穎：他說要學測了，想專心放在功課上。

▲羅亦潔憶起克洛依之前說：我們都以為，人生那麼長，那些事以後多的是時間去做，不過這幾年我才意識到，有些事現在不做，以後就沒機會了……

羅亦潔：我很喜歡一句話，「過錯，是一時的遺憾；而錯過，是一輩子的遺憾。」我覺得說得真是太對了，妳覺得呢？

王君穎：嗯，不完全對。

羅亦潔：為什麼？

王君穎：過錯不一定是一時的遺憾啊，也許會鑄成一輩子的遺憾吧。

羅亦潔：（思考）聽起來也頗有幾分道理……

王君穎：妳呢？我聽起來妳應該不會被拒絕啊。

羅亦潔：「回頭再說」，我一直很喜歡的一本書裡面的一句話。

▲王君穎沒回答，拿起自己桌上的漢堡，羅亦潔也伸手想拿起自己的，沒想到手卻被王君穎硬生生壓住。

王君穎：大俠愛吃漢堡包，妳不是大俠，吃香蕉！（說完猛笑）

羅亦潔：（先是安靜幾秒）妳在繞一圈Shoot我啊！

王君穎：（放開手）沒錯！妳看看妳，沒出息的傢伙！

羅亦潔：那就、回頭再試囉。（咬了一口漢堡）

王君穎：妳有沒有聽過林冠吟的毀滅愛情？

▲羅亦潔點點頭。

王君穎：我上次聽了之後……我的媽呀，真的是我的主題曲！

羅亦潔：哈哈，我可以跟妳一起毀滅愛情喔。

王君穎：嗯……（先是愣了一秒）妳幹嘛毀掉啊！？郎有情妹有意，毀掉多可惜？

羅亦潔：是要「採紅菱」嗎？

▲兩人大笑。

第十九場
時：下午
地：陳致偉房
人：羅亦潔、陳致偉

▲陳致偉坐在自己的床上跟坐在電腦前的羅亦潔聊天。羅亦潔一邊瀏覽「歌詞搜尋」的網頁一邊跟他說話。

陳致偉：今天怎麼有空來？
羅亦潔：對對對，平常老娘很Busy，一秒鐘幾十萬上下。
陳致偉：（譏笑）幾十萬越南盾嗎？
羅亦潔：那就是幾十兆上下囉！我今天本來要來蓮池潭，但是人太多了。
陳致偉：最近觀光客變很多，晚上都變得很吵，不過也好啦，帶動地方經濟。
羅亦潔：你現在上高中，感覺跟以前比沒什麼壓力，國中的時候不都被壓著讀書？
陳致偉：也還好啊，我家政被當了。
羅亦潔：真的假的！怎麼會被當啊？
陳致偉：因為我沒做掃地工作。
羅亦潔：等一下，掃地工作跟家政有什麼直接的關聯嗎？
陳致偉：因為我掃地區域是在家政教室。
羅亦潔：可是老師不能拿這個來當基準吧，沒做掃地工作應該是扣操性吧？
陳致偉：好啦，其實是因為我有一次作業亂做。
羅亦潔：……喔，那怪誰呢？你平常沒事都在幹麻啊？
陳致偉：平常都打打網咖、看看動漫雜誌，也沒什麼好做的。

羅亦潔：我都覺得讀了高中，你的才情都被書本啃掉了。會覺得反正人生這麼長，想做的事以後再去做就好了，現在還是先把眼前的事做完比較實在，但其實不然。話說你現在還在搞投資嗎？

陳致偉：投資需要激情，凡事起頭難啊。

羅亦潔：也是啦，但有些事情起頭可是一點都不難喔，文藻最近在廢除一些通識課程，或是刪減學分，課表排得毫無規則可循，說改就改，比老毛還偉大。

陳致偉：熊貓也是要來不來，前陣子不是鬧得沸沸揚揚嗎？你有種就拿槍打共匪的頭，不要拿那兩隻熊貓在那搞！對了，妳對ECFA的看法如何？

羅亦潔：ECFA對台灣有益無害吧，反正大陸的東西又進不來。這樣反倒對大陸不公平了，WTO的成員不是都不可以受傷嗎？

陳致偉：（聳肩）誰知道啊，大陸市場那麼大，被坑一點又無傷大雅，哪像我，前幾天被罰了沒有兩段式左轉。

羅亦潔：……警察最近又出來賺了喔？

陳致偉：天知道那裡要兩段式左轉啊，地形真的很奇怪，每個人經過都被攔下來。陳致偉：（怒）交通隊，（台語）「屎隊」啦！

羅亦潔：都在衝業績啊，不然怎麼辦。

▲羅亦潔登入自己的MSN。

陳致偉：妳從剛剛看到現在看了兩個小時是在看什麼啊？

羅亦潔：歌詞，排戲要用的歌詞。

▲羅亦潔切回電影的視窗。

陳致偉：妳以前不是都不太看電影的嗎？
羅亦潔：嗯……因為有人會高興啊。
陳致偉：喔，妳跟他表白了嗎？
羅亦潔：（搖頭）別在一起，對我們雙方都好。
陳致偉：怎麼說？
羅亦潔：他要畢業了啊，這樣我怕我打擾到他。
陳致偉：對妳來說呢？重要的是妳的感覺。
羅亦潔：我不想打破我們之間的balance……

▲此時MSN傳來對話框。

悠閒的很累（MR. J）：早安。
羅亦潔：（打字）早安？現在不是下午了嗎？
悠閒的很累（MR. J）：剛剛醒。
羅亦潔（打字）：你是不是都很晚睡啊？
悠閒的很累（MR. J）：嗯，對啊。
羅亦潔（打字）：為什麼？
悠閒的很累（MR. J）：因為不想那麼快過完今天。
羅亦潔（打字）：那你今天要做什麼？
悠閒的很累（MR. J）：去一個地方，妳要不要一起來……放風箏？
羅亦潔眼睛張大，一臉驚訝。陳致偉湊了過來。
陳致偉：我看看。
羅亦潔：（擋住螢幕）你滾啦！
陳致偉：（沒趣地向後退開）反正你也不一定要他啊，憑妳的條件……
羅亦潔：我又沒有在發春，他在我心裡是無可取代的。
悠閒的很累（MR. J）：那先這樣，掰掰囉。
羅亦潔（打字）：摁，再見。
陳致偉：（裝模作樣地扭捏起來）死相。

羅亦潔：（冷看一眼）Ignore is bless……

第二十場
時：下午
地：稻田
人：羅亦潔、MR. J、格蘭傑

▲羅亦潔來到位於學校附近，一整片綠油油的稻田。

羅亦潔：我以前都以為這裡是我的秘密基地，沒想到也有其他人知道。我心情不好也都會來這裡，我一直在這裡等待，直到有人告訴我答案。

MR .J：（把塑膠條裝上風箏）妳會放風箏嗎？

▲羅亦潔搖搖頭。

MR. J：就抓緊線，然後……

▲MR. J瞬間抓緊線向前衝，越跑越遠，風箏也飛了起來。

格蘭傑：（反諷）妳看妳學長，多有活力啊。

▲兩人望著他在很遠的那一端。

▲格蘭傑從背包中拿出近一公尺的玩具水槍、摔角面具、AV女優雜誌放在一旁，羅亦潔瞠目結舌地望著她，這時MR.J剛好回來，拿起水槍往格蘭潔身上噴，格蘭傑反射的往後退，然後MR.J轉往羅亦潔臉上噴。

羅亦潔：（伸手去擋）等一下、等一下……
格蘭傑：（手裡拿著風箏）這條哪是這樣裝啊！？
MR. J：本來就是啊，啊不然勒？
格蘭傑：你會不會放風箏啊？
MR. J：妳會不會放風箏啊？……妳身上怎麼濕成這樣？
格蘭傑：誰射的啊！？

▲兩人先是對視沉默，然後放聲大笑。

MR. J：（對羅亦潔）妳很喜歡演戲喔？那妳現在演被砍一刀黑道女孩。
羅亦潔：你說什麼，現在嗎？

▲安靜了一會兒，三人都沒動作。

MR. J：……怎麼了，妳在等我殺妳嗎？
羅亦潔：……對啊，我需要CUE點。

第二十一場
時：傍晚
地：稻田邊道路至捷運站
人：羅亦潔、格蘭傑

▲格蘭傑騎車載著羅亦潔往捷運站方向，本來一開始兩個人都很安靜，但是就在此時，格蘭傑先是破了沉默。

格蘭傑：學妹，妳很緊張嗎？
羅亦潔：妳說坐上來的時候嗎？

格蘭傑：不是，從剛剛到現在。

羅亦潔：嗯，有一點。

格蘭傑：妳是不是在追妳學長啊？

羅亦潔：（OS）什麼啊，怎麼直接問女生這種問題啊？不行，這時候如果承認的話，女孩子的矜持就會直接被踐踏在腳底下了！不管了，先混淆焦點。

羅亦潔：……怎麼會這麼問啊？是他跟妳說了什麼嗎？

格蘭傑：沒有。那妳喜歡他嗎？

羅亦潔：……其實我不懂喜歡是什麼感覺。

格蘭傑：嗯，妳會想他嗎？

羅亦潔：會啊，但是照妳這麼說我喜歡的人可多囉。

格蘭傑：那妳跟他在一起的時候，會想牽他的手或是抱他嗎？

羅亦潔：（OS）這個時候如果回答「是」的話，好像就間接承認了自己就是個變態，女孩子的尊嚴跟矜持就會在這一瞬間徹底瓦解！

羅亦潔：不會啊。

格蘭傑：（搖搖頭）那妳想不想跟他在一起？

羅亦潔：不會。（安靜了一下）應該說我從來沒想過吧。

▲格蘭傑沒有再說話，一路來到捷運站門口。

羅亦潔：（OS）慘了！被我操到崩盤了！我這樣說是否會被解釋成我對他沒意思啊？不過人家沒有那個意思啊，這可怎麼辦哪……

格蘭傑：學妹，到了。

第二十二場
時：下午
地：【全家】前面休息座
人：羅亦潔、薇薇安

▲兩人坐在休息座聊天，桌上堆了一堆糖果。

羅亦潔：根據我的推理，現在有三個可能，一是他知道我喜歡他，二是他知道我喜歡他，三是他知道我喜歡他！而且他還想知道我對他的想法和我是否有意願，還有讓我知道他知道我喜歡他！
薇薇安：姊姊，妳就直說吧，打電話給學姊啊！
羅亦潔：我鬱悶！
薇薇安：落花有意，流水也有意，何樂而不為？
羅亦潔：（嘆氣）我有我的顧忌。
薇薇安：有什麼好顧忌的，克洛依沒跟妳講那個「錯過」嗎？
羅亦潔：有啊！
薇薇安：這就對了啊！
羅亦潔：好啦，回頭再說啦……
薇薇安：對了，今天不是禮拜一嗎？怎麼還陪我在這邊鬼混？
羅亦潔：休息一下囉，等等要上社課了。
薇薇安：我才覺得奇怪，妳不是「一秒鐘幾十萬上下」的嗎？
羅亦潔：沒有啊，偶爾也悠閒一下嘛！
薇薇安：嘖嘖，轉性啦。
羅亦潔：（笑）妳家住海邊喔？

第二十三場
時：晚上
地：【文藻化雨堂】舞台
人：羅亦潔、衛斯理、戲劇社工作人員

▲舞台上關得只剩一盞燈，幕後人員收拾場地，五個演員站成一排在衛斯理的前面，氣氛十分凝重。

衛斯理：我們就從最沒問題的開始好了，基本上你們四個人是沒有什麼大問題啦，阿峰的小動作要改掉，雨顏你有時候要抓好出場的時機，還有你！咬字要清楚，不然觀眾聽不懂。好了，你們四個可以先走了。

▲羅亦潔在一旁沒有說話，衛斯理面無表情地轉向她。

衛斯理：（突然臉色大變，吼了出來）以前「任性」這種東西是不會在妳身上出現的，我請問妳現在怎麼了？蛤！妳可以再一直這樣下去啊！在台上扭扭捏捏的，妳要的機會我沒給妳嗎？妳去問其他人，去年的成果展誰我都不敢講，這裡面就Virus演得最好！去年的戲是一百二十分鐘的大戲，而這次還只是個一小時多小品，妳這樣做，我不知道妳把我、其他演員、所有參予活動的工作人員，還有我們這次排的戲當做什麼喔！……我自己知道我也給了妳很大的壓力，用不到一個月的時間要演好的確是很困難。所以別人我不敢拜託，因為我相信只有妳做得到，我也希望妳能不要辜負我對妳的期待！

▲羅亦潔從頭到尾只是安靜的低著頭聽他罵，嘴唇閉得緊緊的，幾乎沒在呼吸。

羅亦潔：（OS）我明明就很努力了，憑什麼這樣否定我所做過的努力？有夠狡猾，軟的跟硬的都被你講完了啦……不能哭，不可以在別人面前表現出脆弱的一面！

衛斯理：……妳也說點什麼啊，說完我們就放人。

▲羅亦潔抬頭看看他，眼神又飄移走。

衛斯理：隨便說點什麼啊，什麼都好。

羅亦潔：（聲音沙啞）……我還能說什麼？你說的我都知道，我也會盡量改進啊。

衛斯理：不是要聽妳說這個，看妳隨便要罵我什麼都……

羅亦潔：（大吼）去死！

衛斯理：（微笑）很好。

▲羅亦潔甩上書包，抓起手機，掉頭離去。

第二十四場
時：晚上
地：【文藻行政大樓一樓聖安琪噴水池】
人：羅亦潔、MR. J

▲羅亦潔逕自快步離去，鎖著眼眶忍住淚水不要往下掉。

羅亦潔：（OS）我知道我演不出來的真正原因，因為我冷感了，放不開。不過事實上，作為一個演員演技算是其次，本質最重要！

▲羅亦潔往行政大樓，回家的方向，MR.J站在行政大樓一樓的聖安琪水池邊。

▲羅亦潔本來要打招呼，MR.J卻先打破了沉默。

MR. J：學妹，我有話要跟妳說。

▲羅亦潔迅速揚起抹去臉上的淚痕。

MR. J：坦白說我不明白妳對我的感覺，為什麼要這麼曖昧不明？

羅亦潔：（深呼吸後還是略有鼻音）我希望，我們的時間永遠套牢。我到最後已經不確定我到底是不是喜歡你了……雖然心裡想的都是你，想你也會想到缺氧，我害怕跟你更進一步，可是卻又不甘心就這麼算了，我希望一切都在我的掌控之中，不過我一直在擔心會妨礙到你五年級的黃金升學時間，總說一句……

MR. J： 妳不要跟我說那些有的沒的，我不想聽。

羅亦潔：（抬頭，眼眶充滿淚水）……笨蛋！那你呢！？要我等多久！Sabes nada! No es verdad？（△字幕：你什麼都不懂！難道不是嗎？）

▲MR. J傻眼了，不知道她怎麼會激動成這樣，此時羅亦潔手中的手機響了起來。

羅亦潔：Eres una mierda!（△字幕：You are a piece of shit!）

▲說完把手機大力往水池一甩，濺起水花，瀟灑又迅速的離去，留下MR. J一人。

▲良久，MR. J點了菸。

MR. J：（吸一口菸）敢這樣跟我說話的，妳是第一個。（淺淺微笑）

第二十五場
時：晚上
地：【文藻】鼎中路門口
人：羅亦潔、計程車司機

▲羅亦潔對計程車招手。

▲羅亦潔上車，在車內講出獨白。

羅亦潔：（OS）你的一切，都是那麼的美好，你的一傾一笑，都會令我窒息。我喜歡你無奈的笑顏、我喜歡你帥氣回答、我喜歡你害羞的時候會變得很正經，我也喜歡你對生活周遭的犀利批評，也許我很自私，也許我沒資格說那些話……

司　機：（不經意地一問）今天怎麼這麼晚啊？

羅亦潔：（漫不經心）社團。

羅亦潔：（OS）我天天都在等你，我對你的思念如千絲萬線。等待你給我隻字片語的痛苦是遠遠超過我所能負荷的……大概多點距離，我會更用力愛你。

司　機：喔，妳什麼社團啊？

羅亦潔：戲劇社，不過我現在已經沒有資格被稱為一個演員了。

▲司機再也沒有作聲。

▲一路向北，計程車排出的煙方才一出現就煙消雲散。

第二十六場
時：晚上
地：羅亦潔家
人：陳明璟、薇薇安（聲音）

▲時鐘顯示時間晚上十一點半，陳明璟在跟薇薇安講電話，語氣有一點緊張。

陳明璟：一直打亦潔的手機都沒開機，她沒有去妳那邊嗎？
薇薇安：沒有耶，她好像放學後就去社團了吧。
陳明璟：（焦急）怎麼辦，那妳幫我問問其他同學有沒有看到她好嗎？
薇薇安：嗯，我用MSN發群組給大家好了。
陳明璟：麻煩妳了，等她回來我一定要戳死她！（煩躁）

第二十七場
時：晚上
地：酒吧
人：MR. J、格蘭傑、酒保、酒鬼

▲背景響起美式低沉藍調，MR. J、格蘭傑在酒吧喝酒，MR. J卻一臉不悅。

格蘭傑：Salud!（△字幕：Cheers!）

▲MR. J面色凝重，一口把杯中的液體乾掉，格蘭傑見狀，拍拍他的肩膀。

格蘭傑：唉……。

▲MR. J又乾了一杯，沒有說話，格蘭傑看著他，MR.J也瞄向她。

格蘭傑：唉……（搖頭）

▲MR. J倒滿一杯，沒說話，瞪著她看。（字幕：「……喝完這杯搞死妳！」）

▲格蘭傑滿臉無趣地拿起手機撥號。

格蘭傑：喂，學妹喔，我要跟妳講妳上次說要的那個西文考卷……妳說什麼？妳現在很忙？妳們在找人？好、好、ＯＫ。

▲格蘭傑掛掉電話。

格蘭傑：你學妹不見了。

▲MR. J眼睛張得大大的，好像想到了什麼。

▲MR. J突然起身衝出酒吧門，在大馬路上如同疾風般風馳電掣。

△Fade in

羅亦潔：我一直在這裡等待，直到有人告訴我答案。

△Fade in

羅亦潔：要我等多久！？

▲MR. J一直不停地跑，街上的路人無不對他投以奇怪的眼光。

第二十八場
時：晚上
地：稻田
人：MR. J、羅亦潔

▲羅亦潔一個人坐在稻田邊，路燈的光微微打在她的側身。
▲MR.J累得用雙手撐著膝蓋，不停地喘氣。

MR. J：（喘）妳這是在做什麼……
羅亦潔：（回頭，看著他）悠閒的很累。

▲MR. J走近，坐在她身旁。

羅亦潔：剛剛真是對不起，我其實沒有我表現出來的那麼膚淺。本來我是想理性的面對這一切的，本來想讓你討厭我……
MR.J：別鬧了，理性與感性不是這麼用的。
羅亦潔：你問我過去都在幹麻，我好像發現我的過去都是被書堆滿的。
MR. J：這樣也不錯啊。
羅亦潔：（搖頭）我也想去午夜場、我也想打網咖打到天亮啊！
MR. J：那就，放任妳的心，做一百次流浪。珍惜眼前的事物，用力比昨天的自己表現得更好，不就好了？
羅亦潔：我也不想這樣，我也不喜歡「為賦新辭強說愁」啊。我總是帶著問題找答案，想破了頭都在想那些雞生蛋、蛋生雞的問題。
MR. J：妳還不懂嗎！妳的人生，可不是用來悲傷的！因為「活著，就是對生命做最大的反擊」，妳也不用特地去改變什麼。

▲羅亦潔沉默了。

羅亦潔：（嘆氣）不知道我們這樣……還能多久？知道為什麼我一直都是跟你說「再見」嗎？

▲MR. J沒說話。

羅亦潔：因為我想對你表達一種「想再見的再見」……真希望你永遠一直是我學長。我不敢往前走，卻好像又沒有回頭路……

MR. J：不用怕，妳看以前打架拿刀子，現在除非妳是義和團的，不然就直接用槍ㄅㄧㄤˋㄅㄧㄤˋ了。我會說時代一直在變，天下也無不散的筵席，不用害怕週遭的人事物會不會改變。有些事，如果不去做的話，就是零；但是如果去做的話就有百分之百的可能！

▲MR. J抬頭仰望天空。

MR. J：雖然沒辦法得到妳的感情，但我還是希望妳能記得，記得所有一切。

羅亦潔：如果我對你的情感可以用言語表達的話，那就代表我不是真的喜歡你。不管是Te amo locamente（△字幕：I love you crazily.）或是Te quiero mucho mucho mucho（△字幕：I like you very very much.），都是片面之詞，詞不達意，因為我對你的愛早已勝過千言萬語。

MR. J：Vale，mi princesita.（△字幕：OK， my little princess.）我想講的是，不能快樂的活著，是一種罪。所以，至少在這一刻，笑著跟我說「再見」好嗎？

▲MR. J摸摸羅亦潔的頭，羅亦潔靠向他。

羅亦潔：（小聲）一股酒味……

▲兩人往回去的方向走著，都沒說話，搭上羅亦潔的OS。

羅亦潔：（OS）我簡單來說，愛這種東西根本毫無邏輯可言，也不能被簡單的描述。現在的我知道，原來我一直都沒有做錯。若我沒煩惱，我就會開始煩惱怎麼都沒有煩惱，anyway，我就是這樣長大的啊！這些也不過是我生活的一小部份。我的青春就是在這樣的基礎下慢慢被消化，這就是最真實的自我！至少……關於我活到現在，平淡無奇的歷史中終於有了這段不算太平淡的記憶，句點。

△Fade out

第二十九場
時：夏日午後
地：【全家】前的一棵榕樹下
人：羅亦潔、MR. J

▲羅亦潔、MR. J在一棵榕樹下，鏡頭從在離兩人很遠的地方，慢慢拉近。

羅亦潔：這年頭搞拍片真的會餓死，而且這又不是商業電影。

▲羅亦潔晃晃手上的一疊以A4規格裝訂起來的稿子。

羅亦潔：不過對我來說，與其風花雪月地演完，倒不如給觀眾一點東西，讓他們去咀嚼……說真的劇本還是其次啦，重要的是導演跟攝影，觀眾好像都只在乎畫面好不好看……不過這不是重點。我想說的是，這次的作品雖然很平淡，不過那是來自我最真實、最誠懇的那顆心，所以我還是希望……

▲羅亦潔對著鏡頭，微笑著用雙手遞出劇本《慢慢跟你、說再見》。

羅亦潔：在你離開之前，收下它，好嗎？（笑）

▲畫面漸淡。

△字幕（白底淺藍色字）配上羅亦潔的OS：「劇終，再見。」

劇本組第三名得獎感言

作品：〈天下名狀宋士傑〉

作者：黃瑞哲

班級：大學部應華系2B

很開心能夠獲得戲劇類主的第三名，經過這次比賽我學了很多，希望能將劇本寫的更好，明年的文學獎再次投稿並獲得名次，謝謝各位評審的厚愛。

◀天下名狀宋士傑▶

第一幕

（舞台左側燈光亮起）

江大人：若江南賑糧（語氣稍升），官兩能撥下來，咱倆吃個三成，趙大人，下半輩子就不愁吃穿啦，啊？（講話即拿起茶杯要喝，喝完即放下）

趙大人：哈哈哈，是啊，但這塊大餅……人人都想吃，咱倆還是小心點好

（語畢槍聲即響〔玩具火藥槍〕，兩人中彈即死倒下。）

（Spotlight即照向殺手〔在觀眾席裡，站著舉著槍〕。）

殺　手：讓開，讓開，讓開！（大喊並逃出禮堂）

（蹦，禮堂關門聲。）

（舞台右側燈光亮起。）

（兩人在屏風後。）

吳大人：趙大人的事，解決了吧？

許大人：解決掉了，但官員被暗殺，這可不好處理……

吳大人：我倒是聽說最近有個名狀師，叫……宋……

許大人：宋士傑！

吳大人：對對對，聽說他最近經手的訴狀，可是戰無不勝？
許大人：但聽說他為人正直，他會願意接手嗎？
吳大人：沒聽過有錢能使鬼推磨？拿點錢，可不像條狗來舔我的鞋？
許大人：還是大人厲害，正所謂長江之水後浪推前浪！
吳大人：行行行，浪呢，就先別推了，趕緊去辦吧！

（燈光暗。）

＊　＊　＊

（燈光亮起。）
（宋士傑在和徒弟在廳堂中，宋士傑坐著，徒弟正在到茶。）

徒　弟：嘿，師父，喝茶！小心燙著！

（宋士傑接過茶要喝。）

徒　弟：師父，幫你揉揉搥搥——（一副狗腿樣）
宋士傑：（疑惑的看看徒弟，又喝茶）說吧，又惹了啥麻煩？
徒　弟：痾……沒啥！就……打了一個欺負良家婦女的惡霸，哪知他骨頭那麼……軟……那麼……脆……手呢……就……斷了……要賠點錢……
宋士傑：賠多少？
徒　弟：四四四四……四千兩……（不好意思狀用手比出四）
宋士傑：（茶快溢出狀）四千兩？！（繼續喝茶）乾脆點，手剁了賠人家吧，要錢，沒門！咱窮的只剩五十兩，我都想賣腎賣血了我！
徒　弟：師父……救救我吧……

傭　人：老爺，許大人求見。
宋士傑：又是這王八，這混蛋專門除弱扶強，雪中送糞！叫他進來！

（許大人一進門要握手狀，宋士傑不理，無奈的收回手。）

許大人：嘿，小宋啊，最近很風光啊？聽說包大人一事，處理的很漂亮啊？
宋士傑：我只替幫寶適寫過訴狀，包大人……還沒接過！（喝茶，沒正眼看許大人，徒弟在後面按摩）
許大人：這……（尷尬）
宋士傑：有屁快放，找我啥事？（放下茶）
許大人：那我就直說了，趙大人命案一事，是我和吳大人策劃的，想請你幫點忙，息事寧人。錢呢，總不會少算一份給你的，啊？（抽出一張銀票）
宋士傑：（拿起茶杯喝茶，瞄了一下，放下茶，想了一下）嗯……（俯視錢）
許大人：一張不夠啊，兩張？（再抽出一張）
宋士傑：（維持原動作）
許大人：四張？（再抽出兩張）
宋士傑：成！（站起來把錢要收進袖子裡）那要我怎麼寫？（微笑狀）
徒　弟：（一臉驚恐）師父，你真的要接下這差事？咱們窮，也要窮的有志氣！
許大人：我們在談正緊事你在攪和啥？
徒　弟：（瞪著許大人，再看看師父，宋士傑看別處）當我跟錯人！（氣憤奔出）
許大人：那這事……該怎麼處理好？（都坐下）
宋士傑：（沒說話，中指與大拇指摩擦做數錢狀）

許大人：對對對（語氣高），俗話說的好，紅包沒到手，包你命沒有，還是用老辦法較保險！那縣太爺要給多少啊？

宋士傑：嗯……就我知道，除了縣太爺，衙門裡有還有很多位置不高，但常一兩句話就影響整個大局的人啊！

許大人：是啊，差點都給忘了，到時突然跳出隻半路虎不就全完了？但那麼多人，要給多少，怎麼記啊？

宋士傑：（對僕人說）幫我拿紙筆來。

許大人：對對對（語氣高），還是小宋行，夠小心！都記下來就不會漏掉了！

宋士傑：（點頭，微笑狀）（傭人帶來紙筆）

許大人：對對對（語氣高）！

宋士傑：快寫吧，對對對！

許大人：（無奈又尷尬狀）書記官，二百兩行吧？

宋士傑：（沒說話，表情同意狀）

許大人：刑場大人，三百兩；縣太爺，兩千兩；場記官，二百兩……

宋士傑：（微笑狀）

許大人：行了，都寫下來就不會漏掉了那這樣就行了，我先回去準備銀兩，狀書再拜託你啦！（要把名錄放在袖子裡）

宋士傑：欸欸欸，你這張先放我這，我寫狀書可以準備，打他個體無完膚！

許大人：哈哈哈，好！那再拜託你啦！哈哈哈哈！（走出）

宋士傑：（把名錄放在袖子裡）（對僕人說）你幫我寫封信，要紀大人明日來衙門——聽審

僕　人：是。

宋士傑：（把衣服脫掉，躺在床上就睡了）

（燈光暗。）

＊　＊　＊

（燈光亮起，所有人排排站，吳大人和許大人坐在一旁，大家等著縣太爺。）

（縣太爺這時緩緩由後台走路上判桌，書記官在旁跟著。）

縣太爺：開堂！

眾　兵：威——武——！

縣太爺：今日一審江坤錢江大人，和趙彙選趙大人命案一事，鑑於現場採證不足，無法定奪兇手何人，但本官在此發誓，定會竭盡本官之力，早日緝捕兇手歸案，對趙大人與江大人在天之靈交代（對天拱手）。而吳劉手吳大人，和許杉仁許大人（拱手招呼），念於與兩位已故大人往日之交，願全權負責兩位大人的後事，（吳大人與許大人微笑點頭），今日一審，結！

眾　兵：威——武——！

紀大人：且慢！（眾人讓出一條路，幾個兵走在前頭開路）

（大家探頭看）

宋士傑：（雙手握著，驕傲狀）

紀大人：（走入）（縣太爺馬上走下判桌並帶位給紀大人，站在一旁）宋士傑！你要本官來此聽審，是否解釋看看？（吳大人許大人疑惑互看）

宋士傑：你再慢一點來我就沒戲唱啦，好啦，我要控告吳大人、許大人以官銀賄賂（一個一個用手指比）縣太爺、書記官、刑場大人等，大大小小共13人接獲許大人的賄賂金，意圖掩蓋命案一事。（吳大人，許大人驚嚇狀，縣太爺一陣腳軟，扶正官帽）

紀大人：大膽！你可知道誣告官員可是死罪？

縣太爺：（跑到宋士傑旁，拱手）大人，冤枉啊，本官向以清廉知名，請大人明察啊！

宋士傑：清廉？哼，我看是錢不夠多你不收吧？我這裡有一張由許大人親筆所寫的賄賂名錄，請大人瞧瞧，看我還有哪些人還沒提到。

縣太爺：（害怕又生氣的看宋士傑）

紀大人：拿上來！

宋士傑：（東找西找找不到）完了，嘿嘿（不好意思狀），大人，您也知道，您德高望重，小的因為尊敬您，特別換了一件衣服，名錄忘在另外一件衣服裡啦，我……這就去拿，等等啊（轉身要走）……

紀大人：大膽！來人，拿下！（眾兵要去抓宋士傑）

徒　弟：（在人群中高舉著名錄）在這！在這！名錄在這！

宋士傑：（把名單拿來）沒白養你！（轉身面對紀大人）大人（高舉名錄），這就是許大人親筆所寫賄賂名單!

（書記官把名單拿給紀大人。）

紀大人：（看了一會）吳大人，許大人，可能要麻煩你們和我宮裡走一趟了。

許大人：等會！賄賂一事，是宋士傑指示我這麼做的，他也算是共犯之一！

宋士傑：欸欸欸欸！把話講清楚啊，我什麼時候說要你這麼做了啊？

許大人：（捎捎頭）你……你……你那時候是沒說話，不過……你要我拿紙筆寫下來啊！！

宋士傑：欸？我那時只是一時詩意上來了，想提首詩罷了！所以要人替我備紙，怎麼，不行啊？

許大人：那……那你還讓我寫？

宋士傑：我正要寫你就把紙筆拿走了，你是賓客，盡賓客之儀我也不好說什麼吧？

許大人：你……你陷害我……！

宋士傑：對對對，你現在才知道，你娘生腦給你沒啊？

紀大人：（嘆氣）押下去！

（燈光全暗）

（燈光亮）（所有人被關在牢籠裡一顆頭露出來遊街，百姓開始丟蔬菜）

＊　＊　＊

（燈光全暗）

（燈光亮）

宋士傑：（把四張銀兩給徒弟）賠給人家治手吧你。

徒　弟：（看了之後開始哭）師父——！（用手肘擦鼻涕）

宋士傑：唉……走吧。現在天下官場如出一轍，貪污，賄賂，冤案，唉……（看了遠方一下）從今爾後……宋士傑不再替人打官司了……

徒　弟：師父……

宋士傑：去走天下吧，到處玩玩。

徒　弟：是！

（旁邊大螢幕黑底白字浮起：宋士傑，明末一代名狀，因趙大人命案一事，連帶舉發縣太爺等共13名官員，並使之革職，名震天下，為眾人所道）

第二幕

（到處放鞭炮，一行人抬著紅轎前往常府）

路人A：有沒有搞錯（粵語），竟然有人要嫁常家那肺癆鬼？那肺癆鬼不是快死了？

路人B：聽說是常老爺要藉這門親事沖沖喜，看那肺癆鬼會不會好點。聽說那女孩才正值二八呢！

路人A：唉……年紀輕輕的，註定守寡……

（一行人站在外面接轎，升並一直咳一直咳，老爺一副威風樣，升並的小叔〔大暴牙〕一副色樣看著似乎在想什麼。）

（媒婆台詞接為台語。）

媒　婆：人未到，緣先到！（小倩下轎）今日轎門兩邊開，金銀財寶數算不離，新郎新娘入房內，生子生孫做秀才（小倩進門）新娘進門，今日娶媳婦、入門蔭丈夫、新年起大厝、寶珠歸身驅（大家進大廳後老爺和夫人做在椅上，升並還是一直咳，小叔站在較角落的地方）。

媒　婆：奉茶，（小倩倒茶給老爺）茶盤圓圓、甜茶甜甜、兩姓合婚、冬尾雙生。

老　爺：（接過茶）你可給我好好照顧升並！

小　倩：是，老爺……

媒　婆：夫妻奉茶（小倩和升並面對面，升並一直咳）（小倩先敬酒）甜茶喝的乾，明年給你做阿爸，（升並敬酒，一手拿酒杯，一首摀著一直咳）吃的甜甜，明年給妳生兒子。

媒　婆：入洞房（升並一直咳），送入洞房入房內，男女做陣天安排，今夜花燭千日愛，生育貴子大發財！

（走入角落，燈光暗。）
（大家互道恭喜聲。）

＊　＊　＊

小　倩：呀——！

（燈亮）（老爺，小叔和幾個男丁衝入房間）

老　爺：怎麼回事？！
小　倩：方才升並吐血不止，現在沒了氣……（哭泣，驚嚇狀）
老　爺：升並，升並！醒醒啊，升並！（搖晃升並）

（轉身即賞小倩一巴掌。）
（小倩倒地。）

老　爺：我常家就這麼一名男丁接我香火，妳這一進我常家門，我們升並就這樣死了，妳這掃把星！（踹，踢小倩）
小　叔：（阻擋老爺踢小倩）伯父，咱家姓常，您還給升並取了這個名，不生病死也難啊！
老　爺：胡來！升並在這掃把星入門前都還好好的，一入門生病就這樣死了，不是這女人帶來惡禍，還是誰？來人，給我打！

（眾男丁齊打小倩。）

小　倩：老爺！老爺！真的不是小倩啊！老爺——！（抓著老爺的腿）

（老爺把她甩開。）

老　爺：給我押進柴房！

（燈光暗。）

＊　＊　＊

（燈光亮。）

（在材房裡，小倩啜泣。）

（突然材房門開，老爺著棍子，一副暴怒狀。）

老　爺：我一想到妳這掃把星害死升並，我火就上來！（說完就開始追打，嘴裡邊喊掃把星，掃把星）

小　倩：不要啊，老爺——！（跑走，最後跌倒被老爺抓到，老爺繼續打，小倩一邊哭喊）

（燈光暗。）

第三幕

（燈光亮。）

（市場人聲鼎沸，賣雞賣包子攤販比比皆是。）

徒　弟：這京城可真不一樣，熱鬧！非凡啊！（張頭到處望）

宋士傑：靜靜，別一副草包樣，學學我啊，見過大場面就是要這樣處之不驚。（一副驕傲樣）

徒　弟：是，師傅。（開始鎮定，還是到處望）

小　販：客倌，來點哇撒密吧？東海之國的特產啊，試試，試試！（拿一坨哇撒密要給徒弟）

徒　弟：師傅，這啥？

宋士傑：這……
路　人：爽啊！（一旁有人吃了直呼爽）

（另一旁有人吃了嗆到，眼淚直流。）

宋士傑：樂極生悲藥！
徒　弟：師傅，您真是無所不知啊！
宋士傑：廢話！（驕傲狀）
賣玉小販：客官，您瞧瞧，這塊玉佩在您身上，可不合適極了？每一條玉佩都有它唯一的主人！今天，這塊玉就認定你是它的主人啦！30兩，讓它找到對的主人！（拿一塊玉掛在宋士傑腰際）
宋士傑：免了免了！

（再多走幾步，徒弟被一旁走過的美女吸引住，繼續走在師父旁。）
（小倩迎面走來，沒說話，站在師徒面前，良久沒說話。）

徒　弟：這位姑娘……您……要打官司是吧？

（小倩靜靜表情傷心的點頭。）

徒　弟：師傅……（看看宋士傑，表情似乎要宋士傑幫她）

（宋士傑面無表情的看著徒弟。）

徒　弟：姑娘，咱家師傅金盆洗手，不打官司了，姑娘請回吧……

（師徒兩人繼續往前走，小倩站在原地看他們背影。）

（小倩跑到師徒兩人面跪下。）
（所有路人一開始各走各的，看到小倩下跪，大家慢下來看，比較遠一點的探頭看。）

徒　弟：師傅……
宋士傑：（看一看小倩），唉……（上前攙扶）我已不再替人打官司了。咱真的無能為力，不管是什麼事情，忍著點，看開點……姑娘還是請回吧……（繼續往前走）
徒　弟：（看小倩，隨即跑著追上師傅）

（走著走著師徒兩人進客棧）

宋士傑：就這間蘢總來客棧吧！

（倩跟在後面，看到師徒兩人走進客棧，就跪在攏總來客棧前。）

徒　弟：（隨著宋士傑走進客棧，但走進去看了小倩一下才進去）
宋士傑：小二，給咱準備間客房。
小　二：客官，這請。（帶入房間）

（宋士傑，徒弟把東西放下）

宋士傑：啊——真累人，今天先休息一下，明日天亮了在去城裡走走。（倒床就睡）
徒　弟：（看了一下師父）睡吧睡吧……（把毯子鋪在地上也睡了）

（燈光暗。）

＊　＊　＊

（燈光暗一角。）
（惡訴官坐著，喝著茶。）

惡訴官：常家那個媳婦，可看緊點，到手的肥羊可別讓她溜啦！
下　人：是！

（燈光暗。）

＊　＊　＊

（燈光亮，雞鳴聲。）

徒　弟：師父，天亮啦，咱給您去買點吃的，啊？
宋士傑：（一樣在床上）行啦行啦，買回來再叫我，睏著呢……（聲音漸小，繼續睡）
徒　弟：（正在走出房間門）

（小倩不支倒地。）

宋士傑：欸欸，給我買土司加蛋，土司要全麥，去土司邊，不要醃瓜，生小黃瓜多加點，蛋要半熟，一杯豆漿加米漿，豆漿少點米漿多點，不要太甜，不要太燙！（唸很快）
徒　弟：（轉頭看師父）師父，你醒啦？
宋士傑：（鼾聲……）
徒　弟：睡著的人還點這種鬼東西。（關門出去，走到客棧廳堂跟在擦桌子的小二打招呼，一出客棧看到小倩倒地，趕緊攙扶）姑娘，姑娘！

（徒弟把小倩攙扶進客房，宋士傑還在睡，徒弟把小倩先安放在茶桌，粗魯的把師父從床上拖下來。）

徒　弟：姑娘，妳先躺著！

宋士傑：你好大的膽子啊？你！（講到一半徒弟做噓聲手勢）

徒　弟：這種小事情就別計較了，這位姑娘在外面暈了，我帶她進來歇會。

宋士傑：我幫她把把脈！

徒　弟：哇，師父，你還會把脈啊？（驚訝狀）

宋士傑：（把小倩的脈）不會……（放下小倩的手，把頭別向別邊）

小　倩：（虛弱的爬起來）宋狀人，賤妾名小倩，您幫幫賤妾吧！（抓著宋士傑的手）

宋士傑：唉……（低下頭，把小倩的手拿開）小倩啊……咱……真的無能為……（被徒弟打斷）

徒　弟：你就聽聽耳朵會長瘡啊？

宋士傑：你這兔仔子（做勢要打徒弟，徒弟畏縮狀）！妳說吧……

小　倩：小倩自幼貧窮，父母把小倩賣給了常家作媳婦，嫁給升並公子，誰知嫁過去洞房那晚，升並就死了……

宋士傑：常升並啊……

徒　弟：不死才奇怪。（竊笑）

宋士傑：（瞪了徒弟一眼）

小　倩：自從那晚，常老爺認為是我把禍害帶給了升並，剋死了升並，當我是掃把精，每日苦毒，至今已經3年了。聽城裡人說鼎鼎有名的宋士傑宋狀人要來京城……才想來拜託宋狀人能替我打這場官司……

宋士傑：小倩啊，自從半年前，我宋士傑就不再替人打任何官司了，妳可知道，要打一場官司，要拿多少錢出來？所有人都要給錢，為了官司，弄得傾家蕩產的大有人在!何況，就算妳贏了，妳也只會被冠上惡婦之名，妳丈人的事，妳就忍著點，等他原諒吧……

小　倩：宋狀人……求求你幫幫賤妾吧……

宋士傑：咱家……真的無能為力啊。二郎，送客。

徒　弟：小倩……真對不住啊。（做勢要帶路）

小　倩：（默默的起身，走出客房，客棧）

＊　＊　＊

惡訴官的下人：姑娘，您是不是要找狀人寫狀書啊？

小　倩：（似乎看到恩人，輕輕的點點頭）

第四幕

（燈光亮，小倩惡訴官兩人在惡訴官地方廳堂裡。）

惡訴官：小倩啊，妳官司呢，我是幫定了，咱多少也聽說過城裡人的閒言閒語，知道小倩妳的遭遇的確可憐……

小　倩：讓您見笑了，小倩的這官司再求您幫忙了！（跪下要拜謝惡訴官）

惡訴官：行行行，別如此多禮！這件事就包在我身上！妳倒可以去找下一位如意郎君了啊——？（握著小倩的手，微笑）

小　倩：這小倩不敢多想（把手抽離，背對惡訴官），現在小倩只希望能早日離開常家，回家鄉探望爹娘……（要哭啜泣聲）

惡訴官：都跟妳說這事包在我身上，只不過……要訴訟啊，可要花不少錢啊。官場當然免不了紅包啦！俗話說，紅包沒到手，包你命沒有。少說……也要個百兩銀子。（慢慢走背對小倩）

小　倩：我這有五千兩銀子（惡訴官一陣腳軟），夠不夠，不夠我家還有塊玉佩也給您。（樣子想急迫的想回去拿玉佩）

惡訴官：夠夠夠夠夠，當然夠！（表情極為開心，但試圖忍住）

小　倩：那再拜託您了！！！

惡訴官：（想了想）妳回去把那塊玉佩拿來給我看看，說不定能有點用處！

小　倩：小倩這就回去拿！（步出舞台，燈光暗）

＊　＊　＊

（燈光亮。）

（小倩回到常家，東找西找在找玉佩。）

（門打開，小叔喝的醉醺醺的走進來。）

小　叔：小倩啊，妳在幹啥呢？（酒醉的說）

小　倩：小倩在找一塊咱爹娘給我的傳家寶玉……（東找西找）

小　叔：啥形狀，我幫你一起找？（酒醉的說，走到小倩旁要幫忙找）

小　倩：我也不太會形容，綠色的，方方正正，長得倒挺像一塊小倩爹娘留給我的傳家寶……

小　叔：哦！我幫你找找……

（兩人一起找。）

小　叔：（抓住小倩的手，拉近自己的衣領裡）妳看會不會放在這裡面啊？（酒醉的說）

小　倩：（急忙抽回自己的手）小叔，您別這樣……

小　叔：升並都死那麼久了，妳一個人不寂寞啊？（作勢要攬住小倩）

小　倩：小叔，妳別這樣！（把手撥開）

小　叔：來啊（整個人撲上去）

小　倩：（逃離床邊，拿出頭髮上的髮簪，雙手握著指著小叔）你別過來！

小　叔：（衝過去要抱小倩）來啊！

（兩人持續追逐，後來小叔追到小倩，小倩推開她，雙手握著髮簪。）

小　倩：你不要過來！（驚恐的樣子）

（小叔抓著小倩的手，要把髮簪奪下，在一陣搶奪中小叔刺中了自己，看了一下小倩，倒地。）

小　倩：（驚恐萬分的樣子，手鬆髮簪掉在地上，奪門而出）

（跑出去的時候常家下人看到小倩神情慌張，近小倩房門看到小叔倒在地上！）

下　人：來人啊，快來人啊！

（燈光暗。）

＊　＊　＊

（燈光亮。）

小　倩：訴官！訴官！您救救小倩啊！（哭泣狀，跑進惡訴官家）

惡訴官：怎麼啦，玉佩呢？

小　倩：方才咱家正在找佩玉時……咱小叔想對咱家……對咱家……做出不義之事……咱一時情急，拿出髮簪要保護

自己，誰知他想搶走咱髮簪，一時失手他自己刺死了自己……（哭泣狀）

惡訴官：（故作鎮定）嗯……這……這就麻煩啦！妳這幾天先在攏總來客棧躲著，暫時先不要出來，我再來想想辦法……

小　倩：訴官，小倩對您的大恩大德感激不盡！（要跪下）

惡訴官：行了行了，妳先去城裡避避風頭幾天吧！

小　倩：小倩一輩子都不會忘記您的恩情！（出舞台）

惡訴官：這下麻煩啦……本只想坑她一筆錢，現在竟惹出這麻煩……（原地繞了幾圈來走去，一副想到什麼，打著壞主意）

惡訴官：（對下人說）備轎，咱們去常家，擺脫這刁婦，再坑常家一筆！

下　人：是！

（燈光暗。）

＊　＊　＊

（燈光亮。）

惡訴官：（對掃地下人說）你家老爺呢？

下　人：在裡邊，訴官找咱家老爺何事？

惡訴官：干你屁事？（逕自走入廳堂，常老爺坐在廳堂喝茶）

惡訴官：常老爺，這幾日小倩到我那兒，說要請咱幫她打個官司，她要離開您常家。方才，小倩到我那說，您姪兒……想汙辱小倩，一陣混亂中……您姪兒死啦？

老　爺：他沒死，動一動，跑一跑，醉昏過去，手上僅有點皮肉上罷了，你想幹啥？

惡訴官：他沒死？嗯……（背對老爺走了幾步）沒啥！只是想提醒老爺，這是傳出去可能不太好聽啊？

老　爺：（把茶大力放在桌上）你想說啥？

惡訴官：沒啥，您不是恨透小倩了嘛？我這到有個兩全其美的主意……（靠過去老爺那講悄悄話）

（……）

老　爺：這主意到不錯，那小倩現在人在哪？？

惡訴官：她正躲在攏總來客棧裡呢！

老　爺：還不趕緊去報官？事成自然賞你一筆！

惡訴官：嘿嘿嘿，這就去，這就去！

（燈光暗。）

＊　＊　＊

（燈光亮。）

（一堆官兵把小倩抓走，一群路人觀看，惡訴官也在人群裡。）

小　倩：（看到惡訴官）訴官！訴官！您跟他們說小倩是冤枉的啊！訴官！訴官！

（惡訴官沒理會）

（小倩被帶走）

＊　＊　＊

（徒弟在哇撒米攤試吃哇撒米）

徒　弟：哇！這樂極生悲藥可真嗆呢！
老　闆：可不是呢！

（一旁有一對路人走過。）

路人甲：今天的事你有看到嘛？
路人已：你說常家那媳婦被押走的事啊？
路人甲：聽說是小倩要偷常家一塊玉佩，誤傷她小叔還想姦他？
路人乙：唉……小倩不是這樣的人啊。這其中可能又藏了什麼事吧……可憐了她……
徒　弟：（把哇撒密丟下之後馬上衝回客棧）

（還沒進客房。）

徒　弟：師父！師父！（打開門發現師父不在房裡）師父不在啊。（走來走去焦躁狀）可是師父又不再替人打官司……（焦躁走了好幾圈）咱自己來，坐在椅子上開始寫狀書……

（燈光暗。）

第五幕

（鼓聲，燈光亮。）
（徒弟一人在衙門前擊冤鼓。）

縣太爺：外邊誰在擊鼓？
官　兵：說是名狀人宋士傑的徒弟，要替常家媳婦伸冤。

縣太爺：讓他進來

（徒弟走入。）

徒　弟：這是我的狀書，拿去看看！

（書記官把狀紙呈給縣太爺。）

縣太爺：（看了一下後，看看徒弟）這……就是你的狀書？
徒　弟：正是！
縣太爺：大膽！你把衙門當做兒戲的地方不成？狀書上就五字，她是無辜的！（把狀書舉起來讓觀眾看到）
徒　弟：她是無辜的啊！
縣太爺：那你有無任何人證證明你的說詞？
徒　弟：我今天在哇撒密店外聽到路人說小倩不是這樣的人！
縣太爺：那人呢？
徒　弟：他們只是路人甲乙，戲份演完了，沒有出場機會了！
縣太爺：無奈的笑了一下（突然轉為生氣，拿肅靜槌大力敲桌上），大膽！來人，押下去！衙門這種地方可是你來兒戲的地方？！
徒　弟：（大喊）她是無辜的！她是無辜的！

（燈光暗。）

＊　＊　＊

（燈光亮，在市場上。）
（宋士傑在攤販殺價。）

宋士傑：五十兩！（比五的姿勢）
攤　販：這隻雞很會生蛋！
宋士傑：我又不會孵！五十兩！（比五的姿勢）
攤　販：這隻雞很壯，肌肉發達！
宋士傑：我還給他報名參賽奧運！就五十兩！
攤　販：好啦好啦！（把雞綁起來給宋士傑）
宋士傑：多謝！

（宋士傑提著晃晃市集）

報號外的：號外，號外！名狀師宋士傑的徒弟給常家媳婦寫狀詞，寫太爛被押在牢裡啦，號外號外，名狀師宋士傑的徒弟給常家媳婦寫狀詞，寫太爛被押在牢裡啦！（跑過去）
宋士傑：（聽了嚇一跳）小報，你剛說啥？這位爺，宋士傑的徒弟想為常家媳婦伸冤，寫著張狀紙，被以戲弄縣太爺的罪名押在牢裡，可能要幾天才會出來吧，宋士傑也真是的，竟然收了這種蠢徒弟，哈哈哈哈！（繼續向前走，喊著號外號外，直到下台）
宋士傑：（把雞丟給賣哇撒密）幫我顧一下！
小　販：什麼？（日語）

（燈光暗。）

＊　＊　＊

（燈光亮。）

宋士傑：（走到衙門）

縣太爺：唷，宋士傑！想保你徒弟回去啊？沒門！竟敢戲弄本官，沒關他個兩三天休想回去！

宋士傑：帶我去看他。

縣太爺：哈哈哈哈，（對官兵說）帶他去。（對宋士傑說）裡邊請！

（宋士傑跟著官兵到牢房內）

官　兵：就是這了！

（徒弟坐在草堆中，低頭看地上，看到師父來。）

徒　弟：師父……（抓著牢房木）

宋士傑：（看著徒弟）丟臉啊你！現在大家都知道你是我徒弟，還因為狀詞寫太爛被押起來。

徒　弟：我……對不起……師父……

宋士傑：發生什麼事？

徒　弟：小倩在對面，你問她。（指著對面）

宋士傑：（宋士傑轉身，走到對面牢房）小倩，小倩！

（小倩窩在角落，轉過身來。）

小　倩：宋狀人……我……（開始哭）

宋士傑：別哭，發生什麼事了？

小　倩：那日告別宋狀人和二郎後，出了客棧，城裡的一位狀人的下人，問我是不是要打官司，我說是，他就帶我回去。小倩是有聽說過這位狀人，他收很多錢，小倩想平日自己省吃儉用，攢了一些錢，都給他之後他還要小倩一塊玉佩。小倩本要回家拿，回常家找時，常家小叔想對我……對我……想汙辱小倩……我一時情急，拿出髮簪要嚇他，一時爭奪中，我以為他刺死了自己……我害怕……就逃出了常家，去找那個狀人，他要我先在攏來客棧躲一陣子，怎麼知道，他和常老爺聯合起來，誣告我想偷那塊玉佩，還刺傷了小叔，並誣陷我想……我想姦淫小叔……

宋士傑：禽獸！（轉過徒弟那邊）所以你就背著我寫狀書要救小倩？

徒　弟：嗯……

宋士傑：（轉過身在到小倩那邊）那塊玉佩呢？

小　倩：在我這（把玉佩拿出來），這是咱爹娘傳給咱當嫁妝，世世代代傳承下來的玉佩……平常我都把它藏在房裡。

宋士傑：（接過玉佩，看了一看）因為這塊玉佩，常家告妳偷這塊玉佩，還想……？

小　倩：是……（哭泣狀）

宋士傑：這塊玉佩借我一陣子，晚點還妳！（收起來）

徒　弟：師父你想私吞啊？！（把頭探出牢外）

宋士傑：（敲徒弟的頭）兔仔子，能不能救小倩和你這混小子就看這塊玉了！

徒　弟：師父，您要動筆啦？

宋士傑：如果你覺這裡環境不錯住的舒適那就算了！

徒　弟：沒沒沒！師父，這髒亂得的很，還是在師父旁舒適！

小　倩：（跪拜）宋狀人，小倩對您的大恩大德，永生不忘！

宋士傑：行行行，妳起來吧，我回去想點辦法！

徒　弟：師父，干吧爹（做愚蠢的動作）！

宋士傑：這啥？

徒　弟：跟賣樂極生悲藥的老闆學的，這叫加油！

宋士傑：得了，回去啦！（對獄卒說）帶我出去吧！

官　兵：這邊請。

（燈光暗。）

＊　＊　＊

（燈光亮。）
宋士傑：（走經過賣哇撒密攤）
小　販：欸欸欸欸！你的雞！
宋士傑：等一下。（日語）

（走進客棧，房間，宋士傑回走來走去，走來走去，坐下來，想了很久，再走來走去……看著一個地方發呆一下子，突然似乎想到什麼……坐在椅子上，拿出紙筆開始寫〔開始有英雄出場的那種音樂〕。）
（燈光暗。）

第六幕

（燈光亮。）
（擊鼓聲，眾兵拿著紅棍出現，排排站，敲地板。）

眾　兵：威——武——！

（縣太爺從後面走出。）

縣太爺：是誰擊冤鼓？（看了一下判桌前）宋士傑，看到本官還不跪下！
宋士傑：依明朝律令規定，秀才公堂上可以不跪！
縣太爺：你（生氣狀）！今天來是想救你那傻徒弟啊？哈哈哈哈！
宋士傑：不不，大人，今日宋某擊冤鼓，鼓，是替常家小倩所鳴！我要控告，常家老爺義子涉汙告，強姦未遂！

縣太爺：哈哈，又來了，怎麼，連你也想進牢裡陪你那傻徒弟啊？（指著宋士傑）

宋士傑：你只管給我傳人就行了！

縣太爺：傳常家常生氣，常老爺，及其義子！把常小倩和宋士傑徒弟也帶出來！

官　兵：是！

（出去就進來。）

官　兵：常家老爺及其義子到！（同時另一個官兵也把小倩和徒弟帶出來）

宋士傑：這麼快？

常老爺：宋士傑，你要老夫來此何事？又要告老夫啥罪名？

宋士傑：兔仔子，等會才輪到你

宋老爺：你！（生氣指著宋士傑）

宋士傑：我簡單敘述一下，你說，小倩要回常家偷拿塊玉佩，你發現後出面阻止，誰知小倩這女人獸性大發，想把你給……？

縣太爺：大膽，公堂之上可提此事？

宋士傑：明白！（跳到徒弟面前）這位小兄弟，你覺得——這位常小叔——長得怎樣？

徒　弟：我就是邊拉屎邊挖鼻屎也比他好看！

縣太爺：混帳！（敲肅靜槌）

常小叔：你！

常老爺：笑話，在官場有人會問自己人的嘛？（雙手插腋下不耐煩狀）

宋士傑：（跳到縣太爺前）這位阿伯（台語），這位——賣給你當下人你要不要？

縣太爺：再貼我伍佰我也不要!

宋士傑：（跳到小倩面前）妳當時真的有那麼飢渴？
小　倩：我寧願找邊拉屎邊挖鼻屎的二郎也不要他！
徒　弟：小倩……
宋士傑：搭啦！（拍手）看吧，這種事根本不可能，事實就是——你說謊！
小　叔：我……我……我……你……你……
宋士傑：你你我我個什麼？
常老爺：天底下可有這種狀人？這種問訊？這種判法？
徒　弟：有道理。
宋士傑：你在常家當下人啊？混你的帳！
徒　弟：對不起，對不起（日語）
宋士傑：常小叔，你說小倩當時要偷一塊玉佩？
常小叔：綠色的，方方正正，長得倒挺像一塊小倩爹……
宋士傑：小？
常小叔：長得倒像我小時候常常把玩的那塊？
宋士傑：可是這塊？（拿出玉佩）
常小叔：對對對！
宋士傑：看清楚點，確定是這塊？
常小叔：就是這塊！（一步向前跟宋士傑拿玉佩），（轉身對小倩說）妳這賤人，妳可知道這塊玉佩對我多重要？這可是我爹臨終前傳給我的世世代代傳家寶！竟敢偷！
常老爺：這下真相大白啦，還不把這賤人押下去？
小　倩：你胡說！（生氣狀）
宋士傑：（小叔背對他）那麼這條又是什麼？從小就一直把玩的你，又怎麼會認錯呢？你手上那條是我在城裡買的玉佩，奇怪？小販才跟我說它認定我是他的主人，又怎麼會是你從小在把玩的呢？
小　叔：我……我看錯條了！我可能把它擱在家裡了！（開始驚慌）

宋士傑：玉的事呢，就算了！我想問你，在事發當晚，你在幹嘛？

小　叔：我……我和幾個朋友在酒莊裡正喝個痛快。一回來，就看到小倩要偷玉！

宋士傑：那前一晚呢？

小　叔：前一晚……前一晚……我……我在朋友家談正經事，市場買賣。（驚慌狀）

宋士傑：那再前一晚呢？

小　叔：我……我在……這和這件事到底有什麼關係？

宋士傑：你答就是了！

縣太爺：答！

小　叔：我……我……我我在家裡正讀著書呢！

宋士傑：那……那事發隔天呢？？

小　叔：事發兩天前晚上……我在讀書！（焦躁）

宋士傑：不是，我問的是隔天！

小　叔：事發隔天，我……在朋友家談正經事，市場買賣！（不耐煩，焦躁）

宋士傑：那是事發前一晚，我問的是那晚你想強姦小倩不成，自己刺傷自己的那晚！（逼問，講很快）

小　叔：姦不成那晚，我醉昏過去了！（不耐煩，講很快）

宋士傑，徒弟：吼——！那一晚！

常老爺：你這蠢材！

小　叔：我……

宋士傑：真相大白啦，小倩是被污告的，小叔強姦未遂！

縣太爺：這……這……押下去！（常老爺和常小叔被押下去）

徒　弟：太好啦！師父！！

縣太爺：欸欸欸欸！小倩可無罪釋放！（官兵解開小倩手銬）但你戲弄本官，我再多關你幾天！！

宋士傑：大人，我想請問，這蠢二郎的狀紙上寫著什麼？？

縣太爺：就五個字——她是無辜的！把衙門這地方當成兒戲的地方不成？

宋士傑：小倩現在無罪釋放可以回去啦？

縣太爺：她無罪，自當釋放。

宋士傑：這就對啦！她無罪，二郎狀紙上寫著，她是無辜的，豈有戲弄大人之罪？

縣太爺：哈哈哈，宋士傑，你行，（對官兵說）把他也放了！

宋士傑：小倩姑娘，沒事啦！

小　倩：（暈過去）

徒　弟：這兩天小倩可累呢，在牢裡她什麼也沒吃。

宋士傑：先帶她去客棧裡休息吧！

（燈光暗。）

＊　＊　＊

（燈光亮。）

（小倩躺在床上，宋士傑和徒弟正準備打包行李走出房門。）

（走出客棧，小倩醒來。）

（宋士傑與徒弟走到市集。）

宋士傑：（對挖撒密老闆說）我的雞！

小　販：在這呢！

宋士傑：謝謝（日語）！

（燈光暗。）

＊　＊　＊

（燈光亮。）

徒　弟：師父，咱就沒跟小倩姑娘道別就這樣走啦？
宋士傑：怎麼？才剛出城就開始掛念人家啦？
徒　弟：沒有……只是……唉呦，師父你真是的！（拿雞打宋士傑）
小　倩：（遠方追來）宋狀人，二郎！等等咱家！
徒　弟：小倩……妳怎麼來啦，先歇會吧！
小　倩：宋狀人，求您收小倩為徒！（跪拜狀）
宋士傑：（攙扶）別這樣！別這樣！可我……已經有了一個傻徒弟了……（看二郎）
徒　弟：師父，我傻，她聰明！中和一下還是好啊，師父！
小　倩：小倩自這次官司後，知道一定還有許多窮苦人因官司纏身，而沒有翻身的機會，甚至有許多人死於冤案，求師父能收小倩為徒，救救更多人！
宋士傑：嗯……妳都叫我師父了，我還能不收妳這徒弟嘛？
小　倩：師父！（跪拜狀）
徒　弟：太好啦！（跳起來）

劇終

劇本組佳作

作品：〈清澈的彩石〉
作者：林家瑩、林筬言、黃嘉敏
班級：大學部應華系2B

◀清澈的彩石▶

人物設定

瑟裴斯：（Leader）領導力強、觀察敏銳，為五個人當中的精神人物，大家都聽信於他的意見。

堤米德：膽小、見義不勇為，是個善良內向的男孩。但是在情急時，總會有出乎意料的舉動。

普羅伊：具備謀略和智慧，吸收知識能力好。是五個人裡面的智囊，常常出主意給瑟裴斯。

艾蒂兒：設想週到、體貼。她的細心，帶給大家安心感。

普　兒：單純、善良的小女孩。雖然同年齡，在五個人當中，個性卻略顯幼稚。但是她的朝氣，總是為大家帶來活力。

劇情大綱

這是一個只有黑白兩色名為卡勒的村莊。尋寶遊戲對於十二、十三歲的小孩們來說，是個有趣且普及的娛樂。瑟裴斯、堤米德、普羅伊、艾蒂兒和普兒，不管在學校或是平常假日都幾乎膩在一起，尋寶遊戲也是他們假日的休閒娛樂之一。艾蒂兒是這次負責畫藏寶圖的人，她事先把寶物藏在河川旁的石堆附近，再畫一張和實際情景相似的藏寶圖。大家在挖寶過程中，卻意外發現散發五色光芒的彩石。在好奇心趨使下，她們四處打聽這顆神秘石頭的來源，因而展開一場出乎意料的旅程。他們旅程中的收獲，也改變了原本缺乏生氣的卡勒村。

【第一幕】第一場
在一個只有黑白兩色的卡勒村莊裡，尋寶遊戲對於十二、十三歲的小孩們來說，是個有趣且普及的娛樂。瑟裴斯、堤米德、普羅伊、艾蒂兒和普兒，不管在學校或是平常假日幾乎都膩在一起塊，尋寶遊戲也是他們假日的休閒娛樂之一。艾蒂兒是這次負責畫藏寶圖的人，她事先把東西藏在河川旁的石堆附近，再畫一張和實際情景相似但又有點模糊的藏寶圖。大家一起在河川旁邊尋找著，瑟裴斯手上帶著鏟子。

普羅伊：（拿著艾蒂兒畫的藏寶圖研究著）就是這兒，就是這兒。瑟裴斯，快來挖這邊。

瑟裴斯：哪裡？哪裡？

普羅伊：這裡，快過來挖，一定就是這裡了！

大家圍成一圈看著瑟裴斯挖，興奮的想知道艾蒂兒藏了什麼。挖著挖著，鏗！挖到了一顆石頭，石頭周圍散發著五彩光芒—紅、黃、綠、藍、紫。

普　兒：哇！這是什麼？好漂亮啊！
堤米德：對啊！對啊！從來都沒看過耶。
瑟裴斯：哇～艾蒂兒，你怎麼有這麼特別的東西啊？
普羅伊：艾蒂兒，這是你藏的寶物？
艾蒂兒：不是啊！我不知道那是什麼，而且我也不是藏在這裡啊！
普　兒：會不會是天上掉下來的禮物啊？哇～我們真幸運！
堤米德：是我們挖到了大寶藏的意思嗎？
瑟裴斯：真的嗎？太棒了！（普兒、堤米德和瑟裴斯手拉手喜悅的、轉圈）
普羅伊：可是……我們又不知道這是什麼……
艾蒂兒：對啊！要是……這是什麼不好的東西……那怎麼辦？
普　兒：真的嗎？艾蒂兒妳別嚇我啦！
堤米德：對啊！艾蒂兒妳不要亂說啦！

（遠方傳來。）

普羅伊的奶奶：普羅伊啊！天色晚了，快回來吃飯啦！

（普羅伊向遠方回應。）

普羅伊：好的奶奶，我馬上回去！
艾蒂兒：嗄～那這怎麼辦？
堤米德：把它放回去好了啦！不然如果它帶來惡運怎麼辦？
瑟裴斯：不要吧？我先把它帶回家藏起來。明天我們再出來研究吧！
普羅伊：嗯嗯，也只能這樣子了。那我先走囉！
普　兒：我也要回家囉！掰掰
艾蒂兒：我也回家囉！
堤米德：掰囉！

瑟裴斯：嗯嗯，大家再見囉！

大夥紛紛回到自己的家裡。翌日，大家到小河邊，並帶著工具，打算尋找更多彩石。

堤米德：要是挖不到怎麼辦？
普　兒：挖挖看啊！一定挖得到的！（雙手合十，眼睛炯炯有神的看著堤米德）
艾蒂兒：不然大家分開挖，比較有希望。
普羅伊：好，那一個人在這挖（指一處）
瑟裴斯：我！我去！
普羅伊：一個去那邊（指另一處）
普　兒：普兒，普兒要去囉～
普羅伊：一個去那！（指某處）
艾蒂兒：我去囉～
普羅伊：剩下這裡跟那裡了，你想在哪裡挖？（指兩處）
堤米德：（猶豫不決，選離瑟裴斯近的地點）那…我…選這裡好了。
瑟裴斯：那大家開始動工吧！

大家拿起鏟子開始挖。鏗！鏗！鏗。太陽也隨著漸弱的聲響慢慢往下墜。

普　兒：吼——挖好久了，怎麼什麼都沒挖到，還弄得一身髒，回家媽媽一定會罵我的！（拉拉衣服）
堤米德：（到普兒旁邊）對啊～對啊～我也髒兮兮的，而且什麼都沒有挖到～
瑟裴斯：這樣子怎麼行，一點收穫都沒有耶！
普　兒：可是……可是我們盡力啦！而且天都黑了！

堤米德：對啊……我想回家了……

大家往普兒所站的位置集合。

普羅伊：那怎麼辦？我們一點頭緒都沒有…
艾蒂兒：要不要問問看爸爸媽媽？說不定他們知道
普羅伊：還是先問我爺爺奶奶？他們的經歷比較多。
瑟裴斯：好，那我們先回家吧！明天一早我們就去問普羅伊的爺爺奶奶。
普羅伊：嗯嗯，那明天早上到我家集合，我回家就先問問看！
普兒、堤米德、艾蒂兒、瑟裴斯：恩，那大家明天見囉！

大家帶著疲備的身軀回到家裡，性急的普羅伊果然馬上去問爺爺奶奶。

普羅伊：我回來囉！
普羅伊的爺爺：怎麼弄得一身髒？先去洗個澡，趕快來吃飯了！
普羅伊的奶奶：就是啊、就是啊，快去吧！
普羅伊：可是……可是爺爺奶奶，我有問題想要問你們耶！
爺　爺：先去洗個澡，再來吃飯，吃飽了再問也一樣啊！
普羅伊：嗄……喔！好吧……那……那……那瑟裴斯他們明天要來我們家，我們可以明天問嗎？
爺　爺：當然可以啊！
奶　奶：就是說啊！先去洗澡準備吃飯吧！
普羅伊：好，那就約好明天囉！
爺爺奶奶：好～好～

【第一幕】第二場
大家紛紛跑到普羅伊家門口，普羅伊站在門口，其他依瑟裴斯、普兒、艾蒂兒、堤米德跑到門口。

普羅伊：大家都來了嗎？
瑟裴斯：我、我、我，瑟裴斯到了喔！
普　兒：普兒也來囉！（開心的舉手跳起來）
艾蒂兒：我也到了。
堤米德：（舉起手，小聲說）我在這……
普羅伊：那大家快進來吧！爺爺奶奶在等著我們呢！

大家進到客廳，普羅伊的爺爺奶奶已經坐在客廳等他們。

奶　奶：遇到了什麼大難題嗎？讓你們一大早就跑來。
瑟裴斯：爺爺奶奶，其實……是因為我們在尋寶的時候啊，找到了——（拿出彩石）這個！
爺　爺：（震驚的樣子）你……你手上拿的那個該不會是……是……
奶　奶：真的……是……「弑」嗎？是嗎？
普羅伊：是什麼？是什麼？
爺爺奶奶：弑啊！
大　家：弑……是什麼！？

小孩子一臉疑惑的望著爺爺奶奶，爺爺走進書房，拿出銀製的白鑰匙，撥開了書桌上散落已久的紙張，紙的下方是一個古老的木盒。木盒上積滿了灰塵，爺爺對老木盒吹了口氣，沉積數年的灰塵和蜘蛛網紛紛落下。爺爺把盒子拿到客廳桌上，在他們面前把盒子打開，取出其中一本書翻閱著……

爺　爺：你們知道嗎？你們挖到的……不是普通的石頭啊……
普　兒：這真的是天上掉下來的禮物嗎？
瑟裴斯：（雙手拍在桌上，身體向爺爺傾）真的是大寶物嗎！

（燈全暗，只留面燈。）

這是本封面深黑的古書，外頭射進來的晨光，隱約襯出了時間已久而漸褪的白點。上面沒有標示任何文字，取代而之的是精緻的刻紋。刻紋像許多緞帶自然垂繞著彼此而形成的向日葵，繽紛的銀點則是典雅的包裝紙。爺爺戴起老花眼鏡，一頁一頁的翻著，抬頭看一眼小孩子期待的臉，笑了一下，孩子們的臉充滿困惑但欣喜的表情。停止翻書的動作，小孩子們凝視著書本，大家屏著氣息，爺爺將書攤放在桌上。瑟裴斯伸出手將彩石放到書本中的圖像旁，果然是一樣的東西。

瑟裴斯：（一手拿著彩石，一手指著書）你們看，真的跟我們挖到的石頭一樣耶！

（大家往桌子聚集。）

爺　爺：（指著圖片）你們所挖到的石頭，確實不是普通的石頭，它的名字是䊷。你們會覺得它特別的原因是因為它有顏色。
艾蒂兒：顏色？什麼是顏色啊？
瑟裴斯：是我們在吃的那種鹽嗎？
普　兒：充滿鹽？空中都是鹽？！哇——聽起來好特別喔！
堤米德：（小聲的說，有點自言自語的感覺）鹽澀？鹽明明就是鹹的啊，會澀嗎？

奶　奶：不是我們煮菜的那種鹽，讓爺爺來跟你們解釋吧！
爺　爺：來，你們看石頭，不覺得和其它石頭很不一樣嗎？
普羅伊：嗯，大大的不同。（大力點頭）
普　兒：就是不一樣才知道他是寶物啊！
爺　爺：現在我們的小村裡，只有黑色和白色，而石頭上有紅色、黃色、藍色、綠色和紫色，這些就是顏色啊。
艾蒂兒：那為什麼我們沒有其他顏色啊？
瑟裴斯：對啊，為什麼只剩黑色和白色呢？
奶　奶：不要急——不要急——我們來聽一個故事。在五百年前，村裡的祖先們生活在充滿色彩的世界裡，大家都過的很快樂……
普　兒：哇——開頭跟我的童話故事好像喔！（開心，雙手交握）
瑟裴斯：噓——（對普兒做出噤聲的動作）讓奶奶說啦！
普　兒：（嘟嘴）好啦——好啦——
奶　奶：可是慢慢的，大家都變了……
爺　爺：嗯，沒錯。人們的情緒本來就很多樣，不只有開心的正面情緒，也有負面情緒，就像妒忌、憂鬱等等，再加上世界這麼的美好，大家就越來越貪心，而且不懂得珍惜，大家的心開始變得醜陋、敵對……
艾蒂兒：這跟顏色有什麼關係嗎？
爺　爺：因為人們總愛為東西或是符號給予象徵性的意義啊！當時，大家認為每個顏色會給人不同的感覺，所以他們也有用顏色象徵情緒。
普　兒：哇——好特別喔！（雙手緊握、自言自語）不知道我的小粉紅色是什麼意義勒？
瑟裴斯：普兒我們要聽故事啦！
普羅伊：就是說啊——所以顏色為什麼會消失呢？
堤米德：對啊對啊！

奶　奶：因為當時的情形實在太嚴重，村裡的秩序整個大亂。（spotlight漸漸亮在舞台一側的巫師和村民們）不久之後，出現了一位巫師泊瑟芬，她自稱是神派來的使者，她跟大家說——

泊瑟芬：天上的神正感到非常的失望和生氣！祂讓世界充滿漂亮的顏色，而你們卻身在福中不知福，不然祂要沒收你們那些顏色，希望也把你們的壞情緒也帶走！（spotlight暗）

奶　奶：大家一致哧之以鼻，便不會相信她是使者這種荒謬的事，大家根本不把這事放在心上，更不會去收斂什麼壞情緒。直到有一天，泊瑟芬對大家說——

泊瑟芬：這段時間，很多事我都看在眼裡，大家依然沒有改變，所以我必須要施法來完成我的任務。（spotlight暗）

爺　爺：沒有太多商量的時間，她已經在村莊中央舞動著魔法棒……

泊瑟芬：（spotlight亮，法師施法的樣子）

爺　爺：在她唸了個咒語——

泊瑟芬：（spotlight開始閃爍）西哩呼嚕、西哩呼啦、卡拉蹦！（全暗）

爺　爺：一切都變了……

瑟裴斯：怎麼了？怎麼了？（慢慢亮起spotlight）

奶　奶：村莊裡的顏色果然都消失了，只剩下和現在一樣的黑色和白色。原來這一切都是真的！大家都感到十分的後悔…

普　兒：那快叫泊瑟芬再變回來啊！

普羅伊：對啊！說不定那是她在變魔術！

爺　爺：來不及了……（看一眼每個小孩）因為不僅一切都變了，泊瑟芬也消失了…

提米德：原來……我們村莊是受到了處罰啊……

艾蒂兒：那沒有辦法了嗎？沒有辦法讓村莊再找回顏色嗎？

爺　爺：聽說，當時法師消失，空中出現一個石頭，雖然泊瑟芬必須殘忍地執行她的任務，但她不捨大家一直過著沒有色彩的日子，畢竟大家還是有正面的情緒存在，所以她就把顏色封印在石頭裡面，稱為「紱」，可是沒有人可以碰到它，因為它在空中盤旋後就消失無蹤了……

奶　奶：誰都沒想到，當年消失的紱，竟然會被你們挖到……或許是天注定的吧？

艾蒂兒：天注定？什麼意思？

奶　奶：也許是命運想要讓你們去找回顏色，讓村莊重回以往的彩色和歡樂吧……

瑟裴斯：那我們就去尋找吧！讓顏色回村莊！

艾蒂兒：但是要怎麼找啊？我們什麼頭緒都沒有耶！

堤米德：對啊，這樣要怎麼找？

普　兒：（拿起石頭，看著它說話）石頭會說話嗎？可以問它嗎？（拿到耳朵邊聽）

普羅伊：普兒，你有看過石頭說話嗎？那只有童話故事裡才有啦！

爺爺與奶奶看著這群孩子，興致勃勃的想要找到顏色，在兩個人的討論之下，決定把他們知道的方法告訴他們。

奶　奶：你們真的想要找到其他顏色嗎？

瑟裴斯：當然啊！

艾蒂兒：這樣大家就可以看到充滿顏色的村莊了～

普　兒：也可以再回到當初的歡樂了！

爺　爺：好吧，那我們把知道的方法告訴你們吧！

瑟裴斯：好啊、好啊！快跟我們說！

爺　爺：雖然五百年前我們村莊的顏色被封印在紱裡面，但是在密克斯城還有其他村莊的存在啊！那些村莊都被其中一種顏色給佔據了……

普羅伊：爺爺，那是什麼意思？

爺　爺：我們村莊，只有黑白兩色，而那邊的村莊有黃色、紅色、綠色、紫色或藍色。

普　兒：那我們真幸運！

堤米德：為什麼？

普　兒：因為我們有兩個顏色，別的村莊只有一個！

瑟裴斯：普兒，現在不是搞笑的時候啦！

艾蒂兒：那爺爺的意思是，我們只要找到村莊就可以讓顏色回來了嗎？

奶　奶：不……（搖頭）沒有這麼簡單……

普羅伊：那我們要如何讓顏色回來？

爺　爺：必須帶著你們手中的�，去各個村莊，喚醒人民的心，恢復以往的歡樂，紱上面的顏色便會消失，顏色才會回來。

普　兒：什麼叫做喚醒人民的心啊？

堤米德：對啊，那是什麼？

爺　爺：在各個村莊，各個顏色都代表著負面情緒，只要除去那些村民心中的負面情緒，就可以回到以往的和樂，並帶回顏色了！

普羅伊：那要怎麼去掉？

奶　奶：你們可以讓他們回想到以前歡樂的氣氛，讓他們心中不再有那些負面的情緒，那顏色代表的正面情緒就會慢慢回到他們心中了。

艾蒂兒：那就是感化他們囉！

爺　爺：現在說那麼多，你們也不知道該怎麼做，或許到了那些村莊，自然就知道如何應付了……

瑟裴斯：那我們趕快出發去尋找吧！

眾人信心滿滿的，計畫著如何開始尋找。

瑟裴斯：那我們今天回去，先告訴自己的爸爸媽媽，再收拾一下行李，明天在河邊集合，一起出發！

艾蒂兒：太棒了！這一定是個很刺激的冒險！

堤米德：我們這樣不會被爸爸媽媽罵嗎？

普　兒：你不想跟我們一起去尋找嗎？

堤米德：沒……沒有啊，我只是……

普羅伊：這種機會可遇不可求的，你要慎重的考慮喔！

瑟裴斯：想這麼多做什麼，走就對了啊！看可不可以趁這次冒險，讓你變得更勇敢一點。

堤米德：（低下頭，看著地上說）真的可以嗎？

普　兒：（拉著提米德的手）一定可以的啦！

艾蒂兒：提米德，跟我們一起去嘗試吧！

堤米德：恩恩～我們要加油喔！（害羞、彆扭的說）

瑟裴斯：（手高舉彩石大喊）顏色，我們來了！（全場暗）

【第一幕】第三場

（舞台全亮）大家背好行李在小河旁準備出發，普羅伊的爺爺和奶奶不停的嘮叨著……

奶　奶：東西都有準備好嗎？一路上別餓著、凍著了！

爺　爺：你們要切記，森林裡煙霧瀰漫，視線不清楚，五個人要好好照顧彼此知道嗎？

普羅伊：爺爺奶奶你們放心，我們一定會小心、互相照顧的！

艾蒂兒：對啊，放心交給我們吧！我們真的想讓那些顏色再一次重現。

普　兒：爺爺奶奶不用擔心，我們會平安回來並且讓顏色跟著我們一起回家的！

瑟裴斯：對啊，交給我們吧！

堤米德：（小聲的說、自言自語貌）我們真的可以嗎？

瑟裴斯：不用怕啦！我們出發吧！

小河邊是一切的起始點，他們五個人在這裡相識、在這裡遊玩、在這裡尋寶，五個人面對小河，想像四周被顏色渲染的美景（閉上眼，ppt播放景象）。大夥兒沿著河邊走，先是走上村裡東邊的小山丘，再經由蜿蜒的小路走出卡勒村。這是他們生平第一次離開村子，踏出卡勒村的第一步，五個人同時回頭看著屹立於村門口的拱形牌子，上頭刻著清楚簡單的卡勒村三個字。此時，普羅伊從包包拿出爺爺給的地圖。依據地圖的指示，他們必須穿過一座叫史葵特的森林，而森林就座落於卡勒村的右前方。

普羅伊：依照地圖來看，史葵特森林似乎離這裡不遠。
瑟裴斯：那就筆直的往東北方走吧！
普　兒：希望那是一座很漂亮的森林，有各式各樣可愛的動物住在裡面。
堤米德：要是有動物想攻擊我們怎麼辦？
艾蒂兒：別想那麼多啦，都還沒看到森林呢！（全部走向後台，燈全暗）

離開卡勒村不久，地上印著五個小探險家的腳印，在腳印停止的前端，看到了聳立於前方的森林，森林看起來有些詭異，樹與樹緊黏的讓他們難找到足以通過的縫隙，周圍瀰漫著淡灰色的霧…

（燈微亮。）

堤米德：這座森林看起來好可怕喔……
瑟裴斯：我們有五個人耶，怕什麼！
普　兒：對啊，我們又沒作虧心事，幹麻害怕！

艾蒂兒：那入口在哪裡呢？感覺好像進不去欸。
普羅伊：那我們繞著周圍走好了，一定會有入口的。

走著走著，前面映出光點。（spotlight打在背景上）

瑟裴斯：你們看！我們好像找到入口處了！

大家興奮的往前跑，看到的是驚豔他們瞳孔的美景，樹枝與樹枝相連接，形成無止盡的林蔭隧道。即使透過灰霧，仍然能看到渲染彩虹般繽紛的彩蔭隧道。

艾蒂兒：這就是充滿顏色的感覺嗎……？
普　兒：可是都霧濛濛的，看不太清楚！
瑟裴斯：原來充滿顏色這麼漂亮啊！我們一定要把顏色找回來，讓大家都可以享受充滿顏色的生活！
普羅伊：這真的是路嗎？都看不清楚耶！要不要找別條路啊？
堤米德：（小聲抱怨）就是說啊！漂亮是漂亮……但是這條路看起來好長喔，要走到什麼時候才會到啊？腳會痠的耶！
普　兒：雖然都是霧，可是在那一端好像有什麼光在閃爍耶！
艾蒂兒：真的耶，看起來好像很漂亮呢！
瑟裴斯：真的嗎？那我們快點往前一探究竟吧！
堤米德：可是感覺怪怪的耶！
瑟裴斯：別囉唆了！快點走吧！我們要勇敢向前！
堤米德：喔……

瑟裴斯走第一個，依序為普羅伊、艾蒂兒、普兒和堤米德，繼續往前走……

堤米德：（往前跑、緊抓著瑟裴斯的手臂）這裡真的感覺怪怪的耶…
普　兒：勇敢一點好嗎？我們四個都在你身邊耶！
艾蒂兒：對啊，就算有事情發生，我們也會一起面對的，絕對不會拋下你不管，放心吧！

走了一陣子。

瑟裴斯：好像快到出口了耶！
普　兒：對啊，但是光線好像不太一樣耶？
瑟裴斯：我也不知道，我們快出去看看就知道了！
普羅伊：嗯！大家快走吧！（走入後台）

【第二幕】第一場
踏出森林的第一步，火紅的餘暉像腮紅般照亮他們的臉頰，壓在夕陽下的城鎮，就是一心尋找的密克斯城。密克斯城就像工整的格子衫，是個道路分明整齊的小鎮，區隔道路與道路的是五種不同的顏色。它把密克斯城切分成五個看似不相關卻相連的小鎮。

普羅伊：（拿著望遠鏡眺望著）看來，我們好像已經穿越史葵特森林了耶！
瑟裴斯：真的嗎？萬歲！萬歲！（又叫又跳的）
普　兒：普羅伊你在看什麼啊？我也想看！
普羅伊：我好像從望遠鏡看到村莊了，給你看看（把望遠鏡給普兒）
艾蒂兒：真的嗎？是爺爺奶奶說的那些被顏色佔據的城市嗎？
普羅伊：好像是耶！因為這座城的道路好整齊，而且被顏色分成了五個獨立的村莊。
瑟裴斯：真的嗎？我也要看！
堤米德：我也要！我也要！

普　兒：嗯嗯，大家快來看！（把望遠鏡給瑟裴斯）

瑟裴斯拿起望遠鏡凝望了許久後，艾蒂兒和堤米德也輪著看望遠鏡。

瑟裴斯：普羅伊，門口上的牌子好像寫著密克斯城耶，跟地圖標示的地方一樣嗎？
普羅伊：（攤開地圖，在上面查找的樣子）密……克……斯……城……密克斯城……密克斯城……對耶！地圖上是寫密克斯城耶！
普　兒：真的嗎？我們真的是太幸運了！
艾蒂兒：這個城市感覺好特別喔！
堤米德：可是……可是為什麼是被顏色分成獨立的村莊啊？
普羅伊：恐怕是跟爺爺奶奶他們說的一樣，顏色被分配到各個村莊吧！
瑟裴斯：走吧！走吧！我們趕快去看看吧！尋找顏色囉！
堤米德：瑟裴斯！等等我！不要丟下我啊！

眾人向密克斯城前進，且來到密克斯城裡的黃色小村莊，黃得連太陽的顏色都分不清了，穿過看似平靜的住區，來到了市集。

普　兒：看那邊，你們看那個小孩在做什麼？（指著前方的轉角處）
艾蒂兒：他在偷東西耶！
瑟裴斯：怎麼會這樣呢？
普羅伊：那個小孩的爸媽在哪裡啊？
艾蒂兒：不知道耶，怎麼就這樣放任他小孩呢？難道連他爸媽都不知情嗎？
堤米德：哇～他真勇敢！要是我，我才沒那個勇氣去偷東西呢！
普　兒：我看你連借東西的勇氣都沒有吧……
瑟裴斯：普兒，你這麼說也太誇張了吧！

艾蒂兒：現在不是討論這個的時候啦！
堤米德：就是說啊！

這時有一名中年男子向他們走來…

男子1： 請問你們是從外地來的嗎？
瑟裴斯：對啊
男子1： 那我們這邊規定，從外地來的要繳觀光費，每個人收一百元喔。
普　兒：為什麼還要收觀光費啊？
男子1： 因為這樣我們村子如果被破壞了，才能有保證金可以去修繕啊。
普　兒：原來是這樣子喔。
瑟裴斯：那我們每個人先給他一百元吧。

每個人給了男子一百元之後，男子離去，他們繼續往前走，又有人來跟他們收錢……

男子2： 看你們的樣子，你們是從外地來的吧！
普羅伊：對啊，有什麼事嗎？
男子2： 我們這邊需要收費，每人兩百元當作觀光清潔費喔。
瑟裴斯：但是剛剛有人收過了啊，而且他只收一百元耶！
男子2： （嘴中念念有詞）可惡，竟然先被搶走了！
艾蒂兒：你們是騙人的吧！
男子2： （慌張貌）沒……沒有啦！怎麼可能，那你們繼續逛逛吧！我先走了！（慌張離去）
普　兒：我們被騙了嗎？
普羅伊：感覺好像是！難道這個村莊，不是偷東西，就是在騙人？

瑟裴斯：什麼？！我的一百元啊！！

堤米德：一百元不見了嗎？那該怎麼辦？

艾蒂兒：好像也不能怎麼辦，一百元被他拿走也沒辦法拿回來了，
　　　　因為那位男子已經不知道跑哪兒去了……

普羅伊：看來我們要小心一點了！

艾蒂兒：對啊！免得又被騙！

普　兒：可是……為什麼這個村莊會變這個樣子啊？

普羅伊：你忘了我爺爺奶奶說的負面情緒了嗎？

瑟裴斯：原來如此！那麼這裡是黃色村莊，黃色代表貪心囉？

堤米德：嗯，一定是這樣！

普　兒：那有什麼辦法，可以喚醒他們嗎？

普羅伊：大家一起想想——

大家低頭沉思，沒多久艾蒂兒就有點子了……

艾蒂兒：我想到了！

瑟裴斯：什麼好點子，快說快說！

艾蒂兒：如果我們讓他們感受到分享的快樂，他們應該就不會因為
　　　　想把每個東西都佔為己有，而去偷和騙了！

普　兒：可是那要怎麼做啊？

艾蒂兒：我們去買餅乾，分給大家！而且不跟他們收半毛錢！

堤米德：這樣有什麼用啊？

艾蒂兒：當然有用啊！他們現在只知道從別人身上謀取利益，要是
　　　　我們主動分享東西給他們，他們一定會有所感觸的！

普羅伊：有道理！那我們就試試看吧！

瑟裴斯：說的好，我們快行動吧！（燈暗）

（燈亮）

他們準備了好多的餅乾，準備分給大家，這時，剛剛那個偷東西的小孩出現了，並且準備要用偷的方式，拿走餅乾，卻被普兒發現。

普　兒：哈囉小朋友，你長得真可愛，你叫什麼名字啊？
小　愈：我……我叫小愈……我沒有要偷東西喔……
普　兒：當然啊，我當然知道，你這麼可愛，怎麼會偷東西呢？（拿一包餅乾遞給小愈）來，這包餅乾給你。
小　愈：可是……可是我沒有錢……
普　兒：我沒有說要收你錢啊！別擔心。可是你要答應我，要把餅乾跟你的朋友們分享！
小　愈：分享？這樣我怎麼夠吃？
普　兒：夠的！因為分享會讓你有不同感覺的！
小　愈：好，我試試！謝謝姐姐！（邊走邊望著餅乾納悶）

小愈拿了餅乾之後，跑去找他的朋友，並且把餅乾分享給她的朋友們，告訴他們那邊有一群哥哥姊姊在發餅乾，於是大家紛紛往那邊走去。看到他們五個面帶微笑的在發餅乾，大家原本懷疑的心裡，頓時消失了，也不會想去偷別人的了。

普　兒：你們看，大家都很快樂的樣子耶！
艾蒂兒：對啊，看來我的方法果真很管用呢！叫我天才吧！哈哈
瑟裴斯：哈，天才！多虧有你了啊！
艾蒂兒：（轉頭向大家大聲說）手上拿著餅乾的你們，相信心裡一定很高興，有很多時候，分享會比自私佔有，甚至偷竊，還要來的開心！吃了餅乾之後，可千萬不要忘記喔！
堤米德：對啊對啊！

總算，強烈佔據著這個小村莊的黃色漸漸變淡，不過也因為長期生活在黃色的小世界裡，即使顏色已淡去，這個村莊的人還是擁有偏黃色的個性，他們比其他村莊的人顯得開朗許多。此時，瑟裴斯口袋裡的紱發生了變化，但他們一心往下一個小村莊前進，一點也沒發現鑲在紱裡面的黃色已經不見了。

【第二幕】第二場
下個村莊是很刺眼的紅村莊，在強烈的紅色覆蓋之下，人們的面孔顯得特別紅潤，甚至紅得像顆蘋果。一進這個紅色村莊的道路，不遠處就傳來了吵罵聲。

普　兒：前面很像有人在吵架耶！
瑟裴斯：我們過去看看吧！
艾蒂兒：嗯，我好擔心前面會發生什麼嚴重的事情
堤米德：這樣子……這樣子我們還要過去嗎？（惶恐貌）
普羅伊：走吧，堤米德！你不會想一個人站在這裡吧？
堤米德：當然！呃……好啦～我們過去看看……

他們過去後發現，大家都在爭吵，不管多麼微小的事情，都想與對方爭吵，根本就是為了吵架而吵架。路邊……

妻　子：你給我交代清楚喔！為什麼你昨天那麼晚回家？
丈　夫：跟你說我去朋友家喝酒，你怎麼都聽不進去？
妻　子：喝酒喝酒，喝酒怎麼會喝到領子上有口紅印？（舉起手裡那件印有口紅印的襯衫）
丈　夫：那是他們家的媽媽，昨天喝醉酒，在那邊發酒瘋亂親的啊！你怎麼不相信我呢？
妻　子：口紅印耶！你這樣叫我怎麼相信你？

這時普羅伊說話了。

普羅伊：叔叔、阿姨，你們不要再爭吵了！
妻　子：哪來的野孩子們，插什麼嘴！
路人1：（上前去把普羅伊拉到一旁）小孩子，你真大膽，都不怕被掃到颱風尾嗎？
路人2：就是說啊！況且清官難斷家務事，你就別管吧！
堤米德：天啊！她真恐怖（往瑟裴斯身後躲）
普　兒：她是巫婆嗎？怎麼這麼兇！（小聲的說）
艾蒂兒：（站出來對那位婦人說）阿姨不要這麼兇好嗎？我們也是看你們吵的天翻地覆，才想來好好勸勸你們的。
普羅伊：（再次站出去）就是說啊！
妻　子：勸？怎麼勸？要勸什麼？這些事你們小孩子不懂的啦！
瑟裴斯：妳可以說說看啊，說不定事情不是這麼一回事！
妻　子：明明就是這麼一回事！你看這衣領上的口紅印，能怎麼解釋？
普羅伊：阿姨你先別氣也別急，讓我問問叔叔一些問題可以嗎？
妻　子：哼（手叉腰），希望你可以問出什麼個所以然來。
普羅伊：那……叔叔，我可以請問幾個問題嗎？
先　生：當然可以，我自認問心無愧！
普羅伊：好，你說你晚回家是因為昨天晚上去朋友家喝酒是不是？

這時圍觀的民眾越來越多。

丈　夫：對啊！不過是犯了酒癮，想去解解饞。
普羅伊：那口紅印是怎麼一回事呢？
丈　夫：朋友的媽媽發酒瘋，不小心印上的，但是我妻子就是不相信。

妻　子：口紅印耶！你叫我怎麼相信？（歇斯底里）
普羅伊：小姐，你先別這麼激動！他說口紅印是朋友的母親不小心印到的
妻　子：拜託！這種荒唐的理由，你們該不會相信了吧？
普羅伊：我們可以來驗證啊！叔叔，可以請你朋友的媽媽過來嗎？
丈　夫：就在那邊啊！（指向人群中的一位婦女）
朋友的媽媽：（從人群中站出來）怎麼了嗎？我昨天喝的醉醺醺，什麼事都不記得了！
普羅伊：沒關係。阿姨，可以把那件有口紅印的衣服借我嗎？
妻　子：在這裡啊，你要幹麻？

普羅伊攤開來看了一下唇印，再看一下那位媽媽的嘴唇顏色。

普羅伊：大家仔細看一下衣領口紅印的顏色，再看看這位媽媽嘴唇上的顏色，兩個是不是一樣？
堤米德：（頭伸出來，很努力的看）對耶！好像喔！
妻　子：……（很認真的看）
路人們：（議論紛紛）好像是一樣的耶……就是說啊，原來是誤會啊……
丈　夫：你看吧！我就跟你說了，還不相信我！
普羅伊：其實很多事情，不是爭吵就有結果的，要互相溝通，不要一味的猜疑別人，只要好好溝通就可以解決事情的！

眾人互相看著，又想起自己與別人所發生過的爭執，不禁心虛了起來。朋友的媽媽知道是自己闖禍，走向那對夫妻……

朋友的媽媽：真不好意思，造成你們的困擾，以後我會節制一點的…
妻　子：（看向朋友的媽媽）原來是誤會啊！伯母，不要緊的！

（轉向丈夫）老公，對不起，我不該懷疑你，不該不相信你的……（撒嬌）

丈　夫：沒關係啦！你現在了解真相，我就很開心了！對不起，我也不應該做讓你擔心、誤會的事……

妻　子：該道歉的是我啦……（躲進去先生的懷裡）

紅色也像上一個村莊一樣，漸漸褪去。而這個村莊長期在紅色影響下，他們的正面的情緒是成為非常非常好客、熱情的人。同樣的，瑟裴斯口袋裡的�，也少去了一個顏色。

【第二幕】第三場 在邁向下一個村莊的路上。（舞台燈微亮）。

堤米德：不知道下個村莊會發生什麼事喔？

瑟裴斯：不管發生什麼事，我們都要團結來解決，這樣才可以讓我們村莊的顏色恢復。

普　兒：真希望下一個小鎮，不要再像剛剛那兩個一樣恐怖了！

堤米德：但是我有不好的預感…

瑟裴斯：狗嘴吐不出象牙欸你！一定會有好事發生的好嗎！

普羅伊：別說了吧！我們快出發吧！

接下來出現在眼前的是紫色的村莊，佈滿紫色的小城鎮，讓大家覺得昏昏欲睡，而且這個村莊和前面兩個相比起來，顯得安靜許多

瑟裴斯：這個地方好安靜……安靜的好可怕……

普　兒：對啊，而且，大家的面孔，都好嚴肅、好恐怖……

艾蒂兒：怎麼每個看起來都像被欠一大筆錢一樣……

瑟裴斯：可是眼神看起來比較像是忌妒耶！

普羅伊：好像是欸……
堤米德：嗄——真是……有夠恐怖的……

這時一個老先生走過來，摸著堤米德身上的衣服。

老先生：哇——你身上的衣服好漂亮喔，可不可以給我啊？（用力拉）
堤米德：唉唷，好痛喔，不要再拉了啦！
艾蒂兒：老爺爺，你在做什麼！那是我朋友的衣服！（上前拉回堤米德的衣服）
老先生：我知道啊！可是這衣服好看，我想要！快點給我！（用力扯）

瑟裴斯和普羅伊跑過來抓住老先生的手，普兒幫忙艾蒂兒拉住堤米德的衣服。

瑟裴斯：老爺爺，快放開我朋友！
普羅伊：老爺爺，你這是在欺負小孩子嗎？
老先生：欺負小孩？！講那什麼鬼話，算了，我才不稀罕，我可以找到更好看的衣服的！

老先生鬆手、不屑的離去。

堤米德：好恐怖喔，他好像很想要我的衣服一樣……
普　兒：這裡的人到底是怎麼啦？怎麼這麼恐怖！
艾蒂兒：他們……好像真的充滿著嫉妒心耶！
瑟裴斯：嫉妒？
普羅伊：好像是這樣子沒錯～
艾蒂兒：如果他們發現自己的好，不就不會嫉妒別人了？
普　兒：發現自己的好？什麼意思？

艾蒂兒：每個人都有自己的長處啊！只要讓他們發現自己的優點，知道自己擁有多少美好的東西，這樣他們就不會再嫉妒別人了吧！

普　兒：哦——原來如此啊！就像我這樣開朗大方嗎？嘻嘻——

普羅伊：那艾蒂兒，你有想法嗎？

艾蒂兒：我還沒想到喚醒他們的方法⋯⋯

普羅伊：嗯⋯⋯我想想⋯⋯（左右走動⋯⋯）

瑟裴斯：啊！我想到了！不知道行不行的通！

普　兒：快說快說，大家可以一起討論啊！

堤米德：對啊，讓我們知道可以怎麼做

瑟裴斯：就是啊，我們開始去跟村裡的人說一句話，而且一定要是誇獎的話。

堤米德：誇獎的話？

瑟裴斯：對啊，例如，我對普兒說「哇——你長的好可愛喔！沒人比你更可愛了！」

普　兒：哇——你形容的真貼切！（快樂轉圈）

艾蒂兒：嗯嗯⋯⋯我懂瑟裴斯說的意思！

瑟裴斯：大家覺得OK嗎？

普羅伊：我覺得這方法挺特別的耶！可以試試看啊

普　兒：我相信沒有人被誇獎是不開心的，因為我要是被誇獎，都會開心的想飛起來呢！

堤米德：好像是耶！那⋯⋯我們要跟多少人說啊？

瑟裴斯：當然是全部的人啊！

普羅伊：嗯嗯，行動囉！

於是大家紛紛去跟每個人說了誇獎的話。

瑟裴斯：先生，你好高喔！像我這麼矮，超級不方便的耶！要是我有你的身高，我一定會變的更有自信！

普羅伊：這位奶奶，你的手好巧喔！竟然可以把這條圍巾，織的這麼好看！如果拿出去賣，肯定價格不斐！

艾蒂兒：小妹妹——你長的好可愛喔，有沒有人說你像洋娃娃？

普　兒：小姐，你做事好認真喔，人家說「認真的女人最美麗」，套在你身上，真是再適合不過了！

堤米德：（結巴的說）弟弟……你的……你的……眼睛好美喔，像天上的星星一樣，閃閃發光呢！

五個人就這樣跟每個村民講讚美的話，大家聽了之後，心裡都有所感觸，就不再那麼的嫉妒對方。

普　兒：其實讚美別人，會讓人快樂，大家為什麼還要不停的嫉妒、仇恨對方呢？那多麼的辛苦啊！

堤米德：對啊，互相讚美，不互相嫉妒，會變的更快樂喔！

紫色也漸漸的淡去，而人們的表情也變了很多，大家露出溫和甜蜜的臉，對身邊的人說著體貼浪漫的話語，在淡淡紫色下的浪漫溫暖城鎮。

瑟裴斯：好，就照這股氣勢往下一個村莊前進吧！

眾　人：出發囉！

【第二幕】第四場

到達下一個村莊時，他們嚇了一大跳，藍色村莊有寬廣的藍天，雖然是藍色，但是地面和天空的感覺完全不同，暗淡的藍色使大家心情低落。

瑟裴斯：我的天啊，這裡怎麼跟上一個村莊一樣死氣沉沉的啊？

普羅伊：而且大家看起來心情都不好，怎麼回事？
堤米德：（小聲）感覺真奇怪……
艾蒂兒：有什麼辦法可以讓他們……活潑一點的嗎？這樣就不會死氣沉沉的啦！
普　兒：有有有！我有辦法！
堤米德：普兒妳真厲害，一會兒就想到了！
瑟裴斯：堤米德，你嘴巴真會誇獎人！
堤米德：（害羞、扭捏）沒有啦……
艾蒂兒：快說快說，到底有什麼方法啊？
普　兒：你們會不會唱「說哈囉」啊？
瑟裴斯：當然會啊！
普羅伊：會啊。
堤米德：妳想用唱歌的幫法來帶動大家？
普　兒：對啊，我們一起唱歌，一起跳舞，讓他們感受到熱情和快樂，就不會這麼死氣沉沉的啦！
瑟裴斯：好啊！這點子真不賴。
堤米德：可是我會害羞耶…
普　兒：不用害羞啊！盡量唱就對了！大家一起唱，不用害怕啦！
堤米德：嗯……好……
普　兒：那準備好囉？
眾　人：好了！

（大家手牽手）普兒帶著大家，唱個歌、跳著舞，一路向前進，路旁的人們，看著他們又唱又跳的，嘴角也漸漸上揚起來。

普　兒：如果你很高興 你就說哈囉
眾　人：哈囉——
普　兒：如果你很高興 你就說哈囉

眾　人：哈囉——

眾　人：大家一起唱啊 大家一起跳啊（全部人跳一下），圍個圓圈盡情歡笑說哈——（揮手說哈囉）

普　兒：如果你很高興 你就拍拍手（拍手）

眾　人：如果你很高興 你就拍拍手（拍手）

眾　人：大家一起唱啊 大家一起跳啊（全部人跳一下），圍個圓圈盡情歡笑拍拍手——（拍手）

看著他們如此開心的唱著歌，小鎮裡的人們，也漸漸的展開笑容，參與他們的隊伍（村民慢慢加入，圈變大），於是整個小鎮，都被笑聲給包圍了。

總算，這個村莊的人民看見了許久未見的清澈藍天，寬廣的天空打開了他們的心胸，帶點淡淡的幸福，瑟裴斯們也感染了這樣淡淡的幸福往下一個村莊去。

瑟裴斯：太棒了！就剩下一個顏色了！

普　兒：對啊——感覺超棒的！

艾蒂兒：好興奮喔～

普羅伊：話不多說，我們趕快出發吧！我等不及下一個挑戰了！

堤米德：（小聲）可是……可是我覺得好累喔…能不能休息一下？（蹲在一旁）

瑟裴斯：都剩最後一個了！等我們回家，你要休息多久都可以啊！

普　兒：對啊，還可以看著美麗的風景休息呢！

堤米德：好吧……或許你們說的也對。（站起來）

（全部小朋友走進後台。）

【第二幕】第五場
終於踏進最後一個村莊了，大家帶著期待的心，一直想著只剩最後一個顏色就可以回去煥然一新的卡勒村了。最後一個村莊是綠色的村莊，深綠色的村莊，給人很沉重的感覺。

普　兒：這裡也好陰森的感覺⋯⋯

堤米德：（小聲抱怨）怎麼又是個恐怖的村莊啊⋯⋯

瑟裴斯：沒問題的，前面四個村莊不管發生什麼事情，我們都順利解決了，這裡一定也沒有問題的。

艾蒂兒：還是我們再唱一次歌、跳一次舞看看？

普羅伊：行的通嗎？

艾蒂兒：試試也無妨啊——

瑟裴斯：好啊，我們再唱一次吧！

普　兒：那大家準備喔！（牽起手）

普　兒：如果你很高興 你就說哈囉

眾　人：哈囉

普　兒：如果你很高興 你就說哈囉

眾　人：哈囉

眾　人：大家一起唱啊 大家一起跳啊（跳一下），圍個圓圈盡情歡笑說哈囉——（揮手說哈囉）

普兒：如果你很高興 你就拍拍手（拍手）

眾　人：如果你很高興 你就拍拍手（拍手）

眾　人：大家一起唱啊，大家一起跳啊，圍個圓圈盡情歡笑拍拍手——（拍手）

旁邊的村民視若無睹的來來去去，一點反應都沒有。

普羅伊：好像⋯⋯沒什麼改變耶⋯⋯

普　兒：嗚嗚……我的方法失敗了……（學廣告，趴在地上哭）

艾蒂兒：（去安慰）別傷心啦～你前一個小鎮，發揮了超大的作用啊！（拍手）

瑟裴斯：對啊，不要傷心！我們可以再試其他方法啊！

普　兒：（爬起來）也對，那我們要不要試試別首歌？

瑟裴斯：什麼歌啊？

普　兒：當我們同在一起啊！

艾蒂兒：好啊，我們一起來！

堤米德：這首我也會耶！

普　兒：那就來吧！1——2——3——當我們同在一起……（大家牽手轉圈）

眾　人：在一起　在一起
當我們同在一起　其快樂無比
你對著我笑嘻嘻　我對著你笑哈哈
當我們同在一起　其快樂無比

唱完之後，四周依然是死氣沉沉……

艾蒂兒：哦……好像……沒有很大的效果……

普羅伊：好像是耶！那怎麼辦？

大家都低頭沉思……

堤米德：（小聲的對瑟裴斯說）你覺不覺得……這裡的環境……很髒亂啊？

雖然很小聲，但是大家都在沉思，所以聽的格外清楚，大家都往四周掃視。

普　兒：……真的耶！好不乾淨喔！

瑟裴斯：對啊！到處都是垃圾……

普羅伊：看來這裡的人，生活在這種環境下，已經習慣了…

艾蒂兒：習慣把自己藏在這種髒亂的環境裡面？

堤米德：感覺好像世界快要末日了呢…

普　兒：我們可以為他們做點什麼嗎？

堤米德：我們可以為他們打掃環境，種一些植物吧！

瑟裴斯：哇，堤米德，你終於有想法了喔！

堤米德：沒有啦……（搔頭害羞狀）只是我不喜歡在這種陰沉的地方站著…

艾蒂兒：那我們行動吧！

眾人開始為小鎮的道路清掃，把散落一地的垃圾堆積，然後在街道旁種下植物，在一旁的人，看著看著，也動了起來。打掃完的那一剎那，鮮明的陽光忽然照到大家的臉上，大家看起來是那麼的有精神、那麼的清爽，不再像一開始那樣陰沉。

普　兒：好累喔！終於打掃完了。

普羅伊：你們看大家。

艾蒂兒：怎麼了嗎？

瑟裴斯：有什麼不一樣嗎？

普羅伊：你們不覺得大家的臉沒這麼陰沉了嗎？

堤米德：真的耶！我們做到了！

瑟裴斯：對啊！我們成功了！

普　兒：普兒好開心喔——（轉圈）

艾蒂兒：我現在只想好好的洗個澡耶。

普羅伊：可是我等不及想回卡勒村了呢！

大家看著充滿生機的綠色村莊，心裡為自己能改變、幫助那麼多人開心，同時也期待看到改變的卡勒村。大家開心的看著彼此，打鬧成一團。

普羅伊：對了，弒呢，爺爺奶奶不是說，改變這些村莊，弒上面的顏色就會消失，卡勒村就有顏色了嗎！

普羅伊話說完的同時，瑟裴斯將弒從口袋中拿出來，大家眼中的弒已經是個黑漆漆的普通石頭。

瑟裴斯：你們看，弒的顏色真的都不見了！
普　兒：真的耶！
普羅伊：意思是我們辦到了嗎？
堤米德：成功了嗎？
艾蒂兒：對啊，普羅伊的爺爺奶奶不是說過，要是弒的顏色消失了，那卡勒村的詛咒就破解了！
瑟裴斯：那我們快點回卡勒村看看吧！
普羅伊：我等不及回去看漂亮的卡勒村了。
普　兒：快點快點，我們快出發吧！

後面跑出一位村民……

村　民：等等啊，小朋友們！
瑟裴斯：有什麼事嗎？我們正趕著回卡勒村。
村　民：我知道！因為我之前去過卡勒村，所以想告訴你們捷徑。
艾蒂兒：真的嗎？請快點告訴我們吧！
村　民：沿著這條路走，會看到一條小徑，那條小徑很少人知道。現在顏色回來，都要歸功於你們，我相信在那裡，你們可以送給自己最大的禮物！
普羅伊：我想，回到卡勒村，看到充滿顏色的卡勒村，就是最大的禮物了！
普　兒：對啊！我等不及想看看那片美麗的景色了。
瑟裴斯：我們快出發吧！

【第二幕】第六場
通往故鄉的路，是條比史葵特森林更美的路，它不像史葵特森林被各式各樣的顏色包圍覆蓋，取代而之的是飄著如雪般的蒲公英小徑，卡勒村小探險家們的腳邊也種滿了薰衣草。一片、兩片、三片，數不盡的櫻花掉落在小勇士們的頭頂、肩膀和手心。

艾蒂兒：這就是……那位村民說的禮物嗎……（望著景色呆住）
普　兒：普兒看到的都是真的嗎？（望著景色揉眼睛，然後呆住）
堤米德：這就是……我們的努力換來的嗎……
瑟裴斯：這麼美……我們之前的辛苦都值得啦！
普羅伊：看到這片景色，我更期待卡勒村的美麗景色了！
瑟裴斯：就是說啊！
普　兒：（在一旁玩起來）你們看！這真是美呆了！
艾蒂兒：對啊，我要採幾株回家給我媽媽。
普羅伊：我覺得這些飄在天空中的，感覺像雪花一樣，好漂亮呢！
瑟裴斯：雪白的世界，加上粉色的櫻花與淡紫的薰衣草，原來彩色的世界，是這麼的美麗！
堤米德：對啊，就像天堂一樣……
艾蒂兒：我們能成功找回顏色，真是太棒了！
瑟裴斯：快回去卡勒村吧！相信我們的村子，一定更美！
堤米德：對啊！快回家吧！

他們手裡、衣服上和包包裡，裝了少許路途中採的花朵，當他們站在「卡勒村」的牌子前，只看見五個嬌小的身影迅速往前衝。

艾蒂兒：（大叫）啊！你們看！那是什麼？
堤米德：那座彩色的橋，掛在卡勒村上耶！
普　兒：那是什麼啊？好漂亮喔！好想上去走走！
普羅伊：我記得奶奶給的那本書裡好像有提到耶，等等我，我找找看！（翻書）
瑟裴斯：不知道那座橋，要怎麼上去。
普羅伊：（指著書）在這！它的名字叫「彩虹」，它不是橋，它是由水滴跟陽光行成的耶！
普　兒：所以那不是橋喔？（失望貌）
艾蒂兒：當然不是啊，哪有橋是由水滴做成的啊？
堤米德：有啊！就是彩虹啊！
艾蒂兒：但是它又不能走上去！
堤米德：但是它很像橋啊…
艾蒂兒：吼！不跟你爭了啦！
普　兒：它有好多顏色喔！真漂亮…（雙手緊握，眼神專注的望著彩虹）
普羅伊：（看著書）紅……橙……黃……綠……藍……靛……紫……書上總共標示了七種顏色耶！
瑟裴斯：紅橙黃綠藍靛紫？好像是真的耶。（看著彩虹細數）
普　兒：如果能把彩虹握在手裡就好了，因為它真的好漂亮。（手伸出來，做出想握的樣子）
普羅伊：彩虹掛的那麼高，就是要讓你摸不到啊！哈哈！
瑟裴斯：我們邊走邊看吧！快到村子了呢！
艾蒂兒：對啊，快走吧！

【第二幕】第七場
他們跑進村裡熟悉的地方，學校、市集、河邊、花園……，最後他們站在家門前。

普　兒：這真的是我們的村子嗎？
艾蒂兒：真是不敢相信！
普羅伊：還好我們有去找顏色，不然就看不到這麼壯觀的景色了。
堤米德：（仍然小聲的說）對啊，我好期待家裡面會變成什麼顏色。
瑟裴斯：嘿，堤米德，我們這樣去外面世界冒險一圈回來了，算是小小勇士了，你要有自信一點嘛，至少跟我們講話不要那麼膽怯了，直接說出你的想法啊！
普　兒：對啊，對啊，難得覺得你在密克斯城有比較勇敢了。
艾蒂兒：嗯——那時候還覺得你有點酷呢！
堤米德：（瞪大眼睛）真的嗎！？你們覺得我比較勇敢、比較酷？
瑟裴斯：對啊，我們真的這樣覺得。
普羅伊：對了，等一下你進去跟爸爸媽媽講話的時候，一定要像在密克斯城時那樣，他們一定會很驚訝的。
堤米德：好！那我現在要進去好好看我的房間了。
普　兒：那普兒也要看自己的房間，一定很可愛——
艾蒂兒：那我也要趕快回家，順便把這些漂亮的花送給家人。
普羅伊：那，我也要回去跟家人講我們的冒險故事——
瑟裴斯：好，那大家先解散，明天老地方見啊！

卡勒村歡樂繁榮的景象，是近幾十年、幾百年來不曾有的，顏色為村人帶來喜怒哀樂。小孩們拿著五顏六色的粉筆在地上塗鴉、畫家們成天執水彩筆站在畫布前描摹村中欣喜的人事物、村人們炫麗的著裝更為村裡添加色彩，然而爭執卻從角落小小的擴散開來……

普兒在赴約去河邊的路途中看到了口角，生性善良的她，著急的跑到河邊拉著艾蒂兒，心裡的恐懼像水中的波紋無聲無息的擴散。

普　兒：艾蒂兒……（欲言又止）
艾蒂兒：怎麼了？看起來悶悶不樂的？
普　兒：我覺得……
艾蒂兒：覺得怎麼樣？
普　兒：就是啊，剛剛在過來這邊的路上，我看到……有些人在爭吵……讓我覺得……顏色回來了，雖然是件好事，但是你記得普羅伊奶奶說過的話嗎？她說當時顏色會被封印，就是因為後來人們起了負面情緒……
艾蒂兒：所以……你害怕變成跟那時候一樣失去顏色嗎？
普　兒：嗯……我真的很擔心。

這時，瑟裴斯、普羅伊、堤米德，紛紛到來，艾蒂兒與普兒，便把這個感覺告訴給大家知道。

瑟裴斯：我也有這樣的感覺耶！
普羅伊：原來奶奶說的故事，真的會發生……
堤米德：要怎麼辦啊？我不想要讓這片彩色的世界，再次被封印…
艾蒂兒：不用擔心啦！我們能把顏色找回來，一定有辦法保護顏色的！
普　兒：可是……要怎麼保護？（泛淚的看這大家）

大夥兒在煩惱之際，鏗！堤米德踢到僅露出一角的酒紅色木盒，這微弱的聲響敲醒陷入苦惱世界的其他人，膽小的堤米德指著腳邊的盒子。

普　兒：那是什麼東西啊？

瑟裴斯：（拿出木盒）裡面好像有東西欸。
艾蒂兒：天啊！這是當時，尋寶遊戲所藏的寶物耶！我都忘記了！
普羅伊：裡面是什麼啊？
艾蒂兒：打開看看就知道了啊——
普　兒：快點開——快點開——
堤米德：（睜眼）是什麼啊？
瑟裴斯：哇——是我們的照片耶！
普　兒：天啊——原來我有雀斑啊！好害羞喔！
堤米德：我怎麼穿了個大紅色呀？！
普羅伊：艾蒂兒看起來好有氣質喔！哈哈～
艾蒂兒：還敢說我呢！你自己也帶著那紫色眼鏡！裝氣質啊？

這張照片跟以前艾蒂兒埋的照片不同，裡頭的瑟裴斯是頂著深褐色的頭髮、普兒臉上有淡淡的雀斑、普羅伊戴著銀紫色的眼鏡、堤米德穿著和個性不符的亮紅色上衣、艾蒂兒則是穿著優雅淡藍色洋裝……。這張照片勾起許多美好的回憶，而印著顏色為照片注入更多情緒。大夥看著照片，心中浮現出許多回憶。

堤米德：我們就用相同的方法，去告訴我們的村民啊！當時我們也是用這些方法把顏色找回來的不是嗎？我們去讓大家了解，唯有讓負面情緒不再出現，顏色才能保存下來！
瑟裴斯：哇塞——堤米德！你真的變的好酷喔！
普　兒：對啊——超酷的！
普羅伊：比我還酷了這樣。
艾蒂兒：超帥的你！
堤米德：（害羞貌）我哪有啦……

於是眾人回到村裡，準備說服大家。小孩子們天真的話語在大人耳邊纏繞，看著小孩子們天真無邪的眼神，大人們此刻才真心感受到顏色帶來的歡愉欣喜。

這時，有一個老先生說……

老先生：對啊，既然事情一體兩面，那我們為什麼只發現不好的那一面呢？

村人1：說的也是，我們應該要朝好的方面前進。

村人2：嗯……壞的方面，我們應該要慢慢改進！

村人們下定決心要和顏色共存，創造和幾百年前不一樣的卡勒村。

【第二幕】第八場

一個星期過了，卡勒村的人民似乎了解如何和顏色的正反面情緒共融。每天早晨大家都接收金黃色的早晨陽光熱度、感覺湛藍天空帶來的晴朗、在草原上感受微風佛過臉龐的生機、嗅著紫陽花淡香的浪漫、以及享受大家炙熱的心所散發的熱情。每天晴朗開心的卡勒村，午後一定會有五個小個子背著書包從學校比賽跑到河邊。他們在那聊天、運動、嬉戲，甚至興起想畫�這顆彩石的小繪本。河川，也陪他們渡過喜怒哀樂的每一天。這天下課，小朋友們來到基地，瑟裴斯突然感慨了起來……

瑟裴斯：你們看看我們的秘密基地。

普　兒：怎麼了嗎？

艾蒂兒：對啊，有什麼不一樣嗎？

瑟裴斯：發生這件事情，讓我們懂得，顏色雖然讓我們的生活更繽紛，但相對的卻也帶來許多的負面情緒，如果不懂得控制自己，就會讓顏色覆蓋在不好的層面下，但是……

普羅伊：但是？

瑟裴斯：你們看這條河流，它始終如一，沒有顏色，如此的清澈透亮，它有它的規律，從不改變；不像我們，為了找尋顏色而奔波，找到之後，卻又產生紛爭……

堤米德：這麼說來，還是透明的河川好囉！

普　兒：說的也是呢……最簡單的透明……

艾蒂兒：真羨慕河川，一直以來都這麼的清澈、平穩、不變……

五個人看著河川，心中便產生不少的感慨，也許，擁有像河川一樣寧靜清徹才是最美好的。

劇終

劇本組佳作

作品：〈幸福的起點——進入一場愛與冒險的奇幻旅程〉
作者：陳奕卉、蘇毓鈞、蕭伊芳
班級：大學部應華系2B

幸福的起點
◀——進入一場愛與冒險的奇幻旅程▶

楔子

派崔克，巴巴多斯國的國王，和美麗的伊凡娜皇后生下了一位可愛的小王子奧斯汀，含著金湯匙出生的奧斯丁，要什麼有什麼，性格狂妄、囂張，對身邊的人予取予求，令國王皇后傷透腦筋，為了要改變奧斯丁的性格，於是說了一個關於公主和王子冒險的奇幻故事，小王子在聽了故事後，知道自己是幸福且幸運的，便改過自新，成為一位孝順又有禮貌的好孩子。

人物介紹

派崔克：巴巴多斯國的國王和伊凡娜一起找尋到心中的青鳥後，中肯務實，是一位愛護人民的好國王，對於奧斯汀的腫腫惡名感到頭痛，幫助奧斯汀找到他身邊的青鳥。

派崔克年輕：愛美不只是女人的天性，身為一位王子，總計較著自己眼睛不夠大、鼻子不夠挺、長相要是可以再帥一點就好。輕浮又強勢的他像個小惡魔。

伊凡娜：派崔克的愛妻，在旅程中找尋到屬於她心中的青鳥後，變得勤快善良大方溫柔，同樣為了奧斯汀的行為傷透腦筋，要幫助奧斯汀找到屬於他身邊的青鳥。

伊凡娜年輕：巴布貝多國的公主，Chanel、Louis Vuitton、GUCCI、COACH樣樣好，一個不夠，整個皇宮塞不滿，身為一國公主，怎麼能只有這點東西。邪惡貪婪又愛計較的她，卻是人人眼中羨慕的尊貴公主，除此之外公主總是高高在上的命令它人，毫不留情的指責它人的無心之過。

奧斯汀：巴巴多斯國的王子，跋扈、愛頂嘴、抱怨，以欺負別人為最大樂趣，是一位我行我素，不懂珍惜的小男孩。

【第一幕】
出場角色：派崔克國王、伊凡娜皇后、奧斯汀王子。
大綱：調皮搗蛋的奧斯汀王子又闖禍了，派崔克國王、伊凡娜皇后準備說一段奇幻的旅程來啓發奧斯汀王子。

（播放鳥鳴聲，舞台燈光漸亮。）

伊凡娜：（在花園裡唱歌，青鳥在她的手上翩翩起舞）（播放音樂風中奇緣，伊凡娜唱歌）Have you ever heard the wolf cry to the blue corn moon. Or asked the grinning bobcat why he grinned？Can you sing with all the voices of the mountain？ Can you paint with all the colors of the wind？ Can you paint with all the colors of the wind？

派崔克：（氣急敗壞的走進花園，青鳥飛走）伊凡娜，奧斯汀又闖禍了！

伊凡娜：（停止唱歌）怎麼會，奧斯汀最近不是很乖嗎？

派崔克：（大聲喊叫）奧斯汀，奧斯汀。

奧斯汀：（嘟著嘴，心不甘情不願的走進來）

伊凡娜：寶貝，告訴媽媽發生什麼事。

奧斯汀：（沉默不語，看著地板）

派崔克：皇宮學院的小朋友只是不小心把奧斯汀的故事書掉到地板，奧斯汀就發脾氣的罵人又打人。

伊凡娜：（表情嚴肅不悅）寶貝，這是真的嗎？

奧斯汀：（支支吾吾，咬著食指）嗯……呃……

派崔克：（嘆氣，望著伊凡娜）不能再讓他這麼胡鬧下去。不如我們把之前的故事講給他聽吧！

伊凡娜：（沉思狀）

派崔克：奧斯汀，過來爸爸這裡，現在媽媽和我要告訴你一個神奇的故事，你要仔細聽喔！

奧斯汀：（興奮的又蹦又跳）真的嗎？我最喜歡聽故事了！

（三人坐在花園的藤編搖椅上，奧斯汀坐在中間，聚精會神的聽著這個故事。）

（舞台燈光漸暗。）

【第二幕】
出場角色：派崔克國王年輕、伊凡娜皇后年輕、仙女。
大綱：仙女賦予自私的派崔克和貪婪的伊凡娜一項任務，要他們啓程去尋找幸福的青鳥。

（舞臺分成兩邊，派崔克在左舞臺，伊凡娜在右舞臺。）
（左舞臺燈亮，派崔克坐在梳妝臺前照鏡子。）

派崔克：（照著鏡子，手輕撫眼窩處，自言自語）唉，昨天晚上可惡的蚊子在我耳邊嗡嗡叫，害我都睡不好，美容覺的品質都下降了。（歇斯底里狀）啊！看看我的黑眼圈，真是的，雖然我已經是無人能及的大帥哥了。（神情黯然，起身走到連身鏡前，指著自己的鼻子）但如果我的鼻子能再挺一點，眼睛能再大一點，雙眼皮再深一點，眉毛再濃一點，皮膚再有光澤一點、滑嫩一點，這樣不就更完美了！噢，對了，如果我的身高也能再高一點，身材再結實一點那就好了。

（聲音漸小，燈光漸暗。）
（右舞臺燈亮，燈光打在伊凡娜身上。）

伊凡娜：（唱歌）「品味要好，檔次要高，名牌最重要。純手工打造，限量行銷，別人買不到。把錢花光，把卡刷爆，什麼我都想要，要別人看見，我的驕傲，我是女主角——」有沒有看到我身上的洋裝，是LV的限量款，剪裁如此合身，質地如此輕柔，還有我最喜歡的滾邊蕾絲，是多麼的Lady（拿起扇子，微遮臉龐，把頭髮往後一撥）喔呵呵呵呵——（轉圈後拿出抽屜裡的首飾盒。藍寶石、祖母綠、瑪瑙、鑽石、珍珠，每拿一樣珠寶就往身上比劃一番）這些都是我的最愛，（對著觀眾說）你們羨慕嗎？歡迎來參觀我的小小名牌世界。

（聲音漸小，燈光漸暗。）
（左舞臺燈亮，派崔克房裡煙霧瀰漫，全亮柔和光，仙女出現。）

派崔克：妳是誰，怎麼會出現在我的房間，我是在作夢嗎？怎麼會有這麼漂亮的人？哇！妳的皮膚也太好了，可以告訴我怎麼保養的嗎？（眼睛發亮）

仙　女：（口氣溫柔）我是誰並不重要，我是要來改變你的。現在的你過度注重外表，忽略了身旁的人及週遭的一切。你的心靈被嚴重蒙蔽了，你知道嗎？

派崔克：有嗎？我不覺得啊！我們來討論保養之道嘛！

仙　女：（搖頭嘆氣）我要賦予你一項任務，那就是你必須去找一隻青鳥，（拿出糖果造型的戒指）這個可以幫助你保有赤子之心，還有另一項功能，輕輕一轉就可以變換時空，你將開啟一段奇幻旅程。

派崔克：（一頭霧水，不情願）我一定得去嗎？

仙　女：是的，還有這個（拿出袋子），當你遇到危險時可以打開它。

派崔克：等一等，等一等。

（燈光暗。）
（右舞臺燈亮。）

伊凡娜：（持續陶醉轉圈，撞到仙女）

伊凡娜：唉唷！是誰啊？竟敢潛入本公主房間，好大的膽子！

仙　女：唉，果然還是那麼狂妄無禮。我是要來改變妳的，物質公主。妳得去找一隻青鳥。

伊凡娜：為什麼？

仙　女：（拿出糖果造型的項鍊）這一條神奇項鍊，轉動它就可轉換時空。（拿出袋子）還有這個在危急時可以幫助妳的袋子。

伊凡娜：等一等，等一等，怎麼講的不清不楚的嘛。

（燈暗，仙女消失。）

（兩邊舞台同時燈亮。）

派崔克：（把玩戒指）這到底是什麼東西？

伊凡娜：（把玩項鍊）真的有那麼神奇嗎？

派崔克：該不會是騙人的吧？

伊凡娜：哼！我才不相信。

（派崔克、伊凡娜兩人同時轉動戒指。）

【第三幕】

回憶王國出場角色：派崔克的爺爺、伊凡娜的奶奶、好心腸狗、壞點子貓、五個賓客、伊凡娜的同學們。

大綱：派崔克、伊凡娜兩人轉動戒指後，來到了回憶王國，在這裡遇見了他的爺爺跟她的奶奶，各自並送了青鳥當禮物祝福他（她）們更有勇氣迎接下一個挑戰。

（宴客中。）

爺　爺：我終於有第一個孫子了，寶貝，我替你取好名字了，就叫派崔克吧！

賓客1： 恭喜你，國王，在這個良辰吉日獲得了這個胖娃娃，這是要送給小王子的禮物。（微笑）

爺　爺：好的，謝謝，太客氣了你。（得意微笑狀）

賓客1： 不會，這是我們的一點心意！（微笑）

賓客2： 恭喜你，國王，我們期待已久的小王子終於誕生了，這是要送給小王子的一點心意。（微笑）

爺　爺：謝謝，你太客氣了，人來就好了，幹麻還送禮！。（得意微笑狀）

賓客2： 沒關係。（微笑狀）

賓客3： 國王，恭喜你獲得一個這麼可愛的小王子，他的樣子看起來很聰明有智慧，我相信它能將這個國家統治的很好，期待他未來的發展，這是我們要送給小王子的禮物。（微笑）

爺　爺：謝謝你，人來就好，何必這麼客氣呢！（得意微笑狀）

賓客3： 不會啦，這只是我們的一點心意！（微笑）

賓客4： 恭喜你們生了一個很俊俏的小王子，濃眉大眼看起來很有福氣，相信他會為我們人民帶來好運，這是要送給小王子的禮物。（微笑）

爺　爺：謝謝你，他的出生對我們而言就是最大的好運！（得意微笑狀）

賓客5： 恭喜你們生了一個很健康活蹦亂跳的孩子，看起來很有活力，相信他能替我們人民帶來希望，這是要送給小王子的一點心意！（微笑）

爺　爺：謝謝你，您太客氣了。（得意微笑狀）

（宴客結束，日子一天天的過去。）

（另一邊，小公主……）

（學校中。）

（鈴鈴鈴，下課鐘響起，學生紛紛走出教室玩耍。）

同學1：嘿，伊凡娜，我們一起去玩溜滑梯吧！
伊凡娜：好啊。（伊凡娜抱著壞點子貓一起去玩）

（跑向操場溜滑梯處，正好有很多人已經先在玩了。）

壞點子貓：嘿，你們通通都給我讓開，我家公主要玩！（囂張驕傲狀）
其他同學：（傻眼狀）為什麼我們要讓她先玩，我們先來的耶，她應該要排隊吧！
壞點子貓：（一臉就是要先讓她家公主先玩狀）我叫你們讓開就讓開，廢話這麼多，總之一定要先讓我家公主先玩就對了，誰叫這間學校是我家公主家蓋的。

（其他人無奈的只好讓她先玩，玩的過程中，公主一直玩，都不肯讓其他人玩，而壞點子貓跑到其他地方去玩，突然……）

伊凡娜：啊！我的蓬蓬裙被勾破了，這件是我的最愛耶，為什麼會這樣！（大哭大鬧，手摸著蓬蓬裙破掉的地方）

（這時其他人都目光移到公主身上，其他人都竊竊私語的說「報應」，也有人在偷笑她，而壞點子貓因為跑到很遠的地方去玩並不知道這件事。）

（突然，有一個女同學站了出來，跑到皇后身邊安慰她，並扶她起來。）

女同學：（女孩邊把公主扶走邊說）伊凡娜，沒關係，我叫我媽媽做一件類似的給妳，別哭了！（她拿出手帕將公主的眼淚擦掉，並拍拍公主衣服上的灰塵）

（這時公主心裡很感激這位女同學，因為只有她站出來幫助她並安慰她。）

伊凡娜：（握著那位女同學的手）謝謝妳，真的非常的謝謝妳！（說完並滴了幾滴眼淚）不過，衣服就不用麻煩妳媽媽了，我叫我媽媽再幫我買一件一模一樣的就好了，因為這件衣服很貴的。

女同學：OK！這樣也好。

（之後上課鐘聲響了，大家又都走進教室上課，直到放學，放學後公主就被司機接回家去了，而壞點子貓因為沒有在公主難過傷心時幫助她，讓她很寒心，所以她把壞點子貓遺棄了。）

（日子一天天的過去，小王子慢慢的長大，有一天……）

派崔克：爺爺，我們到花園去玩球好嗎？拜託陪我玩（可憐請求狀）

（爺爺抵不過派崔克的要求只好答應陪他玩。）

爺　爺：好吧！但你別跑的太快，爺爺會跟不上。（臉上溢滿幸福狀）

派崔克：好的。快點！我們快到花園去吧！（臉上滿足狀，拉著爺爺往花園去）

（到花園，好心腸狗也很興奮的叫著，準備要跟他們一起去玩，旁邊也有幾隻蝴蝶跟著翩翩起舞。）

派崔克：爺爺，接好球。（丟球）

爺　爺：好，小力點。（跑去接，好心腸狗也跟著去，蝴蝶也跟著在旁邊飛飛起舞，爺爺接到球）

爺　爺：該我丟了，接好。（小力丟球）

（派崔克接球，跑去接，好心腸狗也跟著去，蝴蝶也跟著在旁邊飛飛起舞，接到球。）

派崔克：爺爺我接到了，換我丟了。（丟球）
爺　爺：（接球，跑去接，好心腸狗也跟著去）來吧！我會接住的。（接到球）
爺　爺：你看吧，我就說我會接到的！爺爺還是很勇的。我要丟囉！（丟球狀）
派崔克：（接球狀）我也會接住的！（接到球）
派崔克：哈哈，我也接住了！換我要丟囉！（大力丟球狀）
爺　爺：這次我也一樣會接住的！（接球狀）

（這時，爺爺沒有接到球還跌倒了。）

爺　爺：啊！ 唉呦喂啊，一把老骨頭要散了！（跌坐在草地上，手扶在屁股上）

（派崔克慢慢的走過來。）

派崔克：爺爺，你好遜喔！連這麼小力的球都接不到，爛死了！（勝利囂張狀）
爺　爺：嘖，只是一時大意沒接到而已，小事一件。（不服輸狀）

（派崔克跟爺爺進去房子裡休息，但派崔克沒有扶著爺爺，而是自己大搖大擺的走進房子。）
（隔天，爺爺坐在椅子上休息，而派崔克走靠近爺爺。）
派崔克：爺爺你還好吧？（很敷衍的問）

爺　爺：沒事！你爺爺我還很年輕很健康的！（不服輸狀）

派崔克：那就好！真的確定沒事了？別過幾天又在叫哪裡痛哪裡痛！（不耐煩狀）

爺　爺：真的！我非常的確定！（給派崔克一個非常確定的眼神）

派崔克：那我得走了，我得到動物之國了！

爺　爺：是嗎！？那麼快？（不捨狀）

派崔克：是啊！我們也只有30分鐘的戲，不快一點後面怎麼演？！

爺　爺：也是，好吧，那我要拿個東西給你，等我一下。（起身走向花園拿青鳥）

（過了一會，爺爺提著籠子，裡面裝著青鳥。）

爺　爺：這隻青鳥將代表我，讓這隻青鳥陪伴你到動物之國吧！

派崔克：謝謝你，有你陪著我，我相信我能更有勇氣得去面對未來。（眼淚滴了幾滴）

派崔克：那我要走了喔，爺爺，您要保重身體！（不捨狀）

爺　爺：好，快去吧（不捨狀）

（於是派崔克帶著爺爺送他的青鳥前往動物之國，奇怪的事出現了，青鳥一出回憶之國就變黑色了……）

（放學後，公主被司機接回家，隔天是假日。在奶奶的房間裡——）

伊凡娜：奶奶，奶奶，說青鳥的故事給我聽吧！我想聽，拜託！（無辜可憐請求狀）

奶　奶：好，去拿椅子來坐吧！（慈祥樣）

（伊凡娜去拿椅子來坐好後）

伊凡娜：奶奶，你可以開始了！（期待狀，捧著臉望著奶奶）

奶　奶：從前從前，某一次的聖誕節就要到了，一對善良的小兄妹住在一個經濟窘困的家庭，當他們正在想著今年聖誕老公公可能不會帶著禮物來拜訪他們的時候……。好了我講完了！（奶奶把故事書闔起來，把書放在旁邊）

伊凡娜：這個故事真是讓我百聽不膩，好喜歡這個故事呢！（滿足狀）

奶　奶：我也是！（奶奶微笑）

伊凡娜：奶奶，謝謝妳講這個故事給我聽，現在我得往動物之國前進了！（不捨狀）

奶　奶：什麼？這麼快！不能留下來嗎？（不捨狀）

伊凡娜：不行耶……不走的話故事就演不下去了！（無奈狀）

奶　奶：好吧！那我拿個東西送妳。

（奶奶起身往花園走去，過一會，奶奶提著鳥籠走了過來。）

伊凡娜：奶奶，這是什麼鳥啊？！（疑惑狀）

奶　奶：這是青鳥，就讓牠代表我陪伴著妳，讓妳更有勇氣去面對未來。

伊凡娜：是喔， 可以不要青鳥嗎？我比較想要Chanel或GUCCI的包包還比較實用。（不耐煩狀）

奶　奶：乖，伊凡娜，青鳥妳還是帶著吧！另外我去拿幾個包包送妳吧！

（奶奶起身往另一個房間去。）

伊凡娜：耶！（手舞足蹈）我就知道奶奶對我最好了！

（過一會，奶奶手裡拿著大大小小各種不同款式不同顏色的包包走了過來。）

奶　奶：這幾個送妳吧！（奶奶拿著包給伊凡娜）

伊凡娜：謝謝妳，真的很謝謝妳，奶奶。（滿足狀）那我要走了喔！（不捨狀）

奶　奶：嗯，好。自己小心點！（不捨狀）

（伊凡娜拿著鳥籠跟包包離開了回憶之國。）

（但奇怪的事情發生了，青鳥跟包包一離開了回憶之國全部都變黑色。）

【第四幕】

動物王國出場角色：派崔克國王年輕、伊凡娜皇后年輕、好心腸狗、壞點子貓、松鼠、兔子。

大綱：下一站，動物王國，也是派崔克和伊凡娜相遇的地方，在互助合作下，他們成了無話不談的朋友。

（舞臺分成兩邊，派崔克在左舞臺，伊凡娜在右舞臺。）

（右舞臺燈亮。）

（雲霧濛濛的森林裡。）

伊凡娜：可惡，這森林也太冷清了吧！到處一片霧濛濛，誰看的到路啊，腳痠死了！（揉著腳踝）

（突然蹦出一隻松鼠。）

伊凡娜：咦，是松鼠耶，好可愛喔！（走向松鼠）可惜牠沒LV的項圈，我要把牠帶回家打扮打扮，嘿嘿嘿。（步步逼近松鼠，松鼠害怕的趕緊逃跑）

伊凡娜：你給我站住，竟敢跟本公主唱反調，不想活啦！

（一陣追趕後，公主把松鼠緊緊抱在胸前，得意狀。）

伊凡娜：跟我回家當我的寵物吧！會很享受的，很多名牌喔！

（煙霧瀰漫，壞點子貓和好心腸狗出場）

壞點子貓：哈哈！公主真是好身手啊，Good Job！

好心腸狗：公主，妳要愛護小動物，不可以這樣。

壞點子貓：別理那隻笨狗，松鼠如果再不聽公主妳的話，哼哼哼，來道三杯松鼠，或是炸松鼠肉的美味佳餚如何啊？

好心腸狗：可惡的壞貓，你太邪惡了！

（煙霧瀰漫，壞點子貓和好心腸狗消失。）

伊凡娜：（自言自語）好心腸狗說得有道理，老師有說過小動物是屬於大自然的，不可以隨意捕捉。

伊凡娜：好吧！小松鼠，你可以回家找媽媽了。（蹲下，鬆開手，松鼠跑開）

伊凡娜：（一屁股坐在地上，嘟嘴）不管了，我要先休息。

（右舞台燈暗，左舞台燈亮。）

派崔克：（沿路亂折樹枝、拔葉子、口中念念有詞）該死的鬼地方，一直走路，腳底如果磨出厚繭，誰來負責啊？（啪！）蚊蟲一堆，也太噁心了吧！癢死了，（抓抓抓）噢，我可不想留下疤痕在我潔淨的肌膚上。

派崔克：Mary，Mary（僕人名）還不快拿果汁來，我渴了！Mary，Mary。

派崔克：（雙手失落一攤）我忘了我是一個人，哪來的僕人啊？

（一隻兔子跳到派崔克腳邊。）

派崔克：（滿心歡喜狀）太好了，來陪我吧兔子。

派崔克：（對著兔子說話）你知道嗎，我以前從來沒有獨自一人出遠門，都是爸爸和媽媽陪我一起，我們乘著豪華的馬車，還會有好多好多僕人來服侍我們，現在卻……（掩面哭泣）

（兔子看了看派崔克，不領情的跳開。）

派崔克：兔兔，兔兔，不要跑。

派崔克：（生氣狀）討厭，太過分了！（猛力踢起地上的小石子）

伊凡娜：（摸著後腦杓東張西望）唉唷，是哪個笨蛋亂丟石子？（撿起石子準備反擊）

派崔克：（雙手插腰、抬頭挺胸）誰是笨蛋啊？我可是巴巴多斯國最帥的王子呢！

伊凡娜：（不以為然的表情）喔，那又怎樣，我可是巴布貝多國最尊貴的公主呢！

派崔克：（懷疑的眼神打量公主）那妳怎麼會獨自走在森林裡呢？

伊凡娜：（跺腳轉頭）哼！你自己還不是一樣。

（兩人就這樣在森林裡徘徊許久，天色漸漸昏暗。）

伊凡娜：好暗喔，都看不到了。

派崔克：（雙手在袋子裡東翻西翻）沒關係，我有這個。（從袋子中出法寶——火）

伊凡娜：（從袋子中取出麵包）你要不要吃？

派崔克：好啊！

（兩人坐在火堆旁，邊吃麵包邊聊天。）

派崔克：我叫派崔克，那妳呢？

伊凡娜：我叫做伊凡娜。（指著派崔克的袋子）咦，我們的袋子一樣耶！

派崔克：這是一位仙女給我的，她說只要有困難，就可以打開它。仙女還叫我尋找生命中的青鳥。

伊凡娜：（驚訝狀）這麼巧，我的情況跟你一樣。

派崔克：（支支吾吾）其實……其實我很高興能夠在這裡遇見妳。

伊凡娜：真的？

派崔克：呵呵，（搔搔頭髮）因為我很害怕孤單一人。

伊凡娜：（微笑）我們可以互相陪伴對方，互相幫忙，別擔心。（拍拍派崔克的肩膀）

派崔克：對了，妳有沒有發現森林裡的動物好少，我本來很期待可以遇到很多小動物的。

伊凡娜：（心虛微笑）對啊，我只有遇到一隻松鼠。

派崔克：或許是大自然的生態都被人類破壞，才會這樣。

伊凡娜：（心想，原來派崔克也會關心大自然，真有愛心，好險我剛才沒有繼續欺負松鼠）

（兩人暢談了一整晚，成為無話不說的好朋友。）

（舞台燈光暗，五秒後舞台燈光亮。）

（隔天——播放音效鳥叫聲：啾啾啾。）

派崔克：伊凡娜，妳快看，是青鳥！

伊凡娜：真的嗎，在哪裡？在哪裡？

（兩人興奮的隨著青鳥前進。）

派崔克：妳看，那裡有一座超豪華皇宮。
伊凡娜：等一下啦，我們要先追青鳥。

（就在他們分心時，青鳥的蹤跡早已消失。）
（燈暗。）

【第五幕】
享樂王國出場角色：派崔克國王年輕、伊凡娜皇后年輕、好心腸狗、壞點子貓、八個大胖子。
大綱：歷經一夜動物森林的折騰，派崔克、伊凡娜看到美麗的皇宮，又餓又累的二人準備到皇宮裡找尋青鳥，另一段旅程，等著考驗他們的智慧。

（燈光打在派崔克、伊凡娜身上，二人站在舞臺中央。）
（蹦，煙霧瀰漫〔乾冰出〕，好心腸狗、壞點子貓出現，分別站在派崔克、伊凡娜身旁。）

好心腸狗：派崔克、伊凡娜，千萬不可以進去皇宮。
壞點子貓：你這隻笨狗在說些什麼啊？公主和王子本來就應該在皇宮裡的。
好心腸狗：派崔克、伊凡娜，這不是你們家的皇宮，你們趕快離開。
壞點子貓：派崔克、伊凡娜，你們在動物森林一個晚上，想必一定又餓又累，就去皇宮看看吧！會有快樂、溫暖，像回到家一樣的感覺喔。

（派崔克、伊凡娜眼神閃爍，堅定的點頭。）

好心腸狗：聽我的話，就算你們執意要進去，皇宮裡面的食物可千

萬不可以碰的，否則……（壞點子貓急忙摀住好心腸狗的嘴巴）

壞點子貓：（一臉笑意）孩子們，去吧，好好享受一切。

（燈光全亮，宮廷音樂起，八個大胖子吃著桌上應有盡有的食物，沒有注意到派崔克、伊凡娜的出現。）

伊凡娜：（讚嘆，眼睛往皇宮裡四處看，開心的口吻）Wow！派崔克你看，真是金碧輝煌的皇宮啊，比起我們家皇宮，不知道漂亮了多少倍呢！整個柱子都鑲滿了施華洛奇水鑽。（伸手觸摸）

派崔克：（毫不專心的回答伊凡娜，因為他看到旁邊櫃子上有很多名貴的保養品）嗯，嗯。

伊凡娜：嘿，派崔克，你到底有沒有在聽我說話？（小生氣狀，派崔克依舊沒反應）喂！（轉過頭看到派崔克，自言自語）他在看什麼？不會是保養品吧？男生也這麼愛美？（走近一看，驚訝狀）派崔克，你真的在看保養品？

派崔克：（懷疑狀）幹嘛那麼驚訝，愛美也是男人的天性，懂嗎？（開始興奮介紹）你看看這一整組的海洋娜拉，擦上去保證讓你容光煥發、耳目一新，像脫胎換骨一樣，還有還有，這瓶New Skin的身體護膚乳霜，擦上去那滑順的肌膚（輕摸自己手臂，陶醉樣），在我們巴巴多斯國買不到，是友邦國送給我們才有的呢！多少貴婦想買都買不到（驕傲狀）。

伊凡娜：（不怎麼關心）是喔，那你就順手帶一些回去好了（眼光移到旁邊的櫃子上，驚呼）Oh My God！我的眼睛有沒有看錯？限量包，限量包，整個櫃子都是限量包！（興奮，開始試背每個限量包）派崔克，你看2010年春季的最新款耶！浪漫的淡粉紅色、縫製水鑽的大蝴蝶結，我太喜歡了，不知道父王有沒有幫我訂購了。

（二人皆是以雀躍的神情欣賞自己所喜愛的東西，沉溺在裡面。）
（吃東西的八個大胖子終於查覺到他們二人的存在。）

大胖子1：你們二個在做什麼？（派崔克、伊凡娜嚇了一大跳，隨即放下手上的東西轉過頭）
大胖子2：怎麼如此的無禮！

（其他大胖子只是抬頭看一下，就繼續吃東西。）

派崔克：什麼無禮？我可是堂堂巴巴多斯國的王子派崔克。
伊凡娜：我是巴布貝多的公主伊凡娜。
大胖子1：原來是巴巴多斯國和巴布貝多國的王子和公主呀！
大胖子2：那麼你們來跟我們一起吃東西吧！
派崔克、伊凡娜：（摸摸自己的肚子）說的也是，我們已經很久沒有吃東西了。（走向桌子）
伊凡娜：波士頓蛋糕、草莓慕斯、提拉米蘇、咖啡、薰衣草奶茶……都是我的最愛。（拿盤子準備夾）
派崔克：（一臉鄙夷）蛋糕、烤雞、焗烤帝王蟹……天啊，吃完這些東西，我這健美的身材不就完蛋了嗎？不行不行，還是吃些硬麵包和牛奶、水果好了。（著手開始拿）

（正當二人準備坐下來享用時。）

伊凡娜：咦，好心腸狗好像有告訴我們不可以吃皇宮裡的食物耶。
派崔克：但壞點子貓說盡情享受，那就別客氣啦。

伊凡娜：說的也是。（動手拿蛋糕）

派崔克：（喝牛奶但牛奶還含在口中時）

伊凡娜：（放豬叫音效）派崔克，你有沒有聽到奇怪的聲音？

派崔克：（看看四周，再看伊凡娜，點點頭）

伊凡娜：（嚇到大叫）啊！大胖子們長出豬鼻子和豬耳朵了。

派崔克：（瞪大雙眼，隨即將口中含的那口牛奶噴出）哇咧！真的跟神隱少女裡的劇情一樣（伸手拉伊凡娜的手）伊凡娜，我們快跑！

（二人開始繞著舞台，以圓圈方式跑兩圈。）

（燈暗，但腳步聲沒停下來，伊凡娜持續大叫。）

（燈突然全亮，二人跑到一個大房間，裡面有著漂亮的擺設，也有張舒適的大床。）

派崔克：（氣喘吁吁）好險，好險，我嘴巴裡的沒有吞下去，否則就完蛋了，豬鼻子跟豬耳朵，我跟不敢想像我會變成一隻豬，伊凡娜，真是謝謝妳了。

伊凡娜：（氣喘吁吁）我才要謝謝你呢，要不是你拉著我跑，我的腿早就癱軟，不聽使喚，我還得留在那可怕的地方，（眼睛看向天花板）原來青鳥真的飛向這裡了。

派崔克：真的耶，有好多好多，（高興，坐在大床上）不如我們先睡一覺，再抓隻青鳥回去吧！

伊凡娜：好哇！我被折騰得一點力氣也沒有了

（二人倒頭就睡。蹦，煙霧瀰漫，好心腸狗、壞點子貓出現。）

好心腸狗：哈哈哈，派崔克和伊凡娜還是有智慧的。

壞點子貓：那不過是僥倖罷了，看我的厲害。（把青鳥都變不見，燈漸暗）

好心腸狗：你怎麼可以這樣？（聲音漸弱，燈暗）

【第六幕】

未來之國出場角色：派崔克國王年輕、伊凡娜皇后年輕、仙女。

大綱：看著未來世界鏡子中的影像，派崔克和伊凡娜當頭棒喝，開始自省，也了解到必須珍惜現在所擁有的一切，不可「人在福中不知福」，為這趟旅程劃下了完美的句點。

派崔克：（伸懶腰）睡得好飽。

派崔克：喂，起床了，伊凡娜。

伊凡娜：好黑喔！這是哪裡？

派崔克：真的，我剛怎麼沒注意到。

（舞台燈光亮。）

伊凡娜：豪華大床怎麼不見了？

派崔克：而且我們怎麼會這這麼簡陋的小屋裡？前面有一面漂亮的鏡子（下床走向鏡子）怎麼會有兩個人在鏡子裡？這不是爸爸跟媽媽嗎？你們變得好老。（對著鏡子拍打）爸，媽！

伊凡娜：怎麼了，發生什麼事？幹麻打鏡子。

派崔克；伊凡娜，妳快來看，我爸媽變得好老好老，怎麼辦？

伊凡娜：（摸著鏡子）沒有啊！我什麼都沒看到。

派崔克：有啊，妳仔細看。

伊凡娜：（尖叫）我怎麼會變這樣？頭髮亂七八糟，衣服也破破爛爛，重點是我的名牌包包跟飾品呢？沒了，全沒了。

派崔克：妳到底看到什麼？

伊凡娜：（沉默不語，哭了起來）

派崔克：（安慰伊凡娜）妳知道嗎？當我看到鏡子裡那麼蒼老的爸媽時，我感到很愧疚，這麼多年以來，我都只顧著自己的長相，對其他事情漠不關心，我是那麼的自私，完全沒想到爸媽的感受，一點也不孝順，真是太不應該了！

伊凡娜：（停止哭泣）我了解你的感覺，當我看到鏡子中的自己，才發現現在的我是如此幸福，而我卻那麼的奢侈、驕縱、貪婪，對身邊的人予取予求，我是不是應該改變自己……

（仙女出現，舞台燈光全亮。）

仙　女：（微笑點頭）孩子們，想必這趟旅程帶給你們不少收獲吧！

派崔克、伊凡娜：（誠懇、用力的點頭）

仙　女：其實幸福的青鳥是掌握在自己的手中，只需要用心去體會，你們會發現他很容易得到的。恭喜你們通過考驗，現在轉動你們的戒指跟項鍊吧！

（舞台燈暗。）

【第七幕】

皇宮花園出場角色：派崔克國王、伊凡娜皇后、奧斯丁、青鳥。

大綱：奧斯丁聽完故事，知道應該好好珍惜一切，也學會待人處世的道理。

（回到花園〔現實〕。）

奧斯丁：爸爸媽媽，這是你們的故事嗎？

派崔克：那真是一段艱辛又難忘的冒險，是吧？親愛的。

伊凡娜：是啊，讓我們成長了許多，個性也都改變了。（對著奧斯丁）寶貝，你從故事中學到了什麼嗎？

奧斯丁：（點點頭）我以後再也不會那麼蠻橫，又愛欺負人，我知道要好好珍惜身邊的一切，會會對你們很孝順，很孝順。

（幸福的青鳥圍繞在三人身邊，歡樂的笑聲充滿了整個花園。）

落幕

劇本組佳作

作品：〈女人心機〉
作者：陳承志
班級：大學部應華系4B

◀女人心機▶

背景設定

民初上海，某江姓企業家心臟病發猝死後，江家女人開始上演家產爭奪記。

大標：人物介紹

琬　蓉：（40歲）江家大太太，經商手段高明又治家有方的女強人，卻不得丈夫寵愛！

愛　芸：（35歲）江家二姨太，本是江振岳的秘書，後被江振岳收做偏房，因為得寵又懷了江家的孩子而盛氣凌人，不把大房放在眼裡。

老夫人：（80歲）江振岳的媽媽，年事已高需要人照顧，為了保住江家費盡心思。

珍　珠：（20歲）江家大小姐，好勝衝動，一心想為媽媽出頭。

琉　璃：（18歲）江家二小姐，聰明冷靜，常潑珍珠冷水。

翡　翠：（17歲）江家三小姐，溫婉善良，雖然是愛芸所生，但她並不認同愛芸的做法。

映　瑤：（30歲）振岳的妹妹，個性軟弱，不幸婚姻失敗後回到娘家投靠母親。

吳　媽：（60歲）江家的管家兼傭人，已經在江家服務超過30年了，對江老夫人忠心耿耿。

S1-1
場景：江家靈堂
時間：白天
人物：all
背景音樂：命運般的相遇

*背景音樂響起。

◎舞台燈亮。

△珍珠、琉璃、映瑤跪在S2前抹著眼淚燒著紙錢。

△江老夫人由吳嫂陪著坐在一旁S5。

△琬容趴伏在S1的棺木上嗚嗚哭著。

琬　蓉：老爺子、老爺子，你怎麼就這樣走了，丟下這一家老的老、小的小要我怎麼辦？我怎麼辦哪我？你回答我啊！老爺子——

△愛芸帶著翡翠從右舞台的門口哭著進來。

△琬蓉、珍珠、琉璃、映瑤一一站起來。

愛　芸：老爺，你怎麼可以丟下我和孩子不管，少了你我怎麼辦？嗚

——老爺，你醒醒啊！（伸手將翡翠推向振岳的棺木）翡翠，快點叫妳爸爸別睡了！

*背景音樂轉小。

翡　翠：（跪下哭喊著）爸爸……爸！

珍　珠：（衝去推倒翡翠）這是我爸，我不準妳喊他！

琬　蓉：（大喝）唐愛芸，誰準妳帶她過來的？滾出去！（用力指向右舞台的門口）這裡是我家，妳給我滾！

愛　芸：妳以為我愛來呀？要不是振岳在妳這，我還不想來哩！

琬　蓉：（偏頭看向吳媽）吳媽！家裡還在治喪呢，怎麼能讓外人來弔唁？

愛　芸：外人？！外人肚子裡會裝著振岳的種？（挺起九個月的肚子撞向琬蓉）我說邱琬蓉，妳這江太太怎麼當的？竟然能讓丈夫跟外人生孩子？（聲音拔尖）還是個有名有份跟妳平起平坐的外人呢！

琬　蓉：妳……

老夫人：（拿枴杖敲地板）夠了！振岳身體還沒冷呢，妳們這樣吵吵鬧鬧的像話嗎？吳媽，收拾兩間房讓她們住下。

琬蓉／珍珠／琉璃：（驚呼）媽／奶奶！

老夫人：（在吳媽的攙扶下站起向前走）別說了，她們再怎麼說也是振岳的老婆孩子，這件事大家都知道，妳們能否認嗎？

愛　芸：謝謝媽！

老夫人：不必謝我，我一點也不喜歡妳這種妖妖調調的女人，這裡只能讓妳暫住，頭七過後妳就得回去。（嘆氣）我累了，妳們自己看著辦，映瑤，扶我回房休息。

映　瑤：是。（扶著老夫人走向後台，由左舞台下）

吳　媽：二太太，麻煩您先在這等等，我立刻去替您收拾房間。

愛　芸：謝謝您啊，吳媽！

△吳媽退場，由左舞台下。

愛　芸：（用勝利的語氣對著琬蓉說）大姐～不好意思啊！我看……這房子真的得讓我借住幾天了，妳大人有大量不會介意吧？
琬　蓉：哼！珍珠、琉璃跟我回房！
愛　芸：不送啊。

◎舞台燈暗、降幕。
＊背景音樂停。
△愛雲、翡翠從右舞台下。

S1-2
場景：琬蓉房間（左舞台）、愛芸房間（右舞台）
時間：白天
人物：琬容、珍珠、琉璃 （左舞台）、愛芸、翡翠（右舞台）
背景音樂：韓劇《黃真伊》配樂

◎升幕、左舞台燈亮右舞台先不亮燈。
△愛芸斜躺在S6沙發上，一手翻著書、一手撫著肚子。
△翡翠坐在沙發扶手上，作認真讀書貌。
△琬蓉快步走進左舞台，珍珠緊追在後，隨後琉璃悠閒的踱步進來。

珍　珠：媽，妳小心點，媽！別走那麼快。

＊音樂起，大聲，但不蓋過演員音量的不斷重複。

琬　蓉：（轉身用雙手抓住珍珠的手、表情猙獰）妳爸爸怎麼忍心的讓我面對這種情形？這還有沒有天理啊？（放開珍珠、邊說邊歇斯底里的走來走去）以前在商行裡得面對她就夠嘔人了，現在妳爸死了，那狐狸精竟然登堂入室的住進我的屋子！妄想到分到遺產！我呸！（停頓一會兒，突然開始掉淚恍惚）連死後～都還不放過我嗎？還要我為你收拾善後嗎？你怎麼能這麼狠？

珍　珠：奶奶也真是的，竟然不顧妳的感受做出這種決定！我找奶奶說去！（轉身要走）

琉　璃：（靠在S2桌子上看著手指）現在說這些有什麼用？奶奶都已經開口讓她住下來了，妳現在再去理論有什麼用？我們還是先想想怎麼處理爸的喪事吧！

珍　珠：（大怒）江琉璃！妳怎麼能這麼冷漠？！媽被外頭的女人欺負了耶！

琉　璃：（看向珍珠）不然妳要我怎麼做？跟媽一起哭嗎？如果哭可以解決媽的問題，妳不哭我都把妳打到哭！

珍　珠：（更怒）江琉璃！

琉　璃：大聲不代表妳贏，我們還是想想下一步要怎麼做比較實際。媽……妳別哭了，哭不就代表輸給她了嗎？

珍　珠：媽，琉璃這句說的沒錯，我們打死都不對狐狸精示弱！（拉著琬容的手走向S5的桌子邊）既然頭七一過她就得走，這幾天咱們先不管她，專心處裡爸的後事好不好？

＊音樂轉弱持續播放。

琬　蓉：（用手絹拭拭眼角、單手扶著桌子坐下）好！我來想想，琉璃，去幫媽把記事本拿來。

琉　璃：欸。（轉身走向後方櫃子）

△琉璃將本子交給琬容，三人各自坐定開始細聲討論瑣事。

◎左舞台燈暗、右舞台燈亮。

愛　芸：翡翠啊，剛才妳有看到那女人臉上的表情嗎？真是大快人心！哈哈哈！

翡　翠：（悶悶不樂的）媽不該這麼做的。

＊音樂漸強，但不蓋過演員音量。

愛　芸：妳閉嘴！（重重闔上面前的雜誌，身體坐正）妳媽好不容易贏那女人一回，妳幹麻潑我冷水？

翡　翠：本來就是我們不對，這是大媽的房子耶。何況爸爸都已經走了，我們為什麼還要跟大媽爭？

愛　芸：對，妳爸走了，並且什麼都沒有交代！我拿什麼養大妳跟我肚子裡的這個？（指著肚子，忽然悲從中來）我都不知道妳爸在想什麼了，他真的愛過我們嗎？什麼都沒交代又走的那麼突然，是要我怎麼辦？（轉身面對翡翠）翡翠，媽媽也不想爭啊！可媽媽不爭成嗎？

翡　翠：可是……就算我們住在這裡又能改變什麼呢？

愛　芸：至少不能讓她們忽略我們的存在呀！妳爸什麼都沒交代，代表我們跟她們還是對等的！更何況媽過幾天就要生了，還有可能生下江家唯一的男孫，母憑子貴是天經地義，沒道理要委屈我們繼續住在外頭。

翡　翠：（思考了一會）可是……我還是覺得這麼做不好。

愛　芸：（坐過去摟住翡翠）別擔心，一切有媽在呢，這房子又溫暖又舒適不比咱們家差，還怕住不習慣啊？唉喲——（彎身抱住肚子）妳弟弟踢我！

翡　翠：有沒有怎樣？讓我摸摸看！

＊音樂漸小後慢慢淡出。

◎左舞台燈亮。

琬　容：（嘆氣）看來，這發喪的帖子還得讓奶奶過過眼才行，有些商行是那女人牽的線，媽也不清楚他們跟你爸的交往密不密切。

珍　珠：（伸伸懶腰）我看帖子的事明天再來想。這累了一天也該乏了，我跟琉璃不吵妳，媽先休息吧。（說完啦著琉璃起身）

翡　翠：看來弟弟也累了，明天還有得忙呢，媽還是要早點睡養足力氣才好。我就先回房啦。

琬容／映瑤：（揮揮手）好，妳們／妳也歇著去。

△珍珠琉璃翡翠各自向前走跨過虛擬的門（S25、S36位置），出來後轉身關門。

珍珠／琉璃／翡翠：媽，晚安。（三人互看）

△琉璃作了個禁聲的手勢，示意珍珠翡翠跟她走，三人在S1位置停下。

琉　璃：（親切的拉著翡翠的手詢問）怎麼樣？ 家裡情況還好嗎？？ 聽說二姨娘這一胎很不穩定，甚麼子癲癇症都找上門了。

翡　翠：謝謝二姐姐，家裡一切都好，媽媽情況也穩定多了，醫生說弟弟出生後就沒事了。

珍　珠：（冷哼）妳就這麼有把握是弟弟？

琉　璃：珍珠——

珍　珠：本來就是！沒生出來誰知道是男是女，這麼一廂情願的想有個弟弟誰知道是安甚麼心眼？

琉　璃：（輕喝）江珍珠！妳別幼稚了。（轉頭看向翡翠）妳別怕，大姊姊不是故意的，姊姊可能無法幫妳和妳媽媽說話，但如果私底下有甚麼困難，來跟二姐姐說，二姊姊會盡量幫妳。

翡　翠：好，謝謝二姊姊。

琉　璃：嗯，快去睡吧。

△翡翠轉身從右舞台退。

珍　珠：（一看翡翠走遠就怒斥）江琉璃，妳這吃裡扒外的東西！妳的手是骨折了是不是？怎麼胳臂肘盡向外彎。

琉　璃：（嘆氣）姐，大人的問題我們無權插手，但再怎麼說二姨娘肚子裡的都是爸的孩子、我們的手足。媽媽可以對她們不好可我們不能，不然爸爸在天上會傷心的。

珍　珠：這是甚麼歪理？

琉　璃：歪理也是理，這次求求妳聽我的。

珍　珠：嘖，煩死了！先跟妳說，讓媽媽傷心我是絕對不准許的。

琉　璃：我知道。

△珍珠琉璃轉身從左舞台退。

◎燈暗。

△琬容、映瑤從左、右舞台退，

（檢場撤換道具）

S1-4
場景：江家靈堂
時間：當天夜晚
人物：老夫人、映瑤、吳媽、翡翠
背景音樂：極度輕柔鋼琴輕音樂

◎燈亮。

＊音樂淡入，小聲。

△映瑤扶著老夫人站在靈堂前凝視著振岳的照片。

吳　媽：（從右舞台出，走到老夫人背後）夫人，二太太搬進房裡了。

老夫人：好、好，（揮手）妳也累了，下去吧。

吳　媽：夫人，還有一件事……

老夫人：說吧！

吳　媽：算算日子，二太太好像快生了，要不要我明天就找穩婆來家裡預備著？

老夫人：這些事妳決定就好。

吳　媽：那我下去了。（走向後台，從右舞台退）

老夫人：嗯。

映　瑤：媽，妳要不要也去休息了？都忙了一天了。

老夫人：我怎麼睡得著？妳哥……妳哥就這麼去了，我們這一家女人老的老、小的小，沒了妳哥，還有誰可以指望？當初……妳命不好，嫁到一個會打老婆的男人，媽那時對妳說還有娘家讓妳靠。偏偏現在……現在……

映　瑤：媽，您別擔心！還有兩個嫂嫂不是嗎？她們都那麼有能力，我會幫嫂嫂守住這個家，還有哥的公司。

老夫人：幫哪個？妳兩個嫂嫂沒人幫都鬥成這樣了，妳就別下去淌混水了！

映　瑤：可是……哥哥也沒說過他的公司要怎麼配股給她們啊！

老夫人：誰說沒有？妳哥早就知道自己心臟有問題，怕自己走得太突然，老早就跟我交代過了。

映　瑤：您是因為這樣才讓愛芸嫂嫂住下來的嗎？

△此時後台傳來愛芸的呼痛聲、台上定格不動。

愛　芸：（潛台詞）翡翠，呼呼（呼吸聲）快去告訴你奶奶，媽媽要生了！讓她請人來幫忙！

翡　翠：（潛台詞）好！媽妳忍著點（衝進前台）奶奶！奶奶！媽媽要生了、媽媽要生了……

（台上定格結束。）

老夫人：怎麼這麼快？都說孩子是親人來投胎，果然不假！映瑤，妳先去幫幫她，我讓吳媽去找產婆。

映　瑤：好。翡翠，我們去幫妳媽媽。

△老夫人左舞台退；映瑤、翡翠從右舞台退。

◎燈暗。

S1-5
場景：江家客廳靈堂
時間：當天深夜
人物：ALL
背景音樂：把愛找回來、韓劇《黃真伊》配樂

映　瑤：（牽著翡翠出場）翡翠啊，妳媽媽幫妳生了個弟弟妳開不開心？

翡　翠：當然開心啊！我終於不再是家裡最小的了。

映　瑤：但是……你有沒有想過，妳媽媽可能會因此又跟大媽吵架？

翡　翠：（表情落寞）我想……大媽可能會要求我們離開吧！可是姑姑，妳可不可以幫我跟大媽媽求個情？媽媽現在身體那麼虛弱，可不可以不要現在就趕我們走好不好？一個月、就一個月，等媽媽坐完月子我就勸她帶我和弟弟回家。

琬　蓉：（邊走向前台邊說，後面跟著珍珠與琉璃）回得了嗎？會回去嗎？

*黃真依配樂淡入。

翡　翠：大媽媽。

琬　蓉：（看了翡翠一眼，然後越過翡翠，背對著她說話）雖然……我不知道妳媽是不是故意讓妳來傳話的，不過無所謂。妳回去告訴她，既然她替江家生出了兒子，我這個做姊姊的自然不會虧待她。想住這就住吧！反正家裡也不差妳們這幾雙筷子！

愛　芸：柳琬容，別講的一付給了天大恩賜的樣子！（抱著孩子怒氣沖沖的走出場）

*黃真依配樂漸強。

愛　芸：這是我應得的！當初說好是兩頭大，大家地位都一樣。生不出兒子憑什麼酸我女兒？要怪就怪妳自個兒肚皮不爭氣。

珍　珠：二姨娘妳太過分了！我媽讓妳在這住已經是她氣大量大了，妳還有什麼不知足的？

愛　芸：喲——換小的出頭啦？

△映瑤看情形不對趕快從左舞台溜下去找老夫人。

翡　翠：（上前拉住愛芸）媽，妳回房間休息啦！剛生完孩子的人怎麼能下床走路呢？

愛　芸：（推開翡翠）翡翠妳別管！媽怎麼能讓她欺負咱們孤兒寡母？

琉　璃：（冷靜的將琬蓉護在身後）二姨娘，妳這麼說就不對了！除了姑姑，這個家裡誰不是孤兒寡母？連奶奶都是一人拉拔大爸爸和姑姑的。誰也沒贏誰，又何必說我們欺負您？

愛　芸：妳和珍珠多大？我的翡翠又多大？這樣還不欺負人嗎？

琬　蓉：笑話！妳比我小怎麼不見妳輸我？

△映瑤、吳媽扶著老夫人從左舞台進場。

老夫人：別吵了行不行？（走到椅子旁坐下）妳們到底有誰真正關心振岳？說來說去都是在擔心自己的的地位不保，分不到財產不是嗎？告訴妳們，振岳早就把遺囑交給我了，妳們聽完要吵再去吵。（拿出遺囑交給吳媽）吳媽，你幫我唸唸。

吳　媽：是。（接過遺囑攤開）

立囑人，江振岳，死後遺產分配如下：母親江林春花得江氏企業股份百分之三十五、本人帳戶裡所有現金與黃金、林森北路206號江公館及林森北路415號房產共兩棟；大房江邱琬蓉得江氏企業股份百分之二十五及江氏湖南成衣廠一座；二房江唐愛芸得江氏企業股份百分之二十五及江氏雲南木材場一座，若生男丁再給黃金200兩，黃金由本人帳戶裡支出；小妹江映瑤得江氏企業股份百分之十五。以上內容在所有受贈與人同住一屋下執行，否則全數歸入母親江林春花名下。小妹江映瑤若是婚嫁則不在此限。

（立囑人簽名）江振岳

珍　珠：原來……爸爸早就知道我們會吵成一團！

翡　翠：那麼我們可不可以和平共處了呢？兩位姊姊，我們不要吵架好不好？

老夫人：婉蓉、愛芸，這樣妳們還要吵嗎？妳們爭了十幾年的男人，結果誰也沒多得到些什麼。就像琉璃說的，現在誰不是孤兒寡母？

吳　媽：是啊，老爺就是怕大家四散，江家就垮了，所以才會立下這種遺囑，兩位夫人就別再吵了。

愛　芸：不吵了、不吵了。反正死老頭什麼都預料到了，再吵也沒意思！翡翠，我累了，扶我回去歇息。（跟翡翠一起退回後台）

琉　璃：媽，我們也扶妳回房。（琉璃、婉蓉、珍珠一起退向後台）

映　瑤：媽，我也扶您去休息好嗎？

老夫人：妳先回去吧，我等會再讓吳媽幫我。

映　瑤：那我先回去啦！（退向後台）

吳　媽：小姐慢走啊！（一直等到映瑤消失）夫人，人都走了。（扶著老夫人走到靈堂前面）

老夫人：唉！兒子啊，怎麼你都死了媽還要替你操心？吳媽，假立遺囑的事兒可千萬咬緊牙根說不得啊。

吳　媽：夫人放心！這事不會有第三個人知道！

老夫人：現在我也只信得過妳一個人了，咱們…也下去休息吧！

吳　媽：是的，夫人！（兩人退場）

（燈暗。）

全劇終

語言文學類　ZG0080

鶯啼
——第廿二屆文藻文學獎作品集

編　　者 / 文藻外語學院應用華語文系
責任編輯 / 林泰宏
圖文排版 / 郭雅雯
封面設計 / 蕭玉蘋

法律顧問 / 毛國樑　律師
出 版 者 / 文藻外語學院應用華語文系
高雄市三民區民族一路900號
電話：+886-7-342-6031轉5103　傳真：+886-7-359-7514
製作發行 / 秀威資訊科技股份有限公司
114台北市內湖區瑞光路76巷65號1樓
電話：+886-2-2796-3638　傳真：+886-2-2796-1377
http://www.showwe.com.tw
劃撥帳號 / 19563868　戶名：秀威資訊科技股份有限公司
讀者服務信箱：service@showwe.com.tw
展售門市 / 國家書店（松江門市）
104台北市中山區松江路209號1樓
電話：+886-2-2518-0207　傳真：+886-2-2518-0778
網路訂購 / 秀威網路書店：http://www.bodbooks.tw
國家網路書店：http://www.govbooks.com.tw
圖書經銷 / 紅螞蟻圖書有限公司
114台北市內湖區舊宗路二段121巷28、32號4樓
電話：+886-2-2795-3656　傳真：+886-2-2795-4100

2010年10月BOD一版
定價：500元

國家圖書館出版品預行編目

鶯啼——文藻文學獎作品集. 第廿二屆 / 文藻外語學院應用華語文系編. -- 一版. -- 高雄市：文藻外語學院應華系, 2010.10

面； 公分. -- (語言文學類 ; ZG0080)

BOD版

ISBN 978-986-6585-10-4(平裝)

830.86 99016302

讀者回函卡

感謝您購買本書，為提升服務品質，請填妥以下資料，將讀者回函卡直接寄回或傳真本公司，收到您的寶貴意見後，我們會收藏記錄及檢討，謝謝！

如您需要了解本公司最新出版書目、購書優惠或企劃活動，歡迎您上網查詢或下載相關資料：http:// www.showwe.com.tw

您購買的書名：＿＿＿＿＿＿＿＿＿＿＿＿＿＿＿＿＿＿＿＿

出生日期：＿＿＿＿＿年＿＿＿＿＿月＿＿＿＿＿日

學歷：□高中（含）以下　□大專　□研究所（含）以上

職業：□製造業　□金融業　□資訊業　□軍警　□傳播業　□自由業

□服務業　□公務員　□教職　□學生　□家管　□其它＿＿＿

購書地點：□網路書店　□實體書店　□書展　□郵購　□贈閱　□其他

您從何得知本書的消息？

□網路書店　□實體書店　□網路搜尋　□電子報　□書訊　□雜誌

□傳播媒體　□親友推薦　□網站推薦　□部落格　□其他＿＿＿＿＿

您對本書的評價：（請填代號　1.非常滿意　2.滿意　3.尚可　4.再改進）

封面設計＿＿＿　版面編排＿＿＿　內容＿＿＿　文／譯筆＿＿＿　價格＿＿＿

讀完書後您覺得：

□很有收穫　□有收穫　□收穫不多　□沒收穫

對我們的建議：＿＿＿＿＿＿＿＿＿＿＿＿＿＿＿＿＿＿＿＿

＿＿＿＿＿＿＿＿＿＿＿＿＿＿＿＿＿＿＿＿＿＿＿＿＿＿

＿＿＿＿＿＿＿＿＿＿＿＿＿＿＿＿＿＿＿＿＿＿＿＿＿＿

＿＿＿＿＿＿＿＿＿＿＿＿＿＿＿＿＿＿＿＿＿＿＿＿＿＿

請貼
郵票

11466
台北市內湖區瑞光路 76 巷 65 號 1 樓
秀威資訊科技股份有限公司 收
BOD 數位出版事業部

(請沿線對折寄回，謝謝！)

姓　　名：＿＿＿＿＿＿＿＿　年齡：＿＿＿＿　性別：□女　□男

郵遞區號：□□□□□

地　　址：＿＿＿＿＿＿＿＿＿＿＿＿＿＿＿＿＿＿＿＿

聯絡電話：(日)＿＿＿＿＿＿＿＿＿＿(夜)＿＿＿＿＿＿＿＿＿＿

E-mail：＿＿＿＿＿＿＿＿＿＿＿＿＿＿＿＿＿＿＿＿